《弟子规》传奇

苏胜勇 ◎ 著

弟子规
绛洲李子潜先生原著
浮山贾存仁木斋节订

弟子规　聖人訓　首孝弟　次谨信
泛愛衆　而親仁　有餘力　則學文
右總叙

訓蒙十二條

癸巳十月。武昌府試畢几十屆子弟正試補試者八千餘人可謂盛矣通閱多士之藝雖工拙不齊而其才情筆氣多堪造就阮為之詰試晶以根本之務而尤念教以先入為主如必待成人而後教則其時已晚古之教者始於家塾而後党庠州序国学以升古之鄉先生鄉大人老於家必朝夕坐於散其鄉之子弟以為論秀書升之本故其教

山西出版传媒集团

北岳文艺出版社
BEIYUE LITERATURE AND ART PUBLISHING HOUSE

图书在版编目（CIP）数据

《弟子规》传奇 / 苏胜勇著. — 太原：北岳文艺出版社，2016.11
ISBN 978-7-5378-4956-2

Ⅰ.①弟… Ⅱ.①苏… Ⅲ.①长篇小说－中国－当代 Ⅳ.① I247.5

中国版本图书馆 CIP 数据核字 (2016) 第 255432 号

| 书名：《弟子规》传奇 | 责任编辑：高海霞 | 书籍设计：张永文 |
| 著者：苏胜勇 | | 印装监制：巩 璠 |

出版发行：山西出版传媒集团·北岳文艺出版社
地址：山西省太原市并州南路 57 号　邮编：030012
电话：0351-5628696（发行部）　0351-5628688（总编室）
传真：0351-5628680
网址：http://www.bywy.com　E-mail：bywycbs@163.com
经销商：新华书店
印刷装订：山西人民印刷有限责任公司

开本：787mm×1092mm　1/16
字数：323 千字　印张：21
版次：2016 年 11 月第 1 版
印次：2016 年 11 月太原第 1 次印刷
书号：ISBN 978-7-5378-4956-2
定价：58.00 元

　　苏胜勇，山西省浮山县人，生于1951年，开过汽车，当过兵，1984年毕业于山西师范大学汉语言文学专业。现为山西省作家协会会员。

　　1982年涉足文学领域，先后创作出版长篇小说《从太行到延安》《辛亥遗事》《日月》《秋月》《烽火英雄》《京都一处》，长篇报告文学《隰州咏唱》《隰州梨人》以及作品集《历程》等。《〈弟子规〉传奇》为其创作的第七部长篇小说。

美好是这样炼成的

乔忠延

吃过正月初一的年饺，我坐在案几前为苏胜勇先生的长篇小说《〈弟子规〉传奇》作序。这不是偶然巧合，而是刻意为之。刻意为之不是写作的逻辑。写作的逻辑应是随愿，随缘，最起码也要随意。这里的随意，可不是随便的意思，而是要随着自我的意思行笔。为何这次却一反常态，刻意为之？

是我觉得此事重大，放在新春大年来写才够意思。

《〈弟子规〉传奇》是写《弟子规》诞生的过程。众所周知，《弟子规》是清朝乾隆年间之浮山县贾存仁根据新绛县李毓秀的《训蒙文》编撰成的。这部图书以传统《三字经》的形式，将做人的道理讲述得面面俱到，细致入微。中国传统文化延续几千年，"修身、齐家、治国、平天下"已经成为国人建功立业的共识，这没有丝毫问题。问题在于，"修身、齐家、治国、平天下"的立足点在于修身，修身不好，犹如建在沙滩上的房屋，随时都可能因为根基不稳而飘摇，而倾倒。足见，修身何等重要。

那么，如何修身？

从孔子，到孟子，再到墨子，以及董仲舒、朱熹，都不乏精辟见地，都为世人所传诵。可是，修身一直是社会发展的难题，原因何在？是先贤的那些精辟见地都有点高谈阔论。高谈阔论没有错，可以开阔人的眼界，

可以启迪人的思维，可以指给人们路径。不过，找对了路径具体如何行走，何处直行当提速，何处拐弯需减速，何处爬坡该加油，却没有指导性的规则。李毓秀功不可没，做了有益的尝试，写下了《训蒙文》，旨在规范人生言行。只是，《训蒙文》作为"文"便限制了其广泛流行。何况，还缺乏权威性，所以只能如烛光映照附近的人。要像日月之明，照亮国人的道德苍穹，非有《弟子规》这样的经典问世不可，贾存仁就担当了这样的使命，而且担当得非常完美。美在变散文为韵文，朗朗上口，易读易记，熟读成诵，大化于心，步履所致，以规行事，从修心到修身一以贯之。美在变文为规，文是文字、文章，可遵行亦可不遵行；规是规范、规则，可遵行不可不遵行。贾存仁将修心、修身，以及行为的标尺、准则，一一刻画，后人只要照准实行便可。中国的道德准则，做人规范，从此再不空洞，依照遵行，即可升华。美好人生，由此书写；美好社会，由此催生。贾存仁善莫大焉，功莫大焉。

进而要问，如此美好之事，为何由贾存仁完成？如此美好之事，为何由浮山人完成？这不是刻意为之，这不是领导指令，只能是率意而为，浑然天成。天成的机趣何在？打开来就可明白，美好是这样炼成的。而在没打开之前就只能发问：美好是怎样炼成的？

这样发问的不只是我，还有众多的浮山人。那一日，我听到了浮山县文联主席程晓东的发问。在场的就有苏胜勇先生，我听了秋风过耳，他却吹皱一池春水。当即说，要还原其景其状，写出一部小说来。我不以为然，在时下这个年头，只打雷不下雨已成常态，说几句客套话讨人高兴，无足嗔怪。万万没料到，仅仅来了个春秋更迭，寒暑易节，一部煌煌大著居然摆在我的案几。我惊讶，我欣喜，赶紧捧卷展读。一读大喜过望，禁不住拍案叫好。

从实说，写一部关于《弟子规》的小说不难，写一部关于《弟子规》的好小说很难。难在这是命题作文，命题作文不能瞒天过海，不能腾云驾雾，只能顺意铺展，只能循规蹈矩，弄不好还要削足适履。如此戴着镣铐跳舞，要跳好谈何容易！然而，苏胜勇先生不仅跳了，而且跳得很好。好在用美好心灵诠释了美好人生的行为规范，好在用美好笔墨活画了美好规范的形成图景。这让我想起了著名作家赵树理，在某种意义上说，苏胜勇和他有异曲同工之妙。读赵树理的作品，一个突出的感触就是他是在与时代共舞。时代的需求，时代的缺失，往往就是他写作的命题。这很容易陷入图解政治的囹圄，所幸他深谙文学之道，以丰富的生活情趣化解了概念，人物血肉丰满，故事生动有趣，作品引人入胜。从这一点窥视，苏胜勇先生深得赵树理之道，以生活的清水，泡茶，茶雅；熬粥，粥香。独具韵致的美味氤氲了整个《〈弟子规〉传奇》。

那就具体说说其中的妙处。妙在起伏跌宕的情节，化解了平铺直叙的危险。文似看山不喜平，命题写作最易陷入的沟壑是一览无遗。苏胜勇先生善于运用情节，或说善于编制故事，《弟子规》草成后，且不说贾存仁费心修改，随着时光的推移，竟然屡遭劫难，火烧、被盗、水浸，一波三折，看得人时时提心吊胆。妙在人物性格成长峰回路转变化，避免了一副面孔到终老的教条。不少作品的失败就在于，人物从露面到终了，好就好，坏就坏，没有转变。苏胜勇先生笔下的人物没有落入俗套，而是随着阅历和见识，不断成长变化。主要人物贾存仁是这样，童年聪明过人，却喜欢自作聪明。后来经过先生点化，猛然顿悟，外向变内秀。陪衬人物陈贯通是这样，纨绔子弟，四肢发达，头脑简单，按照常规会沦为地痞流氓。岂料，作家笔锋一转，陈贯通迷途知返，成了为国建功的英才。妙在丰富多彩的生活细节，跳出了生编硬造的囹圄。写作常见的现象是，高手将假的写成真的，低手将真的写成假的。区别在于，会不会使用细节。苏胜勇先生是运用细节的高手，因而展卷一读就会被浓郁的乡土气息俘虏了身心，明明知道这是作家主观建构的浪漫世界，却甘愿受他的蛊惑，心悦诚服地去读，读得不知晨昏，不知冬寒。书中细节多多，仅举一例。贾存仁出生时难产，如何生下？竟然是放爆竹"轰"出娘胎的。这一"轰"，他出生了，母亲却落下病根。这为后来母亲卧床不起埋下了伏笔，也为贾存仁少年行孝留下了余地。说大些，是神来之笔；说小些，是对生活熟悉。苏胜勇先生如此栩栩如生地演绎，演绎出了《弟子规》这美好经典炼成的过程。

《〈弟子规〉传奇》的种种妙处，不是一篇短文能够历数清的。好在图书就要面世，读者尽可细细品读分享，勿须我再多说。还想说的是，苏胜勇先生的文章总能读出赵树理的风味。无论是先前推出的《从太行到延

安》，还是《辛亥遗事》《日月》《秋月》《烽火英雄》《京都一处》，以及这部《〈弟子规〉传奇》，都不乏这种感觉。此为何故？水土使然。赵树理家乡是沁水县，苏胜勇先生家乡是浮山县，别看中间有山脉阻隔，却只能阻隔风雨，无法阻隔文化。两地文化一脉相承，源远流长，滋养出的果实自然风味异中有同。年逾花甲，是一般人落日叹黄昏的时光，苏胜勇的创作激情却高度喷发，令人叹为观止。那就祝愿他喷发，再喷发，喷发出赵树理般的光华！

2016年春节尘泥村

（作者为中国作家协会会员、山西作家协会会员、临汾作家协会名誉主席）

目 录

第一章

清雍正二年（1724）二月十二日清晨。

"叭——"一声巨响在宁静的晨曦中炸响，把人们从睡梦中惊醒。紧接着，婴儿清脆的银铃儿一样的哭声也不停地传出来，先是断断续续的，声音也不是太响。那哭声很快就连成了一串儿，动静也大起来了，把整个村子都惊醒了。

响声是从山右省平阳府浮山县城南佐村村子中间一户姓贾的人家院子里传出来的。这家人家院子大门口长着一棵大槐树，那树长得很大，树身足有两搂粗，一丈多高，主干上面分出三根支干，每根枝干又长出几根分枝，分枝上又抽出数不清的枝枝杈杈，形成巨大的树冠，春夏秋三季茂密的枝叶向地面投下一两亩地的阴凉，人还没走到树下就感到凉飕飕的气息。到了冬天，虽然树叶全落了，光秃秃的树枝向四周伸展过去，稍有一点风，就颤抖着发出呼呼的声音，漫长的冬夜里万籁俱寂，只有这老槐树还在发出沉稳的喘息，老槐树笼罩着的这一家人在这喘息中睡得踏实安稳，佑护这一家姓贾的人人丁兴旺幸福安康……

一声巨响之后，挂在天上的启明星已经慢慢隐去，东边天际实实在在地开始发亮了，大地上的村落、房舍、道路逐渐显露出了清晰的身影，一层薄雾弥漫在天地间。公鸡已经叫过第三遍，爱管闲事的狗也跟着长一声短一声地叫唤起来。新的一天又来到了，虽然是早春的气候，寒气仍旧那

样逼人，随着这一声巨响，乡村慢慢清醒起来，村巷里不断有脚步声和说话声传过来。

这户贾姓人家的院子里整整一个通宵都有人进进出出，是几个岁数比较大的老婆子，每个人都穿得整整齐齐，挽着袖口，脸上带着笑样儿，彼此见了面都不说话，只是相视笑笑，点点头，走路都是小碎步，轻轻快快地。院子里扫得干干净净，上屋和东屋的隔墙脸儿前面放着一张条桌，条桌中间摆着一个瓦香炉，瓦香炉里面插着一炷筷子粗细的长黄香，一缕青烟贴着墙壁扶摇直上，屋门和院门开闭的时候一点声响儿都没有，那里的门轴都抹上了炒菜的油。院门虚掩着，留下一条巴掌宽的缝隙，外面的人正好能瞅见一点院子里的情形。门口大槐树枝杈上还挂着几串零落的槐豆荚，在晨风中发出轻微的哗啦哗啦的响声，大门外边的官道上早起路过的人看见这阵势，都在心里嘀咕：这一家人肯定有大事、喜事了……

这家主人，二十八岁的贾皇宝皱着眉头，眯着眼，沉着脸，胳肢窝夹着一根拨火棍，搓着两手，在院子里走来走去，不时扭头瞅瞅靠东边的那间窑洞的窗户。窗户上的纸已经亮了整整一夜，这会儿虽说天开始发亮，还是能看见上面不停晃动的灯影儿。窑洞外面的敞门小伙房的炉膛里闪动着火苗，坐在炉子上的铁锅里的水已经开了，刺刺地冒着热气。

贾姓是佐村的大姓。全村好几百户人家，贾姓占了多一半。贾皇宝一家的日子在贾家这个大家族里面过得还是不错的，虽然不能说顶尖儿，但比大多数人家还是强了许多。原先家业很大，有百十亩地做本钱，每年光是收回的租子就够全家人过日子的开销了。贾皇宝本人学问很好，平日里在村校教书，有时候还到浮山县城神山书院讲课。一年下来，家里还能有不少盈余，全家人过着比上不足，比下有余的殷实日子。后来一不小心掉进了小人陷阱，吃了个大亏，老父亲悲愤而死，以致家道中落。贾皇宝有心振兴家业，无奈时运不济回天无力，费了好大的劲，也不见起色。于是这位教书先生就把唯一的希望落到媳妇贾范氏那鼓起的肚子上了，指靠她能给自己生一个有出息的儿子。只要有了儿子，他要下功夫教育儿子成才，求得功名，重整家业。可是，从昨天后晌开始媳妇就喊着肚子疼，干叫唤就是没动静。这不，整整一夜过去了，这会儿媳妇叫唤的气力小了，声音也低了，还是没生下来。从鸡叫二遍到现在，媳妇干脆连一声都没叫唤出来。自己在院子里的小伙房里面烧的热水，凉了又烧热，热了又放凉，凉了再烧，一点也用不上。贾皇宝干着急使不上劲，不停地在院子里转圈子，光亮的额头上汗珠子不停地滚下来，似乎拖在背后的长辫子也有些松散了……心里着急饿得快，这一个通宵，贾皇宝仅拳头大的白馒头就吃了三个，白开水就喝了三大碗，把一碟子咸菜丝也吃了个底朝天。接生婆见了嘴里嘟哝起来"你吃那么多顶什么用？能给你媳妇使上劲吗？"

要是生不下儿子，再把媳妇的性命搭上，那自己这一家可真是彻彻底底地完了。贾皇宝皱着眉头把手轻轻伸进衣兜，摸摸昨天在城里买的两根雷子爆竹。那是村里有经验的接生婆教给他的秘方：万一媳妇生孩子有困难，就在院子里放一炮，说不定媳妇一惊吓，一使劲，就把孩子生下来了。一炮不行，再放一炮。接生婆再三跟他说，不到要紧三关千万不敢用这一招，要不把媳妇吓坏了也是麻烦。

贾皇宝一边揣摩衣兜里的雷子爆竹，一边犯心思：放不放呢？万一孩子没吓出来，再把媳妇吓坏了，可咋医治……要是孩子生不下来，媳妇再憋死了，岂不成了天大的祸事。

贾皇宝正拿不定主意，接生婆急急忙忙走出来，小声说："掌柜的，掌柜的，我说就用我教给你的那一招吧，这会儿你媳妇一点劲儿都没有了，眼睛都睁不开了。再不想办法的话，就是老天爷来了也没咒儿念！"

"要是，要是……"贾皇宝还在犹豫。

这时候，贾皇宝的老母亲贾段氏也跺着小脚跑出来，着急地说："这可咋办呀？这可咋办呀？天上爷呀，这不是要我家的好看吗！要是放炮再生不下来，一大一小两条人命呀……"老太太一边念叨，一边抹眼泪儿。

贾皇宝两条眼眉皱到了一块儿，眉宇间拧成了一个疙瘩，看一眼老母亲，赶紧过去双手扶住老太太，嘴唇嚅动了一下，两只无光的眼睛不停地眨着，啥话也没说出来，全身却筛糠似的颤抖起来。老太太见儿子的可怜样儿，紧咬着下嘴唇，再没说什么。

"你是掌柜的，大主意你拿。再生不下来，我就走人！还没见过你这样拿不起、放不下的男人哩！你念了几十年的书，都念到鼻子里去了？"见贾皇宝黏黏糊糊拿不定主意的窝囊样子，接生婆顿时来了火气，狠狠斜了他一眼，急赤白脸地说，唾沫星子都溅到贾皇宝脸上了。

　　贾皇宝伸手抹一把脸，苦笑了一下，朝接生婆作作揖，看看东屋的窗户，摇摇头，咬咬牙，总算拿定了主意："那好，你老人家再喂她吃一个鸡蛋，喝一碗热水。吃完了，我就放！不放不行。一炮还不行，再放一炮！成不成，就看这一哆嗦了。我，我豁出去了！"

　　接生婆的脸上这才有了笑样儿："这就对了嘛。男人家拿大主意，该拿的时候，就要赶紧拿！要不，全家人养着你这个大男人还有啥用！好了，我进去叫她吃喝，给她长点劲儿，反正啥都预备好了。完了，你就收拾。再不能磨蹭了！"接生婆说完，转身拉着贾段氏进了东屋。

　　"我跟你说！"进了屋的接生婆又探出头来说道，"行不行都是这一招了。行是你贾家祖上积下阴德了，不行，谁也没办法！"

　　"这个时候了，你还说这话有啥用？快进来，快进来！"贾皇宝的老母亲贾段氏在后面着急地埋怨起来。

　　贾皇宝迟疑了一下，站在院子中间不知该咋办了……

　　"还站着干啥！还不紧打紧地准备放炮！"接生婆又在里边叫喊起来，"这号男人，当了爹，也不是好爹！麻利点！麻利点！"

　　贾皇宝咬咬牙，踩着小碎步跑到小伙房门边，一不小心，脚下步子乱了，一个趔趄撞到门框子上，额头重重碰了一下，一股热乎乎的液体慢慢流了下来。这一碰倒把他碰醒了，擦一把脸上的热血，弯下腰小心地在炉膛里点着拨火棍，看见瓦香炉里的长香快烧完了，赶紧点上一根新的再烧上，而后掏出一个雷子爆竹，先把炮捻儿抠得支棱起来，再把雷子爆竹立到院子中间的碌碡上，怕倒了，还掬了几把土，把雷子爆竹稳稳栽在土里。前后左右看看确实栽牢靠了，才面对着碌碡跪下，连着磕了三个响头，嘴里不停地念叨起来："雷爷爷，雷爷爷，您老人家可一定要响呀！您老人家一定要响呀！一定要响得高高的呀！一炮就成了呀！叫我媳妇顺顺利利地给我生一个儿子！"

　　"快点炮！快点炮——"贾皇宝的话还没说完，东屋里就传来接生婆的喊声。

　　贾皇宝急忙吹吹拨火棍上的火头，颤颤巍巍凑到雷子爆竹的捻子上。那个炮捻儿很短，连点了三次都没有凑到炮捻儿上，还把雷子爆竹碰倒了，只得重新栽好。

东屋里又传来接生婆的喊声："快点儿！快点儿！咋还没响呀！手脚麻利一点儿呀！"

贾皇宝急了，顾不上害怕了，屏住呼吸，两手紧紧握住烧火棍，鼓圆腮帮子使劲吹吹火头儿，慢慢接近炮捻子，只见炮捻儿"刺"地闪了一下火光，总算点着了雷子爆竹短短的捻子。贾皇宝脑子里一片空白，也不知道躲避，浑身颤抖着，伸长脖子，张着嘴巴，瞪圆两眼直盯盯地看着雷子爆竹。那雷子爆竹的捻子"哧哧哧"闪了几下火光，就没声音了。贾皇宝真是着急了，忽地一下站起身子，慢慢靠近碌碡，正要弯下腰看，就听见"轰"的一声，雷子爆竹突然炸响了，连脚底下的土地都跟着震动了一下，震得那碌碡都摇晃起来，院门口的大槐树上零落的干槐豆荚纷纷落下来，贾皇宝吓得一个屁股墩儿坐到地上，粉红色的纸屑和着黄土面子扑了他一脸一身，眯得他眼睛也睁不开了……。

"啊呀——"东屋里传来媳妇贾范氏撕心裂肺的惨叫声，紧接着一阵婴儿的哭声，春天里打雷一般不可阻挡地传出来……

贾皇宝顾不上满脸浑身的黄土面子和红纸屑儿，揉揉眼睛，爬起身子两步跨到东屋大门跟前，对着窗户上的"猫儿洞洞"[1]喊起来："咋样？咋样？"

没人理会贾皇宝的叫声。一只大狸猫从"猫儿洞洞"窜出来，吓了贾皇宝一大跳。窑洞里面不断传出接生婆吆三喝五的声音——

"快快快，水水水！"

"布子！布子！"

"麻纸！麻纸！"

"剪刀！剪刀！"

"哎呀，利索一点，利索一点……"

贾皇宝还在窗户底下"咋样？""咋样？"地叫唤。

接生婆一声呵斥传出来："叫唤啥！叫唤你娘的脚呀！看不见老娘正忙着哪！都当了爸的人了，还是毛手毛脚没有轻重的样子！啥时候能有一点点子出息！愁死人了！"

贾皇宝这才老实一点了，紧盯着"猫儿洞洞"不敢言语，两条腿还在

[1]"猫儿洞洞"，北方农村住房窗户下角留给家猫进出的通道。

不停地颤抖，深深地喘了几口粗气，一下子闻到院子里的硝烟味道，接连打了好几个响亮的喷嚏。

"哇哇哇——"传来几声婴儿的哭声。

贾皇宝又着急了，对着"猫儿洞洞"问："是儿子呀，还是闺女呀？"

"急死你了！"接生婆对着"猫儿洞洞"说，"急死你了！急死你了！是儿子！是儿子！不是儿子，对得起你呀！"说完，接生婆又缩回身子忙活去了。

贾皇宝听不见媳妇贾范氏的声音，还是很着急："大人！大人！大人咋样？"

"都好着呢，都好着呢。我娃，快说一句话，别叫皇宝子着急了。"刚当了奶奶的贾段氏在里面对着"猫儿洞洞"说，听得出来，老太太满心欢喜连哭带笑。

"皇……宝……皇宝……"窑洞里面传来媳妇贾范氏虚弱的叫声。

听到媳妇的叫声，贾皇宝这才松了一口气，背靠着墙壁溜坐下去，两条胳膊软软地搭在膝盖上，下巴抵着胸口慢慢喘气，好一阵子没动静，只剩下额头上的血还在不停地朝下流。

过一会儿，贾皇宝感觉到手指头热热的痒痒的，微微抬头，睁眼看看院子，天已经大亮了，东边红彤彤的一大片，晨风贴着地面刮过来，一点也不感到凉，反而有些暖融融的。手指头还是痒痒的，低头一看，家里的大狸猫正在舔他，一边舔，一边"喵呜，喵呜"地叫唤……

贾皇宝摆摆手，吓走大狸猫，颤颤巍巍扶着墙站起身子，稍一思忖，对着"猫儿洞洞"一字一句地说："我给你们说，你们听好了。我的儿子小名叫余田，贾余田；官名叫存仁，贾存仁；字儿叫木斋，贾木斋。人生一世，仁义和实在最要紧！我早就起好了。"

从媳妇贾范氏的小肚子开始微微鼓起来那时候起，贾皇宝就开始寻思给自己的后代取名字了，不久就起好了：长子叫存仁，次子存义，女儿存雅。

"我娃有名儿了，我娃有名儿了。存仁，贾存仁。把人都存住了。多好听的名字呀。"屋里传来刚当了祖母的贾段氏欣喜的说话声。

"存……仁，存……仁，我的存仁呀……我的小余田呀！"贾范氏虚弱的话声跟着传出来。媳妇的话虽然是断断续续的，可是贾皇宝却听出了满心的喜欢。

贾皇宝不由得对着"猫洞洞儿"说："孩子他娘，你好好歇着，好好歇着，别着急……"

接生婆从门缝儿挤出来，拍拍两手，满脸带着笑说："怎么样？我教的法子管用吧？你听我的话没白听吧？"

"就是，就是。多亏了您老人家，谢谢您老人家呀。"贾皇宝两手合十朝接生婆摇摇。

接生婆伸出一个手指头，指指天，再指指地，说："这个法子，别人根本就想不出来，就是能想出来，她也不敢用，她经的事情少呀。也就是咱了，也就是咱了。还不全是为了你贾皇宝这一家人？"

贾皇宝连连点头哈腰，跟着说："那是，那是。您老人家的恩德，我忘不了，我儿子贾存仁也忘不了，到了我的孙子辈……"

"你快别说那些没盐少醋的淡话，"接生婆打断贾皇宝的话，一边扳着手指头，一边一字一句地说，"今天是雍正二年二月二十二日。你看看，你看看，一连四个二。四个二啥意思？是个儿呀！是个儿子呀！看看，看看我给你选的这个好日子。瞅着你是个通情达理的读书人，我才给你选，要换上别的人我才懒得操这份心呢。他就不值！你说是不是呀？"接生婆说话的时候，两眼睁得圆圆的看着贾皇宝。

贾皇宝忽然明白了什么事情，脸一下子红了，赶紧从衣兜里掏出一两银子塞到接生婆手里。接生婆没言语，脸上没有一丝丝表情，只是顺手把银子装到贴身的口袋里面。

"哎呀！你的脸上哪里来的血呀？你媳妇生孩子，你咋也流血呀！哈哈哈……"接生婆轻松地笑起来。

贾皇宝按一按额头上已经干了的伤口，红着脸咧着嘴笑了。

用雷子爆竹轰出来的贾存仁很快就满周岁了。

那一天上午，阳光灿烂，天气出奇的好，空中稍有微风吹过，人走在开始解冻的村道上，觉得有一点点松软，身子慢慢摇晃起来，像刚刚喝

了一盅烧酒似的。天气也不像前些天那样冷了，贾家大门口大槐树的枝条开始发绿，梢头已经鼓出了一串串娇嫩的叶芽，树下的小草也悄悄露出一点点绿色。地面上似乎升腾起厚厚一层掺杂着青草味道的热气。人们都把两手从袖筒里边抽出来了，脖子也不再缩着了，头也扬起来了，显得挺精神。温暖的春天可是实实在在地来了。

趁着这样的好天气，教书先生贾皇宝给儿子贾存仁过周岁生日。除了必须请的孩子姥姥家、姨姨家和姑姑家的人以外，还请了在浮山县城神山书院念过书的几位同窗好友。贾皇宝还亲自请来浮山县最有名的学问家、神山书院院主、老秀才李学邃老先生。佐村村里稍有一点脸面的人都来了，不少贾皇宝教过的学生也来了。男人站在院子里说着闲话，听城里来的人说新鲜事儿，听那些念过书的人卖弄之乎者也……人堆里不时发出哄堂大笑。女眷们则在东屋里看望小寿星贾存仁，把孩子抱过来递过去地看着逗着。小小的贾存仁似乎知道自己是今天的主人，瞪着两只圆圆的大眼睛，咧着红艳艳的嘴唇，挥动着两条白嫩嫩的小胳膊，张着两只胖嘟嘟的小手，咯咯咯地笑个不停。教书先生贾皇宝家的大院里好些年没有这么热闹过了。

给祖先烧过香、磕过头，一应程序走完，客人们吃过饭、喝完酒以后，才迎来最热闹的节目。贾皇宝抱起贾存仁，先在儿子的脸上"叭"地亲了一口，而后把他轻轻放到家里的八仙圆桌之上。圆桌上胡乱摆着小桌椅、银子、五谷、算盘、书本、砚台等东西。由于贾范氏奶水好，小贾存仁吃得白白胖胖，小胳膊小腿像刚出水的藕瓜儿，两只小眼睛闪着明亮的光，投手动足都显得劲头儿十足。只见小贾存仁朝左右看看，稍稍犹豫了一下，才在圆桌上慢慢地朝前爬，人们围在桌子四周，有兴致地看着，看看小孩子对啥东西感兴趣。

头上包着一块红头巾的母亲贾范氏故意把银子和算盘朝小贾存仁面前推推，小贾存仁看都不看一眼，胖乎乎的小手把银子和算盘拨到一边，继续朝前爬。祖母贾段氏又把五谷和小桌椅推到小贾存仁面前，小贾存仁似乎有一点不耐烦，伸直脖子用头一下就把五谷和小桌椅拱到一旁，再从麦粒、豆粒、米粒上面爬过去，把这些东西蹭得满桌子都是。奶奶贾段氏又把银子、算盘和小桌椅摆到贾存仁面前，贾存仁连看都不看，伸手把这些寓意发财、当官的东西推到一边，继续朝前爬。

众人禁不住哈哈大笑起来。

有人惊异地小声说："看这娃，看人家这娃……"

更多的人，瞪圆眼睛，屏住呼吸注视着小小的贾存仁到底喜欢什么。原本热闹的贾家大院一下子静了下来。

贾皇宝紧张地憋住呼吸，两手紧紧地抱成一团，额头和鼻子尖上都沁出了细密的汗珠儿，两眼一眨都不眨地看着自己的儿子。

正在帮忙收拾锅碗瓢盆的婆婆妈妈也被吸引过来，个子小的人站在凳子上伸长脖子朝里面看，有的人干脆从人们胳膊下面把自己的脑袋钻进去看。

只见小贾存仁摇摆着圆圆的小屁股，伸直短短的脖颈，伸出胖嘟嘟的小手，蹬着肥乎乎的小腿，瞪圆亮晶晶的小眼睛，继续朝前爬，三下两下爬到砚台跟前，一把拉过砚台，伸出左手就把砚台里边的墨汁朝脸上抹，跟着右手又抓一把墨汁朝嘴里塞，最后一屁股坐在砚台上，结果弄得满身满脸都是黑乎乎的墨汁，连大红的小兜肚都成了黑色的了。小贾存仁满不在乎，一边闹腾，一边咯咯的大笑……

人们都被小贾存仁的举动惊呆了，一个个张大嘴巴瞪着两眼看这个刚满一岁的孩子坐在圆桌中间玩弄砚台和墨汁，竟没有一个人能想到把孩子抱起来，替他把嘴里、脸上、身上的墨汁擦一擦。最后还是孩子的祖母贾段氏挤进人群一把把小贾存仁抱起来，一边哭，一边用一块干净的白手巾把他嘴里的墨汁轻轻抹出来，一边念叨："看把我娃闹成啥样子了，把我一个白娃娃弄成了黑蛋蛋。"

当母亲的贾范氏用热水涮了一条白手巾，试试不烫，才给贾存仁擦洗身上的墨汁，嘴里念叨着："看你这个样子，还想当教书先生呀？你爷爷教了一辈子书，你爹也教书，你也想教书呀！啥也不干了呀！贾家人只会教书呀！"

贾皇宝哈哈一笑，抱过儿子，在孩子脸蛋上吧唧亲了一口，笑嘻嘻地说："当教书先生有啥不好的？天地君亲师，教书先生是人一辈子最应当尊敬、最要磕头的五个人物中的一个，除了天老爷、地老爷、皇上爷和父母亲以外，就是老师了。我看着我儿子有出息。"

有人附和着说："就是，就是，风不吹，日不晒就把饭钱挣到手了。哪像老百姓一辈子面朝黄土背朝天地死受都把肚皮填不满。"

众人这才从惊愕中回过神来，有的在哈哈大笑，有的嘴里不停地发出"啧啧"的声音。

"奇才！奇才呀！"神山书院院主李学邃禁不住赞叹起来。

"是呀！是呀！"人们跟着附和。

一位长得细眉细眼的老同学不紧不慢地说："这孩子不想官，不要钱，一心奔着学问，长大了准是个人物呀。"

一位身量高大，圆头圆脸的朋友连声说："真是，真是！皇宝先生后继有人呀！"

更多的人在一边"啧啧啧"地不停。

李学邃指着小贾存仁说："由此看来，这孩子长大以后注定是一个做学问、求功名的人。贾皇宝，家门幸甚，家门幸甚呀！"

贾皇宝眼睛里泛着泪花子，急忙双手打拱致礼："感谢老师吉言，感谢老师吉言！"

"如此说来，"李学邃半开玩笑半认真地说，"这娃注定是本人的学生了。这个学生我收了。"

贾皇宝当即抱着小贾存仁给跪下，说："学邃先生一言九鼎，皇宝和小儿存仁记下了！小儿的学问和前程就交给您了。"

"使不得。使不得。学邃一句戏言，不必当真呀。"李学邃满脸通红，山羊胡子微微颤抖起来，急忙伸手拉住贾皇宝，要他起来。

"学邃先生不答应，皇宝和小儿就不起来。"贾皇宝仰脸看着李学邃，死死跪在地上。

"今日看小公子所行，非一般人才，我是觉得自己学疏才浅，难当重任，怕耽误了小公子的前程呀。"李学邃擦擦额头上的汗说。

贾皇宝看看怀里的贾存仁，抬起头仰望着李学邃，说："学邃先生学富五车，德高望重，全浮山县鼎鼎有名，您的门下出了多名举人，还出了一名进士，正经是桃李满天下，弟子遍浮山，小儿跟定您了！皇宝迂腐，功不成名不就，还指望小儿做学问，求功名，光耀门庭呢。"

李学邃面露难色："学邃身为儒生，教学育人是根本，教授小公子学问理当分内，义不容辞。可是小公子才刚刚足岁呀。"

贾皇宝说："您先应承此事。待小儿满六岁，再行拜师之礼。行不行呀？学邃先生。"

李学邃看看左右，搓搓两手，抻抻长衫，只得说："行行行。行行行。这个学生我先收下，我先收下。满了六岁就给我送过来。"

"好。"贾皇宝激动得满脸通红，光亮的前额布满细密的汗珠儿，站起身来，把贾存仁交给范氏，转身双手端起一盅酒，走到李学邃面前，恭谦地说："学邃先生，学生替小儿敬您一盅拜师酒。"

李学邃双手接过贾皇宝递过的酒盅，正要说话。不妨贾皇宝又端起一盅酒，说："学邃先生，学生替小儿谢了。"说罢，一饮而尽。

"哈哈，今日喝的哪里是小存仁的周岁生日酒呀。分明是本人的收徒酒嘛。好啦，我李学邃又多了一个好学生！这酒我喝了！"李学邃高兴地说完，仰头喝尽盅中酒。

众人禁不住拍起手来……

第二章

　　暮春的上午，阳光从翠绿而茂密的枝叶间筛落下来，地面上树影斑驳，家雀儿在树上呢喃时不时发出一两声尖叫，有一点燥热的气息中青砖灰瓦的校舍传来高低不等参差不齐的读书声，一只小猫轻脚轻爪地走到院子中间左右看看，随后嗖的一下不知蹿到哪里去了，偌大的神山书院似乎显得有一些不安。院主李学邃正坐在讲台上的板凳上透过打开的窗户，瞅瞅外面的院子，时不时回头瞥一眼教室里头一排那个空着的座位——贾存仁的座位。这位老秀才两手轻轻按住大腿，想站起身子，屁股蠕动了几下，最终还是没站起来。一点兴趣也提不起来，身上的长衫胸前还沾着一小块早上吃饭留下的饭粒儿，细细的长辫子搭在右肩膀子上，松散的辫梢似在微微颤动，光光的额头有一些灰暗，眉头皱得紧紧地，稀疏的山羊胡子朝外面参叱着，整个儿一副心事重重的样子。

　　李学邃的学问很好，对古书经史子集里面的当家文章背得滚瓜烂熟，不仅能把每一篇文章的道理讲得清澈见底，还能把跨越几个朝代、不同作者、不同的文章之间的血缘根脉捋扯得一清二楚，在平阳府所辖的诸多县里名气很大，经常被那里的书院请去讲学。学子们为某一个问题争执得面红耳赤口干舌燥，还是谁也不服谁。最后只好找到李学邃评判。李学邃巫山云雨，洛川神道，因为所以，如此这般，三言两语就把人们打了很长时间的嘴官司给断明了。可能是命运不济吧，当了十几年秀才，参加了好几次科举考试，每一回都差那么一点点，就是跃不过龙门，如今岁数大了一点，年轻时候的理想和轻狂已经不见踪影，对前程不再抱有任何不切实际的想法了，唯一指望就是趁着当今日丽气爽，风清月明的乾隆盛世，培养出一两个好学生、好弟子，以不枉为人师表一场。

李学邃操心最多的还是自己在神山书院担任院主几年来第一个主动收来的学生——城南佐村贾皇宝的儿子贾存仁。这不，来书院一年多了，这孩子各方面的表现还说得过去，脑子很灵活，不少知识一点就通，而且能举一反三，触类旁通，听上一堂课就能明白好多东西，还能提出不少问题。有些问题提得很刁钻，李学邃也立马回答不上来。最难得的是每次测验或者考试，贾存仁都能取得很好的成绩，每一回都是第一名，把别的学生远远丢在后面。

可能是太聪明了，精力多得用不了，这孩子也很捣蛋，有些"蛋"捣得出了奇，叫人不但不感到生气，反而觉得好笑，甚至好玩。叫李学邃和其他同学在紧张学习之余得到一点轻松和愉快。当然，更多的时候还是叫李学邃生气，比如大家正认真地背诵课文，这个贾存仁却把纸条粘在嘴巴上假装老汉，满教室乱跑，把一堂课搅得一塌糊涂。李学邃就罚他背课文，他满不在乎，背书如流。再比如大家正在练习写仿，这个贾存仁竟会用墨汁在自己脸上画一副鬼脸，惹得大家笑得直不起腰来。李学邃检查他写的仿，只见那仿写得横平竖直，有板有眼。这些事情，闹得李学邃哭笑不得。短短一年工夫，这类故事就发生了好几起。李学邃多次找贾存仁谈话，教训他好好遵守课堂秩序，不能影响别的同学学习。贾存仁当面答应，转身就忘了，又开始出新花样。李学邃又找了贾皇宝，请他配合教育贾存仁，还说这孩子是一棵好苗苗，要是学不好，可惜了。贾皇宝根据自己当教书先生的经验，从多方面教育儿子，贾存仁不仅保证"再也不了"，而且还能说出几条遵守纪律的重要性和课堂捣乱的害处，甚至比贾皇宝说得还好、还全面、还透彻。然而等贾皇宝再见到李学邃的时候，老头儿还是面带苦笑，光摇头不言语。为这，贾皇宝没少用戒尺拍打贾存仁的手心，好几回都打肿了。可是那个贾存仁闭着两只眼睛，站得笔直挨打，也不哭，也不躲，也不哀求，弄得贾皇宝一点脾气也没有。打完了，劝完了，骂完了，再问他学问，凡是老师教过的东西全会，老师没教过的

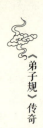

也能说个一二三。再罚他写三张仿，他一口气就能写下五张，而且写得整整齐齐板板正正，蛮像回事儿。

最后，贾皇宝故作恼怒，指点一下儿子额头，狠狠地说："这么好用的脑袋瓜儿，不朝好地方用，多可惜呀。再捣乱，你小心！"

贾存仁看着老父亲恼中藏笑的样子，站立得笔直，说一声："保证不会了。再捣乱就再打——"不等打字完全说出口，人已经没影儿了。

有一次贾存仁又捣乱，李学遽少不了一顿教训，刚说完，贾存仁摇晃着脑袋笑嘻嘻地说："老师，你放心，考试的时候，我一定会给你考第一名。"

李学遽指点着他的脑门说："是给你考！给你爸考！给你们贾家考！"

贾存仁跟着就说："都一样。学生考好了，老师脸上也光彩呀。"

李学遽气得拿出戒尺，贾存仁笑着跑远了。

结果期中测验的时候，贾存仁的考卷不仅答题没出错儿，而且卷面整洁，毛笔字写得龙飞凤舞，实实在在的第一名。这本来是好事儿，可是接下来的事情又叫李学遽生了气：那天讲评完了，李学遽刚表扬了贾存仁，还说要把他的卷子贴到墙上叫大家观赏。可是这小子拿过自己的卷子掏了两个窟窿，挂在耳朵上出洋相，惹得李学遽打了他的手心，罚他又把卷子重新抄了一遍。贾存仁像往常一样伸出左手叫老师打，说是要是把右手打坏了就没办法写字了。打完了，这小子老老实实坐下来把卷子重新抄了一遍，那字儿写得比第一个卷子还整齐。而他的左手还是经常被老师打得红肿。

虽然贾存仁不停地捣乱，大人不停地生气，不仅贾皇宝，就是李学遽从心底里还是很喜欢这个学生言行举止之间流露出的聪颖和敏捷，耐心地从各方面指点他，总想把他引到正路上来。娃娃看小，媳妇看来，他们总觉得这孩子有个来头，有个教头，更有个学头。

今天不知咋了，都日上三竿了贾存仁还没来上学。李学遽隐约感到，今天这小子恐怕又要出问题，心里不禁涌上几分担心。更叫他生气的是，昨天布置的作业是背《百家姓》，说好今天早上上学要检查的，那会儿就有好几个学生背不过去，背过去的也是吭吭咯咯不熟练，气得李学遽直用戒尺拍打黑板。

看看墙上的日头影儿，第一节课快完了，李学邃有一点急了。《百家姓》已经学完，背会就行了，没啥讲头。今天该讲《三字经》了，《三字经》是小孩子成长过程中最重要的一课，学好了对以后的功课和做人有很大的启蒙领路的作用。因此作为老师他不希望贾存仁缺课。

看看空荡荡的院子，李学邃站起身子走下讲台，伸手敲敲第一排的桌面，小声问："张友奋，贾存仁咋还没来上学？都这会儿了。"

个子矮小的张友奋站起来小声回答说："老师，我不知道，我跟他不是一个村的。"

旁边的李宜思站起身子说："前几天贾存仁说他妈妈病了，是不是……"李宜思欲说还休。

李学邃轻轻朝张友奋和李宜思摆摆手，示意他们坐下。"报告。"一声清晰而又沉着的声音传进教室。李学邃顾不上答应，撩起长衫前摆，两步跨过去打开教室门。

七岁的童生贾存仁身背一个黄布做成的书包，板板正正地站在门口，急促地喘着气，两眼静静地看着李学邃，不等李学邃问话就小声说："老师，昨天后半夜我母亲发病了，浑身发烧说胡话。我爸不在家，我祖母年岁大起不了炕，我给我母亲请了医生。给我母亲看了病，熬了药，喂她吃了，才赶过来。老师对不起，我迟到了。"说完话，贾存仁低下了头。这会儿这孩子往日那种调皮狡黠劲儿似乎少了一些。

还好，这小子今天没有捣乱，还是满脸正经。李学邃心里暗暗松了一口气。

李学邃看看贾存仁，只见这孩子穿戴整洁，站立笔直，右手紧紧揪着斜背的书包，左手自然垂下去，前额上布满汗珠儿，单薄的胸脯微微起伏，盘在头顶细小的发辫有一些松散，两眼不像平时那样明亮，脸色也有一点灰暗，平时那种活泼劲和调皮儿不见了踪影。

李学邃伸手整整贾存仁的发辫，帮他扎紧、盘好，小声问："你母亲得的什么病？"

"好几年了，说是生我的时候落下的老病根儿。自打生了我弟弟以后，身体越不及从前，时常不能出门，药不离口。今年好像变重了，经常下不了炕。今天早上又是拉又是吐，还烧得不行。我请来医生开了药，喂

她吃了药，才好了一些，慢慢睡着了，我才赶着跑来上学。"贾存仁先是显得有一点忧愁，眼光也不是太明亮，紧接着眉头一展，眼睛闪烁出一道光亮，说："老师，昨天您布置的作业——背《百家姓》，我已经全都背过了。我最喜欢背书了，不信的话，我这就给您背一遍。"

李学邃一下子高兴起来，眉里眼里都是笑，赶紧着说："上来，快上来，站到讲台上背给大家听。好多同学还背不过去呢。"

贾存仁听话地站到讲台中间，立正身子，背起两手，摇摇头，眨眨眼，看一眼李学邃，又看看大家，故意轻轻咳一声，清理一下嗓子，张口就背起来：

"鸡鸭猫狗，马羊驴猪，麦黍稻谷，土豆红薯，萝卜白菜，金针木耳，瓜果梨枣，杏李柿桃……"

学生们一听都哈哈大笑起来，有的学生一边学着念"鸡鸭猫狗，马羊驴猪，麦黍稻谷，土豆红薯……"一边笑得直不起腰来；有的学生一边念着"萝卜白菜，金针木耳，瓜果梨枣，杏李柿桃……"一边笑得泪花子都溅了出来。

原本严肃清静的课堂，又乱成了一锅粥。

"啪！"李学邃用戒尺使劲敲了一下课桌，学生们才安静下来。李学邃用戒尺指着贾存仁，嘴唇颤巍着，气得说不出话来。

贾存仁却满不在乎，不慌不忙地说："老师，我不是捣乱。你看，我跑得累了，大家背书也累了，出个洋相，叫大家缓一口气儿，轻松一下子，换换脑子，一会儿好好上课，也不是坏事儿？老师您老人家别生气，下边我好好背一遍《百家姓》，要是背得不好，有一个错字，或者漏掉一个字儿，您再打我的手心。我先把左手预备在这里。"说完，贾存仁真的把左手伸出来，还是手心朝上。

李学邃一下愣住了。

贾存仁抻抻衣襟，抹抹脸蛋，扭头看一眼别的学生，咧一下嘴角就开始背——

"赵钱孙李周吴郑王冯陈褚卫蒋沈韩杨朱秦尤许何吕施张孔曹严华金魏陶姜……"

贾存仁一口气背完《百家姓》，眉不皱，气不喘，一字不错，一字没漏，潺潺流水一般背完了，而后笑嘻嘻地看着李学邃。背书的时候，他的左手仍旧直直地伸出来，保持着手心向上……

　　李学邃的气已经消了，用戒尺轻轻把贾存仁的左手推回去，忍住笑，一本正经地问："我昨天后晌才布置的作业，你啥时候背会的？家里还有那么多事情。哪里有时间背书呀？"

　　贾存仁站在原地没动，回答说："一点也不难。夜天回家的路上我就开始背，回到家帮我母亲烧火做饭的时候也背，今天天明的时候给我母亲请医生的路上也背，来书院的路上一边跑一边背，等赶到书院时正好背会了。嘿嘿。"贾存仁说完话，轻轻喘了一口气，轻轻摇了一下身子，好像跑了远路终于到家的样子，那会儿因为母亲生病带来的忧愁和由于迟到产生的歉疚也不见了，认真学习的样儿又回到他的身上。

　　李学邃叫贾存仁坐到座位上，用戒尺敲敲桌面，指着别的学生说："你们听听，你们听听！贾存仁家在城南佐村，离城五里地，还要翻一条深沟，每天跑着上学，家里还有病人要伺候，还要给病人请医生、熬药，他抽空就把《百家姓》背熟了。你们为啥背不会！光知道玩！"

　　贾存仁站起来又说："老师，我连《三字经》都背过了。我给你背一背——

　　人之初，性本善，性相近，习相远。
　　苟不教，性乃迁，教之道，贵以专。
　　昔孟母，择邻处，子不学，断机杼。
　　窦燕山，有义方，教五子，名俱扬……"
　　贾存仁一口气背完《三字经》。

　　"你们看看，你们看看。像贾存仁这样的学生，只要我在课堂上指点一下，人家跟着就走了。"李学邃欣赏地看着贾存仁，而后转过身子对别的学生说，"不像你们，老师溅着唾沫星子说上多少遍，舌头都磨扁了，嘴唇都磨薄了，你们就是不上路。像陈贯通你们几个，连《三字经》都念不通顺，字儿都认不全。师傅引进门，修行在自身，老师教得再好，你自己不努力，也是白搭。你们看看人家贾存仁是咋样下功夫的！"

对于贾存仁这个学生，李学邃的内心有说不出的满意，自从那年周岁生日宴上拜了师。每年八月十五和正月初一，贾皇宝都要带着儿子贾存仁到李学邃家里看望、拜年。每次来家里小小的贾存仁都要带着母亲专门给他缝制的黄布书包，三岁以前是父亲贾皇宝替他拿着，从四岁开始就是贾存仁自己背着，虽然书包大，个子小，背不起来，就用两手抱在怀里，五岁以后就能把书包背起来了。虽然书包快拖到地上了，贾存仁还是坚持背着书包来老师家里。李学邃心疼地说，来老师家里不用背书包了，可是贾存仁却说来见老师，咋能不背书包呢！等到了六岁可以上学了，贾存仁的个子也长起来了，能把书包背起来了，还是走到哪里，就把书包背到哪里。那个时候的贾存仁还看不出是不是个上学念书的材料，也没有暴露出喜欢调皮捣蛋的天性，但是无论怎样李学邃从心底里面就很喜欢这个孩子，心里甚至有些着急，盼着他早一点长大，早一点成为自己的学生。

李学邃教学生们背《百家姓》，说五百多个姓氏太长，可以分成四部分背，背完一部分，再背一部分。可是，贾存仁说只分两部分，两次背完。李学邃问为啥要分为两部分？贾存仁说我姓贾，贾姓排在第一百三十六位，分两部分背，第一次就能把我家的贾姓背过，我知道自己姓贾，我要对得起自己的祖先。再说，分两部分背，也节省时间呀。李学邃问，那么长，你一次就能背会？贾存仁摇一下圆圆的小脑袋说，我想能。结果贾存仁第二天就背会了。这不，不仅背会了《百家姓》，还背会了《三字经》，如行云流水，一气呵成。刚生完气的李学邃，也跟着高兴起来。

在满意之余，李学邃最头疼的就是贾存仁捣起乱来的那个劲儿，好像犯了什么病，不捣由不得他，不捣完也由不得他，说不定什么时候捣完了，又变得一本正经了，而且啥事情都能说出一番道理，好的时候有好的道理，捣蛋的时候有捣蛋的道理，作为一个老师还真没办法把握，只好由他了。李学邃懂得无为而治，顺其自然的道理。话是这样说，贾存仁捣乱的花样儿很多，很多时候叫李学邃防不胜防，还影响大家学习，逼着李学邃教训他、打他的手心。

下课了。学生们都跑到院子里玩耍。贾存仁和李宜思、张友奋在一块儿说笑。这时，两个穿戴阔气的学生，走到贾存仁面前，两眼直盯盯地盯着贾存仁，一个比别的学生高出一头的学生指着他的鼻子说："贾存仁，你为啥叫我们跟着你挨老师的批？你迟到了，老师不但没批评你，还表扬你。我们按时到校，反倒受了批评。你安的什么心？"他同伴也说："就你能呀？《三字经》还没学就会背了？还背给我们听！烧包呀！就你能呀！你还想当老师是不是！"

李宜思道："人家贾存仁学习好，老师表扬他。这跟批评你有啥牵连？你不知道自己连《三字经》都念不过来？更别说背了。"

张友奋在一边说："就是嘛。人家贾存仁学习就是好。别不服气。"

"别狗拿耗子。"陈贯通朝李宜思和张友奋划拉一下胳膊，"今天我就找贾存仁说话。"

贾存仁满脸带笑地看一眼周围的同学，对那个大个子说道："我说陈贯通，上学念书，个人学个人的。没有谁能谁不能。你说不是呀？人家老师表扬谁，批评谁，那是老师的事情，跟学生没关系。你说是不是？"

陈贯通摇摇比别人高出半头的个子，道："看你说得多轻巧，你受了表扬当然高兴，我们受了批评能高兴吗？老师还点了我的名。全是你的过！你当我们都是憨憨！"

那个同伴也说："全是贾存仁叫我们挨的批评。叫他赔！"

陈贯通来了劲，说："赔！你要赔我们。"

李宜思说："陈贯通学习不好怨别人。真可笑。"

张友奋跟着附和："可不是？"

贾存仁朝李宜思和张友奋摆摆手，眼珠儿一转，嘻嘻一笑说："挨老师批评的事情，我实在没法儿赔，那会儿我也挨了批评，你们没看见？我的手心差一点挨了戒尺。谁赔我呀？"

陈贯通瞪圆眼睛说："你挨不挨批评我不管。反正老师最后点名教训我们了。全是因为你！我们盯住了你。"

贾存仁先闭上眼睛想想，随后笑一笑，说："你盯住了我？我可盯不住你呢。因为我的眼窝里面叫一条小狗占住了，看不见你们，咋盯呢？我的眼窝里面真的有一条小狗，你们信不信？你们先看看。看见了，我就赔给你们。看不见，我就不赔。行不行？"

陈贯通二话没说就应承了，说："好。我不信你的眼窝叫小狗占住了。

你的眼窝里面还能装下小狗？到底是你的眼窝大？还是小狗小？"

　　贾存仁诡秘地看看李宜思和陈贯通，对附近的同学招招手："我说我的眼窝里面卧着一条小狗，陈贯通不信。我现在叫他看一看，要是他能看见小狗，我就向他赔情道歉。要是他看不见小狗，他就向我赔情道歉。你们快过来看看。"

　　很快有几个孩子走到贾存仁跟前。贾存仁对陈贯通说："来，陈贯通你来看，咱是一个村的，你的个子又高，你先看，看有没有。要是有的话，你再看看是白狗还是黑狗，帮我把小狗赶出来。"

　　陈贯通看看大家，说："他的眼窝里面真能卧下小狗？能得不轻。"陈贯通说着走到贾存仁跟前。

　　贾存仁微微一笑，伸长脖颈，说："你快看。你快看。别耽误工夫了，马上就要上课了。你赶紧看清楚了。"

　　陈贯通低下头凑到贾存仁脸上，仔细看看，似乎没看清楚，揉揉自己的眼睛，重新看看。还是没看清楚，又揉揉眼睛，又看……

　　贾存仁扭过头，用手捂住一只眼，不叫陈贯通看了，说："看见小狗没有？看见小狗没有？小狗的毛都把我的眼窝蹭得痒痒了。你再看不见，小狗就跑了。"

　　陈贯通摇摇头说："你的眼窝里面，倒是有一个小人影儿，还不停地动弹呢。哪里来的小狗呀。"

　　贾存仁想想说："哎呀，那可能是你挤进去了，把小狗撵跑了吧。你得赔我！"

　　李宜思和张友奋在一边捂着嘴嘿嘿地笑了。

　　这时候，别的孩子互相看着彼此的眼睛，忽然明白过来了，禁不住哈哈大笑起来。陈贯通也明白过来，嚷一声"好呀！贾存仁说我是小狗！看我不收拾你。"陈贯通说罢伸手就要抓贾存仁。

　　贾存仁转身就跑，陈贯通在后面撵。

　　贾存仁跑了几步，不跑了，转身对陈贯通说："陈贯通，我昨天夜里睡觉做了一个梦，可有意思了，你想不想听？"

　　陈贯通抡一下胳膊，说："你说。看你还能说下天花儿！今天你说下啥我都不饶你。"

贾存仁咬一咬嘴唇，说："我梦见一条小狗撵我，我在前边跑，小狗在后边撵，咋撵都撵不上，我干着急跑不快，最后一下子吓醒了。"贾存仁还没说完，自己先忍不住大笑起来。

陈贯通一把抓住贾存仁的胳膊，说："你还说我是小狗。我今天非收拾你不行！"

贾存仁挣脱陈贯通的手，笑着说："你不知道，我还梦见一条小狗要咬我呢。嘴张得这么大。"贾存仁说完用两只手比画了一个圆圈，朝陈贯通晃一晃，又笑起来。别的小孩也跟着笑起来。

陈贯通气得要抓贾存仁，贾存仁跑开了。

李宜思跑过来，拉开陈贯通，笑着说："算啦，算啦。你斗不过贾存仁，咋着你都吃亏。咱们从小在一个村里长大，你啥时候能赢得了他？你那个小脑子不行！"

张友奋也说："人比人气死人……"

这时候，李学邃在教室门口叫唤："别闹了。上课了！上课了——"

学生们呼啦一声跑进教室。

李学邃最后走进教室，发现贾存仁的课桌还空着，就问："贾存仁又到哪里去了？"学生们互相看看，不知道咋回事。

"喵呜——"只听得一声猫叫，贾存仁从自己的课桌下面钻出来，下巴上画着胡子，张着两手，吓唬近前的学生。那个学生吓得哇哇大叫。

李学邃举起戒尺，使劲拍了一下桌面，"啪"的一声教室里顿时安静下来。李学邃指着贾存仁说："贾存仁，你母亲病重，你又要上学，又要伺候你母亲，还有心思捣乱？你母亲得了那么重的病，你心里还高兴得不行！是咋的！有你这样当儿子的吗？你父亲风里来雨里去辛苦挣钱供你来书院念书，每天上学的时候，你母亲亲自给你梳理发辫，给你准备中午饭时的干粮，就是为了叫你学捣乱？就是叫你出洋相？每天回家吃的饭喝的水，都倒到茅房里去啦？你毛笔字写得好，书背得好，全是白费劲！别念书了！回家里吃饱了捣乱去！去吧！"

贾存仁脸色一下子变得苍白，用手背擦去嘴巴上的"胡子"，把头低得抵住了胸脯子，眼睛里含着泪水，站着一动不动，嘴唇张成一条细缝儿，急促地喘气。

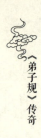

陈贯通高兴地朝贾存仁做鬼脸。

李宜思和张友奋都同情地看着贾存仁。

见贾存仁这个样子，李学邃心里不忍了，觉得自己批评得有些重了，只得轻声说："还不坐好，今天我跟你们讲《三字经》。"

第三章

　　李学邃的一阵训教，像一个响亮的耳光重重扇在贾存仁的脸上，一下子把这七八岁的童生打醒了，以前他觉着自己脑子好用，学习好，偶尔捣一下子乱，淘一下子气，惹同学们开开心不要紧。没想到李老师说到母亲的病，说到父亲的辛苦，说到做儿子的心肠，这些话像锥子一样戳到他的心尖子上了。他先是懵懂了一下，接着就是感到很大的羞愧，似乎一下子长大了，他得像一个大人一样安排自己的生活了。

　　这些日子，最忙的是八岁的贾存仁。

　　贾存仁已经没办法像以前那样每天按时到书院上学了，母亲范氏的身体生贾存仁的时候受了惊吓，落下了病根，生了贾存仁的弟弟贾存义以后更差了，开始的时候还能将就着把全家人的衣裳洗了，把饭做了，把里里外外收拾了。一边吃药，一边把这个家支撑下来了。贾皇宝在外村教书，只要有一点空儿就朝家里跑，尽量帮助老婆干一些活儿，减轻她的负担，不管刮风、下雨、下雪整天来回奔波。小小的贾存仁看着父母亲辛苦得不行，总想帮大人做些事情，可是年龄太小，帮不上忙，只能添了乱。这几年范氏的病情加重了，经常下不了炕，吃药比吃饭还多。开始的时候，是祖母段氏伺候，每天给病人喂水喂饭，熬药喂药。后来，年迈的祖母身体顶不下来，也躺到炕上了。贾皇宝说干脆把教学的差事辞了，回家专门伺候老婆吧。范氏说你辞了教学的差事，没了进项，家里的日子更难过了。段氏老太太硬撑着从炕上爬起来，咬咬牙说教学的差事可不能辞，娃他妈

还要不停地吃药呢，还是我顶着吧，实在顶不下去了再说。一家之主贾皇宝没了主意，看着一家老小无望的眼神，不停地唉声叹气抹眼泪。

见祖母和父亲母亲被家里的事情难住了。贾存仁一手拉着段氏的手，一手拉着范氏的手，轻轻地说："祖母和父亲、母亲你们别操心了，以后母亲我来伺候，我还要伺候祖母。父亲你还教你的学。咱们家全靠你教学挣下的钱过日子呢。你们看，我已经长大了。"

八岁的贾存仁挺起胸膛，伸出胳臂叫大人们看。只见贾存仁把胳膊肘朝上弯，屏住气使劲，臂弯里面微微隆起一条窄窄的肉棱……

贾皇宝摸摸儿子被细细的绒毛覆盖的胳膊，感觉到薄薄的肉皮底下真有个小小的肉核在滑动，说："余田，你才多大呀？哪里能伺候了两个病人呀？"

贾存仁又挽起裤筒，拍拍自己的小腿肚子，使劲蹬一下地面，说："父亲您看我的小腿多有劲！你看看。"

贾皇宝弯下腰，轻轻把贾存仁的裤筒抻直，而后又站直身子，伸手抚摸一下儿子清瘦的脸颊，说："我娃是长大了一些。可是还没长成大人。伺候病人是大人干的活儿。你看你的个子才多大？"

贾存仁摇晃一下单薄的身子："您不是说过小子不吃十年闲饭吗？我已经到了不吃闲饭的年龄了。我不能再吃闲饭了。我要干活！"

听着儿子这些不是一个年仅八岁的孩子所能说出的话，贾皇宝苦笑一下："话是那样说，可是我儿子还真是个小孩子呀。还没到干活的时候哩。"

贾存仁摇摇头说："《三字经》里说香九龄，能温席；还说融四岁，能让梨。我都八岁了还不能伺候我祖母和母亲？还不能帮着大人干活？"

贾皇宝惊讶地问："我娃你都能读懂了《三字经》？"

贾存仁像大人一样地晃一晃身子，甩甩胳膊，踢踢腿，两手叉腰，说："父亲，您放心。李老师讲的课，我听一遍就记住了。《三字经》我已经会背了，道理我也懂了。人念书，还不就是为了懂道理呀。懂了道理，才能学会做人呀。您给我说过，我母亲生我的时候遭了很大的罪，她现在的病根就是生我的时候得下的。以前我还小，也没念过书，不懂得做人的道理，没有招呼好我母亲。李老师教我们学了《三字经》以后，我就懂了，当儿子的还能不管母亲的病吗。要是伺候不好我母亲，我这个当儿子的还算人嘛！"贾存仁说得激动了，两眼的泪珠儿悄悄掉下来。

贾皇宝坐在凳子上，揪着衣袖口轻轻替儿子擦去泪水，说："可是你还要念书呀。一个男子汉不念书、没有学问，怎么能干大事，奔功名呀？伺候病人是一件很缠人的事情，你也看到了，你母亲的病一时半会儿也好不了，而且接上手以后就难以松手。你的书可咋念呀。"

祖母贾段氏挣扎着从炕上坐起来，一边抹眼泪一边说："我娃，念书可是第一等要紧的事情呀。你看，要不是念书，你哪里能懂得香九龄，能温席，还有啥融四岁，能让梨的学问呀。可不敢把念书丢了。你父亲要是没有学问，咋能当先生教学，挣下钱养活咱一家人呀？"

贾存仁朝祖母笑笑，说得更轻松了："我没有说不念书。念书的事你们就别操心了。李老师讲的课我全能听懂，听一遍就听懂了，就记在脑子里了。还有好多东西，老师讲一遍我跟着就走了。还会讲，有的时候，李老师还叫我站在讲台上给同学讲哩。李老师说，比他讲得还好。他说他年纪大了，有些人的故事记不全了，有些道理也讲不圆满了。他讲课的中间还偷偷问我哪一故事是咋回事哩。"说到这里，贾存仁得意地笑了。

贾皇宝轻轻打了一下儿子的手背："别得意！你才知道多少？你才念了几天的书！还敢笑话老师？给你说，天下的学问比天高、比地厚、比海深。你才接触到皮皮毛毛！"

贾存仁吐一下舌头："哎呀，我一个童生，咋敢在贾老师面前讲《三字经》呀！真是太不知道进退高下了。"

贾皇宝眉宇间充满了笑意，伸手佯装要打贾存仁。贾存仁没有躲，笑着说："父亲，您放心。我不过是在自己的父亲面前高兴一下嘛。到了李老师跟前儿，我可不敢胡说，一句多余的话都不敢说。您放心，我不会耽误念书。还要把我祖母和母亲伺候好。只要您按时把给我母亲买药的银子捎回来就行了。要是到了年底，我考不了好成绩，您就别打我的手心了，直接打我的屁股！我给您在这里预备着哩。"贾存仁站起来，脸上带着笑样儿，转过身子把圆圆的小屁股蛋蛋扭到贾皇宝的面前。

贾皇宝的眼睛红了，他不明白，甚至有些惊讶，自己这个才八岁的儿子咋就能讲出这一番只有成年人才能懂得的道理呀？不由得伸手摸摸儿子

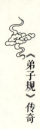

剃得光光的额头，顺顺他脑后的小辫子，起身走了出去，把两手搭在小肚之上，站在大槐树底下，稳稳出了一口气，放眼看着东边逶迤南北的尧王山的黛色山峦。

已经是初夏季节了。原野上的草木旺盛地长起来，村边、河畔、坡上、沟里到处都是绿油油的。远处尧王山上的林木长得密密实实，把山顶上的庙宇都遮住了，那些飞檐斗拱和红墙绿瓦只能从树木的枝叶间探头探脑。这些天雨水还赶得很紧，三天一场，两天一场，夜间下雨，白天晴，头天下雨，第二天晴，路面经常是湿漉漉的，人一张嘴就能呼吸到潮气儿。草木快长疯了，没多少日子，哪里都是墨绿色的了，地面上蒸腾着一层似有似无的气流，日头穿透雾气把炙热的阳光撒下来，天地间笼罩在闷热之中。人到中年的贾皇宝知道万物生长的季节这就开始了。

从那以后，小贾存仁就成了忙人。每天早早起来，收拾完母亲范氏炕上的那些活儿，草草扒几口祖母凑合做好的早饭，给母亲喂了药、喝了水、吃了饭，背上书包就朝书院跑，听上两节课，记好李老师布置的作业，就朝家里跑。李老师知道贾存仁家里的情况，看着贾存仁的学问很扎实，对他放得很松，讲完课就放他走了。佐村到县城五里多的土路上经常能看见贾存仁匆匆赶路的小小身影，从他身边经过的行人还能听见他小声背书的声音……

回到家里，赶紧搬过瓦盆在井台边上洗母亲换下来的衣物。洗完了，还要看看母亲吃的药还够不够，要是不够了，还要找村东头的刘太医开药方，再到城里的药铺抓药，等这些事情忙完了，就快到晌午饭时了，贾存仁喘口气，洗洗手，就开始帮着祖母做饭。先给母亲做。母亲久卧炕头，肠胃不好，只能吃一点稀的软的饭食。这一天，给母亲做的是拌汤：先把干面粉拌成细小的面穗穗，下到开水锅里煮熟，放一点切碎的青菜，打上一个鸡蛋花儿，用大葱末儿、盐和醋调好味道，就成了。贾存仁已经掌握了母亲的口味，味道调得正好。

贾存仁用瓦勺舀起一勺拌汤放到自己嘴边吹吹，再喂给母亲吃。范氏吃了几口儿子喂的拌汤，似乎听见贾存仁肚子里面咕噜咕噜的响声，就心疼地说："我娃，你也饿了吧。你先吃几口，压压饥，看你一个晌午就没闲着。"

贾存仁咽一口唾沫，笑着说："我不饿，母亲您先吃，您吃饱了，我和祖母再吃。您是病人呀。"

范氏说："不行。我娃先吃几口，我再吃。"

贾存仁说："母亲，您先吃。您的饭最要紧。"贾存仁舀捧起一瓦勺拌汤凑到范氏嘴边。

范氏又听见贾存仁肚子里面"咕噜咕噜"地响起来，于是扭过头去，说："我娃，听你的肚子面响得多厉害。你先吃几口。要不今天的饭，我就不吃了。"范氏的眼泪随着话声流下来……

贾存仁扑通跪倒地上，说："母亲，您是病人，您要先吃。再说，只有您先吃饱了，我们才能安心吃饭呀。您就把吃饭当成是帮助儿子干活，好不好？"八岁的男孩子贾存仁抱着母亲的大腿哭起来。

祖母段氏扭着小脚走过来，对儿媳妇说："我说他妈，你赶紧吃了吧。别叫余田着急了。你还不知道你儿子的心气儿呀！"

范氏呜呜地哭起来："母亲，您听听余田肚子里面咕噜咕噜叫唤得多厉害，我能咽下他喂的饭吗？我娃正是吃长饭的年龄呀。我这个废人，整天啥也干不了，还叫一家老小伺候。还不如早一点死了呢！"

贾存仁听了一下子站起身子，轻轻替母亲擦擦眼泪，说："母亲，快别说糊涂话。只要儿子夜里睡在您身边能听见您稳稳当当的呼噜声，早上起来能有您的尿盆送，饭时喂饭您能吃，端的水您能喝，洗下的衣服您能穿，儿子叫母亲的时候，能听见您的答应，儿子就没有白忙活，咱就是一个热闹红火的家。您看我祖母、父亲、母亲再加上我，咱一家人在一起多热乎呀。儿子受多大的累都是小事情，都是应该的。母亲，你快吃饭，别叫儿子着急了……"

祖母段氏抹着眼泪说："都说穷汉家养儿算数哩。我家一个小余田就行了。我们贾家啥都有了。"

范氏呜呜地哭起来……

贾存仁站起来，按按小肚子，说："我这个小肚子太不懂事，搅得我母亲吃不下饭，看我把它捆住！"说罢，贾存仁松开裤带使劲勒了几下，才打了结，站到范氏跟前，笑着说："母亲，你听听，它还敢叫唤吗？再叫唤还要朝紧里勒它！看它再敢叫唤！"

祖母段氏哭着说："他妈，快三口两口把饭吃了。别叫孩子着急了……"

范氏止住哭，用泪眼看着儿子，小声说："我娃，你先吃一口，我就吃。"

贾存仁没办法，只好舀了小半瓦勺拌汤喝了，咕咚一声咽下去，故意吧嗒吧嗒嘴唇，才大声说："真好吃，怪不得我母亲舍不得吃，非叫你儿吃。就是好吃呀。"说完，贾存仁舀了满满一瓦勺拌汤喂给范氏，范氏只得吃了，一边吃，一边流泪。

喂母亲吃完饭，贾存仁拿起白布手巾给她擦擦嘴，又端来半碗温水，叫她漱漱口，才松了一口气，拉住她的手说："母亲，《三字经》里面说为人子，方少时，亲师友，习礼仪，香九龄，能温席，孝于亲，所当执。说的是东汉有一个叫黄香的人，九岁时就知道孝敬父母，十冬腊月替父母暖被窝。我也快九岁了，也要替大人做事情，要不我咋能成为一个男子汉呀。更别说您的病还是生我的时候落下的。这么大的恩情，做儿子的一辈子也报答不完——"贾存仁的话没说完，咬着下嘴唇，直盯盯地看着母亲范氏……

祖母段氏颤颤巍巍地说："我说他妈，有这么一个懂事明理的儿子，是你的福气，也是咱们贾家的福气呀。咱们就好好活着吧。等着享他的福吧……"

范氏抚摸着儿子的脸颊，无声而泣……

忽然，贾存仁眼睛一亮，说："祖母、母亲，我才从书院学了一个戏法，变给你们看看。"

范氏一下子不哭了，擦擦眼泪看着贾存仁。

段氏也一改悲切的情绪，瞅着孙子。

只见贾存仁站直了身子，伸开两手把自己从头到脚，从脚到头拍了两遍，随后摆开架势，从衣兜里面掏出一个小石头蛋儿，用三个手指头顶起来，说："你们看，这是一个咱们村里常见的小石头蛋蛋。看见了吗？"

段氏、范氏一起点点头，说："看见了，看见了。"

贾存仁笑嘻嘻地说："一会儿，我吹一口仙气儿，就能把它变没了，再吹一口仙气儿，就能把它变回来，再吹一口仙气儿，又能把它变成一颗大红枣儿。你们信不信？"

祖母段氏和母亲范氏互相看看，摇摇头。范氏笑着说："我不信。上了几天书院，还能得你不轻。"

"不信？你们可看好了。"贾存仁卖了一个关子，把小石头蛋蛋放在手心里面，伸长脖子吹了一口气，然后两手使劲一拍，再张开手掌，小石头蛋蛋不见了。

祖母段氏瞪圆了眼睛，一把拉过贾存仁的双手看看，说："就是呀！小石头蛋蛋哪里去了？咋看不见了呢？咋就没了呢？"

范氏也感到奇怪："余田，快说，你藏到哪里去了？"

贾存仁不等咱们段氏看清楚，就轻轻抽回手掌，笑嘻嘻地拍拍手，说："你们看，没有吧？"又翻开衣兜说，"你们看，没有吧？"又脱下鞋，说，"你们看，没有吧？"最后揭起长衫的前襟、后摆叫段氏和范氏看，说，"你们看，这里也没有吧？"

祖母段氏着急了："快说，你把小石头蛋蛋藏到哪里了？别叫我们着急。"

贾存仁拍拍两手，说："哪里也没藏，这不是？"说完，张开右手掌，那一块小石头蛋蛋稳稳当当地躺在手掌中间。

范氏正要说话。贾存仁伸出一个手指头轻轻按住她的嘴唇，说："母亲，您别着急，我再能把它变成一个大红枣儿，咱把它吃了。"说完，贾存仁两手一拍，说一声"走——"再拍一下两手，张开叫大家看，小石头蛋蛋又不见了。

不等段氏和范氏说话，贾存仁手指着窗台上的一块红布，说一声"大红枣儿过来。"

话音刚落，贾存仁从红布下面拿出一颗大红枣儿，放在手心里说："祖母、母亲，你们看。是不是大红枣儿？"

段氏拿过大红枣儿看看，还放到鼻子尖下面闻闻，又交给范氏看看，范氏拿过大红枣儿使劲捏捏……最后两个女人惊讶得睁圆眼睛看着贾存仁，说不出话来。

贾存仁笑嘻嘻地说："祖母、母亲，你们看看，我的本事大不大？"

末了，范氏笑着说："把戏儿，把戏儿，肯定是个假的。余田快说，你

是咋变出来的？我真着急了。"

贾存仁笑着问段氏："祖母，您看出来没有？"

段氏摇摇头，笑着说："你母亲都看不出来，我老眼昏花的更看不出来了。"

"我给你们说吧。"贾存仁拿出那一个小石头蛋蛋，说，"我趁着拍手的机会，把这东西夹到两个手指头中间了。"

段氏指着贾存仁手指头夹着的小石头蛋蛋，说："这不看得好好儿的吗，那会儿我们咋看不见呢？"

贾存仁说："我不停地拍手，你们哪能看见呢。"

范氏跟着问："那个大红枣儿是咋回子事呢？"

贾存仁笑着说："是我提前藏好了的呀。"

段氏和范氏指点着贾存仁的脑门哈哈大笑起来，清贫的家里顿时充满了欢乐和温暖……

第四章

"存仁！存仁！"叫声从院门外传来。

"哎——"贾存仁放下手里的活儿，一边答应，一边起身走过去开门。

李宜思和张友奋站在大门外边。见了贾存仁咧开嘴嘻嘻笑了起来，两眼眯成了一条缝，脸上还带着些许羞涩。

贾存仁先朝张友奋点点头："友奋，你咋跑来了？你们佑村离我们佐村那么远。"

张友奋道："你误了课，来看看你呀。"

李宜思在一边道："李老师家里有事情，提前放了学。"

"快进来。我正寻思你把我的作业捎回来没。你们快把老师讲的新课讲给我听听。夜天我给我母亲买药，误了一堂课。"贾存仁笑着说。

"这不是？给你。"李宜思站着没动，把一张纸条递给贾存仁。

贾存仁接过白纸，看一眼，说："你看，李老师布置的一篇文章，题目是《我的一日》。来，友奋、宜思你们快进来。"

李宜思先朝院子里张望一下，才走进院子。进了院子，又看看窑门，见没有大人，才松了一口气。

贾存仁笑笑问："你怕什么呀？咱们在一个村子里一块儿长大的，又一块儿上学。我祖母、我父亲、母亲你还不都认识？看你那个害怕的样子。"

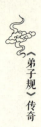

李宜思小声说："我害怕你父亲，他是老师，见了我常提问一些学问上的事情，我老是答错。我是又想见他，又不敢见他。"

贾存仁摇摇头："我父亲还没回来。他就是提问题，也是咱们学过的东西，也是帮助咱们学功课。你怕什么呀？"

李宜思说："我可不是你和友奋。老师讲一遍你们就记住了。我可记不住。我的脑子就是一盆子糨糊。哪像你，一盆子清水，啥都能看清楚。答不上来，你父亲还不是又要批评我呀。"

贾存仁摇摇手里的白纸，问："友奋、宜思，这一篇《我的一日》你写好了没有？"

张友奋说："我倒是搭了一个架子，还没写。还想看看你咋样写。"

李宜思摇了摇头，说："李老师的作业，就是随便想一个题目叫学生做。一日生活咋写？我就写了几句话，再也没东西写了。我说，早上起来穿上衣裳，上了茅房，再就是洗脸，吃饭，上书院，晌午不回家，在书院吃干粮。后晌上完课，就回家。吃完晚饭，再玩一会儿就上炕睡觉了。再没写的啦。"

贾存仁闭上眼睛想一想，说："我看不能写成流水账，应该把一天里咱们做的主要事情写出来，还要把事情的意义写清楚。写一件事也行。"

李宜思说："意义，啥意义？洗脸就是洗脸，吃早饭就是吃早饭，上学就是上学，还有啥意义？要是每一件事情都写意义，哪得写多少字？太费劲了。"

张友奋道："记流水账肯定不行。老师不会答应。"

贾存仁道："我是这样想的，不是大小事情都要写，拣主要的写，比如写到书院学功课，总要写一写为什么念书，要怎样念书？回家帮助大人做事，做哪些事情，怎样做好？这才叫作文写文章。"

"你这个写法，还不把人累死了？"李宜思把脑袋摇得像拨浪鼓，打断贾存仁的话，"做事还要想想为什么，还要想一想怎样做，先别说写文章，光是做事情就把人累死了。那还能有时间写文章？今天时间长，别干活儿了，咱们玩一会儿吧。"

贾存仁抬头看看天上，想说什么，嘴唇动了动，也没说出来。

一阵风刮过来，院门口的大槐树呼呼地叫起来，几片树叶打着转转飘落下来，日头已经升到了半空，热气也上来了。南面的天边似有黑云在慢慢移动。大槐树的叫声，扰得人心里不安稳。

李宜思问："看你那样子，你母亲的病又重了？"

贾存仁仰起头眯着眼睛看看远处的尧王山，说："早上我去给我母亲抓药，大夫说还有一味草药，叫黄芩，需要现采现挖的，趁着新鲜用。回来问我祖母，老太太说尧王山半山腰里就有，山顶上反而没有，你说怪不怪？友奋、宜思你们先回去写作业。我还要上山给我母亲把药采回来，不耽误后晌熬药。你看今天这天气也不太保险，怕后晌里有雨。"

李宜思说："我的作业不着急，我跟你一块儿上山给你母亲采药去吧。两个人上山，有个伴儿还不好？"

张友奋附和："我也去。人多眼睛也多，看得宽，一定能采好药。"

贾存仁高兴起来："行，你们真是我的好朋友。采药回来，咱们一块儿写作文，还能互相指点着写。"

李宜思说："那倒是。采药回来，就有写头了，我就写采药。"

贾存仁高兴起来："做了事情，有了想法。作文就好写了。把事情的经过写清楚，再把想法写明了，可不就是一篇好作文。"

"那咱们还不快走！"李宜思显得更轻松了。

贾存仁回到屋里小声跟祖母说了一声，祖母段氏嗫动着没牙的嘴唇要说话，贾存仁指指在炕上熟睡的母亲，摇摇头不叫老太太张嘴。

老太太默默地扳过贾存仁的脑袋，帮他把后脑勺上的辫子重新盘到头顶，才叫他走。

贾存仁手拿一把镰刀，胳膊上挎一个小篮子，李宜思拎一根比大拇指粗一些、三尺多长的木棍，张友奋拿过贾存仁臂弯里的小篮子，三个人说说道道朝尧王山走去。

祖母段氏挪动小脚倚着院门，擦擦昏花的老眼，看着他们朝东走了。

尧王山不是太高，也不太陡峻，舒舒缓缓地高起来，像头无比巨大的老黄牛安然地卧在东边，从佐村村头看过去就是一条长长的大山坡，山坡上散布着一条条久远岁月里被水冲出的沟壑。路程不是太远，贾存仁和张友奋、李宜思走了一个多时辰就到了半山腰，这里绿草很多，目到之处全是绿油油的草地，草丛里面夹杂着一些黄色、白色、红色的小花儿，星

星一般点缀在野地里面，似乎还有一股淡淡的清香散发出来。再朝上走，就是黑乎乎的松树林子了。佐村就在山下不远的平地上，农舍、田地、行人、禽兽组成一幅休闲的田园图画。

李宜思一边用木棍拨拉着草丛，一边问："存仁，你知道黄芩是啥样子呀？你看这山坡上草这么多，咱们能认得出来吗？"

贾存仁把镰刀夹在腋下，用手指头比画成一个圆圈说："人家医生说了，是一种圆圆的，跟家里的菜碟差不多大小，叶片深绿，叶心发黄，开小红花的草药。味道发甜，牛羊都爱吃。能当药用，也能当菜吃。"

李宜思点点头说："看你说的样子，倒是好找。就是怕全叫牛羊啃得吃光了。"

张友奋也道："咱们快找。"

三个半大的小子东瞅瞅，西看看，找了好一阵子，也没看见黄芩的影子。

这时候天色暗了下来，还有凉风吹过来，抬头一看，一大块黑云不知什么时候盖在头顶，仰头看看，四周的天空全叫黑云罩住了，天色暗下来了，山下的佐村变成了一团黑黑的坨子，只有很远的地方才能看一线日头影儿。贾存仁有一点急了："友奋、宜思，你看这天气。咱们得赶紧找到黄芩呀。"

李宜思瞅一眼坡上的松林子，再看看山下，说："怕是要下猛雨了。要不咱们先回。等猛雨过去了，再来？"

张友奋说："既然来了，就要想办法找到。存仁母亲还等着喝药呢。"

贾存仁瞅瞅天空："谁知道这猛雨下多大工夫呀。我怕误了我母亲吃药？要不你们先回，别陪着我淋雨。我既然来了，就一定要找着黄芩。人家大夫说得清清楚楚，尧王山上就有。很好找的。"

李宜思回过头看看张友奋说："要走一块儿走，要留一块儿留。我们哪能先走呢，我们得陪你找。"

张友奋指指南边，说："你看，那里草长得厚实，咱们过去看看。"说完就前头走了。贾存仁和李宜思紧跟着走过去。

"隆隆隆……"雷声在天边响起来。

三个孩子快步走到南边，才发现前面是一道深沟，沟塄塄上长着一丛丛绿油油厚实实的野草。

李宜思一边念叨"圆圆的样子，绿绿的叶子，黄黄的花心，红红的花瓣"，一边用木棍拨开草丛低下头看。

贾存仁用镰刀拨开野草仔细看看，没有发现黄芩，就顺着沟塄朝前走。山风刮得越紧了，扯得贾存仁身上的长衫呼呼作响。

"存仁，你看那不是？快过来！"张友奋指着前边叫喊起来。

贾存仁急忙跑到张友奋跟前，顺着他手指的方向看过去，只见那边的沟塄朝前伸出一个嘴嘴，嘴嘴的顶端长着一团圆圆的绿草，依稀能看见微黄的草心，似乎还有一点红色的影子。

"哎呀！真是黄芩！可不就是黄芩！可不就是黄芩！"贾存仁兴奋地惊叫起来。

三个人跑到那个嘴嘴边上，只见嘴嘴朝前伸出好几尺远，正面的山脊梁也很窄，尖尖的，站不下一只脚，很难走过去，不仅用手够不着，就是用镰刀也够不着。看看沟底，倒不太深，也就是一两丈的样子，坡也不太陡，长满了青草和酸枣刺。

这时候，又一股山风刮来，一道白色的电光在天上闪烁了一下，紧接着一声响雷在头顶炸开，大雨点子紧跟着铺天盖地砸了下来。贾存仁和张友奋、李宜思吓得趴到地面上。等闪电和响雷过去，贾存仁一下跳起身子，跑到沟边，抬脚试着踩到沟嘴嘴上面。可是已经被雨水淋湿了的沟嘴嘴上面根本站不住脚。贾存仁试了几次都不行。后来贾存仁想骑到沟嘴嘴上，可是两边尽是茂密的草和酸枣刺，根本插不进脚去，更别说骑了。贾存仁急得额头上汗都出来了。

李宜思在后边叫唤："存仁，不行。你别滑下去！咱们趴在这里等一会儿，猛雨过去以后再想办法采吧。"

贾存仁抬头看天，说："你们看云层很厚，估计一时半会儿停不了。咱还是想办法采了药，赶紧下山吧。这种天气在山上待着可不保险。"

李宜思瞅瞅窄窄的沟嘴嘴，说："你看咱也过不去呀。咋采呢？"

贾存仁看看李宜思手里的木棍，说："我看这样，咱们一人抓木棍的一头，你们在后边拽住我，我探出身子用镰刀把那一棵黄芩割下来。咱先试一试，看行不行？"

李宜思看看沟底，说："你就是割下来，也掉到沟里去了。"

贾存仁指着沟底说："掉下去也不怕。沟又不深。"

这时候雨下得虽然比那会儿小了不少，雨点子还是很密，打得人睁不开眼，三个人的衣裳都被淋湿了。

李宜思左右瞧瞧，说："那咱们试一试。"说着，伸出木棍。

张友奋又嘱咐一句："存仁，你可抓牢了。下雨了，棍子挺滑。"

贾存仁先把长衫撩起来缠在腰间，再把头上的辫子盘好绑紧，左手紧紧抓住木棍，两脚稳稳踩在沟嘴嘴的脊梁上边，右手举着镰刀，扭头看看前后左右，而后左脚离地，右脚牢牢蹬在沟边的一块石头上面，慢慢朝前探出身子。雨还在下，雨水顺着光光的额头流下来，晃得眼睛看不清楚，贾存仁摇晃一下脑袋，甩掉雨水，眨眨两眼，继续把身子朝前探过去。

张友奋和李宜思弯着腰，脚跟死死蹬住土地，四只手紧紧握住木棍，四只眼紧紧盯着贾存仁。张友奋又小声叮咛说："存仁，你可抓紧了！"

"你们放心，没事儿。"贾存仁一边说，一边用右手举着镰刀刚好够着那棵黄芩，使劲一割就把黄芩割下来了。

"好，割下来了！可是割下来了——"贾存仁欣喜的叫声还没落，踩在沟嘴嘴脊梁上的那一只脚一滑，身子一歪，拽着木棍的左手也脱了，整个人身子朝沟里滑下去，只见长辫子稍晃了一下就不见了……

"哎呀——"张友奋和李宜思见状，惊叫一声，把木棍扔在一边，一屁股坐在沟边上，先愣了一下，接着就呜呜地哭起来……

贾存仁从沟嘴嘴滑下去以后，身子顺着被雨水淋湿的青草朝下出溜，没想到脑后的长辫子被一棵酸枣刺挂住了，身子下滑得慢了，贾存仁顺势伸手揪住身边的青草，两只脚也蹬住了草根，整个身子才停止了下滑。

贾存仁已经从最初的惊慌中摆脱出来，嘴里叫唤开来："友奋！宜思！快绕到那边下沟里接我呀……"

张友奋和李宜思这才从害怕和慌乱中清醒过来，嘴里"哎"了一声，擦一把眼泪，站起身子，拿起木棍，跑到那边，踩着泥泞，下到沟底。张友奋拿过掉到一边的镰刀，在贾存仁脚下挖了一个小土台，使他站牢靠了，说："好了，下来吧。多亏了沟不深。我接你。"。

没想到，贾存仁的身子还是不能动，长辫子还在上边的酸枣刺上挂着呢。贾存仁赶紧指指上边，说："宜思。我的头发，我的头发……"

张友奋顾不上说话，又挖了几个坑，费力地爬上去，把贾存仁的辫子从酸枣刺上边慢慢解下来。

贾存仁这才慢慢滑到沟底，身子还没站稳，就着急地四处搜寻，嘴里叫着："黄芩，我的黄芩在哪里呢。友奋、宜思，快帮我找找。"三个人扒拉着野草，总算找着了那一棵黄芩。那棵黄芩虽然叶子有一点破烂，大样子还在。贾存仁把黄芩紧紧抓在手里，说："可算挖着了，可算挖着了。"

贾存仁和张友奋、李宜思互相拉扯着爬出山沟，坐在山坡上歇着。李宜思走过去把篮子找着。雨不知什么时候停了，风也不刮了，黑云也不见了踪影，明亮亮的日头又照在头顶，天地间一片清新，山下的佐村里里外外的景物又看得清清楚楚了。

三个人互相看看，禁不住哈哈大笑起来，虽然在泥水里面滚了一场，由于野草很厚，身上没沾了多少泥，长衫和鞋倒是湿透了，头上的辫子也散了，脸上还沾了些泥点子、草屑儿，跟戏里面的大花脸差不多。贾存仁的右边脸颊叫酸枣刺划了两条红艳艳的血痕，现在还有小血珠儿渗出来……

李宜思惊叫起来："存仁，你的脸划破了——"

贾存仁轻轻按按血痕两边，疼得倒吸了一口气，说："不要紧。我摸着划得不太深，过几天就好了。"

李宜思站起来，摇头看看天，说："走，快回家吧。"

贾存仁坐着没动，说："咱这个浑身湿透，两脚黄泥，披头散发的埋汰样子，我的脸上还划破了，咋回家呢？还不把大人吓死？得先收拾一下。"

张友奋看着贾存仁，慢慢地说："存仁，还是你想得周全，啥事都想到了，我就想不了那么多。"

"来，友奋、宜思，你们看，咱们的辫子散乱了。咱们先编一下。来，我先给友奋编。"贾存仁把手里的那棵黄芩轻轻放到篮子里面，拉过张友奋说："友奋，你过来，我给你编。"

等三个人互相把辫子编好，整整齐齐盘在头顶，身上的长衫也干了，鞋上的泥也干了不少。贾存仁撩起长衫下摆，把自己的脸擦了一下，碰到了伤口，疼得打了一个寒战，问："宜思，你看，我的脸上干净了没有？"

李宜思瞅一眼贾存仁的脸，说："好啦，泥点子是没了。两条血印子也快干了，红红的，挺显眼。"

贾存仁摸摸伤口，掏出手巾对李宜思道："宜思，你到那边沟里蘸一点水，把我脸上的血印子擦掉。"

李宜思看看贾存仁的脸，道："我看还是别用水擦了，伤口湿了水更疼。"

贾存仁道："疼倒不怕，主要是不能叫我祖母和母亲看见血印子害怕。"

李宜思只好跑到那边沟里把手巾蘸湿了。张友奋接过湿手巾："我来擦。"张友奋先从伤口的边缘擦起，擦干净了，再擦伤口上边。开始的时候，贾存仁还能忍住，等直接擦到伤口，每擦一下都疼得浑身打战。

"要不咱别擦了。看你疼的那样儿"张友奋不忍心看着贾存仁受疼。

"擦吧。我这血淋淋的样子，还不把两个老人家吓着了。"贾存仁咧着嘴道。

总算擦完了，李宜思扳过贾存仁的脸瞅瞅，只见那两条血印子虽然还有一点红肿，总是没有原来那么红，那么吓人了，远看还真看不出来。

"行啦。咱们回家吧。先给我母亲熬上药，再写作文。咱们各写各的，看谁写得好。"贾存仁说罢抖抖长衫，抻抻袖子，跺跺两脚，摇摇脑袋，擦擦额头和鼻尖上的汗珠儿，晃晃身子，把自己拾掇得更精神一些，拿起小篮子，看看里面的那棵黄芩，前边走了。张友奋和李宜思撵上去，三个人又像上山的时候那样说说道道地朝村里走去。虽说刚刚下过雨，由于下雨时间短，路上不太泥，很好走。

在村口，碰上了陈贯通。陈贯通看见贾存仁和张友奋、李宜思的样子，就问："你们三个咋啦？这个熊样子。"

贾存仁脚下没停，扭过脸不叫他看见脸上的血印子，笑笑说："上山给我母亲采药淋了雨。还摔了一跤。"

陈贯通一把拉住贾存仁，随口就说："贾存仁，老师出的作文《我的一日》，我不会写，你帮我写一篇。能行吗？"

陈贯通的家境很好，在浮山城里开着铺面，家里还有百十亩地，常年雇人干活，他父亲陈三光两头跑着照应，家里的日子过得很滋润，偏偏这个陈贯通不是个做学问的料，不好好念书，看见书就头疼，还爱惹是生非，弄得陈三光跟着这个儿子不停地生气，耽误了好多事情。

李宜思在一边笑了："贾存仁写下的作文，是贾存仁的。咋能是你的呢？还有叫别人替着写作业的事情呀。你可真会想呀。"

陈贯通脖子一拧，说："你插啥嘴？我叫人家贾存仁帮着写。又没叫你帮着写。看你那个烂把式，自己写不好，还笑话别人。贴上钱我都不叫你帮着写呢。快一边歇着去吧。"

贾存仁说："就是呀，人家李宜思说得对。你的作文，我咋能替你写呢？不是帮你的忙，是把你害了。你先写好了，我帮你看看，咱们一块儿润色润色还差不多。"

陈贯通脸红了，两只眼睛瞪得圆圆的，嘴唇溅出了唾沫星子，说："你不帮忙就算了。我要是能写好了，还用你看呀！多说多少淡话！真是。"说完，扭头就走了。

李宜思看着陈贯通的背影，小声说："这人真可笑。都是十多岁的人了，还跟小时候一样。不跟自己讲理，也不跟别人讲理。"

贾存仁笑笑没吭声儿。

祖母段氏正倚着门框朝外看，满脸的焦急。看见贾存仁和李宜思走过来，老远就说："余田，你们可回来了！那会儿下猛雨，淋雨了吧？"

贾存仁走到段氏跟前，一手扶住老太太，一手举起黄芩，说："祖母，您看，我们给我母亲采的药，黄芩。"

段氏接过黄芩，凑到眼前瞅瞅，还闻了一下，欢喜地说："多好的黄芩呀！我年轻的时候也采过这东西。你们走的时候也不带个避雨的东西，说走就走了。你十好几了，咋还是毛毛躁躁的。你母亲急得非要起来出去找你呢！"

贾存仁的脸一红，说："怨我怨我。叫老人操心了，走咱们回家。"贾存仁扭过脸，不想叫祖母看见脸上的伤。

"余田回来了？"屋里传来范氏虚弱的说话声音。

"母亲，我回来了。我给您采药去了。"贾存仁一边进屋，一边说。

范氏倚着被窝坐在炕上，见着贾存仁，就伸出两手，说："我娃，那会儿下猛雨，你淋雨了吗？快过来，叫我看看。"

贾存仁站在炕沿边上，不敢离母亲太近，说道："母亲，您看看，好好的，药也采回来了。我这就给您熬上。"

细心的范氏还是看见了儿子脸上的伤，惊叫一声"哎呀！你的脸上咋啦！"

贾存仁赶紧朝后挪挪身子，故作轻松地说："母亲，不要紧，采药的时候叫酸枣刺划了一下。不要紧，不要紧，都快好了。您别着急。"

"快过来，叫我看看。快叫我看看！"范氏伸出两手着急地说。

贾存仁站着没动，说："母亲，您别看了。不要紧的嘛，又不疼。"

范氏更着急了，额头上沁出汗珠儿，两手支着炕面，朝前挪动身子。

"别动。别动！"贾存仁见了，急忙走到范氏跟前，"看把您急的。您看，就是不要紧嘛。"

"快叫我看看……"范氏轻轻扳过儿子的脸，看着那两条已经凝固的血痕，用嘴吹吹，心疼得哭了，"咋能划成这样？咋能划成这样？儿子，还疼吗？给母亲说……"

贾存仁拿过范氏的手，轻轻抬起头，笑着说："母亲，这算什么呀！我都这么大了，这一点小伤算什么呀。"

范氏拉住贾存仁的手哭着说："我算什么母亲呀？从小就叫我儿伺候，拖累得我儿连书都念不好，还受了伤！我可怜的儿子……我呀！真不算话呀！"

祖母段氏听说孙子受了伤，也挪过来，嘤嘤地哭起来。

贾存仁一手拉着祖母，一手拉着母亲，说："二位老人家，快别哭了。母亲生了我，养了我，就是天一样高，地一样厚的恩情。我伺候您，还不是天理地由呀。莫说受了这一点点小伤，就是——"

"不许胡说！"范氏一把捂住儿子的嘴，更多的眼泪顺着饱受疾病折磨的枯瘦的脸颊流下来。

贾存仁强忍着不哭出来，脸上带着笑样儿："好好，儿子不胡说了。您也别哭了。我以后一定把您的儿子看好，再不叫您儿子受一点点伤，再要出一点问题，您就狠狠收拾我。这该行了吧？我是谁呀？是您的宝贝儿子呀。您的宝贝儿子是谁呀？是我呀。"

李宜思在一边听得可笑了："二位老人家，别难过了。你们听贾存仁说话，像车轱辘转圈子。啥苦在他的面前都不叫苦，你们还要享他的福呢。"

张友奋跟着道："二位老人家，你家存仁是我们同学里面最有主意的人了，我们都佩服他。"

范氏止住哭，含着亮晶晶的泪花，嘴里念叨着："这娃说对了。要不是有我这个好儿子，我就活不到这会儿。我可怜的儿子……"

贾存仁替范氏擦去眼泪，说："母亲，您的儿子有爸、有母亲，还有祖母，有一个暖烘烘的家，还有三个老人疼着、罩着，一点也不可怜。好了，我去给您熬药去。您先歇着。熬上药，我们三个还要一块儿写老师布置的作文呢。"

第五章

贾皇宝清晨即起，净手洗面，草草用过早饭，就匆匆忙忙朝县城赶路。

此时的贾皇宝一改平时之衣冠楚楚、文质彬彬的教师模样，盘辫杂乱，须发不整，长衫下摆斜别腰间，步履紧促，一副事急赶路模样。

时值深秋，沿途草木凋零，空中雁阵哀鸣飞过，地面凉风四起，寒露湿履。贾皇宝全然不顾，一味前行。

到得神山书院，找着院主李学邃，贾皇宝已经累得满头微汗，气喘吁吁了。

李学邃迎进贾皇宝，不及让座即笑道："皇宝师弟，是为县学秋考童试而来？"

贾皇宝双手合十："先生，昨天皇宝得到县学秋考童试的消息，不知犬子存仁的学问如何？虽然平时先生戏称他为高足，但是在下心中还是无数呀。"

李学邃随口即道："不是戏称，是真称。存仁天生聪颖，才思敏捷，在本院念书多年，不仅熟读蒙学经典，而且对于儒学的四书五经精读于心，深解于脑，熟背于堂，且每每行文赋诗，皆出类拔萃，语惊四座。学问甚是扎实牢靠。本次县学秋考童试之时，只要正常发挥，不难取得佳绩。"

贾皇宝扶李学邃坐下。李学邃指着椅凳，道："皇宝师弟，你也坐呀。"

贾皇宝坐下，复欠着上身笑道："在下这次前来，还有一件事，就是请教先生，犬子该如何复习所学的功课？犬子能有今日，全赖先生教导有方。不过，犬子时有顽劣，游嬉好动，就怕考场上思路分散，发挥欠佳，以致言不由衷，文不对题呀。在下虽然教书多年，但教的都是初学孩童，缺乏县学秋考童试的经验。还请先生不吝赐教。"

李学邃摇摇头："我想不会。存仁已年及十岁有五，过了顽劣游嬉之时，懂事比别的学生早，对社稷人生均有个人初步见解，念书也比别的孩子用功，一个童试对于他来说，不是什么问题吧。"

贾皇宝笑言："话虽此说，就怕县学秋考童试之时出题艰涩生僻。而犬子又是头一次参加考试，经验尚缺，难以应付呀。"

李学邃说："我想不会。据以往秋考县学童试之经验，一般以考试蒙学基础为主，蒙学以《百家姓》《三字经》《千字文》等经典精髓的掌握与认知为主，不会出艰涩生僻之题。此外，也可能涉及《小儿语》《续小儿语》《训蒙文》等辅助功课。最难的是《训蒙文》，散文体，文字生涩，难读难背，需要下些功夫。不过这些东西，存仁已经熟背其文字，深谙其内涵了。只要不发生意外状况，一定能考好。这样跟你说吧，神山书院的学生如果能考出三个禀生[1]，其中有存仁；两个禀生，其中还有存仁；如若只能考出一个禀生，注定还是存仁。本人对自己的学生有这个把握的。不怕你见笑。"

贾皇宝高兴地连连点头，一边起身作揖，一边说道："但愿如此。但愿如此。"

李学邃起身倒了一茶碗热水，轻轻放到贾皇宝面前，小声说道："实话跟你说吧。鉴于存仁平时学习之表现与学业之成绩，本人已与县学训导大人商定，并经县学教谕大人认可，如本次县学童试存仁能取得佳绩，出类拔萃，就报送其免去府试直接授予'禀生'名分。若能遂愿，那本人这个门生即可成为与为师齐名的头等秀才了，当是本人门下顶尖生员了。接下来只要苦读数年，充实完善，就有资格参加朝廷科举考试了，距离功名可就不远了。"李学邃说完，捻着须梢，得意地哈哈笑起来。

贾皇宝听得大喜，即刻跪下，连声说道："实乃先生教授有方，谢先生

---

[1]明清时童试秀才分为三等，第一名为"禀生"，第二名为"增生"，第三名为"附生"。考上"禀生"还要经府学批准。

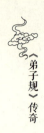

费心提携犬子，谢——"

"别谢个没完了。快起来吧。"李学邃拉起贾皇宝，正色道，"主要是存仁天性聪颖，求学刻苦，作为教师只有领路指点之劳。皇宝学弟，你也是教书之人，当知其中之理。全然无须行此大礼。"

贾皇宝仍在抱拳致谢："皇宝心知肚明，皇宝心知肚明。这些年老母年迈，内人身染痼疾，犬子只能在伺候病母、提携小弟之余完成学业。在下常年在外村教书，无暇关照他的学业，只是偶尔过问一二，不及皮毛。全赖先生费心教诲，多方关照才走上正路。犬子每每提及，无不感激涕零。先生对在下全家均有恩泽，家人没齿难忘。"

李学邃听得面上挂不住了，只得起身，笑言："教学育人，实乃为师之根本，不及恩泽，不足言谢。况且你我系同门师弟兄，同科生员，不必客套。皇宝学弟，赶紧回家撺掇存仁认真复习，准备应试吧。闲话少叙，来日方长。"

贾皇宝再三感激，才转身出来。一路艳阳高照，爽风随行，贾皇宝兴致极好，且行且歌。

回到佐村家中，贾存仁身系围裙正在院子里蹲在地上洗涮范氏换下的衣物。秋风寒气之中，两袖挽到胳膊肘以上，双手被凉水泡得通红。次子存义在院中石桌上诵读《百家姓》和《三字经》。贾存仁一边干活，一边指点小弟背书。贾皇宝静静看着低头干活的大儿子，只见这个十五岁少年上嘴唇的乳毛已经染上些许黑色，原本细嫩的面皮似略显粗糙，额头上还出现了一段时隐时现的细纹，明亮的两眼闪烁出坚定的光泽，单薄的身子也显出几分结实之状，举手投足有力而稳妥。看着已经长大的大儿子，贾皇宝顿生激情，禁不住轻声叫一声"余田——"

贾存仁闻声抬头，看见发辫蓬松衣衫不整的父亲站在大门口凝视自己，即刻站直身子，喜开颜笑，略显沉稳地说道："父亲，您回来了？一大早您去哪里了？祖母与母亲不停地念叨，快坐下。"说罢放下手里的活儿，两步跨过去，接下贾皇宝挎在肩头的小布包，边扶住他的胳膊，请他坐在石凳上，边朝屋里喊道："祖母、母亲，我父亲回来了。"

"我去了神山书院见了学邃先生。他言，只要你这次县学秋考童试能取得佳绩，就报送你免去府试，直接授予禀生名分。知道吗，禀生就是头等秀才了呀。如能遂愿，你就有资格参加朝廷的科举考试了。而且，成了廪生，有了名分，朝廷就供给口粮了。你就成人了！这些年的辛苦没有白费呀。儿子。"贾皇宝不等儿子开口，即把李学邃所言和盘托出，满脸喜欢。

贾存仁听罢，顿时喜形于色，道："果能如此，可是太好了。父亲也不用这般辛苦操劳了。儿子感谢父亲起大早冒着风寒找神山书院学邃先生探询。"贾存仁禁不住朝贾皇宝俯首作揖。

贾皇宝见儿子欢愉，自己亦高兴，拉住他的手问道："学邃先生言，县学童试一般都是考试蒙学。你的蒙学基础应该掌握得还不错吧？我看你平时学习用功，读书写字都很认真，背诵很是顺畅熟练，道理讲得也很透彻到位。应对童试，应该没什么问题吧。"

存仁略一思考，道："《百家姓》《三字经》《千字文》这三个经典已经熟烂于心，其文中之意已掌握于脑。小儿语、续小儿语和训蒙文这些辅助学问也能背过，掌握其义。《训蒙文》最难，我也能背过去，深解其中含义。"

贾皇宝如解重负浑身轻松，道："果能如此，极好，极好。主要的是被称为'三家村'的《百家姓》《三字经》和《千字文》三大经典。这是为人子弟必须熟知的，应言应思应解应行全在其中了。学邃先生言，除了'三家村'，就是《训蒙文》了，那是本朝康熙年间河东绛州李毓秀先生之大作，深得学界推崇，不可大意。"

贾存仁道："只是儿子头一回参加童试，没有经验，不知考场深浅。"

贾皇宝摇头道："至于考场深浅，倒是无所谓的事情，只要像平时念书一般，不慌不躁稳扎稳打即可。"

贾存仁点头称是："父亲放心。儿子一定认真准备，争取佳绩。在温习主课'三家村'的同时，亦要注重温习辅助课文，尤其不能忽视《训蒙文》。"

"这就好，这就好。"贾皇宝边说边点头，走回屋里，问候母亲段氏及内人范氏。

范氏在炕上探起身子，问道："我听你们父子俩在外边说县学秋考童试的事情？"

贾皇宝道："正是。我问了学邃先生，他说余田功课根底扎实。如能考取佳绩，即保送他直接授予禀生名分，免去府试环节。禀生系头等秀才，再用几年功，就能参加朝廷开考直奔功名了。"

范氏不禁欢喜："那可太好了，那可太好了。我儿快熬出头了……"未及说完，范氏即饮泣起来。

老太太段氏也高兴起来，连声道："还是咱家余田有出息。老天爷保佑咱贾家后继有人了。"

贾存仁走进家里，笑着道："不是余田有出息，是祖母、父亲和母亲教子有方。孩儿这里有礼了。"说完，贾存仁双手合十，低眉躬腰，认真地朝三位长辈致礼。

小弟弟贾存义也学着哥哥做样子，嘴里念念有词"孩儿，这里……有礼了！"

全家人哈哈笑起来。

贾皇宝抚摸着贾存仁肩头，道："这些年余田上要招呼祖母，伺候母亲，下要提携兄弟，还要学习功课，实属不易。我贾门有幸呀！"

贾存仁摇头笑道："扶老携幼是为人之根本，儿子所为只是尽其本分，不足挂齿。再说，若没有父亲常年在外奔波教书，换来全家吃穿。仅靠余田一个小孩子，也难顶多大的事情。若无祖母和父母亲的耳提面命谆谆教诲，余田的学业也很难完成。前些年我还不是……"

"别说以前了。"范氏拉住贾存仁的手，打断他的话，"谁没有小的时候呀？我儿真是大了。你们听这一番道理讲得多好！"

贾存仁说："儿子成长，阳光雨露五谷杂粮固不可少，祖母和父母亲的教诲更是丞须。"

段氏拉过贾存义说："小二，看你哥哥多懂事、用功。你要好好向你哥哥学习。"

五岁的贾存义连声叫起来："学哥哥，学哥哥……"

全家人少不得又欢喜一阵子。

转眼间就到县学秋考童试了。

是日，贾存仁身穿浆洗一新的土布长衫，足蹬母亲新做的黑布鞋，额头刮得透亮，身背当初上学时的那一个旧书包，包里放着文房四宝。范氏曾说要给他做一个新书包，贾存仁称不必，此生一个书包就够他背了。

清晨起炕穿衣，贾存仁像往常一样准备捅火做饭。贾皇宝道："余田，平时都是你做饭，今天你要参加秋考童试，就别做饭了吧，我来做，你静下心来，准备参加考试。"贾存仁道："我还能吃现成的呀，还是我来做吧。"贾皇宝并不理会儿子，兀自拿起火箸捅火。贾存仁只得作罢，坐到院子里的石凳上，翻开书本认真看起来，又拿出笔记本与课本对照，时而皱眉思索，时而看书对照，时而念念有词，时而用毛笔点缀眉批……

贾皇宝见贾存仁如此用心，禁不住喜上眉梢，悄悄在拌汤里面卧了两个荷包蛋。

吃早饭的时候，贾存仁发现自己碗里的荷包蛋，先把一个夹成两半儿，给了祖母和小弟存义碗里各放了半个。未等他们张口，又把另一个夹到母亲范氏碗里。

范氏见了，急忙要夹给贾存仁。

贾存仁无语，一手捂住饭碗，走到一旁，吸吸溜溜喝完自己碗里的拌汤。待他抬头看时，全家人都把饭碗放到锅台上面，睁圆眼睛沉着脸不理他。

贾存仁赶紧笑道："祖母、父亲、母亲、小弟，你们咋不吃饭了？"

母亲范氏问道："今日谁上考场？"

贾存仁答道："您儿子我呀。"

贾皇宝怒道："既是你上考场，为啥不吃鸡蛋？"

贾存仁稍有张扬地打了一个饱嗝，微微一笑说道："儿子记得有一年年终考试，父亲说过，考试之前不可吃得太饱，喝得太足，以免考试中间如厕耽误考试。吃个半饱就行。"

贾皇宝点点头："道理是这样。可你并没有吃饱喝足呀！"

母亲范氏把自己碗里的鸡蛋夹了一半，用筷子夹了起来叫道："余田，过来，吃了！"

贾存仁听话地走到炕沿近前，张口接住，嚼了几下咽到肚子里，完了还吧嗒吧嗒嘴："这一下，可真是吃饱了……你们快吃，你们快吃吧。"

祖母她们才端起饭碗吃起来。

吃完早饭，母亲范氏把贾存仁唤至炕前，说："来，儿子，今日你去县学参加秋考童试，母亲给你帮不上啥忙，给你梳梳发辫吧。也叫你头清气爽考个好成绩。"

贾存仁点头称是，遂端过一瓦盆清水，轻轻放在母亲手边，拿过木梳细心擦擦，双手递给母亲，而后像往常一样跪在母亲面前，把后背让给范氏。自己看书，让母亲给梳发辫。

范氏取下头上的布巾蘸些清水轻轻擦湿儿子的头发，拿过木梳细心地梳理着他长长乌黑的发辫，梳了一遍，再梳一遍，如是者再三，直到黑发如流水一般顺畅，似黑釉一样发亮，才开始编辫，一边编，一边小声问"紧不紧？"或者"松不松？"……编完了，用黑线搓成的细绳把辫梢紧紧绑住。末了，又拿过笤帚把贾存仁后背细细扫了一遍，还用布巾擦擦脖颈，最后扶住他的两肩审视一番，满意地说："好了。看我儿这辫子又粗又长了。"

贾存仁拿过乌黑顺溜的辫梢仔细看看，用两手轻轻抚摩，复凑到鼻子尖闻闻，放到脸颊贴贴，满含着热泪，轻轻靠在范氏肩头："谢母亲。儿子今年十五岁了，十五年来的发辫全是您老人家给我梳理的！"

范氏不忍看儿子的眼泪，捂住嘴，扭过头，说道："我儿别说这话，以后我还要给你梳发辫，一直梳到你娶上媳妇，快吃饱饭，别误了县学考试。"

贾皇宝边在炉灶间忙活，边说："儿子是去上考场，又不是去上沙场，哭什么呀？看你们这母子俩。"话没说完，他的眼圈也红了，旋即低下头干活儿。

一旁的段氏道："行了。今天我大孙子参加秋试童考，是咱贾家的大事、喜事，全家人理应高兴才是。"

贾存仁起身朝祖母段氏和母亲范氏打一声招呼，跟在贾皇宝身后出了家门，一条油黑发亮的辫子垂在脑后，那一个旧书包随着两腿的摆动轻轻拍打着屁股……

这些日子贾皇宝的心思全在贾存仁的考试上。他也是一个肯下功夫治学的人，很小的时候就熟读四书五经，笔墨纸砚不离手，之乎者也不离口。自打十三岁就开始参加考试，先后参加过县试、府试、最高还参加过乡试[1]。不知为什么，县试和府试还可以，还能沾一点边，虽然成绩不是太好，总还能上了榜。到了乡试就不行了，每一回都是榜上无名。一直考到快三十岁，头发也少了，背也驼了，牙也松了，原本比大拇手指头还粗的发辫，变得比小手指头还细，还夹杂上花白的颜色。而且家里实在供不起一个啥活也不干，吃了饭就是整天念书写字专心备考的闲人了，只好断了奔功名的念头，托同门学友找了一个在村校教书的差事，当了一个孩子王，挣几两银子养家糊口。媳妇范氏给他生了儿子贾存仁以后，他又把奔功名的念头放在了儿子身上。而且这几年看着这孩子悟性好，肯思考，学业根底扎实，是一个做学问的好苗子。今年是儿子头一回参加县学秋考童试，满怀着希望，盼着他能考出一个好成绩，尤其听了李学邃要保送贾存仁免去府试直授予禀生名分的想法以后，贾皇宝内心残存的那一点点心气儿又涌上来了。一则，儿子成了禀生，位列秀才魁首，可以直接追求功名了。二则，有了禀生的名分，朝廷还能按月发给粮食，以资助生员研读学问，减轻家庭负担。这些年内外操劳，贾皇宝确实有点累了。因此贾皇宝决定亲自带着儿子到县城，他要给儿子鼓气壮胆，助他取得佳绩。贾皇宝足下生风，贾存仁紧跟其后。到了县学，贾存仁进去考试了。整整一个晌午，贾皇宝都在县学考场外面转悠……

秋考童试完了，贾存仁从考场出来，贾皇宝接上儿子就问考得咋样？

贾存仁的脸上一派轻松从容，笑语："真没想到考官出的题目是《我说〈训蒙文〉》。多亏了父亲提醒，复习的时候我格外注意了一下《训蒙文》，把艰涩的文字重新温习一遍，把文意着重温润了一番，还真用上了。"

贾皇宝又问："把握大不大？"

贾存仁答道："孩儿感觉尚好，考题全在儿的掌控之中。我知道很多同学都背不过《训蒙文》，更别说全面理解文意了。能不能保送'禀生'不

[1] 明清时考试分为童试和正试。童试又分为县试与府试。童试产生"秀才"；正试分为乡试、会试、殿试。乡试在省城举行，每三年举行一次，产生"举人"，第一名为解元；会试则在乡试后的第二年春天在朝廷礼部举行，考中者称为"贡士"，第一名为"会员"；殿试由皇帝主持，产生"进士"，第一名为状元。

敢说，'附生'肯定是没有问题的。"

贾皇宝怔了一下，道："附生……附生还用费这么大的劲。"

贾存仁嘻嘻一笑："父亲，您放心，儿子考得差不了。"

县学张榜那天早上，全家人很早就醒了，贾皇宝早早撺掇儿子穿衣、洗涮，塞给他一块凉馍馍，催他赶紧去县城看榜。祖母段氏和母亲范氏坐在炕上静静看着贾存仁，谁也不吭声。

贾皇宝在院子里这里看看，那里瞅瞅，似心神不安。

贾存仁穿戴齐整，站到贾皇宝跟前问道："父亲，您去不去呀？"

贾皇宝脸上带上了些许惶惑，似有难言之隐，摇摇头道："我，我就不去了吧，在家里候你的消息，你看了榜赶紧回来。"

贾存仁说道："好的，儿子得了准信，立马回来。"

贾存仁出了院门很远了，回头瞅瞅，贾皇宝还站在老槐树下朝这边张望。

贾存仁和张友奋、李宜思空着肚子跑了五里地，到得县学，榜已经张贴出来，一大堆人挤在一起看榜，熙熙攘攘似在煮粥。

贾存仁站在一块石头上，两手抱在胸前，伸直了脖颈朝人堆里看。

张友奋踮起脚尖朝里看："先看禀生，先看禀生，看有没有存仁。"

李宜思站着没动："不用看，我知道每一回秋考童试就出一半个禀生。这一回肯定是存仁。有两个有他，有一个还是他。看他下的那个功夫，要是考不上禀生，老天爷就对不起他。"

旁边一个人插嘴道："今年就没有禀生。一个都没有。你可想得好。"

张友奋一听，急了，拉着李宜思使劲挤进人堆，很快又挤出来。张友奋擦着额头上的汗珠，走到贾存仁面前，道："咋就没有禀生呢？"

李宜思也道："没看见禀生。友奋是增生，存仁是附生。"

贾存仁小脸刷白，问道："宜思，你呢？"

李宜思惨然一笑："我？啥都不是。我知道自己不行。我是陪太子读书。"

"走，回吧。"贾存仁说一声，低下头前边走了。张友奋和李宜思紧跑两步追上贾存仁，三人一排蹒跚着步履出了浮山县城南门。

秋已很深了，树叶飘零，野草变黄，满目萧瑟，朔风刮起，天气转寒。三人低头静静赶路，谁也没心思说话。

刚及佐村与佑村岔路口，陈贯通自后面赶上来。未及跟前就嚷起来："贾存仁，你平时不是摆出刻苦学习，高深雅致的酸样嘛？咋才考了一个附生呀？县学咋没保送你当廪生呀？还有那个整天表扬你的老学究李学邃这一回咋没抬举你？头一回秋考童试你就想羊屎蛋子上天，你能得不轻呀？你。"

贾存仁瞅瞅陈贯通，不接话茬，脚下没停，继续走自己的路。

陈贯通不依不饶："你平时不是挺能抢的嘛？那张嘴跟裤腰似的，抢起来像个风车，一会儿天上，一会儿地下的，好像天底下就你的本事大，叫你帮帮忙都不肯帮，好几回都不给我面子。我和人家李宜思生性笨拙，我们考不好情有可原。你呢？还不是怂吊吊的一个呀！我还寻思着你能金榜题名呢？这一回至少考一个廪生，吃一点皇粮呢。"

张友奋道："大家考得都不好。你还挺高兴不是？"

陈贯通道："我在说贾存仁，你总是插嘴。我又没说你。"

李宜思道："就是嘛。都是一个村的人，都是一个老师门下的学生，你这是干啥？"说话间一阵寒风吹来，衣衫单薄的李宜思禁不住打个寒战。

陈贯通满脸通红指着贾存仁道："贾存仁，我就是看不惯你那个做派！一天到晚正儿八经的。在书院念书，出了书院还是念书！假模假式的，满口之乎者也，跟个神汉子似的，也没见你考得比谁好多少。谁不知道谁呀。"

张友奋道："看不惯，别看。就行了。"

陈贯通愤愤然："这事我想起来心里就不痛快！今天出门我还念叨，可别碰见那个贾存仁，结果还是碰见了。躲都躲不过。晦气！"

衣衫单薄的李宜思揪住衣襟朝紧里掖掖，用手按住，道："这个问题好办。你家日子过得好，穿绸戴缎，吃香喝辣，要啥有啥的，叫你爸在浮山城里置办一座院子，全家搬过去，不就眼不见心不烦了？也省得来回跑了。"

"李宜思，你那个家的日子过成了这样，你还——"陈贯通瞪圆两眼用手指扯一扯李宜思紧紧裹在身上的单衣，正要说话。

"别逮住谁咬谁了。"贾存仁不愠不怒，指着陈贯通的脑门，笑道，

"贯通，不是我说你。咱们一个村长大，又是同窗，知根知底。自己学得好不好，考得好不好，全在个人，怨不得别人。这一回咱们都没考好，谁心里也不好受。你说这话，明着是说我，其实你是在跟自己较劲。一点意思也没有。咱们都是在给自己念书做学问，不是做给别人看的。你想想，是不是这回事儿？吃自家的饭，操别人的心，不划算。"

陈贯通一下子怔住了。

张友奋道："贯通，你听听人家贾存仁讲的这个理！看你讲的那个理！"

"不跟你们费口舌了！跟你们这些人说话真费劲。"陈贯通满脸通红，转身走了。

李宜思目送陈贯通跌跌撞撞地远去，随手裹紧衣衫，全身哆嗦一下，自言自语起来："唉，真是人比人气死人。家里那么好的日子，还不满足。咱家的日子要是有陈贯通家的一少半，都高兴得蹦高儿了……"

贾存仁回到家，说了张榜结果，贾皇宝目瞪口呆，一屁股把凳子坐得散了架，祖母段氏和母亲范氏一时没了言语。贾存仁扶起父亲，低头收拾家里，完了，又拿起扫帚扫院子……

第六章

次日吃完早饭，贾皇宝心中郁闷，带着贾存仁专门到神山书院去见李学邃。贾存仁知道自己考试成绩使大家都很失望，没有脸面去见李学邃，就是见了老师也不知该说些什么，看到父亲面带愁容目充血丝，腰弯背驼，不忍惹他生气，只得低下头跟着走了。

天气更冷了，树上的叶子快要落光了，田野里已经不见庄稼的踪影，路边的野草也变黄了，蒲公英的绒花在寒风中无目的地飘荡。贾存仁跟在贾皇宝身后默默地赶路，偶尔瞅瞅父亲花白的发辫和微驼的后背，一阵酸楚涌上心头，想说什么，又不知从何说起……

走在前边的贾皇宝两手揣在袖筒里边，黑色长衫的前襟别在腰带上，一双旧布鞋的鞋帮已经快开线了，靠两根鞋带绑在脚上，眨巴着充满血丝的两眼，跌跌撞撞地赶路。其实他也不知道见到李学邃该说些什么，甚至不知道为啥要去见李学邃，只是觉着应该去见见这位对儿子贾存仁的学业下了无数工夫，而且对自己的学生抱着满腔期待的老先生。

到得书院大门口，贾皇宝站住脚，把长衫前襟从腰带上解下来，伸直双臂前后捋整齐，拍拍身上的尘土，把被晨风吹散的头发朝后顺一顺，摇摇头使细细的发辫不偏不斜地垂在脑后。又拉过贾存仁，整整他的衣衫，两手轻轻抱住他的头脑轻轻朝后捋捋，用手指头把搭在耳轮边上的一根头发捻起来轻轻放到脑后，而后掏出手巾擦擦他的脸颊，退后半步从上到下看看，没有不雅之处了，这才带着儿子走进神山书院的大门。

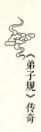

　　李学邃正坐在桌子边上喝茶，见贾皇宝带着儿子来了，没有吭气，只是欠欠上身，指指椅凳，请贾皇宝坐下，看一眼贾存仁，闭眼摇头，不语良久。看那神气好像知道这父子俩要来似的。

　　"先生，您看犬子的答卷错在哪里？"贾皇宝不敢落座，点头哈腰地小心问道。贾存仁腰杆笔挺两臂下垂低着头站立一旁。

　　李学邃拿出贾存仁的答卷，浏览一番，复看看贾存仁，才道："存仁的答卷，书面整洁，书写工整，字体苍劲，言之有物，论之有理。通篇论述得体，观点准确，是此次考生中最好的一份答卷，我敢说这是我在神山书院教书以来见到的头一份考卷。按理说应得童试魁首。可是你看文章末尾一段，存仁是怎样写的，你念念——"

　　贾皇宝双手接过答卷，把文章末尾一段文字念了一遍："《训蒙文》上至天文，下至地理，大到正心齐家修身治国平天下，小到春种夏打秋收冬藏油盐酱醋茶，可谓面面俱到，苦口婆心，谆谆教导。实乃启迪小儿晓义、知礼、懂理之蒙学好书，不可多得。美中不足是该文为散文体，文字艰深，字多生僻，念不顺嘴，颂不上口，背不入心。再就是此书专门写给孩童，通篇是孩童所应遵守之礼节，应尽之义务等等为人子弟之规矩，教育的范围嫌小了一些，从书名《训蒙文》就可看出。笔者之意，应从三个方面对该文予以修订。一者，改散文体为三字一句之诗文体，使之易念好记，朗朗上口；二者，扩大教育范围，增加教诲成人之内容，使之成为众人行为之准则，无论出门在外，还是居家于内，均有规矩可蹈；三者，改书名《训蒙文》为《弟子规》，使之题文一致，名副其实。"

　　李学邃注视贾皇宝良久才说："这一段话，本无不适之处，而且准确地指出了《训蒙文》存在的瑕疵，提出了修订意见，所言在理，所论在体。无奈考场不是研讨争鸣学问之处，而是检验学子对学业掌握程度之地。平常教学，老师们亦觉得《训蒙文》行文艰涩难懂，论理多有偏颇，论据多是引经据典。对于童生来讲有一点儿不易读、不易学、不易懂，确实存在不少值得商榷之处。然而，《训蒙文》是康熙年间就传下来的少儿启蒙教材，多少年来从省到府，从府到县都是照本宣科，从来没有人提出异议。此类问题平时闲来随口说说无妨，可是考试答卷怎能如入无人之境信口开河？可惜呀……贾存仁，你小小年纪怎敢如此胆大妄言！岂不是自毁前程！"

"唉，加上这一段文字，多此一举，画虎不成反类犬，画蛇添足不成蛇！犬子，实在是功亏一篑……"贾皇宝弯腰低头，嘴唇颤抖，语不成声，不禁一声长叹，两行清泪潸然而下。

贾存仁满脸潮红，朝李学邃和贾皇宝躬身作揖："老师、父亲，对不起，学生叫你们失望了。我……我……太随意了……我的本意——"

"别你的本意了！"李学邃瞅一眼贾存仁，打断他的话，"你只是一个童生，有什么本意？学好老师教的，书本上有的东西就行了！考试只是检验学生对老师课堂上教的学问掌握理解的程度如何，不是征求你们对学问的修订意见的。这本《训蒙文》是康熙年间咱们南路[1]绛州学人李毓秀老先生所写，李老先生是康熙年间省内外有名之大学问家，他的《训蒙文》很早就被很多书院确定为必修课。是仅次于《百家姓》《三字经》《千字文》的蒙学读本。且李老先生毕生致力于教学育人，桃李满天下，平阳府学界多为李老先生高足。你贾存仁一个乳臭未干的童生怎敢出此狂言，修订他的作品？怎敢向他的学问叫板？说小了是不知轻重，说重了是不尊师道。再就是平阳府府学里面阅卷的官员中李老先生的门生不在小数，彼等看到这个卷子必定不悦，能给你保留一个附生名分已经是手下留情了。当然，你是在下的得意门生，在下不会怪罪于你，还要尽力替你开脱。可是学邃人微言轻，县学、府学一干评卷人等，不会顾及我和你的师生情分呀。所以说，你此次童试得了附生名分，亦属不幸之万幸。来年再考吧。塞翁失马安知非福，如若你能接受本次考试之教训，下次考试不再犯错，还是一个有出息的人才。"

贾存仁忙不迭地点头称是。

李学邃又对贾皇宝道："存仁才思敏捷，学习刻苦，学业基础扎实，只要循规蹈矩，不再节外生枝，定能考出佳绩，直奔功名。皇宝学弟，咱们都是过来人，你也不要灰心丧气，生死有命富贵在天，顺其自然最好。"

贾存仁苦笑道："学生本无此大胆，考试文章写完之后，检查两遍，觉得尚可。忽想到若把《训蒙文》的散文体改成三字一句的诗体，再把教诲

---

[1] 山西省的地形是一个东北向西南倾斜的条状，人们习惯把全省分为两大部分，太原以北称为北路，太原以南称为南路。

的对象扩展至成人，好读易懂，岂不更好吗，于是就随心由笔把自己在学习《训蒙文》过程中的感想加在最后。没想到——"

"你这一加不要紧，断送了自己的前程呀。你是犯了做学问之大忌呀。也怪为师没有及时提醒你……"李学邃打断贾存仁的话，又是长叹一声，两滴浑浊的眼泪顺着脸上的皱纹流下来……

贾皇宝无奈地看儿子一眼，再次朝李学邃深深一拜……

贾存仁复向李学邃致歉："先生，学生愧疚……"

李学邃直起身子，擦去泪水，拍拍贾存仁的肩头，道："别老是对不起，对不起的。存仁，你也不小了。要晓得男子汉大丈夫妙手著文章，铁肩担道义。对自己认定的事情，一是不要怕，沉着坚定地去做，披荆斩棘，奋勇前行。二是不后悔，从不后悔自己做过的事情，只要摒弃所短，发扬所长，把以后的事情做好就行了。再说，《训蒙文》的确存在不少需要商榷之处，确实需要修订校正，才能发挥更大的作用。我看得出来，你是一个做学问的人，对《训蒙文》有自己的见解。以后，在继续学好功课的同时，不妨对训蒙文进行深入研究，拿出一套成熟的修订校正意见，使其逐步完善起来。当然，这和考取功名是两码事。且做学问，成一家之说，是一条充满坎坷的荆棘之路，弄不好身败名裂。细数各朝各代那些有真才实学之文人骚客，哪一个能够黄袍加身？哪一个得了善终？屈原投汨罗江而死，苏秦被五马分尸，孔子贫困潦倒而亡，孟子则被小人气死，李白失宠醉酒而走，苏轼被贬天涯而徙，文人骚客只是朝廷的使用工具，只是江山社稷的色彩点缀。但是他们身后却是流芳百世的精诗美文。所以说，存仁一定要想得清楚，做得稳妥。这就是为师要告诫你的。今日你们父子来了，你们不来，老朽也会到佐村去找你们。"

贾存仁扑通双膝跪下，连磕三个响头连声说道："学生一定牢记老师教诲，牢记老师恩情……"

待李学邃把贾存仁拉起身来，只见十五岁的少年郎贾存仁已经泪流满面，激动难抑……

贾皇宝亦深拜："谢先生教诲。"

李学邃伸手挡住："教诲实谈不上。但是有一点必须明白。古往今来，文人面前只有两条路可走，一是追求功名，青云直上，光宗耀祖；二是著书立说，教书育人，默默无闻。因此，存仁要是走了做学问的路，就很难追求功名了。毕竟鱼与熊掌不可兼得矣。"

贾存仁擦干眼泪，深深拜谢："恩师教诲，学生铭记终生，没齿难忘。"

接下来，一连三天贾存仁都没有见到李宜思。平时只要没事，李宜思三天两头跑过来跟贾存仁说学问，谈生活，还帮他干活，两个人在一块儿的时候感觉到很是欢愉轻松。几天不见，贾存仁心里着急，站在大门口朝左右望望，村道两边尽头静默如许，哪里有李宜思的影子。

贾存仁回到家里，坐立不安，正想到李宜思家里看看，张友奋来了。于是，两人相跟着去看李宜思。

李宜思的家在佐村西头，独门独院，门是烂门，院是破院。李宜思的母亲前年病死了，父亲身子骨也不结实，几亩地种不下样子，家里的光景过得不好。李宜思正在院子一角支个柴火炉给父亲熬药。屋里不断传来老汉的咳嗽声。贾存仁不等李宜思说话，就指指屋里，小声道问："宜思，你父亲的病还没好？"

李宜思叹一口气，一脸的无奈，道："可不？老是喘气不顺，天暖和的时候还能凑合，眼下天气冷起来，就出不了门了。啥活也干不成。眼看着冬天来了，家里除了几颗粮食以外，连买烤火煤的钱都没有。这些日子我光顾了复习功课参加秋考童试，连柴火也没有打下。父亲的药也断了，我跑了两天才把药抓齐。把下蛋的老母鸡卖了，才有钱给父亲买药。今年冬天，我们父子两个都不知该怎么过。"又一阵寒风吹过来，李宜思用两肘使劲夹住上身，两手捂住嘴哈着气取暖，身子佝偻成一张弓。

张友奋拉拉李宜思的手，道："宜思，快别伤心难过，咱们年龄也不小了，过日子不能依靠大人，老人不是说过小子不吃十年闲饭嘛，该着咱们报答大人了。咱们一块儿想法子。"

贾存仁停住脚，看看张、李二人，道："友奋言之有理，咱们是同窗好友，一块儿想办法帮助宜思渡过难关。干脆，咱们今日啥也别想了。上山帮助宜思打柴火去吧。反正好孬都考完了。正好闲适心脑，放松筋骨。"

张友奋即刻响应："好好。"

李宜思连连摇头："快别，快别。咱们考得都不好，家里大人肯定不高

兴，还是各回各家安慰大人去吧。"

贾存仁一把拉住张友奋和李宜思的手，道："考得好不好，就是那了。再考是明年的事情了。咱现在不想它了，大丈夫拿得起放得下。先帮助宜思打柴火去。这些天又是复习功课，又是参加考试，又是等待看榜，满脑子人之初性本善，头脑昏涨得不行了。正好换换脑子，歇息一番。行不行？古人云，文武之道一张一弛嘛。"

张友奋点点头："行，咋不行！"

李宜思面带为难，道："我家只有一把镰刀。咱们三个人拿啥打柴火呀？"

贾存仁笑了："我家有两把。正好。走！尧山离咱村不太远，咱们今天手脚紧一点，能跑两趟。三个小伙子打的柴火足够你家一冬天烧了。"

贾存仁回家，正好父亲贾皇宝还在家跟段氏和范氏为贾存仁没考取禀生而唉声叹气。贾存仁故意不提童试的事情，简单说了李宜思家里的情况，贾皇宝听得李宜思一家过冬天有难处，就说赶紧帮一把，同窗好友就得互相帮忙嘛。贾存仁高兴地找出镰刀、麻绳。贾皇宝还请段氏还给他们拿了干粮。看着贾存仁情绪很好，三位大人心里也轻松一些了。

三个小伙伴，把发辫盘在头顶，挽起长衫，扎紧裤脚，直奔尧山。

赶晌午饭时，他们下了山，每人背一捆柴火进了村西头李宜思的家院。李宜思的父亲见了，感激得眼泪都出来了，一边使劲喘气，一边连声谢道："咳咳……这可该咋感谢你们呀！咳咳……你们给我家帮了大忙了呀！咳咳……"

贾存仁擦擦脸上的汗，朝老汉笑笑，道："叔，您别谢我们。我们和宜思是一块儿玩耍，一块儿念书，一块儿长大的同窗好友。他的难处就是我们的难处。再说我们已经长大了，应该帮大人做一点事情了。"

张友奋在一边不停地帮腔："就是，就是。"

李宜思的父亲要留他们吃饭。贾存仁拍拍掖在腰间的小布口袋笑言："叔，您看，我们的饭铺随身带着呢。您别管我们了。我们要趁着天色还早，再上一趟山，这一回是软柴火，下一趟我们要打一些硬柴火。软柴火不经烧，硬柴火经烧。"话一说完，三个小伙伴说说道道相跟着出了门。

天快黑的时候，李宜思家的院子里，堆起了两个柴火垛，李宜思的父亲一边咳嗽，一边里外忙活着把柴火垛压实。

贾存仁看一眼李宜思和张友奋，说道："叔放开了烧，抽时间我们再上山打一回。管保您老人家暖暖火火地过冬。"

张友奋点头称是。

打完柴火回到家，贾皇宝细问了李宜思家的情况，道："靠柴火过不了整整一个冬天，柴火做饭可以，取暖可靠不住。明天把咱家的煤送过去一些。咱家虽不富裕，但总比他家好一些。我儿还年轻，一定要记住，帮人就要帮到底，帮人要实心，待人要虚心，这两条是在世为人的根本。"贾存仁看着父亲慈祥衰老的面容默默点头，久久不语……

第二天贾存仁挑了两筐煤送到李宜思家。正好张友奋也从佑村家里过来，送给李宜思一两银子。李宜思父亲拉过儿子，要跪下给他们磕头，贾存仁和张友奋赶忙拉住，死活不叫他们下跪。贾存仁道："老叔，您要是这样，我和友奋以后就没法再来看您了。"李宜思的父亲只得作罢。

贾存仁和张友奋帮着李宜思把家里拾掇了一番，调了一些煤泥，把火炉生着，火上坐了一锅水。三个人又把院子里的东西规整了一下，打扫干净，等这些活儿干完，锅里的水也开了，家里暖和起来，也到晌午饭时了。李宜思的父亲已经做了一锅拌汤，切了一小碟咸菜，非要他们吃喝一口。

吃了饭，贾存仁和张友奋、李宜思说了一阵考试的事情才分手，各回各家。

从那以后，贾存仁和张友奋时不时过来帮助李宜思干活，李宜思父亲的身体也好了一些，日子就这么一天天地凑合着朝前过。

贾存仁没考好，贾皇宝好些日子心里不痛快，一次到外村去教学，着了雨，一下子躺倒了，连着好几天出不了门。老头儿惦记着教学，因为要是误了村校的课，人家就不给工钱了。再者作为老师他也不愿误人子弟。贾存仁翻翻他的教案，道："父亲，您安心歇几天吧。"

贾皇宝弯下腰深深喘几口气，才摇摇头道："这几天那边村校课程已经教完，转入复习，很快就要期末考试了。我离不开呀。"

贾存仁想想，道："父亲，要不这样，叫儿子替您到村校招呼几天，反

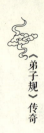

正是复习，有个人看着，别教童生放了羊就行。"

　　贾皇宝问道："要是人家童生提出问题，你回答得出来吗？能说对吗？可别耽误了人家孩子。这就叫成人事小误人事大。你懂不懂呀。"

　　贾存仁笑道："不会误人子弟。您儿子的学问，尽管考不上禀生，教教小孩子，给他们解惑释疑，还是绰绰有余的。"贾存仁说完，挺起胸膛，使劲拍拍，嘿嘿地笑了。

　　第二天，临走的时候，贾存仁又背起那个旧书包。贾皇宝说道："还带啥书包呀？"贾存仁道轻轻拍一下书包道："这是我母亲给我做的书包，这一辈子不管到哪里，儿子都要带在身边。凡是学习的东西都能随身带着。等我把童生摆弄顺了，自己也能抽空儿看看书。"贾皇宝没再说啥，前头走了。

　　贾皇宝带着贾存仁到了村校，跟村里的学董说明了情况，引荐介绍了贾存仁。学董看贾存仁年纪不大，随口说一句："还是个孩子嘛。"

　　贾存仁挺起胸膛，用大人口气道："不瞒老先生说，在下是新考取的县学附生。也是秀才了……"话未说完，瞅见贾皇宝红了脸，扭头看着别处。贾存仁却更增了胆气，对学董言道："在下若是教不好村校，便不领薪金银子。不用您撵，我自己就卷铺盖卷走人。"

　　学董点头笑道："要是秀才就可以。要是秀才就可以。凭你这新秀才的口气就知道可以。"

　　贾皇宝赶紧附和："这孩子年少，无知轻狂，还请学董海涵。"

　　学董指指贾存仁，正色道："要是这位秀才代替了你老先生，你那一份俸银可就免了。"

　　贾皇宝道："我懂，这是犬子。"

　　学董复笑曰："父子兵呀。上阵全靠父子兵，打虎全说亲兄弟。好好好。"

　　贾皇宝指指贾存仁："话是这样说，还是先试几天，行就干，不行我再来。"

　　学董指着贾存仁客气道："不用试。不用试。"

　　贾存仁代替贾皇宝教了几天村校，倒是没遇上啥难处，学董跟着听了几节课，还满意。贾存仁回来跟父亲说道："教书、解题、管人都无问题。

我还是学生，我懂得学生的心思和难处。就是纠正娃娃说话发音太费劲。浮山土话跟官话的发音不一样。念起课文来常出错。我把口语中常用的一些土话的音韵跟官话对照了一下，形成一张等韵图表。您看对不对？"贾存仁说完，从书包里面掏出几张写满黑字的白麻纸双手递给贾皇宝。

贾皇宝看看等韵图表，皱起眉头，道："余田，你倒是肯用脑子做学问。学习《训蒙文》，找出了《训蒙文》的弊端，帮我教书又发现土话和官话的音韵差别。这些倒是有益处的学问，可是对你的功名一点好处也没有呀。我也不知道，你是对还是不对。反正，你这种锋芒毕露的做派，以后要考取功名，在官场肯定不行。出头的椽子先烂，木秀于林，风必摧之。我教了一辈子学，对你提出的这些问题连想都没想过。书上怎样说，咱就怎样讲。说到底，把一口饭安安稳稳挣到嘴里才是咱的目的。"

贾存仁笑笑道："父亲，放心。儿子有分寸。学问归学问，官场归官场。您说过，不能误人子弟，如若能把土话与官话的音韵弄明白，对童生掌握儒学经典必然大有益处。就是不追求功名，长大了到社会上出门办事跟人交往也有有益无害。起码不至于说出话来别人听不懂，写下字来人家看不明。音韵学也是学问，研究透了也不易。"

贾皇宝只好点头道："好吧，既然你已经有了自己的主见。能把土话与官话的音韵差别整理出来，分类指导，形成一门新的学问，固然不错，不仅有利于课堂教学，而且对学童学好汉语大有帮助。不过你年轻气盛，心直口快，一定要谨言慎行，切忌不要给自己找麻烦。再就是帮我教几天学，赶紧回来抓紧复习功课，好好准备上两年再考。无论如何，功名还是最当紧的。为父实不忍心叫我儿也像我一样跟小孩子打一辈子交道。"

"孩儿记下了。"贾存仁朝老父亲躬身作揖。

李宜思又有好些日子没见了，贾存仁心里很是惦记，无奈忙于代替父亲在村校上课，每天早出晚归，分身无术。

忽一日，贾存仁正要出门办事，李宜思急急忙忙走过来，把贾存仁拉到一旁，小声道："我父亲要我成亲。他让我把家里一头正干活的牛卖了，把卖牛钱当彩礼都给女方送过去了。我还拿不定主意呢。"

贾存仁一听就急了："咋？你父亲不叫你念书了？"

李宜思点点头："念书归念书。老父亲想叫我早一些结婚生子，他想早

一点抱上孙子。我寻思他是看出我不是念书的材料了。"

贾存仁道:"添人进口倒是好事,老人家想早一点抱孙子续香火也没错。可是少了一头干活的牛,多了两张吃饭的嘴,你家的光景可是更加紧促了!"

李宜思道:"我也这样说。可是我父亲说,凡事不能等啥都齐了再办。我知道他是想趁自己身体还能理事的时候,把我的终身大事给办了。"

"可怜天下父母心。哎……"贾存仁长叹一声。

二人正说着,张友奋进了门,见了李宜思就道:"宜思,我咋听说你家给我们村孙家二女下了彩礼呀?你要娶媳妇成家了?"

李宜思点点头,无语。

贾存仁眯着眼,一半是对张、李二人说,一半是自言自语:"要说咱们这年纪,也该上结婚成家了。别的人家十五六岁的人结婚多得是。"

张友奋高兴道:"宜思快说,我们能帮上什么忙?"

李宜思还没开口,贾存仁就伸出两臂揽过李宜思和张友奋二人:"走。咱们找宜思父亲,一块儿商量商量。要办,咱们就一定要办好。学邃先生不是说过凡事不干则已,干则干好嘛。"

"你这个家伙,干啥事都这么有主意。跟你在一起,我们成了磨道里的驴,只管跟着走就行了,啥心都不用操。干脆,你把我们的眼睛也戴上'暗眼'[1]吧。"张友奋指点着贾存仁的额头道。

贾存仁笑笑:"友奋,你别着急。等你娶媳妇的时候,我和宜思一样帮忙。"

正在看书的贾皇宝听见他们说的话,悄悄走出来,笑眯眯地瞅着李宜思,再看看贾存仁和张友奋,说道:"成家立业生儿育女也是人一辈子的大事,快去吧,问问宜思他爹,需要帮什么忙,你们能帮的你们帮,你们帮不上的,我来帮。一句话,一定要把事情办好。"

张友奋朝贾皇宝拱拱手:"老伯,您看看,这些年,每逢大事您都出来指点我们。真是人常说的,家有一老如有一宝呀!"

贾存仁满脸敬佩地看着老父亲,嘴唇翕动着也想说什么。

---

[1] 以前北方农村老百姓用牲口拉磨磨面的时候,为使牲口安心转圈拉磨,专门把牲口的眼睛用厚布蒙上。称为"暗眼"。

贾皇宝摆摆手："快去吧，别误了宜思的大事。"

贾存仁只得作罢，拉上张友奋和李宜思走了。

第七章

　　帮助李宜思办了喜事，贾存仁回过头来继续到村校代替父亲教书，还把弟弟贾存义带在身边，顺便把他也教了。看着兄弟俩一人拿一根木棍一块儿出门，一块儿回家，贾皇宝心里倒是很安逸。

　　课余时间回到家里，贾存仁和父亲一起侍奉祖母和母亲，再有空闲就是试着修订《训蒙文》，先针对《训蒙文》存在的不足拉出几条修订的建议，打起架子，再逐字逐句地确定文稿。那一本《训蒙文》的空白处写满了黄米粒大小的字儿，在行与行之间还有这样那样只有他自己才能看懂的修改符号。

　　贾存仁还根据教学中间遇到的问题，不断充实土话与官话音韵差别，这也是一件细致的活儿，需要一字一句地加以甄别，在确定每一字的发音方法和口型以后，还要认真地记下来，分门别类地找出规律，那个旧书包里装满了大大小小的纸纸片片，每一张纸片上还写满了字，编上号码，经常拿出来看看，发现哪里不对了还要掏出笔墨改一改，有的时候还把纸片全都摆到桌子上，一张一张地看，看完了又在上面写些什么，写完了嘴里还念念叨叨，直到把每一个字的音韵搞清楚了，才算完。做累了，就站起身子，检查弟弟贾存义的作业……

　　贾皇宝见儿子如此用功，担心和不忍同时涌上心头，好言相劝："余田，你可别把心思全用在这些东西上面，耽误了正经事情，学邃先生还是对你抱着很大希望的。再就是，《训蒙文》的修订和音韵学的研究，不是一蹴而就的事情，要循序渐进，别把自己累着了。还有，存义的学习你别管了，我教他。小孩子，无非是背《百家姓》和《三字经》，跟教别的学生一样。你看行不行？"现在，贾皇宝跟儿子说话，已经没了原先老子对儿子那种指使命令的口气。

贾存仁放下手里的活儿，道："父亲，儿子当下还没最后拿定主意做不做这两件事情。说到底还是要参加考试追求功名的。儿子不忍心您老大年纪还为养家糊口辛劳奔波。只是内心有一种想把这两件事情做好的念头，不忍心半途而废，先试一试水的深浅而已，主要精力还是要放在研习功课准备科举考试上。您放心吧。我还年轻，有的是时间。至于存义，不用您管，我捎带就把他教了。再说弟兄俩一块儿走一块儿回，还是个伴儿哩。"贾存仁说完嘿嘿地笑了。

贾皇宝再没吭声。

秋深的时候，祖母段氏无疾而终了。贾存仁兄弟俩少不得跟着父母亲忙活一场，把老人送了。

忙完祖母的事情，已经到腊月了，天气阴沉，一副要下雪的样子。西北风裹挟着杂草灰尘在院子里打转转，大门口的大槐树光秃秃的枝杈在寒风中瑟瑟颤抖，几只鸡冻得发出"咕咕咕"的叫声在窝里不敢出来。贾存仁每天还是带着弟弟贾存义顶着严寒到外村村校教书，年终还有一件顶重要的事情，那就是年终考试。贾存仁知道，年终考试不仅是考学生，也是考老师，他不仅要向学生家长交代，还要向学董交代，更得向自己交代。

村校考试的时候，县学教谕大人派人携学董共同监考、评分，学生们考的成绩挺好，学董很是满意，当着县学来人的面称赞贾存仁书教得好，再三嘱咐他过完年再来。贾存仁没多说话，只是淡然一笑，朝二人拱手致礼。

贾存仁带着弟弟贾存义高高兴兴地回到佐村家中。一日，贾皇宝出门办事去了，贾存仁收拾完家务，侍奉范氏穿衣吃饭以后，怕打扰母亲歇息，就穿着棉袍，悄悄坐在放柴火杂物的窑里开始整理平时记下的语韵资料。

柴火杂物窑里冷得站不住脚，贾存仁把纸片片摆在炕沿上，两手揣在袖筒里面仔细地看着，需要写了拿起毛笔写几个字。看得工夫大了需要写

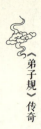

字的时候，墨汁把毛笔和砚台冻到了一块儿了，只得张开嘴对着哈一哈，拿起墨块研一研才能写成字儿。贾存义的作业完了，也过来帮哥哥研墨，弄得手上脸上黑一块白一块，贾存仁少不得还得帮助弟弟擦一擦，两个人你一句我一句倒也热闹。

贾存仁喜欢的摸摸贾存义的头，道："看看，我都有人笔墨伺候了。"

贾存义跟着道："哥，到哪里我都伺候你。你说一声笔墨伺候。我就来了。"弟兄两个嘻嘻哈哈地办事，竟然忘记了寒冷。

正写得入神，忽听得那边传来"余田——"一声呼唤。贾存仁即刻跑过去，只见范氏的病情忽然变重，头晕眼花，上吐下泻，不省人事。贾存仁先把范氏移到干净地方，烧了半碗开水喂范氏喝了，再把炕上、地下的脏东西收拾干净，笑着念叨"没有事，没有事……可能是吃得不对了……母亲，您别着急，我去村东头请刘太医过来给您看看，开点药调一调。"伺候病人时间长了，贾存仁说话都带上了医生的口气。

范氏虚弱地闭着眼睛没吭声，也没动。小儿子贾存义懂事地说道："哥，你快去请医生，我看着母亲。"

贾存仁先把范氏吐泻的脏物盛在瓦盆里，放在茅房，没有朝茅坑里倒，预备大夫来了看。这是这些年侍奉病人得出的经验——吐泻脏物也能看出病症。

贾存仁小跑着请来刘太医。这位刘太医曾在平阳府里一家药铺里学过徒，经得多，见得广，几年下来，不仅懂得了制药卖药，还学会了看病，回到老家挂起幌子开起了药铺，他自己当起了坐堂大夫，竟也看好了很多人的病，名声慢慢扬出去了，浮山县城的人还专程来城南佐村找他看病，于是人们一半是尊重，一半是戏谑，称他为刘太医。看病、买药的人多了，刘太医的生意也好了，短短几年竟成了浮山城南一带有名的名医、富户。

刘太医先给范氏号了脉象，瞧了面色，看了舌苔，闻了口味，又到茅房里查看了吐泻脏物，才回到窑里。贾存仁赶紧端来热水请他净手。刘太医净了手，没有坐，也没说明范氏得的是啥病，而是阴沉着脸，对贾存仁道："余田，快跟我回药铺拿药。"

工夫不大，贾存仁拿着一包草药从药铺回来，立马就用凉水泡在砂锅里面，坐到火炉上熬起来。刘太医说这一回范氏犯病来得很猛，要用邪药才能压住，说是一天喝一服，连喝十天，每天都要到药铺开药，根据病情调整药方。贾存仁问啥叫邪药？刘太医说道邪药就是别的医生没有开过的药，或者没敢开的药。十天十服药喝下来，要是把病压住了，就没事了，要是压不住，就没法子治了。最后边这一句话，贾存仁没有给大人们说。

范氏看见儿子的左手一个手指头用白布条裹着，就问道："余田，你的手指头怎么啦？"

贾存仁急忙用右手把那个手指头轻轻握住，满不在乎地说："没事，没事，不小心碰了一下！"

"快过来，叫我瞅瞅——"范氏一下子着急了。

"好好儿的。好好儿的。你看啥呢。我看药锅开了没……"贾存仁松开手，两臂朝外一张，转身走到火炉旁，拿筷子搅搅砂锅里的草药。

贾存义在一边问道："哥哥，疼不？那一回我的手指头碰破了，可疼了。"

这时候外出办事回家的贾皇宝也发现儿子的手指头裹着布，他倒没在乎。年轻人冒失，这里那里流点血见个红还不是常事呀。

第二天贾存仁又如约到刘太医那里开回一大包草药，回来就风风火火地熬上，一刻也不停歇，不是干这就是做那，药熬好了服侍范氏服用，安顿她躺下休息，就回到柴火杂物窑里做学问。就这样，几服草药喝下来，范氏的病情竟也明显见好，吃饭睡觉跟平常没啥两样。全家都很高兴。

贾皇宝高兴地说："余田，看来人家刘太医的医术就是高明，咱多喝几服，把你母亲的病彻底治好。"

贾存仁把两手揣在袖筒里面，笑道："可不是？等母亲的病全好了，咱们全家就都好了。"

范氏精气神很好，说："我的病要好了，第一件事就是给余田说媳妇。看人家李宜思都成家了。还不是我……"范氏扭过头嘤嘤地哭了。

贾存仁笑笑，两手揣在袖筒里边没出来，只是用胳膊肘轻轻碰碰母亲的肩膀，红着脸说道："不着急，不着急，先给母亲把病看好，把身子养好再说别的事。儿子当下要干的事情还多哩，顾不上这种事情。"

范氏揉揉眼窝，说："你不急，我还急着抱孙子哩。你说是不是存义？"

贾存义笑道："可不是？我还想有人叫我二爸呢。"

"小孩子，你懂啥？"贾存仁用手指头在贾存义脑袋上轻轻弹了一下。

贾皇宝打着哈哈："你们别着急。该来的，到时辰都会来，挡都挡不住。该走的，注定要走，拦都拦不住。这不，老太太才走了，三年以后再说吧。"

第六服药抓来了，贾存仁忙着捅火、倒水、坐砂、锅熬药，身体大见起色的范氏坐在炕沿上看着他忙活。忽然看见贾存仁的右手一个手指头也裹上了布条子，急忙问道："哎呀，余田你的右手指头又咋了？快叫我看看，快叫我看看！"

贾存仁故作轻松地笑笑，道："还不是不小心，又碰了一下嘛。母亲，您别操我的心。儿子都多大了，还叫大人操心呀。"

范氏不依不饶："不行，快过来，叫我看看，叫我看看！"

挑水回来的贾皇宝放下水担，走到贾存仁跟前，道："你这孩子是咋回事？这些天老是碰这里伤那里的。快叫我看看——"话没说完，贾皇宝就拉住儿子的左胳膊。

贾存仁慌忙一甩手，不小心碰到炉台子上面，疼得倒吸一口气，脑门子上一下子沁出了细密的汗珠儿。

贾皇宝拉过贾存仁的左胳膊一看，只见他的五个手指头都有一些红肿，小拇指和无名指肿得最厉害。贾皇宝紧盯着贾存仁小声问道："余田，咋肿成了这样？"

"给您说没事嘛。"贾存仁伸直了大拇指和食指、中指，随口道，"这些天我的心里事情多，干活心不静，碰的嘛。您看这三个大的不是都好了？就是这两个小指头不是也快好了嘛？"

"不对！"贾皇宝着急了，"没有事儿？咋能挨着个儿碰？挨着个儿发肿？快给我说，咋回事？"

范氏在那边更着急，连声道："快叫我看看！快叫我看看！"说到最后，声调都变了。

贾存仁只好把左手伸到母亲面前。范氏轮流看着红肿的手指头，热乎乎的泪水不断滴到儿子手心里面，整个身子都颤抖起来，抬起头问道："这是怎么啦？这是怎么啦？余田，快给我说实话！"

"还有这只手！"贾存仁正要张嘴说话，范氏不等他吭声，又拉起他的右手，指着指头肚上的伤痕，急切地问道，"这都是怎么啦？"

贾皇宝跟着叫唤起来："哎呀，五个手指头全伤了！这是咋回子事情吗？快说！"

贾存仁缩回胳膊，握住手指，还在支吾："没事，没事！"

贾皇宝更急了："余田，你再不说实话，我就去找刘太医！"贾皇宝说完，抬脚就要出门。

贾存仁急忙拦住父亲，稍一思忖，才道："其实也没有啥。开药方的时候，人家刘太医说母亲的病来得猛，要下猛药才能抑制住。每一服药要用一滴人血做引子，才能起作用。所以——"

"所以，你就用自己手指头上的血做引子！今天是第六服药了，就开始扎右手指头了？"贾皇宝打断贾存仁的话，大声嚷起来。

贾存仁正眼道："是的。人家刘太医的医术就是高明。您不看母亲的病不是真真地好起来了吗？"

"哎呀，老天爷呀，我这是喝着儿子血治病呀！"范氏声泪俱下地哭起来。

贾存仁急忙扶住范氏，劝道："母亲快别哭了。您不看这一回您的病好得比哪一回都快么。"

范氏不哭了，两手轻轻端着贾存仁的左手，瞪圆两眼，轻摇着头，似是自言，似是对贾存仁道："再好得快，我也不能用我儿子的血治病呀……"

贾存仁低下头轻轻抵着范氏的前额，道："母亲生养了儿子，给了儿子生命，把儿子养活大。儿子用自己的血给母亲治病，还不应该吗？莫说是一点点血了，就是要儿子的命，我也愿意。"

"不许胡说！"范氏一把捂住贾存仁的嘴巴，大声叫唤起来。

贾皇宝返身走到窑洞后面对着祖先的牌位跪下磕头："感谢列祖列宗，给了皇宝一个深明大义孝顺仁爱身强力壮的好儿子……"

贾存仁快步走到窑洞后面跪在父亲身后磕头，嘴里念叨："恳求列祖列

宗保佑我母亲身体早日康复，保佑全家安康……"随后拉起贾皇宝走到前边。伸出两手轻松地空抓几下笑着道："既然你们都知道了。我说实话吧。人家刘太医说。每一服药只用一星星指血做引子就可。每一回都是把钢针烧红了消消毒，在手指头上轻轻一扎，挤一点点血就够用了。一点都不疼。"

范氏哽咽一下，道："你不疼，当娘的心疼。十指连心呀……你看挨着个儿地扎，挨着个儿地红肿，挨着个儿地疼……"

贾存仁淡然一笑："主要是我干活不小心，湿了水。你的儿子，你还不知道？毛脚毛手的。"

贾皇宝似放心一般："我倒是听说过用人血做药引子的。只是余田不该瞒着我们，更不该扎了手挤了血，再回来湿水洗东西。肿一点是不要紧，要是感染了，可就麻烦了。咱们这样，今天已是第六服药了。余下的四服用我的指血。"

贾存仁急忙道："不行！千万不能用您的指血。您岁数大了，恢复得慢。还是用我的！我年轻好得快。无论如何不能用您的！"

贾皇宝道："余田，你的手指头都肿了呀。还是用我的吧。你就别叫我们着急了。"

贾存仁跟着就道："父亲，咱们这样。剩下的四服药还用我的指血。我不湿水了。洗洗涮涮的事情先叫父亲做。母亲十服药吃完了，我的手指头也好了，我再洗。"

贾存义在一边伸直了十个短小的手指头，抢着说道："用我的血，用我的血……"

贾存仁拉过弟弟，道："存义，别捣乱。大人的事，小孩子少插嘴。先把《百家姓》和《三字经》背熟了再说。"

"哎，好吧——"贾皇宝摸摸小儿子的头，叹了一口气，"以后凡是家里洗衣服做饭都是我的事。余田不准跟我抢！"

贾存仁笑了："您别以后，也别凡是。等我母亲的药吃完了，儿子的手指头也不肿了。洗洗涮涮的活儿还是我来干。这本来就不是您一个老爷子干的活儿，没有争头。"

贾皇宝再没说啥，摇摇头，端起范氏换下的脏衣物走出窑洞。

范氏的病果然慢慢好了起来，脸色变得红润，下炕走路腿脚也比以前利索了，干活儿也有劲了，饭量也长了，说话的声音也大了，整个儿换了一个人似的。贾存仁的手指头的肿也全消了。全家人高兴得啥似的。

请刘太医过来瞧瞧。刘太医看毕，高兴地说道："真是好了。真是好了。以后要好好调理，不能累着。如此三两年下来，就不会有大事了。"

贾存仁还是和以前一样，每天侍奉母亲是第一等大事，接下来才是做学问，写文章。看着全家安康，贾皇宝的身子骨也好了起来，过完年没再叫贾存仁去替自己教书，叫他在家里安心复习功课，自己又去外村村校教书。

这一回，全县村校教师调整，贾皇宝被调到另一个村校，那个村子叫岭上村，比原来那个村远一里多地，需要经过一个名叫黑石沟的深沟，深沟里长满树木，一条小路从密林中蜿蜒而过，平日里行人稀少，常有野兽出没。晴天还好说，遇上阴雨天气，或者天色早晚时分，却显得阴森恐怖，据说许多年前还发生过狼吃人的事情。凡是来岭上村校教书的先生不可能天天回家，都是隔上些日子回家一趟。这种事情，县学教谕大人自然晓得，于是提出凡是到岭上村教书的先生，每月薪酬比近处的村校要多二两银子。为了养家糊口，贾皇宝主动要求去岭上村校。

贾存仁知道去岭上村的路不好走，就提出自己和弟弟存义每天早晚到黑石沟接父亲。贾皇宝不忍心叫两个儿子如此辛苦，说自己一个人能行。贾存仁说话带上了大人口气："父亲，别忘了您是有儿子的人！"贾皇宝泪光潸然，再没说啥。

贾存仁叫过弟弟贾存义，说："弟弟，到了日子，早上咱们一人拿一根木棍护送父亲过黑石沟，傍晚举着火把接父亲。白天野兽怕木棍，天黑了野兽怕火光。"

小存义拍着胸脯："哥哥，别怕，有我呢！"

于是，人们经常看到贾皇宝与两个儿子奔波在佐村到岭上村的山路上，父子三人相伴，一路说学问，讲典故，热热闹闹，倒是温馨。

一天后晌，又到了父亲回家的日子，不巧小存义发高烧下不了炕，贾存仁只得一个人去接父亲。看着阴沉的天气，母亲范氏不放心，叫贾存仁叫上李宜思一块儿去，贾存仁说，不怕，我都十七了，您看我的胳膊快赶

上锄把粗了，啥也不怕！范氏只好绑好火把，点着，交给贾存仁。贾存仁一手持火把，一手拿木棍，去接父亲贾皇宝。为了保险起见，他还偷偷把一根手指头粗的麻绳缠在腰里，他听人说过"狗怕摸，狼怕索"的话。

等贾存仁走到黑石沟坡头的时候，天卜起了雨，很快就把火把浇灭了，天色也暗了下来。贾存仁站在坡头看着黑森森的深沟，发了愁。下去吧，没了火把，怕遇上野兽，不下吧，老父亲一个人如何回家？

思忖片刻，贾存仁把长衫下摆掖在腰间，薅一把野草绑紧裤脚，扛着木棍下了黑石沟。到得沟底，雨下得大了，洪水哗哗流下来，冲断了山路，天色也黑了，隐隐约约看得出一条细细的路径。周围的山石、树木黑影恍惚，不时还有怪叫声传来，贾存仁禁不住浑身起了鸡皮疙瘩。是退回去？还是继续朝前走？如若退回去，老父亲咋办？如若不退，眼前洪水拦路，说不定前面还会有野兽！如何是好？贾存仁思忖再三。末了，决定朝前走！自己一个大小伙子，还怕这怕那的，将来还能干成什么事情！再说了，老父亲为了全家人的吃穿出来教书挣钱，还能叫他老人家担惊受怕？万一出个啥事，自己作为长子如何向全家人交代！想到这里，贾存仁为了给自己壮胆，他大声叫了几声，一连串"啊——啊——"的喊声在深沟里回响起来……贾存仁用木棍探一探，洪水倒不是太深，于是就试着涉水过去，走了几步，倒还稳当。等涉过洪水，只见前边有一黑影拦住了去路，似乎还有绿光闪烁。是狼！贾存仁心里一惊！这可咋办？后有洪水，前有野狼，怎么办！瞅瞅朦朦胧胧的四周，容不得他害怕，也容不得他细想！于是，他把木棍夹在腋下，顺手捡起两块鹅卵石，像拍手那样拍起来，顿时"呱呱呱"的清脆撞击声在黑石沟里响起来。贾存仁一边拍击鹅卵石，一边大声叫唤，一边朝前边大步走去，河卵石的撞击声和着他的叫喊声在深沟里产生了极大地回声，前边的那个黑影被吓得退后几步，还是站在路边朝这边窥视。这时候，贾存仁更加镇定了，索性扔掉鹅卵石，解下腰里的麻绳，抓住一头使劲甩起来，麻绳发出呼呼的尖利响声，贾存仁边甩动麻绳，边朝那个黑影走过去。这一下，黑影害怕了，夹着尾巴钻进树林跑远了。等贾存仁加快脚步走出黑石沟，隐约看得见前边村子里灯光的时候，一阵夜风吹过来，感觉到后背一阵冰凉，伸手一摸，原来长衫的后背已经被冷汗浸湿透了……雨停了，天色也亮了些许。来到岭上村校，贾皇宝还在油灯下批改学生的作业。贾存仁叫了一声"父亲！"贾皇宝一把抱住儿子，问他这么晚咋还来？贾存仁说，来接父亲呀。贾皇宝急切地问道，你的嗓子咋哑了？贾存仁说了遇上狼的事情。贾皇宝吓得额头冒汗，紧紧抱住儿子不撒手。贾存仁却轻松地说道，野兽哪里有人的心眼多呀。

贾皇宝整整床铺，说今天天气不好，咱们不走了，明天再走，咱父子俩挤一挤歇了吧。贾存仁摇摇头，说道，不行，这么黑的天，还下着雨，我要是不回去，我母亲还不急坏了呀，她的身体才恢复，哪里敢叫她着这么大的急呀？您好好儿的，我就放心了，我得马上赶回去，叫母亲也放心。

贾皇宝想想也是，要和儿子一块儿回去。贾存仁说道，不行，天刚下过雨，黑石沟里还有洪水，您岁数大了，哪里敢下水呀，还是我先回去，明天上午再来接您。来，给我把火把点上，野兽最怕火。贾皇宝还是不放心，就叫来几个村里人，请他们护送贾存仁过黑石沟。

等贾存仁回到佐村家里，已是后半夜了，母亲范氏果然没睡，还给贾存仁热着饭。听说丈夫没事，儿子也安全回来了，才放心上炕睡觉。

次日上午，贾存仁又到黑石沟接回父亲。说起昨天傍晚遇见狼的事情，全家人唏嘘不止。贾存仁却很轻松，说道人活一辈子，多经历一些事情不是坏事，粮食存得多了容易坏，事情经得多了却长见识。我这一回可真的验证了"狗怕摸，狼怕索"的说法了。贾皇宝指点一下儿子的额头，说道，真不知道你哪里来的那些理由呀……

第八章

三年的时间很快就过去了，贾存仁已经吃上二十一岁的饭了。中间还参加过一次大考，因侍奉母亲耽误了一些时日，加之满脑子修订《训蒙文》的念头，准备得不是很扎实，以致榜上无名。

贾皇宝倒不着急，安慰儿子道，你还年轻，好生复习功课，慢工出细活嘛。他心里明镜儿一般，儿子的心思已经不完全在功名上了，与其逼他，莫如顺其自然。

大病初愈的范氏可真的开始为儿子的婚事忙开了。先是回娘家跟姐妹们商量，又给别的亲戚捎信，请他们帮着给贾存仁寻摸合适的人家。贾皇宝对老婆做的事情没有反对，只是嘱咐她吃好喝好休息好，别累着。他知道儿子贾存仁该是有一个得力的帮手了，这个家里也该着有一个忙里忙外的媳妇了。

一日晌午，闲来无事，贾存仁到佑村看望张友奋。斯时清明已过，天晴气暖，万物萌发，田野里草长莺飞，热气升腾，人行其中说不出的惬意。张友奋带着贾存仁在自家果园里漫步，苹果树枝头已经热闹起来，嫩绿的树叶拱卫着欲放还羞的粉红色花骨朵，引来小蜜蜂在上面盘桓，地面上的小草也鼓出了嫩黄的小芽，百灵鸟在果园上空飞旋鸣叫，天地间弥漫着一层似有似无的薄雾，满世界淡淡的香味儿和青草的气息呛得人直想打喷嚏。春天可是实实在在地来了。

二人在张家果园讨论《训蒙文》的修订和浮山话与官话的音韵差别。

谈得兴起，竟然忘了时辰。张友奋的妹妹张菊韵来叫他们回家吃午饭，贾存仁再三婉拒，架不住张家兄妹热情相邀，只得从命。

到得张家，张友奋带着妹妹张罗端菜上饭。贾存仁端着茶碗站在客厅欣赏中堂字画。这是一幅山水画，高天暗沉，怪石嶙峋，林木阴森，泉水曲折，一只老虎的耳朵在茂密的草丛间隐显，却全然不见老虎的身子。字画空闲处书写着几笔狂草——

天被地铺，

石屏树障，

安卧深山听风雨

……

贾存仁小声念罢题字，禁不住赞叹："好一幅终南隐士图……"

"贤侄年纪轻轻，也看得懂字画？"身后传来慈祥的问话。

贾存仁急忙转身，只见一位鹤发童颜的老者正面带笑容看着自己。贾存仁立马打拱致礼："伯父，您好。晚辈年少无知，请您指教。"

张家是城南富户，家境殷实。张友奋的父亲张在庭曾多年在朝廷为官，不知何故时值盛年便辞官回乡，没带回多少银两，书籍倒是有几驮子。赋闲的张老汉每日侍弄果园，料理菜蔬，赋诗为文，对山吟唱，似闲云野鹤，自由自在。贾存仁时不时跟着张友奋过来借书看，张家人对他很熟，也很欢迎。

张在庭指着字画道："这幅画是老朽近日习作。想不到贤侄一眼就看懂了。真乃后生可畏呀。"

贾存仁复打拱道："晚辈轻狂，还请伯父见谅。"

餐间，张在庭见贾存仁出落得一表人才，发辫端垂，长衫整洁，且彬彬有礼，谈吐不俗，独有见解，先自喜欢上了。女主人倒不善言，只是热情地给贾存仁让菜让饭，时不时瞅瞅贾存仁。张菊韵在一边忙着泡茶续水端菜上饭，时而瞅空参与插话一二。一顿便饭吃得随意轻松。

餐后喝茶时候，张在庭似无意言道："贤侄是否婚配？"

贾存仁顿时红了脸，看一眼张菊韵，起身答道："回伯父，侄儿尚未婚配。母亲正四处张罗求媒。"

张菊韵听他们说起了婚配之事，不由脸红，转身回了内室。

张在庭又问："老身看你学问功底扎实，是否还想参加朝廷开考？"

贾存仁小心地答道："回伯父，侄儿与友奋同为神山书院院主李学邃门下生员，还想应试追求功名，替父母分忧。不过，在下的学问功底不及友奋扎实。"

"父亲，"张友奋接过贾存仁的话头，对父亲道，"存仁学问很好，深得学邃先生真传，不仅饱读诗书，而且深解其意。文章也写得精彩，落笔千言，一气呵成，且言之有物，论之在理。我等同学都很佩服。"

贾存仁起身朝张友奋打拱："友奋言过其实，溢美之词，溢美之词……"

张友奋笑言："存仁不必过谦，过谦则不逊。你我同门师兄弟，我还不知道你的学问功底？"

贾存仁朝张友奋摆摆手，笑道："在老伯面前，存仁不敢妄言。"

张友奋对张在庭道："父亲，您不知道，我的这位同门师兄弟，不仅学问好，还极善于发现问题，研讨问题。他就对《训蒙文》提出了修订之意，还开始研究浮山话与官话的音韵差别。比我等看得深，看得远。"

张在庭感兴趣地问道："贤侄，认为《训蒙文》有哪些需要修订之处呀？"

贾存仁真人面前不敢说假话，就把对《训蒙文》的不足之处的认识和自己的修订意见一一讲给张在庭听，还说了浮山话与官话的音韵差别。

张在庭听完贾存仁的话，颇有几分激动，道："后生可畏。真是后生可畏呀。贤侄小小年纪竟有如此高深见解，且能超然世俗，专心学术，著书立说，教书育人，实叫老夫佩服。如今的教学，先生照本宣科，学生照本背咏，哪个都不求深解。谁能像贤侄如此用功？"

贾存仁赶紧朝张在庭拱手："晚辈才疏学浅，仰仗伯父指教。"

张在庭又道："既然贤侄潜心研读修订《训蒙文》，而且把启蒙的对象扩及成人层面。人皆弟子，弟子当遵规矩，如能修订成书，可将其更名为《弟子规》呢。"

贾存仁闻之大喜："伯父所言正合晚辈之意！"

张在庭接住话茬："当下流传于世的蒙学典籍不在少数，你何不博采众长，摒其糟粕，揉入己见，另起炉灶，专门写一本新书出来呀？那不是更好嘛。"

贾存仁一脸忠厚之色："实不瞒伯父，华夏祖宗十分重视少儿启蒙教育，唐宋以来保存下来的蒙学教材不下数十种，最著名有《开蒙要训》《百家姓》《三字经》《对相识字》《文字蒙求》，近一些的还有明朝吕得胜、吕坤父子编选的《小儿语》和《续小儿语》，这些蒙学教材，内容重复、互相抄袭的部分很多，故而晚辈不想步前人后尘，再写一本什么蒙学教材。而绛州李毓秀的《训蒙文》就其内容、文字、涉猎面、启蒙深度等方面是最具特色的，已经被官府和学界接受。晚辈亦不想掠人之美，认为还是在《训蒙文》的底子上修订为妥。修订后的书名就遵伯父所言叫《弟子规》，您看如何？"

张在庭禁不住起身朝贾存仁拱手："贤侄治学严谨，仁义之至，志向远大，老夫佩服。还有一句话相送！"

贾存仁喜道："伯父但说不妨，晚辈洗耳恭听。"

张在庭思忖片刻，紧盯着贾存仁道："律己诲人，坚韧不拔！"

贾存仁听罢，双膝而跪，面向张在庭拜谢："伯父教诲，晚辈没齿不忘，欲诲人先律己，今生无论遇到什么难处一定要完成《弟子规》！"

待年过半百的张在庭拉起贾存仁时，只见这位年轻人已是泪流满面，情急难已……

张菊韵悄悄站在耳房撩开门帘一角蛮有兴趣地倾听二人言谈，时不时瞅瞅满脸潮红的贾存仁，以致最后瞧见贾存仁情急泪流之时，自己也泪如雨下哽咽起来。怕他们听见，只得转身趴在炕头饮泣……

从张友奋家回来没几天，时值五月初三，张友奋满脸带笑进了贾存仁的家门。先在柴火窑里跟贾存仁嘀咕一阵，而后回到主窑，面对贾皇宝拱手弯腰，道："叔父大人在上，晚辈有一事禀报。"

贾皇宝笑着摆手道："在自己家里说话，就不要拘礼节了。有事但说不妨。"

张友奋指指隔壁，笑着说道："我和存仁同门师兄弟，他常到我家或探讨学问，或闲聊玩耍，家父对存仁的学识佩服有加，尤其欣赏他的为人，有心把我妹菊韵聘与他，特遣侄儿过来询问叔父、叔母意见。如二位长辈无异议，敬请择吉日打发媒人过去。"

贾皇宝一听大喜，叫张友奋落座喝茶，遂叫过夫人范氏，说了张家之意。范氏当然求之不得，言道只要贾皇宝满意即可。

贾皇宝对城南佑村张家早有耳闻，深知张在庭曾在朝廷为官时因不服官场尔虞我诈之不良习气，早早辞职返乡的事情，且教儿育女有方，家境殷实，在浮山县里极有名气。其子张友奋常来贾家跟贾存仁探讨学问，大家都熟知无隙，张家之女虽未见过面，凭其兄张友奋的言谈举止，妹妹注定不输于他。如今人家看上了贾存仁，贾家岂有不愿意之理？全家人自然皆大欢喜。

贾皇宝担心道："吾家世代孩子王，干的是教书先生挣一口饭的差事，没名没分，出身卑微，不知张老大人是否晓得？"

张友奋拱手笑道："叔父此言差矣。贾家书香门第，世代教书育人，替朝廷分忧，为社稷劳心，天地君亲师，如何没名没分？存仁治学用功，学问深厚，家父极为佩服，才遣晚辈先行探口信的。也是慎重敬仰之举。"

贾皇宝指指隔壁："尚不知小儿余田意下如何？"

"叔父，稍等。"张友奋道一声即跑到隔壁，拉过贾存仁，推到贾皇宝面前，笑道，"叔父，您直接问他。"

贾皇宝指着张友奋问道："张府小姐你见过？"

贾存仁低头道："很熟。我去友奋家借书，经常碰见。"

贾皇宝又问："张家老大人有意把小姐嫁与你。你意下如何？"

贾存仁红了脸，稍有慌乱，双手合十，道："全凭父母做主。"

张友奋在一旁戏言："有存仁这一句话在，我这个大舅哥是当定了！"众人少不得一阵欢笑。

过几日，贾皇宝恭请神山书院院主李学邃作为大媒，过去张家议定了一应事宜。李学邃二回过去，下了聘礼，两家换了儿女的庚帖，定了娶亲的时日。至此，这一桩婚姻美事就成就了一多半儿，只盼喜期一到，即迎娶新人、婚宴宾客、新郎新娘双双进洞房了。

李宜思听说贾存仁定亲了，十分高兴，作为同窗好友和过来人带着媳妇跑前跑后张罗忙活，比自己的事还尽心。张友奋倒是隔三岔五来回走动，传达双方消息，比他自己娶媳妇还要性急。

张、贾两家正在准备婚嫁大事，忽传来朝廷乡试秋考的消息。这几年贾存仁边协助父亲在村校教书，边复习功课，准备科举考试。张友奋没断了在神山书院研学，准备得更是充分。算算时间，离八月乡试时间不多了，张在庭就打发儿子张友奋过来商量是否把婚配的时间朝后适当推一推，待乡试过了再办。贾皇宝这边自然同意。两家没忘记知会月老李学邃，李学邃笑曰："最好。最好。"

于是，贾存仁、张友奋、李宜思三人静下心来准备参加乡试大考。

雪花飘起来的时候，乡试榜也贴到墙上了。

张友奋榜上有名，中举。在乡间成了举人是一件很了不起的事情，张家很是热闹了一番。又是衙门县学的训导和教谕大人率领一千人等敲锣打鼓来家里报喜，又是请三亲六故吃饭喝酒，又是放鞭炮敲锣鼓，真乃蓬荜生辉，光宗耀祖。

贾存仁名列副榜，虽不及正牌举人，也就差了那么一星半点，总算距功名近了一步，可以参加在朝廷礼部举行的会试了。童试的时候差了一点点，乡试的时候又差了一点点，或许这就是运气？贾存仁在心里这样安慰自己。虽然如此，贾存仁内心还是有一点不痛快，总觉得有负恩师李学邃和父亲贾皇宝厚望，于是暗下决心，一定要高照明灯寒窗苦读，准备参加来年在京城举行的会试。虽然他的心思大都在修订《训蒙文》和研究音韵学上面，对于大考总还抱着一丝儿希望，如若能皇榜题名，对自己倾心的修订《训蒙文》和研究音韵学岂不增色更多？

李宜思落榜，由于生来对学问不热，倒也释然。他性格懦弱，思维迟钝，且家境贫寒，本来就对功名不抱太大指望，平日里不太用功，更多的时候是跟着贾存仁他们混时日，考好考孬都无所谓。落榜，对于他来讲，也是一种解脱，是一种交代，是人生一个新阶段的开始。

至于陈贯通，那是一个不入流的纨绔子弟。之所以不入流，是他的稍显富裕的家境还不足以使他成为一个挥霍无度，为害乡里的少爷哥儿，只能成为在乡间无所事事，东游西逛的不良子弟。乡试考了个焦煳不堪，当然交代不了家中父母，可是面对不肖子弟，谁也无奈。陈贯通心里却自有一番轻松，这一下彻底省心了……

四个同门师兄弟，各得其所，并无失落。除了陈贯通稍有浮躁不安，坐卧不宁之外，张友奋和贾存仁均在家温习功课，李宜思除了帮助大人料

理家事，还时不时到他们家走走，和他们一起念念诗文，凑凑热闹，拿一句"陪太子读书"的话自嘲自慰，回到自己家里可是再也不理会文房四宝和经史子集了。那些东西都被他父亲撕开生火做饭了。

大考一过，张、贾两家又回过头来请大媒李学邃拾起儿女婚嫁的事情，婚期定在冬月初九。儿女婚嫁添人进口是老百姓最大的事情，两家人紧张地忙碌起来。作为男方的贾家更忙，母亲范氏忙着给贾存仁缝制新衣裳、新鞋帽、新被褥。贾皇宝则请来泥瓦匠，把院里院外收拾一新，连大门口老槐树上的干枝黄叶都小心地修剪下来，还拉来白灰，掺和着黄土把院子里的地面重新铺装碾压平展，把院墙破损的地方修补整齐，还把斑驳掉色的院门用红漆刷了一遍。多年破旧不堪的贾家小院总算增添了一份喜庆和充实气氛。

对于这桩婚事，贾存仁从心底里还是满意的。成一个家，娶一个媳妇，自己多一个侍奉母亲、父亲的帮手，不失为一件美事。他对即将过门的新媳妇张菊韵也是十分中意的，这个女孩子长相端庄，身材匀称，知书达理，琴棋书画虽不是很精通，倒是啥都知晓一些，啥都能拿起来，且性格温柔贤惠，眼明手快，善家务，喜女工，是自己理想中的妻子。对于张在庭这位老泰山，贾存仁既佩服又敬重，老先生对江山社稷有自己的主张，对人生命运更是独具见解，尤其支持未来的女婿修订《弟子规》和研究音韵学，两人到了一块儿有说不完的话，说到要紧处还得争执几句，不知底细的人还以为这一老一少为什么事情吵架呢。至于内兄张友奋，同学少年，脾胃相投，知根知底，自不必说。新的生活就要开始了，贾存仁对此并没有太多的期待，他想得最多的除了温习功课应对大考以外，就是修订《弟子规》了。当这个年轻人站在自家院门前的老槐树下朝远处眺望的时候，功名和官场显得有些模糊和朦胧，而《弟子规》的线条却是那样的清楚和真切。

似乎在弥补久卧病榻对家人的亏欠，似乎在创造家庭生活的温馨，似乎在享受大病痊愈之后的欣喜，似乎是迎接儿媳妇进门的心切。这些日子，范氏兴奋甚极，满脑子的事情，就要接儿媳妇了，这是为人之母最大的事情，先是和夫君贾皇宝合计了婚前要办的事情，接下来开始浆染新布，弹新棉花，熨烫裁剪布料，缝新衣做新被，每一件衣物都要自己亲手做、亲手缝，她要用自己的双手把儿子打扮得体体面面地娶媳妇，不能叫左邻右舍笑话，更不能叫亲家一家人笑话，要叫儿子在新媳妇面前挺起腰杆子。眼看的婚期一天天临近了，范氏更是一一检点接亲事宜，哪些办好了，哪些还没办，哪些还需要加工完善，满脑子的事情呀，白天干一整天，夜里做到下半夜。

十一月初七后晌，一切都预备好了，崭新的黑棉布长衫、夹内裤，里外三新的被褥，还有新鞋、新袜，新枕、新帽，整整齐齐摆在新房里面的炕上，连炕围子都绣上了大红大绿的牡丹花，窗户纸贴上了鲜艳的四季窗花，雪白的门帘上也绣上了鸳鸯蝴蝶图案。细心的家庭主妇范氏没有忘记在门帘上方缀上一条水波纹似的金黄色流苏，久病新愈的她总想着把儿子的婚事办得风风光光温温馨馨……

范氏叫过贾存仁，叫他试试衣裤鞋袜，看合适不。她要提前瞧瞧儿子成了新郎官是个啥样子。

已经把额头剃得明光净亮的贾存仁听话地把衣裤鞋帽一一试过，高兴地说："母亲辛辛苦苦一针一线做下的，还能不合适？"

贾皇宝在一旁半是欢喜半是忧愁地说道："余田娶了媳妇，就不用你娘费神做了。你看这些天把她的眼睛都累红了，手都磨干糙了，你看她那个腰快累得直不起来了。娶了媳妇，快叫她好好歇歇吧。"

贾存仁轻轻抱住范氏，动情地说道："不行。娶了媳妇，我还是要穿母亲亲手做的衣裳，还是要吃母亲亲手做的饭菜。"

范氏的话里渗满了忧伤："娶了媳妇，就轮不着我做了……" 做母亲的说着禁不住哽咽起来

贾存仁脖颈一拧，撒开了娇："母亲，您先别难受。叫儿子想想，想想该咋办……好了！有了！主要的是以后再也不能叫母亲辛劳了。您看咱们这样来行不行？全家人的针线活儿都叫媳妇做，她做好了，请母亲缝最后一线！钉最后一个扣子！如若不合适，命她重做！饭菜也是，媳妇先做，请母亲调味儿。糟蹋了的东西还要叫她赔！咱们不饶她。"贾存仁拉着母亲的手嘿嘿笑了起来。

"我儿——"范氏依然哭出了声，紧紧握住儿子的手不松，全身都颤动起来。

"母亲——"贾存仁禁不住孩子一般呻吟一声，随即紧紧抱住范氏，用脸蛋蹭着母亲面颊上的泪水。

"儿媳妇就要进门了，看你们娘儿两个还哭哭啼啼的，像什么样子呀！"贾皇宝一脚站在门里，一脚站在门外，笑道，"余田，快把炕上的东西收拾好。明天座席用的圆桌就送来了。帮忙的人也要来垒炉灶、生火洗菜了。今天后晌要把所有的事情都干完。"

范氏轻轻推开儿子，笑道："余田快去收拾，我的头有一点昏。得歇息一会儿。"

贾存仁赶紧收拾完炕上的衣物，服侍母亲躺下。院门外传来叫声："贾老师，圆桌朝哪里放呀？"

"母亲，您歇着。来了——"贾存仁应声跑了出去。

十月初八上午，姑姑姨姨都来了，远亲近邻都过来帮忙，贾家小院里里外外都是人，人们都在为第二天的喜事忙碌，免不了嘻嘻哈哈打打闹闹。贾存仁把穿戴一新的母亲范氏请到炕中间做下，亲自为她端茶、上饭，说从今天起，就不用她干活了。范氏高兴地正要开口说话，忽然一股口鲜血从口中喷出，立马人事不省倒在炕上。贾皇宝大惊，急忙叫小儿存义请来刘太医诊治。

刘太医把脉、观相一番，神色沉重，把贾皇宝和贾存仁父子叫到一边，小声道："这是累着了，旧病复发。需要好生歇息，慢慢调养，绝少打扰。否则，无药可治。"

贾皇宝小声问："老先生，您看明天犬子的结亲大礼还能否办理？"

刘太医一声叹息："最好延期再办。还是高堂贵体要紧。非要办的话，不能叫夫人参加。她的病需要静养。这种事情实属无奈。"

贾皇宝为难道："她是婆婆，接儿媳妇岂有不叫婆婆参加之理？"

刘太医道："那，就只好朝后拖些时日了。"

贾皇宝瞅着贾存仁没言语。

贾存仁暗自思忖："这不是我的婚事诱发了母亲的旧病？"随即给父亲贾皇宝招呼一声，转身即走。待贾皇宝要说话时，人已经出了院门。

贾存仁快步跑到佑村，见了老泰山张在庭，说了母亲的病情。

张在庭立马就说道："天下之事，由事不由人。既然亲家母贵体突染急疾，婚期只能朝后推了。等亲家母贵体安康之后再办理。"

贾存仁小声道："岳父大人，菊韵妹妹那里……"

张在庭道："贤婿尽管回去侍奉高堂。小女那里我做主。我随后登门看望亲家母。"

贾存仁跪地朝张在庭叩首，起身赶回佐村家中。

范氏此次犯病与前几次不同，症状怪异，病情少见，仰面而躺，双目紧闭，只有气息，不能动弹，能吃能喝，能拉能撒，不会说话。刘太医说道，自己制药行医几十年，还没遇到过。以前的老方子均不能用，只能好生伺候，饭食跟上，若体能慢慢增加，还有康复的可能，若肠胃功能下降，导致其他脏器衰竭，就不好说了。

贾存仁跪在刘太医面前哭道："太医若能妙手回春，晚辈给您当牛做马在所不辞。"

刘太医摇头摆手道："高堂已病入膏肓，已非药物所能诊治，谋事在人成事在天，先把心尽到，全看高堂的气数了。"说罢，刘太医抬脚走人。

贾皇宝只得向众人说明，请各位包涵。大家都是明理的人，远亲近邻先后散去。

从那以后，范氏再没醒来，整天躺在病榻，炕上吃喝，炕上拉撒，一刻也离不了人伺候。贾存仁只得不离左右，白日端饭送水，擦屎接尿，夜晚和衣睡在炕尾，尽力侍奉。只有在范氏静静睡去的时候，才能拿出书包，翻开书稿，接续思路，润色文字。说来也奇，每逢贾存仁修订文稿之时，范氏总是安然睡着，不拉不撒，不吭不哈。贾存仁甚是欣慰。

贾皇宝又去外村村校教书，换得家用，把次子存义带在身边，以减轻长子存仁劳作之累。为了给贾存仁准备婚配，家中积蓄已经散尽，范氏还要补充营养，单靠村校那一点薪金入不敷出，家里的生活已经捉襟见肘，尤其是米、面临断顿之虞。贾皇宝和贾存仁父子俩心里甚是焦虑。

一日，张友奋过来看望，见贾家经济拮据生活艰难，便回家告知父亲张在庭。张在庭二话没说，即怀揣银两带着女儿张菊韵来到贾家，对贾皇宝道："亲家翁，小女虽未过门，但是婆家事急，讲不得礼数和程序了。我做主，令她先来婆家帮忙，操持家务，侍奉婆母，好叫贤婿腾出手来做学问，求功名。待将来亲家母贵体安康之后再行补办婚礼。"

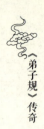

贾皇宝听罢大喜，拱手拜谢道："老大人，雪中送炭，不胜感激之至。皇宝无以言表。"

张在庭叫来张菊韵见过公公婆婆。张菊韵懂事地向公公贾皇宝和婆婆范氏行大礼。贾存仁亦跟在后边向父母大人叩头行礼。

末了，贾存仁面对张在庭跪下叩首，哭道："小婿未及孝敬岳父母大人，反叫二老操心，心中亏欠至甚。"

张在庭拉起贾存仁，面向贾皇宝道："天有不测之风云，人有旦夕之祸福，远非个人所能左右。我等凡人，承日月星辰之露，用五谷杂粮之食，岂能没个病灾？遇上了，只能面对，无法回避，亲家翁不必过于忧愁。现今亲家母贵体欠安，在庭理应相助，更莫说咱是儿女亲家了。快莫言谢，招呼病人要紧。"说毕，张在庭留下些银两，对女儿张菊韵嘱咐几句，便要打道回府。贾皇宝横竖不让走，非要留亲家翁吃饭。

张在庭指着在炕上昏睡的范氏，诚恳道："按理我该吃了饭再走。可是今天不是吃饭的日子。以后补吧。"贾皇宝只得作罢。

贾存仁携张菊韵送老泰山到佐村村口还要朝前送，张在庭再三劝说，才止步。

临分手，张在庭瞅着贾存仁无语。贾存仁拱手道："岳父大人放心，您的教诲——律己诲人，坚韧不拔，小婿牢记在胸，无论生计几多艰难，人生几多坎坷，《弟子规》一定要修订、刊印出来！音韵学一定要研学成功！"

张在庭禁不住老泪纵横，拍拍女婿肩头，看看女儿，掉头疾行而去……

第九章

返回家的路上，贾存仁走在前面，张菊韵跟在后面，二人相隔几步。贾存仁觉得不妥，即停脚等待。张菊韵跟上来，红着脸叫了一声"存仁哥"。

以前贾存仁去找张友奋，张友奋来找贾存仁，张菊韵总是跟在他们身后，小嘴不停地叫"存仁哥"，问他一些古诗文方面的问题，还随着两位哥哥背诵名篇名句。后来岁数大了一些，懂得害羞了，又缠了小脚，才不跟了。但是从心底里面还是很熟的，时常惦记。自打二人定了亲，女孩子欢喜得不得了，盼望着尽快成亲。

"哎——"听见张菊韵叫唤，贾存仁应了一声，脸色沉着，看张菊韵一眼，又转眼别处，微微摇一摇头，低声说道："菊韵妹妹，你看我这个家……还没成家就要你伺候病母。真是难为你了……"

张菊韵看看左右，才低头回答："哪里的话。侍奉婆婆，理所应当。只要跟你在一起，干啥活儿我都愿意。"

贾存仁止步回首，盯着张菊韵看。女孩子身材适中，面相端庄，皮肤白皙，眸子明亮，举手投足目光流盼之间露出无限的真情和诚恳，令贾存仁满心喜欢，动动嘴唇想说啥，终没说出来。张菊韵红了脸催促道："别老看人家了。别人看见要笑话了。回家再看。心里有话快说。"

"不是。"贾存仁欲动手拉拉张菊韵，又觉不妥，只得停手，启唇说道，"本来我是……本来我是笃定心思要叫你坐上轿子凤冠霞帔，敲锣打

鼓，风风光光进我们贾家门的，可是你看这……"

"存仁哥，快别这样想。一家人过日子，哪能都是一个样子呢？再说，这个样子，那个样子，都是叫外人看的。其实，过日子是看心气儿，只要心气儿顺畅，就是好日子。"似乎怕贾存仁打断自己说话，张菊韵盯着贾存仁一口气把心里话说完。

贾存仁不忍心叫张菊韵难堪，收回目光看着远处，嘴里还是把心里话掏了出来："菊韵妹妹，你看，你生就的就是我们贾家的人嘛……我贾存仁的媳妇嘛！"

"不理你了。"张菊韵的脸更红了，前头走了。

有了岳父母的大力帮助，更有了未过门的媳妇张菊韵作为得力帮手，贾存仁肩上的压力大为减轻，白天家里的事情由张菊韵打理，贾存仁腾出手来四处打听找活干以补贴家用。

正巧刘太医需要找人替自己整理、抄写几十年间积存下来的病案、药方，就来找贾存仁商量，贾存仁当然愿意。于是，除了夜晚陪侍母亲以外，整个一个白天都用来整理、抄写病案、药方。

贾存仁在白麻纸上抄写的病案、药方字迹清丽，书面整洁，按病情分类，用棉线装订成册，规规正正摆于案上。还编制了总目和分目，便于查阅。刘太医看了自是十分喜欢，遂说每抄写、装订完一册，即付给他一份说得过去的报酬。贾存仁拜谢道，凭老先生安排。

刘太医惜才如命，深知贾存仁志存高远，正在修订《弟子规》，看他抄写十分用功辛苦，就说自己数十年的病案、药方积存甚多，不是一年两年所能抄写整理完的，嘱咐他不必把工夫和精力都用在这里，还可以空出间隙继续研究自己的学问，修改文稿，两不耽误。

贾存仁拱手道来："当然还是要以抄写、整理先生的病案、药方为主。学生的事情为辅。"

末了，刘太医指着成摞的白麻纸道："这些纸，你尽可用来修订文稿。"

贾存仁道："晚辈不敢。真要用时，再跟您讨，但要照价付银。"

刘太医再没言语。

其实贾存仁之意除了抄写、整理病案、药方以补贴家用之外，还想借抄写病案、药方之际，求索日后刊印修订《弟子规》和音韵学文稿的路径，以取一举两得之功。此后，贾存仁抄写病案愈加用心。刘太医还制作了一套书柜，挨着墙壁在窑洞里摆了一圈，专门存放装订好的病案、药方。抄写累了，贾存仁晃晃脖颈，摇摇手腕，揉揉双目，看着黑红色的书柜里摆放着用白线装订成册的病案，仿佛看见里面摆放的不是病案，而是自己的修订成书的《弟子规》，内心禁不住涌上一阵喜悦和激动。

来了未拜堂成亲的媳妇张菊韵，有了抄写整理病案、药方得来的报酬，加之老泰山张在庭的资助，家境逐渐缓过气儿来，贾存仁不必再为全家人一日三顿饭，一年四身衣而忧心劳神了。

一日后晌，日头偏西，凉风刮起，黄叶落地，荒草低伏。贾存仁装订完一册病案，出屋散步歇息。屋里传来贾皇宝的话音："余田，菊韵要去河边洗涮。天气不早了，你去与她做伴儿，"

贾存仁抬头看时，只见张菊韵端着一盆衣物出了院门。于是，应了一声，就跟了上去。

"活儿干完了？"张菊韵在前面问道，并未停步。

"完了。又装订成一册。明天一早给刘太医送过去。"贾存仁瞅着张菊韵乌黑的头发回答。

"很累吧……我……也帮不上你的忙……"河风吹来张菊韵断断续续的话。

"不累。我看你很辛苦。要做全家人的饭，还要侍奉母亲，还要浆洗衣物，每日忙碌不停。对不起了，菊韵妹妹。"贾存仁还是那样实诚。

"谁是你的妹妹！"张菊韵停住脚步，盯了贾存仁一眼。

"真是对不起了。叫你受这种委屈，妹——"贾存仁看见张菊韵好看的双眼沁出了泪水，也动了情。

"还叫！还叫！"张菊韵提高话音打断贾存仁的话。

"好好好，我不叫了。我真是不忍心叫你受委屈呀。"贾存仁说得很是诚恳。

"别说了。我不感到委屈，也不觉着累。只是不想听你叫我妹妹。"张菊韵转过身子走到河边开始洗衣物。

贾存仁坐在一边的大石头上，问道："那你，想叫我叫你啥？"

"明知故问。啥人了！"张菊韵又瞅贾存仁一眼，随即脸红得像红布一般，话语像河风一样轻柔。

"那你……是想叫我叫你内人？"贾存仁真是明知故问。

"看你！啥话都能说得出。"张菊韵大红了脸，朝贾存仁甩甩湿手。

"哎呀——"水点飞到贾存仁脸上，贾存仁嬉笑着叫起来……

很快就洗完了，二人端着衣物朝回走，还是张菊韵走前边，贾存仁跟在后边。开始二人还有一句没一句地说话，进了村子，都没话了，低下头各走各的，路人一般。

贾皇宝站在自家院门前大槐树下，远远看着小两口走过来，怕张菊韵不好意思，先行进了院子。

次日，贾皇宝跟儿子说悄悄话：他想近日见一下亲家翁张在庭，商讨一下贾存仁和张菊韵的圆房之事。这些日子，张菊韵单独住在先前准备好用作洞房的窑洞里面。贾皇宝和小儿子存义住在主窑后面的炕上，范氏住在主窑前边的炕上，贾存仁仍睡在母亲炕尾，并无不便。白天张菊韵过来干活儿，贾存仁极少过洞房那边去，见了张菊韵也很少话说。作为过来人，贾皇宝不想叫儿子长期独受煎熬；作为长辈，他亦在做早一点抱上小孙子的美梦。

听了老父之言，贾存仁煽扇一般摆手，拨浪鼓一样摇头，连说不可。

贾皇宝笑道："有啥不可？两家已经定了亲，下了聘礼，且菊韵姑娘已经在咱家住了多日。你们二人的夫妻名分已经有了。"

贾存仁道："断然不可。老泰山待咱家恩如山海，菊韵妹妹在咱家辛勤劳苦，咱不能做上不对天，下不对地的事情。为人在世一定要讲究礼数。不讲礼数，禽兽不如。叫儿子如何面对世人？这种事情想都不该想。"

贾皇宝道："你还年轻。社会上像咱家这种情况并不少见，只要两家大人协商通了，即可圆房。并不违背礼数。我听说，当年张老大人家里有事，来不及娶亲，菊韵姑娘她母亲就是提前到的张家，后来又圆房的。"

贾存仁道："别人家我不管，我绝不做一丁点愧对老泰山和菊韵妹妹的事情。就是人家老泰山主动提出此事，我也不会答应，我不能委屈了菊韵妹妹，现今这样已经很对不起她了。一定要等母亲康复之后，举行大礼，宴请宾客，敲锣打鼓，用花轿把她娶进门。一定要叫我的媳妇在亲朋好友面前，在世人面前，走得正立得直！"

贾皇宝见儿子矢志不移，说得在理，只得作罢。

贾家的日月就这样将将就就地过了下来。贾存仁时不时陪着张菊韵回佑村看望岳父母一家，张友奋亦代表二老回访贾家。两家人过往甚是融洽。

又一年北雁南飞的时候，范氏的病体日渐沉重，进食锐减，气息微弱。赶紧请来刘太医看过。刘太医叹息道："准备后事吧。夫人挺不过百日。"

果然，第九十九天的清晨，公鸡刚刚叫过最后一遍，日头才在尧山顶上露头，一片白光在东边天际闪耀，大地悄然从睡梦中苏醒。范氏的身体忽然微动起来，先是把眼睛睁开一条细缝，慢慢地就完全睁开了，紧接着嘴唇也蠕动了几下，喉咙里发出呼噜呼噜的声音，轻轻咳嗽了几声，就蠕动嘴唇说肚子饿，要吃饭，张开嘴不再闭上，两条手臂也在无目的地比画，手指头反复地握紧松开，松开握紧……好像有什么紧急的事情要办。

"母亲醒过来了！母亲醒过来了——"最先发现这一喜讯的贾存仁，立马叫醒睡在窑洞后边的贾皇宝、贾存义和隔壁的张菊韵。贾皇宝跑到前边看了一眼，随即跪在祖先牌位前面叩头，大声说感谢列祖列宗保佑媳妇康复……

全家人都高兴地忙活起来。张菊韵赶紧做了一碗鸡蛋拌汤。贾存仁先给母亲穿上衣服，擦洗了手脸，梳理了头发，扶她坐起来。斯时，范氏已经形容枯槁，气力难支，坐不稳当。张菊韵当即坐到她身后轻轻抱住，叫她倚着自己坐稳。贾存仁端过饭碗，喂范氏吃饭。

一碗鸡蛋拌汤很快就吃完了。范氏有了些精神，眸子闪烁出光亮，坐得也稳当了，先把全家人挨着个儿看了一遍，拉一拉小儿子贾存义的手，摸摸他的头发，脸上露出一丝丝欣慰的微笑，小声说道："我小儿子也长大了……"

"母亲……"已经懂事的贾存义清亮地叫了一声。

范氏点点头，而后扭头看着张菊韵久久不语，看了一阵才说："媳妇，辛苦你了……"

张菊韵随口说道："媳妇不辛苦。只要婆母大人贵体安康就好。"

范氏怜爱地伸手捏捏张菊韵的脸蛋，小声说："媳妇，瘦了——帮我把梳子拿过来。"虽然多日没张口说话，老太太有些口吃，竟然能把字咬得很清清楚楚，人们听起来一点也不费劲。

张菊韵忙把梳子递给婆婆。

范氏对贾存仁道："余田，过来，我给你梳梳头……"

贾存仁没敢犹豫，即刻背对着母亲跪下，还像小时候一样，尽量靠近母亲。

贾皇宝端过半瓦盆温水放到范氏手边，睁圆两眼紧紧盯着范氏，似乎不太相信眼前突然发生的事情。

范氏温和地看了贾皇宝一眼，艰难地朝丈夫点点头眨眨眼，而后把贾存仁的发辫轻轻解开，仔细抚摸查看，还伸直小手指头耐心地慢慢划拉起来，似乎要数清自己的儿子有多少根头发，比以前多了，还是少了。查看够了，又捧到鼻子前面嗅嗅，终于证实就是自己从小嗅到大、再也熟悉不过的味道，脸上露出些许笑意，长久没有活动过的面皮很不自然地皱到了一起，又很快地平展开来，速度快得犹如夏天雷阵雨的闪电一般瞬息即逝，叫人感觉到有一点点心悸。范氏再把自己花白杂乱纤细的长发拿过一缕跟儿子乌黑顺溜粗壮长长的头发比一比，脸上那一丝丝笑意又闪现了一下。范氏伸出僵硬的手指沾些温水慢慢抹到儿子的发辫上面，再把梳子放到瓦盆里面沾上水，才拿起梳子缓缓梳起来，开始的时候梳不通顺，就屏住呼吸，睁圆眼睛，用手一点一点轻轻拽开，生怕把儿子的头发弄断，总算能梳通顺了，随着乌黑的长发流水一般从指间流下来，范氏两眼涌出的清泪不住地落到手里的头发上。

贾存仁跪得板板正正，上身挺直，稍微后靠，好叫母亲梳起来省些力气。发辫是男人的精气和门面，读书人对自己的头发向来很看重，无论穿戴得多么整齐华丽，发辫梳不好是绝对不敢出门的。从小到大，他的发辫都是母亲梳理的，就是在前些年卧炕不起的那些日子里，母亲总要趁精神稍好的时候给他梳理，梳好以后，用线绳扎绑结实。这一回犯病以后，症状严重，沉睡不醒，梳不成了，只好由张菊韵梳了，隔上几天梳理一次。贾存仁平时出外干活或者在柴火窑里面写文章整理书稿，总是特别在心，把发辫盘到头顶，生怕弄乱了。夜里睡觉的时候先用手巾把发辫好生包裹起来放过枕头外边，瞌睡了都不敢随意翻身，久而久之养成了仰面睡觉的习惯，早上起来再把发辫轻轻盘到头顶，只有和张友奋、李宜思他们讨论学问，或者到县城神山书院找李学邃请教问题的时候，才把发辫放下来。贾存仁心里清楚，头发长在人体最高的地方，连着母子的血脉，沟通母子的心灵，强烈地牵扯着母子的感情、学问的高贵和家族的尊严，来不得半点儿马虎，一定要好生保护。如今昏睡了好长时间的母亲醒过来的第一件事情就是给自己梳理发辫，贾存仁心里感觉到不小的慰藉和兴奋，母亲的病终于好了，自己终于能安下心来写文章研究学问了。这一回把发辫梳理好了，又能顶好些天，出门办事再不用担心发辫不整，脸面不洁。顶着母亲梳理好的发辫，办事说话总是感觉到那么镇静而有底气，待人接物总是那么得体而有板眼，说出话来总是那么清晰而有劲道。想到这里，小青年贾存仁的内心不禁升腾起一阵阵温情和喜悦。

范氏可不是这样，她有些情急难耐，身子微颤起来，喘息不稳，似要歪倒，手里的梳子也掉到炕上。张菊韵急忙扶住，拾起梳子小声道："婆母，要不您老人家先歇着，叫媳妇给他梳吧。"

范氏摇摇头，睁开眼，喘口气，定定神，紧紧盯着儿子发辫，接过梳子又梳起来。

贾存仁不敢动身子，连头都不敢回，只是小声说道："母亲躺了好些日子了，身子肯定疲惫了，胳膊和手也不灵活了。先歇歇，吃喝一点儿，再给儿子梳。反正咱们有的是时间。以后只要您老人家有精神，您就给儿子梳。我可知道，您比谁都梳得好。"

"憨憨孩子，哪里还来得时间？以后……以后就剩下你媳妇……给你……梳了……我……我梳得再好也梳不成了……"范氏哽咽了一下，话语有些接不上气儿了，似乎气力已经用尽。

站在一旁紧盯着范氏的贾皇宝注视着老伴儿的神色，听到她说的这些话，忽然觉得不对劲儿了，顿时紧张起来，上下左右看看，揉揉眼睛，搓搓双手，随即大步跨出院门，甩开两臂，蹽开两腿去找族长。

这边，范氏挣扎着替儿子贾存仁梳完发辫，编好，用黑线绳扎牢。又叫张菊韵取过笤帚，扫净儿子肩上、背上的头发屑，轻轻道一声："好了……站起来，站起来，叫我看看……快叫我看看……"

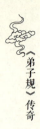

贾存仁站起身子，双手把发辫捧到嘴边亲吻，靠近脸颊贴贴，用手轻轻捋捋，再朝范氏悄然一笑；而后把发辫小心地顺到身后，前后走走；再把发辫顺到身前，左右转转，高兴地问道："母亲，您看儿子又长高了吧？"

前些年，贾存仁人小辫子长，辫稍垂到屁股以下，现今个子长高了，腿长了，辫稍只能垂到腰间。原先的辫子很细，比筷子粗不了多少，现在比大拇手指头都粗了。

范氏一双细长的手指自然叠在一起，嘴唇轻轻喘着如丝气息，薄如白纸的面皮隐隐震颤，微睁着的两眼散发出温暖的光亮，上下打量着已经长大成人，青春勃发的大儿子，欣慰地笑了，两行浑浊的泪水顺着脸颊缓缓流下来……可是那是一种啥样的笑呀，僵硬的面皮凑凑合合堆积起来，无神的眼睛缓慢地眨一眨，嘴角咧开来半天合不上，久病的老夫人乍看是笑，细看是哭……

范氏拉过小儿子贾存义，把他的小手放在自己的手掌里面轻轻抚摸了几遍，静静看着小儿子稚气的小脸，说了一声："存义……快快长大……别叫哥哥嫂子操心……还有你……父亲……"

"母亲！"突然张菊韵失声惊叫起来。

贾存仁转身一看，母亲范氏两眼紧闭，身子歪在炕上。试试鼻孔，已经没了气息！

"母亲呀——我的天呀——"贾存仁一声惨叫，昏倒在炕前……

贾存义也跪在一边凄厉地哭喊起来。

贾皇宝带着族长慌慌张张跑进院子……

料理完范氏的后事，贾家小院的悲愤之气还没过去。神山书院院主、年过八旬的李学邃过来，找着贾皇宝道："弟妹仙逝，家中还剩一老二少三个男人和一个没圆房的儿媳妇，家不成其为家，室不成其为室。再者，存仁已经年过二十岁，菊韵小姐岁数也不属小，也该成亲了。按照老辈传下来的规矩，白事过后百日之内，可以办红事，其实也就是为了缓解如你家此类困境的，日子总得朝前走嘛。如若过了百日，就得等三年，那你家的光景就更恓惶了，艰难而不能自拔，困窘而不得缓解。我看就择吉日把存仁和菊韵小姐的婚事办了吧。这是渡过难关，上下皆安的唯一办法。"

"对！"随着话音走进的张在庭。

贾皇宝见状，慌忙打拱致礼："老大人，学生未及登门拜访，何劳您老亲自上门呀！"

张在庭走到窑洞后面，给范氏的牌位上了香，行了礼，复前来指着李学邃对贾皇宝道："你们瞧瞧，咱今天是不约而同呀。实乃英雄所见略同，同舟所想不二呀。我看咱们就按照月老的意思，抓紧时间把存仁和小女的婚事办了吧。我想，亲家母泉下有知，一定也盼着他们早日完婚，也期待自己身后早早晚晚地有人替她照料这个家。这样亲家母才能安心歇息，咱们大家进进出出来来往往也方便，你一日三餐才有人料理，存仁的文稿才有机会继续写下去。你这个家也才像个家嘛。"

还未从痛苦中摆脱出来贾皇宝转身叫来贾存仁和张菊韵说了此事。贾存仁身后紧跟着小弟贾存义。

戴着大孝服饰的贾存仁先叫过张菊韵一块儿给母亲牌位上香、行礼后，才对老泰山张在庭和月老李学邃跪行大礼。而后道："晚辈同意前辈所说之事。在母亲新逝百日之内与菊韵妹妹完婚。以便全心祭奠母亲，侍奉父亲，维持家庭。"说完，贾存仁看了身边的张菊韵一眼。由于大恸才过，贾存仁显得发辫微乱，眼带血丝，面容憔悴，身乏力疲。

同样身服大孝的张菊韵红着脸点头。

少不更事的贾存义叫唤起来："哈哈，哥哥要娶媳妇了——哥哥要娶媳妇了——"

贾存仁急忙拉过弟弟，在他耳边说了一句啥话，贾存义才不叫唤了。

贾存仁接着对三位长者拱手致礼道："但是有一点，还请三位前辈明鉴。成婚以后，我要住到祖坟给母亲守孝三年。前者给母亲打墓的时候，我已经亲自在祖坟旁边建了一间小房子，用来守墓。还请三位长辈体谅。"贾存仁言罢，已经哽咽不已，遂跪倒在地大恸。张菊韵亦跪在身后。

李学邃环视张在庭和贾皇宝一番，道："存仁有此孝心委实难得。老朽认为完全可以。"

张在庭一手拉起贾存仁，一手拉起张菊韵，对贾皇宝道："就如此定了吧。完婚以后，存仁白天做事，夜晚给他母亲守墓，菊韵操持家务，还

要给婆母服侍一日三餐，如婆母在世一般，事死如事生。两不耽误。亲家翁，你意下如何？"

贾皇宝一边擦眼泪，一边不迭点头："如此最好，如此最好。"

张在庭拉过女儿，道："菊韵，父亲知道，我儿是一个懂事的孩子。如今你已经是存仁的媳妇，贾门的长媳，以后要孝敬公爹，辅佐夫君，提携小叔，生儿育女，与存仁一起撑起贾家一片天地！得空闲别忘了常回家看看你母亲……"话未说完，张在庭已是热泪涟涟。

张菊韵双膝跪下，泣道："父亲，女儿记下了……"

贾存仁跟在张菊韵身后跪下，仰头睁眼，一字一句言道："谢岳父大人！别人家的女婿是半个儿，您张家的女婿是一个儿！"

贾皇宝拱手沉稳道来："老大人尽管放心，虽然贾门简陋，家境清贫，但是仁义之道绝不输于他人。别人家的媳妇只是媳妇，我贾家的媳妇还是女儿。菊韵在我家绝不会受点滴委屈。此事皇天为鉴，后土为证。"

"这我知道。要不我不会把小女送入贾门……"张在庭禁不住老泪纵横，身子微颤，朝贾皇宝打拱。

贾存仁和张菊韵急忙走过去扶住。

几个人商定了成亲的时日及一应事宜之后，张在庭对女儿道："菊韵，你婆母刚刚过世，家事繁复，一定很忙。家里兄弟尚小，公公年迈，还要出门教书，能干活的就你和存仁两口儿。我说你先在这边操持家务，帮着存仁做成婚的准备。我先回去和你母亲、哥哥在那边准备。临近了，你哥哥再来接你回来从家里出门。"

张菊韵红着脸称是。贾皇宝与贾存仁一再拱手作揖。于是，贾存仁和张菊韵在范氏新逝百日之内正式完了婚。虽然家境非比往年，但是整个结婚过程中的三书六礼，迎娶回门的规矩还是必不可少的。当然最辛苦的还是李学邃老先生，来来回回好几趟。迎亲那天，贾存仁头戴六合小帽，身着长衫马褂，骑着高头大马，以"贾府"宅牌引路，用八抬大轿一路吹吹打打热热闹闹把穿着凤冠霞帔，头蒙大红盖头的张菊韵迎进了家门。

事先，张在庭说贾家这些年长期供养病人开销很大，婚礼可以简洁办理，不必恪守旧套。可是贾存仁认为菊韵妹妹在贾家侍奉高堂，照料全家，劳苦功高，一定要按照祖传规矩迎娶，决不能委屈了她。张在庭和贾皇宝只得由他。张菊韵内心深处自然温暖之至。

结婚以后，贾存仁只在洞房里住了数日，就搬到祖坟小房子里给母亲守墓。白日在家继续为刘太医整理医案，抄写病历，抽空修订《弟子规》和音韵学文稿，夜晚即住到祖坟小屋。新媳妇张菊韵在家侍奉老公公贾皇宝、丈夫贾存仁和小叔贾存义衣食，再与贾存仁一道把母亲的饭送到祖坟范氏坟头供献，嘴里还要念道："母亲，饭来了，请享用……" 热天、晴天还好说，到了冬天，饭送到祖坟就凉了，贾存仁即拿来一口小铁锅，在火炉上热过，才端到范氏坟头供献。

看着肃杀的墓地，张菊韵小声问道："你一个人住在坟地里，深更半夜不觉得害怕吗？"

贾存仁回答："坟地里埋的都是我的亲人，有他们做伴，我还有啥可怕的呀。"

"倒是。"张菊韵笑着说。

贾家的日子就这么过下去了，一切顺顺当当，并无纠结坎坷。村人皆称道，贾家儿子是好儿子，媳妇是好媳妇，后世必定兴旺。

第十章

冬日来临，大雪纷至，四野皆白，寒气袭人。贾存仁早起捅开火炉，扫净坟地小屋附近的积雪，跪在范氏坟前点起线香，嘴里念叨："母亲，下雪了，很大，明年注定是个好年景……"香烟随着话语袅袅升起，漂浮在祖坟上空，缠绕在松柏树枝之间。

祖坟叫贾存仁收拾得整洁一新，已经没了荒凉之貌和阴森之气，倒像一幅过日子的景象。原本领来一条小狗在坟地做伴，可是这东西时常半夜吠叫。贾存仁嫌它搅扰母亲歇息，就送回家去了，每天陪着张菊韵送饭。有小狗陪伴，张菊韵来往家与祖坟之间倒也不寂寞。

贾存仁站在高处，深吸一口气缓缓吐出来，一边活动腰身，一边等待菊韵送早餐过来。举目四望，山野素裹，河水冰封，寒天雪地，寂静无声，空气清新。看看时间还早，贾存仁就随口念起诗文来——

"贤不肖不可以不相分，若命之不可易，若美恶之不可移。"

"孝子不谀其亲，忠臣不谄其君，臣子之盛也。"

"礼者，断长续短，损有余，益不足，达爱敬之文，而滋成行义之美也。"

"天地之性，人为贵；人之行，莫大于孝，孝莫大于严父。"

"父母之年，不可不知也。一则以喜，一则以惧。"

"父母之所爱亦爱之，父母之所敬亦敬之。"

"老吾老，以及人之老；幼吾幼，以及人之幼。天——"

"天下可运于掌。"

贾存仁正摇头晃脑闭眼凝眉搜记最后一句，不想身后传来话语声。那条小狗早围着贾存仁欢声跳跃起来。

贾存仁转身一看，是媳妇张菊韵，并不惊奇，随口问道："你也会背，可晓得是谁的语句？"

"别考我。我晓得。是《孟子·梁惠王上》里面的一句话。"张菊韵头戴斗篷，身着棉袍，手持瓦罐，小腹微微隆起，正对着丈夫微笑，一双适中的眼睛眯缝起来笑得很是温柔素净，眉毛上沾着几片洁白雪花，稍稍上翘的嘴唇呼气如丝，两脚稳稳站立雪地，似仙女一般轻盈洒脱。张菊韵微抿着的嘴唇轻轻一咧，笑着说道。说完，张菊韵走前一步，伸手抻抻贾存仁的棉袍领口，使之更加熨帖，又轻轻弹弹他肩上的雪花。

贾存仁接过瓦罐，眯着两眼瞅瞅媳妇稍显鼓起的腹部，随手捏捏媳妇的袖口，轻声问道："天冷吧？你穿得暖不暖？你身子显重了，以后就不要送饭了。我回去拿就是。"张菊韵摇摇头，轻启朱唇："哪能叫你回去拿呢。你一个人在祖坟守墓，夜里也睡不安稳，已经很是辛苦了。再叫你回去拿饭，我岂能忍心？"

贾存仁又道："要不叫存义送也可以。"

"不行。存义还要早起上学。不能误了弟弟学业。" 张菊韵用手抚抚小腹，红着脸道，"还是我先送着。等身子沉得实在不行了，你再回来取。你放心，我会在心的。"

小夫妻两个说说讲讲，互相搀扶着走到范氏坟头前面，先跪拜、上香，再把瓦罐里的饭倒在瓷碗里边，供献到坟前供桌上面，复跪下念道："母亲，早饭来了，请您享用……"张菊韵复把供桌仔细擦洗一番，又把坟头附近地面上的积雪清扫了一遍，把那些树叶杂物送到远处，用积雪埋住。

看着在雪地里忙这忙那的张菊韵，贾存仁感激地念叨起来："菊韵，你真是老天爷赐给我们贾家的好媳妇，我贾存仁的好妻子呀。"

张菊韵斜了丈夫一眼，随口回话："老说一样的话，车轱辘似地来回转，你不嫌无味？看把嘴唇都磨薄了。"

贾存仁拉住媳妇的手，上指苍天，下指祖坟，笑道："不是我要唠

叨，是贾家老祖先叫我这么说。我的心叫我这么说。不说不行，不吐不快呀。"

二人回到小屋，坐下。小狗跟着在小屋里转了一圈，又跑出去了，在墓地的坟丘和树木之间溜达，时不时叫上一两声。小屋里面炉火旺了，甚是暖和。贾存仁握住张菊韵的两手，轻轻搓搓，拿到嘴边哈哈，道："真不忍心，叫你跟着我受这么大的累呀！"

"看你，我是小孩子呀。"张菊韵一脸赧色，"别一见面就是受累呀辛苦呀。孝敬父母，为母亲守墓，还不是做儿女的本分呀。忘了给你说了，我已经把《弟子规》的前两部分抄完了。等着你验收呢。"话音刚落，张菊韵就调皮地吐一下舌头嫣然一笑。

贾存仁朝张菊韵拱手："菊韵，有你做帮手，我觉得自己肩上的担子轻多了。不仅《弟子规》很快能写完，还是由老泰山定书名的《等韵精要》也形成腹稿，开始动笔了。完了还得你抄写，真是辛苦你了。"

张菊韵伸手揞住贾存仁的嘴唇，道："做你贾存仁的妻子，我根本就不是为了享福来的。你是做大学问的人，我做一个相夫教子的妻子，还怕做得不好呢。《弟子规》是抄写完了，《等韵精要》怕来不及抄了。你家孩子不叫我抄了。"张菊韵边说边摸摸自己隆起的肚皮。

"当然还是我家孩子的事情要紧。《等韵精要》我慢慢抄吧。"贾存仁瞅着媳妇的肚皮笑了。

张菊韵又问道："我问你，夜里睡觉的时候冷不冷？"

贾存仁拍拍被褥，笑道："你给我做的厚被子，厚褥子，还垫了很厚的麦草，还生着火炉，还能冷了呀？半夜热得我把被筒都蹬散了。"

"你就尽拣好听的说吧，你就哄我吧。你就不怕没出生的孩子心疼他父亲吗——"张菊韵把手伸到褥子底下试试，认真地说道。

"菊韵！"贾存仁打断张菊韵的话，使劲把她揽在怀里，两行热泪滴落到妻子的秀发上面……

暖和一阵，二人收拾了范氏坟前的瓦罐和饭碗，起身回家吃早饭。小狗在前面欢实地跑着，跑得远了，还停下来等他们，雪地上留下一串清晰的脚印，等他们走到跟前，还在雪里打个滚，爬起来，抖抖身上的雪粉，又跑远了。

天气阴沉着，半空里漂浮着些许雪粉，远处的白山和黑树模糊不清，时不时有寒风贴着地面吹过来。贾存仁和张菊韵两个人嘴里哈着白气，互相搀扶，踩着积雪咯吱咯吱地走着，张菊韵忽然想起了一件事情："给你说，李宜思给自己建了一个活人坟。"

"啥？活人坟？"贾存仁感到好奇。他知道李宜思生性懦弱，这些年家里一直不顺，先是老父亲病逝，接着媳妇患急症而亡，连六岁的儿子在拾柴火的时候，也滑到山沟里摔死了，使原本就世代一线单传的一个家，只剩下他孤身一人了。每一回出事，贾存仁和张友奋、张菊韵都过去竭力帮忙，完了还要耐心劝说李宜思，从多方面开导他，鼓励他勇敢地活下去。没想到他又做出了这等糊涂事。

张菊韵小声道："他偷偷在自己媳妇的墓旁边挖了一个空穴，住了进去，对邻居们说道，要是接连好几天不见自己出来，那就是自己已经死了，麻烦街坊邻居帮着把洞口堵一下。老百姓都叫是活人坟。这个人真是可怜。谁劝都不顶事。他家在村里是独门独户，连一个主事的人都没有。"

"啥可怜？不懂人事！糊涂蛋！"贾存仁一拳砸在手掌上，愤然说道，"天底下哪里来的这种人！还能等着死？人来到世上岂是为了等死的吗？"

"唉——"张菊韵叹一口气，没吭气。

"这么大的事情，他怎么不对我说一声呀？这个宜思。"贾存仁感到不解。

"我想是怕你打乱了他的计划。你要是知道了，他的活人坟就挖不成了嘛。再就是你黑夜在祖坟给母亲守孝，白天回家吃完饭就抄写整理刘太医的医案药方，我也就没给你说这事。"张菊韵道。

"走，先去看看这个糊涂蛋！气死我了。"贾存仁拐上通往李宜思家祖坟的小路。小狗站在路边叫唤了一阵，也跟了上来。

贾存仁正生气地在前面大步走着，不小心滑了一下，扑通一声跌倒在雪地上，打了一个滚儿，爬了几次，都没爬起来。张菊韵叫他别乱动，蹲下身子摸摸踝骨，贾存仁疼得直咧嘴角，倒吸气，最后忍不住叫唤起来。

张菊韵道："肯定是崴了踝骨，今天就别去了吧。"

贾存仁坐在雪地上着急地扯着白脸叫唤起来："明天再去？明天再去就没人了，还不知道李宜思几天没吃喝了呢。这么冷的天，冻也冻死了。今天一定要把他接出来，还能眼睁睁地看着他等死呀？你快回家拿烧酒来给我搓一搓。再叫存义到佑村去叫张友奋过来。"

张菊韵只好起身回家。小狗还要跟着她。她指指贾存仁道："狗儿，你在这里陪着，跟他做伴儿。"小狗听话地不走了，摇着尾巴围着贾存仁转圈儿。

贾存仁看着张菊韵一步三滑的背影喊道："菊韵，慢点走。今天时间还早，咱不着急。你别滑倒了！"

张菊韵没回头，只是朝后摆摆手，不停脚地稳稳朝前走。

张菊韵取来烧酒，给贾存仁搓脚腕子。搓了一会儿，试试，好多了，竟然能站起来走路了。张菊韵挺高兴，一边扶着贾存仁，一边问道："你咋晓得，崴了脚腕子用烧酒搓？哪里学的本事？"

贾存仁轻轻拍拍脚腕子，笑笑道："这几年给刘太医整理医案，抄写药方时学的呗。刘太医挺喜欢我，抽空儿还教了我几招。给你说，我已经是多半个医生了。以后家里人头疼发烧小病小疾啥的都不用请医生了，我就看了。我还能开药方子呢。最起码，我能保你贵体安康无恙。"

张菊韵抿着嘴笑道："美得你，天生的做学问的料，碰见啥学啥。还能学进去。"

贾存仁道："人一辈子就应当是这样子。多学一点东西没坏处。老人不是传下来，艺不压身的话吗？"

二人正说说道道，贾存义带着张友奋匆匆忙忙地跑来了，好像张友奋也滑到过，满身的雪。贾存仁叫张菊韵先回家做饭，小狗跟着张菊韵走了。他们三个去接李宜思。

贾存义和张友奋扶着贾存仁踩着雪路来到李家祖坟。只见坟地里一片雪白，几排坟堆，分不清哪里是李宜思妻儿的坟墓，黑老鸹在树上"哇哇"地叫唤，树枝上的雪粉嗖嗖地掉落下来。贾存仁按照祖坟坟头长幼顺序仔细察看，总算在坟地一边发现了一个开着的洞口。

洞口挂着一张草帘子，上端似有热气冒出来，草帘子上面贴着一张白麻纸，麻纸上写着几行黑字：

"儿死我葬，我死谁埋，频遭磨难，胆破心寒，生则孤独，死可团圆，人生如此，何故生人。"

"宜思——宜思——"贾存仁揭开洞口的草帘子，一股陈腐冰冷之气随之扑鼻而来。贾存仁顾不上这些，对着里面大声叫唤起来，喊声在空旷的田野里传来深远的回声，树上的黑老鸹扑啦啦飞走了。

"宜思！宜思！我们来接你来了。"张友奋跟着喊起来。

"……"乌黑的洞里面没有动静。

"宜思——宜思——"贾存仁再叫。

"……"还是没有动静。

张友奋担心道："是不是人已经过去了？好几天了吧。"

贾存仁摇摇头道："不会，人家刘太医给我说，男人不吃不喝也能顶七八天。"

张友奋道："莫说饿了。这天气，冻也冻个差不多……"

贾存义吓得浑身瑟瑟，站在远处，没敢过来。

贾存仁摘下洞口的草帘子，洞里明亮起来，他们朝洞里张望，隐约看见一口棺材旁边垒了一个窄窄的土炕，上面躺着一个人。他定一定神，又喊了一声"宜思！我是存仁和友奋！我们来接你了！"

土炕上的人蠕动了一下，含含糊糊地发声了："存仁……友奋……你们……来干啥……"

贾存仁钻进洞里，土洞寒如冰窖，臭气熏鼻。他全然不顾，瘸脚快步走到土炕跟前，只见多日不见的李宜思已经变得骨瘦如柴，气息微弱，蓬头垢面，胡茬杂乱，瘦小的身子卷曲在土炕上。一件难以遮体的棉袍紧紧裹在身上，一条烂被子胡乱盖住腿脚，一个带着豁豁的黑瓷碗放在地上，碗里的水已经结了冰，一块吃剩的玉米面馍馍滚在一边。贾存仁看着一阵心酸，含着眼泪大声喊道："宜思。走！跟我回去！你这是干的啥事呢？傻人干傻事！"

"宜思，快出去。先出去。"张友奋也在劝说。

李宜思有气无力地饮泣道："存仁，友奋，我不回去了。正好你们来了。念在咱们同门师兄弟一场，又是同村长大的份儿上。我死了以后，麻烦你们帮我把洞口堵一下，堵得结实一些，别叫野狗把我的尸首撕烂了。

我这一辈子就算完了……唉，咋着都是一辈子……我这一家子也完了……心强命不强，背地里哭几场……我这会儿哭的本事都没有了……"

贾存仁和张友奋把李宜思拉起来，道："你咋能做起这等糊涂事呢？你的书都白念了？四书五经里面哪一篇说的叫人等死呢？要是这，你还念那些书干啥？"

"活不下去了……没法儿活了……老天爷就是这样给我安排的，不听不行呀……"李宜思挣扎一下又倒在小炕上，嘴里念叨起来，两眼泪水滚滚而下，哭到伤心处，话音越说越低，以致最后竟哽咽得没了声儿，只能看见瘦小的身子在浑身颤抖……

"咋就活不下去了？谁家里没有事情呀？人活一辈子谁都会遇上一些难办的事情，家家都有一本难念的经。要是都不活了，都像你一样，家庭还成其为家庭？社会还成其为社会？江山社稷还成其为江山社稷？你真糊涂呀！一点心气儿都没有了！"贾存仁说得嘴起白沫儿。

"真的……我就是没有你那一股子心气儿……咱们虽是同门师兄弟，可是咱们不是一路人。你们就别管我了。让我静静地歇着吧……我也真累了……就这了……"李宜思还在嘟哝，还使劲朝下坠身子。

张友奋拉住李宜思道："再累，再苦，也不能等死呀！人一辈子该做的事情还多着哩。"

"走！咱们先回去。有啥难处，咱们商量着解决。"贾存仁不由分说，背起李宜思就朝外走。由于脚不带劲，两个人一齐摔到地上。

李宜思躺在地上叫唤起来："存仁，叫你别管我了，你不听。我已经是进了坟墓的人了。你背着我，不怕犯忌讳呀！看看跌倒了吧……"

贾存仁和张友奋没理会李宜思，两个人一人拽一条胳膊把他拽出土洞，没停脚，径直朝佐村走去。

李宜思还在叫唤："你们把我接回去，还能老看着我呀？我还是要回洞里去。你们还不是白费劲？挺聪明的人，咋就不明事理呢？那会儿还说我糊涂呢。"李宜思边说，边扭来扭去不好好走。

贾存仁生气了，使劲把李宜思扔到雪地里，生气道："世上哪里见过你这样的人呀！不愿意回去，你就死去！我们不管你了！"

李宜思在雪地上打了一个滚，翻身坐在雪地上，哭诉起来："真是活不下去了。你们看我靠山山倒，靠水水流……老父亲死了以后，就指望和媳妇儿子一家三口人好好过日子。没想到媳妇也死了。又想无论如何还有儿子在，过几年长大了给他娶上媳妇，还是一家子人。谁想到，儿子也没了……你们说说，我还有啥心劲儿活下去呀？"

贾存仁也坐到雪地上，一边揉着脚腕子，一边面对着李宜思道："咋就活不下去了呢？或许老天爷就是这么安排的，叫他们先去了，叫你替他们继续活下去，叫你把他们想做而没来得及做的事情好好做完。老天爷的话你还敢不听？胆大得不行！你呀，糊涂！"

李宜思把脑袋夹在两个膝盖中间，抽泣起来。卷曲成一团的身子在雪地里哆哆簌簌，脑后的发辫像一条快冻僵的蛇随着身子颤抖来回蠕动……

贾存仁看着李宜思的惨相，流出了心酸的眼泪，道："宜思，咱们三个是一块长大，一块上学的同窗好友。我们真不忍心你这样沉沦下去。人活着的本身，就是一项伟大的事业，要迎接困苦，解决难事，只要能活下去，就能办更多的事情。想想看，这是一桩多么叫人欣慰的事情呀。你现在，媳妇死了，儿子死了，他们来不及做的事情，都要由你来做，他们没有解决的问题，都要由你想办法解决，他们没走的路要由你接着走下去。你一个人要办三个人的事情，要走三个人的路。你肩上的担子，比我还重，比友奋也重。所以一定要活下去！咱们的生命是父母给的，母亲怀着咱十月辛苦，生咱们的时候又九死一生，好容易把咱们生下来，又含辛茹苦把咱们抚养成人。你想一想，这是何等大的功德？咱们一定要珍惜自己这条生命。谁也没权力糟蹋！咱们要对得起父母呀……"贾存仁越说越激动，最后竟紧紧拉住李宜思的手呜呜地哭出了声音。

张友奋接着道："对对对。人活着先要有心劲儿，要有责任，没了心劲儿，没了责任，就没办法活了。宜思，鼓起心劲儿来，咱们三个人一起使劲，一定能活下个样子。咱们三个人就数存仁的心劲儿最大，心里想干啥就干啥，还能干下个样子。好榜样就在身边，咱们都向他看齐。"

李宜思坐在雪地上没动窝儿，嘴里念叨起来："唉。我咋能和你们比呢？你张友奋是正儿八经的举人，一两年又是金榜题名，光宗耀祖。人家贾存仁是副榜，还在铁肩担道义，妙手著文章。我呢？窝囊废一个呀……"

贾存仁接着道："快别说那些个淡而没味的话了。世界上什么事情最可怕？死。死最可怕！人吃饭、喝水，就是怕饿死、渴死；穿衣、戴帽，就是怕冻死、凉死；睡觉、歇息，就是怕累死、困死。最难的事情就是死！最简单的事情就是活着，吃一口饭，喝一口水，穿一身衣，喘一口气就能活人。你看你好几天没吃喝了，还在土洞里挨着冻，不是还活得好好的嘛，嘴里气喘得呼呼的嘛，老天爷就不收你。活着是一件最容易的事情。你李宜思其实是一个勇气十足的人，连死都不怕！还怕活着呀！"

"什么？你说什么？把你说的最后一句话再给我说一遍！"李宜思在雪地上打了一个滚儿，翻身爬了起来，大声问道。

贾存仁站在李宜思面前，拍拍他肩膀上的雪，认真地说："我是说，你李宜思是一个英雄好汉，连死都不怕，还怕活着呀！"

"哈哈，好一个连死都不怕，还怕活着呀！你听听人家贾存仁说得多好呀！"张友奋高兴地接上贾存仁的话茬儿。

"行了。"李宜思抓了两把雪把脸擦了几下，把乱糟糟的发辫朝后捋了几把，又把身上的雪拍打了几下，一下子站立起来，朝贾存仁和张友奋打拱致谢，"存仁，友奋，我明白了。人还是要活着，不仅替自己活着，还要替别人活着，替我老婆、儿子活着！叫她们在地下放心地歇着。再说，我李宜思堂堂七尺男子汉大丈夫，连死都不怕，还怕活着呀！不是存仁说，我还真小看了我自己。"

张友奋拍拍李宜思的肩膀，笑道："这就对了嘛，话是开心的钥匙。说明白了，就想开了。一个正当年的人就想着死呀活呀的，太不值得了。你看，人家存仁，伺候了老母亲多少年，现今还要在冰天雪地里面给老母亲守孝，抽空儿还要写文章做学问，还要养家糊口，活得多么踏实，多么有心劲呀。你说他家有多少家财呀？还是日子过得多么红火呀？可是他就是活得有滋有味，他就是活得心劲十足。一个男子汉大丈夫就是要这样，凡事一定要拿得起，放得下。"

"走，咱们先回我家，吃饱饭，再把你家拾掇一下，把火炉生起来。你看今年的雪下的多么大呀。瑞雪兆丰年，来年的收成一定错不了。咱们别糟蹋了这么好的年景。"贾存仁也高兴了。

李宜思一手拉着贾存仁，一手拉着张友奋，高兴地朝村里走去，没想脚下一滑，又摔倒在雪地上，身上那一件破烂的棉袍也挂不住了，被西北风吹到一边。贾存仁急忙脱下自己身上的棉袍穿到李宜思身上。李宜思要推让，贾存仁道："你看我里面还穿着一件小棉袄，下面还有棉裤、棉鞋、棉袜，一时半会儿冻不着。你要真怕我冻着，就走快点，回到家就暖和了。"

于是三人踏着积雪朝村里走去。那条小狗欢快地前后奔跑吠叫……

半路碰见陈贯通，这人穿着丝绸面的棉袍，戴着狗皮帽子，蹬着高腰棉鞋，腰里扎着一根黄绸腰带，把长长的发辫紧紧捆在身上，指着李宜思对贾存仁说道："贾存仁，你们吃饱了撑的是咋的。理这种窝囊废干啥？好人堆里没他不少，坏人堆里有他不多！早死早消停。活死人一个。"

贾存仁道："贯通，别说伤人的话……"

张友奋也道："谁家也可能遇上难办的事情。谁也有想不开的时候。"

贾存仁道："贯通，咱们都是同门师兄弟，还能看着他遇到了难处不管？"

陈贯通的鼻子哼一声，道："像他这样没出息的同窗，没有也罢！我从心底里瞧不起这种人。"

陈贯通口气很大，其实这几年他家的日子也不好过，只比普通老百姓强一点罢了。这人一身的坏毛病，书没有念下个名堂，农活儿也没学会干，还身在福中不知福，好吃懒做，东游西逛，不干正事。父亲好不容易给他娶了一房媳妇，他却不珍惜，一不随其意就打媳妇，最后把媳妇打得扔下两个儿子回了娘家。就这，还不悔过，在村里撩猫逗狗，谁见了都绕道儿走。这不，今天见了李宜思又损上了。

听见贾存仁和张友奋的话不顺自己心意，陈贯通把手朝前一划拉，溅着唾沫星子道："你们？我敢说你们沾上李宜思就没好事！"

李宜思着急了："陈贯通，我给你说，你也别把我李宜思看扁了。从今日起，我李宜思一定要活下个人样儿来给你看，给世人看！你信不信？"

陈贯通嘿嘿一笑，指指李家祖坟方向："我信不信，是淡事情。但是我敢说，你迟早还得回你给自己挖下的活人坟里面去。这事儿我信。"

李宜思一时兴起，甩开贾存仁和张友奋的手："不用迟早！我不会叫你看笑话。我现在就把活人坟推倒填平！"说完，李宜思就跌跌撞撞地朝李家祖坟跑去。

贾存仁高兴地对张友奋道："你看，这人心思通了多么可怕。说咋就要

咋。走！咱们一块儿帮助宜思把活人坟平了。"

于是，贾存仁和张友奋拿着家具跟在李宜思身后小跑着朝李家祖坟而去。白亮的雪地上三个黑色人影在奔跑。刚崴了脚的贾存仁一瘸一瘸地跑在最后……

"真是稀罕人，偏干稀罕事！"陈贯通瞅瞅渐跑渐远的三个人，摇晃着身子，头也不回地朝村里走了。

李宜思家的烟囱又冒出了青烟。

三个人平了活人坟以后，贾存仁把李宜思带到自己家里先洗洗涮涮，梳理了发辫，换了一身衣裳，而后一块儿吃了热饭，喝了热汤。李宜思朝院子里一站，擦擦额头的汗珠儿，抻抻胳膊蹬蹬腿，朝众人笑笑，问道："你们瞅瞅，我是不是又像个人了？"

"你原本就是个人嘛！"贾存仁高兴地说道。

张友奋和张菊韵看着高兴极了。几个人一块儿到李宜思家把堆了好几天的积雪送出去，把残破的火炉修好，生着火，把扯了的窗户纸糊上，把院子里的树叶杂草堆到一起点火烧了。再里里外外收拾一番，原先残破的家院，又升腾起人的气息和生活的温暖。

天快黑的时候，贾皇宝送来一些米面菜蔬油盐和一床铺盖，张菊韵做了一顿家常饭，几个人聚在一起就着微光吃了一顿晚饭。欢声笑语和着小油灯橘红色的灯光从窗户飞出去，在雪地上空飘荡。

第十一章

李宜思站在院子中间前后左右反复看看，不禁生出无限感慨，总算又像个家了，人气儿又回到了曾经破败的小院。这个从活人坟里出来的人不由得热泪涟涟，随口念出李白的著名诗句——

"长风破浪会有时，直挂云帆济沧海。"

贾存仁受了感染，念出刘禹锡的名句——

"沉舟侧畔千帆过，病树前头万木春。"

张友奋跟着就甩出孟郊的一句诗——

"春风得意马蹄疾，一日看尽长安花。"

张菊韵一边擦手，一边背出孔子的名句——

"君子坦荡荡，小人长戚戚。"

贾皇宝似乎也被年轻人的豪气所感动，吟唱出《论语》里的一句话——

"三军可夺帅也，匹夫不可夺志也。"

张友奋高兴地说道："老叔叔，您这一句，恰恰点明了李宜思这一件

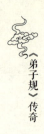

事情的主题呀！不愧是我们的老前辈。"

众人同声附和"对对对——"几个同窗好友不禁紧紧抱在一起，在院子里转圈儿。

原来破败的小院竟然洋溢起生命的希望和拼搏的豪气！

这时候，陈贯通背着半布袋白面走进院子，先朝贾皇宝打个招呼，而后对李宜思说道："宜思，那会儿我说了不该说的话，伤了同窗的心。回到家老父亲狠狠说了我一顿。你看，这是一点儿白面，明天我再给你送些煤和柴火过来。算是我向你谢罪。咱们好歹也是同村同门师兄弟嘛。"说完，朝李宜思深深躬腰。

李宜思赶紧扶住陈贯通："不必，不必。"

贾存仁和张友奋皆朝陈贯通跷起大拇指。

贾皇宝拉住陈贯通的手说道："年轻人，从善如流，实令老夫敬佩，敬佩呀！"

陈贯通看看贾存仁他们，红着脸，连声说道："我这个人，不算话……"话没说完，陈贯通转身出了院子，等李宜思追出来，人已经走远了。

几个人商量了李宜思以后的生活。张友奋掏出几两银子，叫李宜思先置办一些当下过日子的必需东西。贾存仁知道李宜思写得一笔好字儿，于是提出自己给刘太医抄写医案、药方的事情很繁重，费的时间很多，可以分给李宜思一些，叫他也挣一点辛苦钱，先把眼前儿这个冬天熬过去再说。

李宜思担心地说，人家刘太医能否看上自己写的字。

贾存仁道，先写一篇医案，拿过去叫刘太医看看。张友奋说道，宜思那一手好字，谁见了谁喜欢。

末了，贾存仁和张友奋谁也没走，陪着李宜思度过了回归人间，回归生活的第一夜。寒冷的夜里，三个好友谁也没睡着，合着衣服坐在炕上说了一个通宵的闲话。

第二天李宜思抄写了一份医案和一张药方，跟着贾存仁拿给刘太医看。

刘太医看了李宜思写的医案和药方，很是满意，道是不亚于贾存仁的字。不过他言明，只对贾存仁一人说话，李宜思也跟贾存仁说话，把抄好的医案和药方交给贾存仁，贾存仁装订好以后再交给刘太医。而贾存仁依然如当初刘太医说定的每一册之酬金全给了李宜思。他除了继续和李宜思一块儿抄写病案药方以外，还找了一个小学教师的差事，聊补家用。这样大家都过得去了。

　　没想到李宜思还真有这份刻字印书的天赋，一来二去，不仅医案、药方抄写得好，而且还能对装帧设计提出很好的建议，试着装订了一本看看，很像个样子，竟比贾存仁装订的还要整齐还要精致。刘太医甚至说比平阳府的书局装订得都好，以后我的药方和医案就交你们二位抄写装订了。贾存仁和李宜思别提多高兴了。

　　就这样，李宜思回到村里重新过起了自己的光景，他家的烟囱又冒出了青烟，还喂了一条小狗，喂了几只鸡，从邻居家抱来一只猫。每天小院子里鸡飞、狗叫、猫鸣，很是热闹。李宜思每天除了为这些家禽走兽忙活以外，就是安下心抄写装订病案药方，不断有一些小的进项，日子过得还算安稳。

　　贾存仁和张友奋时常过来坐坐，倒也不寂寞。

　　李宜思高兴道："看来，活个人还真不难。还真没有啥可怕的。"

　　贾存仁道："要真得像你想得那么难，世上哪里还有人活的路呀。"

　　张友奋笑道："存仁不愧为咱们当中的大学问家，一句话就说到点子上了。"

　　张菊韵接上话茬："哪里还有正牌子举人笑话副榜的道理？全浮山县里不就你一个举人呀。"

　　张友奋红脸道："好妹妹，我一高兴就忘了你已经是人家贾家的人了。"

　　几个人大笑起来。

　　张菊韵最了解他哥哥。中举以后，平阳府衙派人来征询张友奋的意见，问他是到衙门做事，还是继续做学问，准备参加朝廷大考——会试，直奔功名。张友奋跑过来征询贾存仁的意见。贾存仁道，你的学问好，而且性格温和，适合在仕途生存，宜继续苦读，追求更大功名，争取连下三

元[1]。于是，张友奋听了贾存仁的话，留在家中继续苦读，准备来年的会试。这样好的是，三个同门师兄弟又能够抽时间在一起谈天论地道古说今了。

一天闲来无事，贾皇宝说，他想找朋友打听打听，如若能找到合适的茬口儿，帮助李宜思续个弦儿，家里没个女人真不行，不像个家，一个人过日子终不是常法。贾存仁一听高兴了，不禁朝父亲拱手，说道还是老人家想得周到，如果真能帮助李宜思再成个家，可就彻底把他救活了。

还真巧了。一日，贾存仁到西佐村去看望老泰山张在庭，跟老家儿说起李宜思的事情，说得张在庭一嘘三叹。最后贾存仁多说了一句话，烦请老泰山留心给李宜思寻摸个茬口儿，给他续个弦，成家。张在庭先是赞扬女婿热心助人，接下来忽想起自己一个远房亲戚家里有一个瘸腿女儿，因身有残疾二十好几了一直没有找下合适的人家，家里大人着急地嘴角起泡，于是提出能不能说给李宜思。

贾存仁听说了，立马高兴地跟老泰山叩别，叫上张友奋回到佐村找到李宜思，说起这个瘸腿女子的事情，看他愿意不愿意接纳。

李宜思红着脸道："咱的家道已经成了这幅怂光景，还有啥愿意不愿意的事情呀？只要人家女子不嫌咱家里寒碜就是万幸了。"

贾存仁道："我是说要是你愿意人家这个条件的话，就抽时间过去偷偷看上一眼，免得来日后悔。"

李宜思把两只手掌摆得像扇扇子，说道："不看了，不看了。只要人家愿意，就行了。我哪里还有理由看人家。"

贾存仁又跟着张友奋回到佑村，对老泰山张在庭说了李宜思的心思。张在庭听了大喜，连声说道自古姻缘一线牵，有缘千里来相聚，无缘对面不相逢，不是一家人，不进一家门，看来事情就该着这样子啦。

贾存仁高兴地马上就要请张在庭去找那一家亲戚说这门婚事。

张在庭拦住，笑道："天上无云不下雨，地上无媒不成亲。还是要先

---

[1]三元。旧时科举考试的三个名次。即乡试取中者为举人，第一名称为解元；会试取中者为贡士，第一名称为会员；殿试由皇上主持，取中者为进士，第一名称为状元。解元、会元、状元合称"三元"。是封建社会文人的最高追求。

差媒人过去。越是此种情况，越要按照礼道来，丝毫马虎不得。"

贾存仁红了脸，赶忙朝张在庭打拱，道："岳父大人，您看我高兴得啥也不顾了。实在年轻毛躁。"

张在庭道："贤婿过谦了。你能替同窗好友操这份心，委实难得了。老汉高兴还来不及。"

于是，张在庭出面请了媒人过去，那家亲戚正为了瘸腿女儿嫁不出去发愁，听说了这个茬儿，满口答应。尤其听说男方有房子有地，还是一个念过书的人，更高兴了，说只要他不嫌女儿瘸腿，连彩礼都不要，还要陪嫁，选个日子就能过门。张在庭高兴地说道李宜思这个家就是专门给咱家这个女子预备的呀，咱家女子拖到现在还没成婚就是在等着他哩。贾存仁和张友奋也是高兴得不得了。

贾存仁替李宜思做了主，道是彩礼没有多，也要有少，这个礼道绝对不能少。回头再跟李宜思说清。李宜思红着脸伸出两只空空的手掌为难了，他手里只有刚刚从刘太医那里挣来的二两银子呀。

贾存仁当即道："我想办法。总不能叫人家女方说咱佐村人不讲礼数。"

一边的张友奋跟着道："算我一份，一定要给宜思把新媳妇娶回来。"

李宜思只好说道："二位仁兄先替我垫上，容我日后挣下钱还你们。请你们放心，这钱我一定要还，一定能还上！我也不能不讲礼道呀。有了这一回，我不仅要日子过下去，还要过好。你们信不信？"

平日不苟言笑的贾存仁冷不丁地撂出一句话："先别说还钱的事情，也别问我们信不信。咱们得先说好，明年这个时候，我们要见到小侄儿子的面。要是见不到，你还多少钱也不济事，我们信也不信了。这事谁也帮不了你。你记住了！我也问你一句，你是信也不信？"

张友奋拍手称快："又叫存仁说到了点子上了。"

李宜思红着脸回到屋子里……

就这样，一来二去，三头六面，婚事成了。从活人坟里出来的李宜思在自己院子里做了几桌饭菜，请亲戚朋友欢聚一堂吃喝一番，娶那位瘸腿女子成了家。事后，李宜思带着新媳妇先到贾存仁家向他道谢，再由贾存仁陪着到佑村张在庭家给老爷子叩头。张在庭高兴得热泪湿巾，说道啥

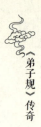

事情也不比这事喜庆，世上的事情说难也真不容易，说容易还真不难，就看茬口能不能接上，看咱这个茬口接得多么严丝合缝呀。要感谢还是要感谢自己的女婿贾存仁。贾存仁又把自己那一句话重新道一遍，众人哄堂大笑。要说那位瘸腿女子还真不含糊，第二年就给李宜思生了一个胖胖的小儿子。

贾存仁高兴地对张友奋道："这一下我们真信了呀！"一句话，又闹了李宜思一个大红脸。

那孩子满月的时候，贾存仁和张友奋高兴地请来老泰山张在庭和老父亲贾皇宝一块儿到李家喝酒祝贺。李宜思两口儿抱着婴儿请张在庭给儿子起名字。张在庭和贾皇宝商量一番，给小孩子取名叫喜宝，李喜宝。众口一致叫好儿——多喜庆的名字呀！

李宜思当即拉过瘸腿媳妇，抱着儿子小喜宝，给他们跪下叩谢。张在庭正要阻止时，一家三口已经谢过了。众人又是一阵嬉笑……那瘸腿媳妇抱着孩子走路时一颠一颠地，孩子认为母亲跟他逗着玩儿呢，不停地"嗝儿嗝儿"地嬉笑，众人也跟着笑……

转眼，又传来朝廷大考的消息。朝廷的告示贴在县衙大门外边，县学的教谕大人在神山书院召集生员们训话，叫大家好生准备，承接朝廷甘露，为社稷奉献心智。

贾皇宝听说了，对贾存仁道还是要参加朝廷大考，没有功名，学问做得再好，在社会上还是没有地位。文章写得再美，也不能当饭吃。说话没人听，文章没人看，人微言轻呀。如若有了功名，说话自然带上了响儿，文章自然产生了声儿，还有了差事和俸禄，一盘棋全活了。

李学邃也亲自跑到佐村，劝贾存仁再考一回。不过李学邃看得很开，认为考好了在追取功名的道路上又进了一步，自然是好事一桩。考不好，温习一遍学过的功课，扎实一下现有的学问，增加一点生活经验，丰富一番人生经历，注定不是坏事。

张在庭老汉也说应该再考一回，成不成无所谓，首先得有这一股心气儿，得敢上。

三个老汉把话说得都很委婉，整个儿一副商量鼓励的口吻。他们知道已经是成年人的贾存仁的性格，他对生活有自己的理解，对人生道路有自己的主意，硬着上注定不行。

这些年贾存仁这个"副榜"一直没有机会扶正补缺，经过这几年的跌跌撞撞，他对功名看得很淡了，把主要精力都用在了修订《弟子规》和研究音韵学上面了。从心底里来讲，他对参加朝廷大考这件事兴趣不是太大，而且要应付乡试还只得从头开始。可是父命难违，只得重新拾起久违了的经史子集，诸子百家的书本，一本一本地啃起来。其实，他心里想的和李学邃说的一样，考上了不是坏事，考不上也没失去什么东西，考就考一回。通过复习、做题、考试全过程走下来，对自己学问的积累和思想的提高也有一定的帮助。

乡试的内容还是老套子，一共三场。首场是以《四书》为题作诗文，二场是以《易》《书》《诗》《春秋》《礼记》为本解经文，三场是以经史、时务、政治为纲提出治世之策。每场考试都有既定的规矩，每张考卷的字数都有严格限制，每篇文章都有固定的格式。最难的是第三场"策论"，既要看考生学问的积累和理解，还要考察考生对治世的思维和策略。

于是，贾存仁就按章准备起来。张友奋和李宜思都过来帮他找资料，理思路。张友奋已经是举人了，不用再参加乡试，再考就是考"贡士"了。而李宜思早就死了科举考试的念头，一心一意过开了自己的百姓日子。他们二人都指盼贾存仁能够金榜题名，同时又都对贾存仁不抱太高的希望，因为他们深知其人不是学问不好，而是对功名的兴趣不大。

温习准备之间，陈贯通笑嘻嘻地过来说他也要参加乡试，家里大人逼他再碰一碰运气，希望能跟贾存仁一块儿温习准备功课。贾存仁高兴地说道，自己有了伴儿，求之不得呀。二人在一起温习了没几天，陈贯通就坐不住了。一天晌午，念了没几句诗文，就吞吞吐吐地对贾存仁道："存仁兄，你的学问比我的好，根底比我的扎实，我看咱们这样，你替我作一篇诗文，解一篇经文，再写一篇问策，我每一篇给你一两银子犒劳你。你看行不行？"

贾存仁一听笑了，道："你可真会想。我自己还准备不过来，哪里还有工夫替你写文章呀？时间太紧了。咱都是泥菩萨过河。"

陈贯通话说得很诚恳："存仁你看，我这几年把学问全丢了，脑子里一点东西都没有。可你一直还在思这想那、写这写那的，心里的学问就像蒸笼里的馍馍，拿过来就能吃。而我连拣都不知道到哪里拣去呢。你随便用上一两个时辰就帮我做出来了。我可不行，除了吃饭喝水啥本事也没有了。你就帮我个忙吧。我真的不叫你白干。"

贾存仁摇摇头，一脸正经，道："不是我不帮你，我真的没工夫。我没你说的那么能。这几年虽然一直没断了写写画画，但我写的那些东西既不是四书五经诸子百家，也不是经世之道，更不是治世之策，跟大考一点关系都没有。这一回正经是从头拿起，从头温习。实在没法儿帮你。"

陈贯通愤然道："你要是不行，整个儿浮山县就没有能行的人了。我看你是不愿意帮我吧。谁不知道大考就是过独木桥，少一个对手，就多一份考中的机会。你不是憨憨！再说，你眼里哪里还能装下我这号货呢？"

贾存仁也着急了："你别把别人想得那么坏，也别把别人估得那么高。我真的帮不了你。你也别为难我了。咱们还是赶紧复习吧。时间很紧了。其实我参加大考，也是了心思，应付三个老人家。我想你也是。"

一直没言声的张友奋劝道："我说贯通，你既然知道大考是过独木桥，人人都得从桥上走一遍，众目睽睽之下哪里来的旁门左道可走呀。还是赶紧安下心来温习吧。靠别人不如靠自己。"

李宜思端来两碗开水，在贾存仁面前放了一碗，又在陈贯通面前放了一碗，笑道："贯通，你也不想想，贾存仁写下的文章，是他自己的思想，又不是你的思想，大考时又不让夹带，考官看得很严，你抄又抄不成，记又记不起来，还不是白费劲呀。还是坐下来好好复习吧。"

陈贯通顿时上了火气，一摆手就把面前的水碗扫到地上了，碗破了，水撒了。陈贯通忽地一下站起身子，拿过自己的书本夹在腋下，火辣辣地道："算啦，算啦！不肯帮忙就说不肯帮忙，别说那些废话！我就不信，离了你这贾存仁只瘸腿兔子，还不驾辕拉车了！没了你这块发霉的窝窝头，我还能饿死呀！"

贾存仁正待劝时，陈贯通已经走出了家门。

李宜思说道，咱不理他，这个人常是风一阵雨一阵的。

说话就到了大考之时。那天还真是个好日子，秋天的日头高高地挂在天上，把温和的光线撒满大地，天边漂浮着几片洁白的云朵，空气像刚刚淘洗过一般清新，开始落叶的树木静静地站在路旁，天地间游荡着一股好闻的气息，气温说热不热，说凉不凉，人行走在阳光下感觉到很是惬意舒适。

大考就在平阳府的贡院街，一间专门设的宽大房子里面被隔成一间一间的小格子，里面放一张条桌，一张凳子，只能容下一个人，院里院外站着成队手持刀剑的兵丁，还有官佐模样的人在来回巡查，一股大敌当前的紧张，似乎这里不是考场，而是刑场、沙场。参加大试的生员从队伍中间的通道走过，一个个哆哆嗦嗦，畏手畏脚的样子。

进考场之前，身材肥硕的考官两手叉腰，吹胡子瞪眼，严厉训话——

"凡考生不准携带木柜木盆、双层板凳、厚褥装棉、卷袋装里！

衣裤必须拆缝，鞋袜必须单层！

砚台不许过厚，笔管必须镂空！

携带干粮各要切开，不许包裹罐装！

考生所携带的竹、柳考篮，必须编成格眼，面底花案一致！

如发现贿买、钻营、夹带、枪替、割卷、传递、顶名、冒籍等各种营私舞弊名堂，严格惩处！

上述戒律，如有违反，轻者逐出考场！重者投进监牢！更有甚者杀头！"

周围的差役手持刀剑，面色铁青，横眉斜眼，凶神恶煞一般，似乎随时就要杀人砍头一般。

考场大门口还设置了两道门搜检，差役排成两行。过头道门，考生开襟解袜亮鞋，衣服器具一一细查；过二道门，再重新检查一遍，倘若搜出夹带之物，要将携夹带考生与头门差役一同照舞弊惩处。搜查之后，各自按卷号进入号座，不得在通道停留，进屋关门上锁，不得私自开锁出入以及传递物什。

有人小声念叨："这哪里是考号呀，分明是监号呢……"

不巧被考官听见了，随即大声呵斥起来："谁在擅自喧哗！不愿参加考试滚出考场！"

在大门外排队等候差役检查之时，贾存仁发现自己身后就是陈贯通，

二人仅差一个号，不由扭过头对他笑笑。陈贯通也自说自话，愿意见的见不着，不愿意见的偏偏赖着不走……

"不许交头接耳！"差役又是一声呵斥，吓了贾存仁一跳。

陈贯通则眉皱脸沉，不动声色。

头场、二场考试均为国学基础知识，贾存仁根据记忆答上不少，陈贯通的答卷也写满了字，对不对吧，总不是白卷，总不至于得零分。两天考下来，他们对自己都很满意，回家顺嘴吃喝一番，就倒头睡觉了。张菊韵做了好几个菜，贾存仁都顾不上吃，随便吃了几口，就上了炕。

最难的是第三场考试——策论。贾存仁思路还清晰条理，倒还能写出几条修身、齐家、治国、平天下的策略措施，论理也还得体，论据也还实在。陈贯通就不行了，头脑空空如也，一条也憋不出来，整整一个晌午一字没写，狼毫放干了，又批湿，实在想不出就把笔尖放在嘴唇上黏黏，黏的次数多了，考纸上一字未写，嘴唇倒变得乌黑。

"还有半个时辰——"

"写完了的赶紧交卷——"

"没写完的赶紧收尾——"

"时间已到，必须交卷——"

"拒不交卷，强行辍卷——"

报时差役的喊声接二连三地传过来。陈贯通着急了，他知道，无论头场、二场考得有多好，第三场考不好皆是枉然，莫说自己在前两场仅仅零零散散地胡乱答了一些题，要是第三场考不下个样子，就彻底完了，而眼下不仅是考不下个样子，真是要交白卷了，这可咋办呀。他心绪不宁地仰头看看考场顶棚，再侧眼瞅瞅对面的墙壁，忽然想到那边就是贾存仁呀。一想到贾存仁，陈贯通心底里的火气就不打一处来：要是他能帮自己写一篇策论文章，自己好歹背一背，记一记，说啥也不会交白卷呀！贾存仁这小子太可恶了！世界上就你一个人活着呀！见死不救是小人，拔刀相助真君子，你的心思也太毒了吧！明知道我不行，也不帮我一把！你吃肉，也叫别人喝一口肉汤、啃一节骨头呀！你就这样对待同门师兄弟？你就这样对待一块儿长大的街坊邻居？太没人性了吧！世界大了去了，靠你一个人能治理下个名堂？不行！纵然自己考不下个样子，也不能叫贾存仁这小子考好！临死也要拉个垫背的！这个信念在心头电光石火似的闪烁了一下，顿时一股恶气就从脚底直冒头顶，陈贯通紧皱眉头，两眼闪烁着凶光，牙齿狠狠咬着下嘴唇，做出一个大胆的决定。

主意一定，陈贯通就把笔墨放到一旁，用脚踢前面的墙壁，"通通通"的声响在宁静的考场显得很响亮，跟初春时节天边打雷一般。

"干什么？干什么？"差役跑过来隔着房门问道。

"前边这位，问我怎么答题！我不理他，他就骂我！"陈贯通打开房门，指着面前的墙壁对差役大声说道。

"他骂你，我咋没有听到？还隔着这么厚的木板！"差役对陈贯通的话产生了怀疑。

"他趁你走远的时候，先是问我考题怎么做，我不理他，他就骂我！不信你问问你他。搅得我答不成考题！"陈贯通随口就来，同时塞给差役一两银子，朝贾存仁的考号努努嘴。

"你是怎么回事？胆敢破坏考场秩序！"差役顺手把银子装好，随即敲敲贾存仁的房门。

贾存仁推开考号木门，奇怪地问道："差爷，怎么回事？"

"你咋作弊？"差役厉声问道，"人家不理你，你还骂人家？"

贾存仁道："我的考题还没答完，哪里来的工夫问他呀？"

陈贯通指着贾存仁叫唤起来："你就是问我考题怎么做，我说我也不会做，你就骂我笨蛋！"

贾存仁笑笑道："我说贯通，啥时候了，你还生事。你当自己还是小孩子呀。"

"少废话！别装模作样了！你考场作弊，还有理了！"陈贯通嘴唇飞溅着唾沫星子，瞪圆眼珠子，手指着贾存仁嚷嚷个不停……

陈贯通叫唤的声音很大，把整个考场都震动了，不少的人都开门朝这里看。有的人还窃窃私语，考场上的秩序彻底乱了。

考官走过来，厉声问道："扰乱考场秩序，该当何罪！"

贾存仁指指陈贯通，笑着对靠官道："官爷，他无故说我作弊。其实我根本没吭声。"

考官问陈贯通："你是怎么回事？胆敢扰乱考场秩序！"

"禀官爷。"陈贯通面对考官拱手致礼,"他答不上考题,问我,我不理他,他就骂我!太可恨了!"

考官拿起陈贯通的卷子看一眼,随即扔到一边,呵斥道:"你一字还没写,咋说人家问你呢!简直胡说八道!"

陈贯通指指贾存仁:"就是他问我,扰得我没法儿答题!问了我好几回呢!"

"陈贯通,你不要无中生有,血口喷人嘛!"贾存仁虽然不愿意在考场上和陈贯通争执,但气愤不过,还是压低声音回了一句。

陈贯通见事情已经闹大,就朝考官跪下,说道:"大人,你听,他骂我血口喷人。扰乱考场秩序,还张口骂人,太无法无天了!简直没把考官大人放在眼里!"

考官环视考场,见不少人走出考号看热闹。于是大喝一声:"一个巴掌拍不响!统统带走!撤销考试资格!其他人立即返回考号,继续答题!"

"走!"差役走过来拽陈贯通,陈贯通听话地跟着差役走了。

第十二章

考官指指贾存仁："把他也带走！"

另一个差役走到贾存仁面前："走！"

"差爷，我真的没问他呀！"贾存仁还想争辩。

"谁知道你问没问！我是监考的，可不是断案的。快走，到大堂上争辩去吧！"考官看都不看贾存仁一眼。

"走！"差役走过来拽贾存仁。

贾存仁摆脱了差役，拿过考卷，扑通跪到考官面前，道："官爷，你看，我都快答完了，他一个字也没写，我咋能问他呢？请你老人家明辨是非。"贾存仁急得眼泪都溅了出来。

"你是说我是非不明，冤枉了你？"考官顿时怒气冲天，"好吧，你去告我吧！拉出去叫他告我去！我在这里候着！"

两个差役跑过来，一人扯贾存仁一条胳膊，把他拉出考场。贾存仁写满字的考卷被他们踩在脚下，揉乱成一团……

差役把贾存仁扯出考场，使劲推搡了一把，把他推倒在地上，扭过身子就走了。

贾存仁爬起来追了几步，差役大步走进考场，随即闭上大门。贾存仁推推大门，推不开，就大声叫唤起来："开门！快开门！"

差役在门里说："你快走吧。大考是朝廷大事，律法峻酷，监考森严。把你撵出考场还便宜了你。惹得考官老爷生了气，一句话就能把你投进牢

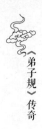

房。轻者关你三天，不叫吃喝，饿死你。重者判你几年，老老实实坐着去吧。你不信？就试一试！"

这时候，贾存仁已经清醒过来，想想也是，仰望高天长叹一声，拍拍身上的尘土，正待走时，前边传来喊声："存仁，存仁，考得咋样？考得咋样？"

贾存仁一看，是张友奋和李宜思二人，遂低头就走。

张友奋和李宜思追上来，拉住贾存仁。贾存仁含着眼泪水说了事情经过。

李宜思气愤不过，要去找陈贯通理论。

张友奋拉住李宜思道："这就叫宁得罪君子，不得罪小人。陈贯通那种人，不跟你讲理。要不也做不出这种事情。"

李宜思道："搅屎棍子嘛。脏了自己，臭了别人。什么东西！"

贾存仁揪着袖口擦一把眼泪说道："算啦。该着咱倒霉。遇上了这种小人，咱就没有追求功名的命。自古以来，能顺利走过科举独木桥的生员能有几人？而且，我原本就对功名不抱啥希望。陈贯通这么一闹腾，算是成全了咱的夙愿。对老人家也是个交代。算啦，咱回家吃饱肚子再说。"

李宜思愤愤然："存仁，你辛辛苦苦这些日子复习功课，研习文章，就白费了？"

贾存仁已经完全从悲愤中解脱出来，道："看你说的这话，哪里能白费了？学问总是自己的。老辈人不是说艺不压身吗？"

张友奋道："宜思，咱们就缺存仁这种器量。我看到头来，存仁比咱们谁都有出息。"

李宜思仍然气愤不过："老天爷也是，咋还叫陈贯通这种人活在世上。"

"母亲，您看春天又来了，天气暖和了……"贾存仁站在范氏的坟头轻声念叨。

灿烂的阳光下，贾家祖坟一派安详。由于有贾存仁一家人的悉心照料，整片坟地以往杂乱破败的样子已经看不见了，高大的松柏树林，低矮的灌木丛与地毯一般的草坪都被修剪得整整齐齐。经过秋风的梳理，坟地呈现出一片温暖的浅黄色。周围的松柏树经过一个春夏的迅猛生长已经进入养精蓄锐的状态，树叶由浓烈的墨绿色变成沉稳的浅绿色，静静站立天地间，守候着古老的坟茔，稍有小风吹来，便林声如涛。一场秋雨过后，低密的野菊花、灯芯草、蒲公英开始收缩头脚，原本深绿色的叶子慢慢变成土黄色，使大地更加多姿多彩。而那些占据着坟场绝大多数地面的蒿草、苇子的枝干通体变成了浅黄色，一副不畏寒冷的样子，骄傲地挺直腰杆守候在祖坟周围。整片坟场已经是地上荒草松软如毯，树上小鸟鸣叫如歌，一层似有似无的成熟气息弥漫在空中，熏得人昏昏欲睡。肥硕的野兔和灵巧的狐狸在草丛里出没嬉戏，使原本寂寥的坟地变得热闹起来。贾存仁母亲范氏的坟头已经被野草覆盖，发黄低垂的野草给坟头披上一层金色的植被，新栽的垂柳已经似碗口粗，光溜溜的树枝如无数条金缕，轻轻地安抚着坟头。

贾存仁手拿镰刀，仰头看看四周的树木，大口呼吸着林间的新鲜空气，围着母亲的坟墓仔细察看，不停地弯下腰，用镰刀梳理坟堆上面的野草，使之显得整齐顺溜一些，最后站在墓碑前揪着袖口擦擦碑面久久不忍离去……

这两年多，张菊韵已经给贾存仁生了两个宝贝儿子，贾皇宝高兴地给孙子取了名儿。大的叫若芾、小的叫若蔚。贾存仁除了继续给刘太医整理医案、抄写药方以外，还由李学邃推荐到神山书院去当了正儿八经的教书先生，每月的收入还可以，家道慢慢显出中兴的气象。贾皇宝已经完全不用外出教学了，过起了含饴弄孙的晚年岁月，见天领着两个小孙子满村子穿，还教他们背诵古人诗文，学写毛笔字，遇上村人的红白喜事，还给人家写对联、当礼宾先生，日子倒也打发得轻松愉快。

母亲范氏辞世快满三年的时候，贾存仁不忍老父亲孑然一身受孤单，自己做主给贾皇宝续了弦，使他的衣食起居有人照料，不至于空虚无聊。如此，贾家始得圆满，虽不如祖上殷实，但是一家人砚田笔耕，上下恭敬，生计无虞，倒也其乐融融。贾皇宝对儿子贾存仁的感激之情自不必道。

大考被陈贯通搅和了以后，贾存仁的心反倒彻底安下来了，再不想那些事情了，精心过起自己的日子。他在当好教书先生和为刘太医整理医

案、药方之余，已经把《弟子规》的初稿写完了。张菊韵也帮他抄写出来了。看着雪白的麻纸上乌黑整齐的蝇头小楷字迹，贾存仁高兴地笑了起来。家里两个儿子少不了吵闹，贾存仁就把《弟子规》书稿搬到祖坟小屋，趁着清闲和秋爽，静下心来修改润色。每天清晨起来遵照刘太医的指点，先围着祖坟跑几圈，站在高处面对山野大声啊啊地呼叫一阵，以排出浊气，吸进新鲜空气，才回家吃早饭。前半晌去神山书院上课，后晌早早回到家里帮助张菊韵干点活儿，吃过晚饭，来到墓地点起灯芯草[1]开始看稿，下半夜再继续睡觉。夜深人静万籁俱寂之时，贾存仁还要手持木棍，在祖坟巡视一番，才回小屋安睡。只有到了此时此刻，一整天的生活才算正式结束。

这些日子，贾存仁对音韵学的研究也进入了一个新的阶段，他把浮山土话和浮山官话的声韵进行了详细分解，每一个字，每一个音节都要认真用口舌发声一一辨别，有时候一个字或者一个音节得反复数次实际发音才能最后确定下来，再分门别类抄录到白麻纸上。他发现，人的口腔本身就是一个绝妙的音箱，说话的声音皆出于人口喉舌颚齿唇五者，如天有五星，地有五方，人有五官，乐有五音，皆应了五行之数。而后把诸多常用字按照人口发音部位分类，绘出了一张清楚明了的等韵图，并把官话与土话的发音特点进行比较，在教学的时候注意有意识地教童生练习使用喉舌颚齿唇发音。一段时间下来，童生们对古诗文的阅读背诵能力和对文字音形义的辨析和掌握明显提高，以前那种含糊不清似是而非的读音明显减少，写作时遣词造句语言组织和文章结构中的差错失误也减少了许多。面对明显的研究成果和实践效果，贾存仁心里别提多高兴了。他没想到自己起初只是为了方便教学而进行的语言音韵结构探寻，到现在竟变成了一种全新的学问——音韵学！不仅能方便教学，更能对学生的语言文字能力的提高起到意想不到的促进作用，结合教学把语言文字的研究运用继续进行下去。更叫贾存仁兴奋的是，随着语言音韵学的深入研究，很快他又发现音韵学在《弟子规》的修订方面也能有所帮助：要把艰涩难懂的散文体的《训蒙文》修订成三字一句的诗文体，必然要接触到文字的辙和韵，在合

[1]灯芯草，北方的一种野草，细叶，长干，空心，易烧，为了节省灯油，老百姓常常用来点火照明。故称灯芯草。

辙押韵的过程中，他所抄录的等韵表提供了很大的方便。当他发现这一现象的时候，内心的喜悦之情便如泉水一般涌上来。到神山书院教书以后，他把《弟子规》的修订稿带到课堂上，教童生诵读，从学生的反映里边发现问题，《弟子规》的修订也如水到渠成般地加快了进度。还把"等韵表"拿出来，教童生们发音，孩子们很快就顺利地走过了官话和土话的过渡阶段，对文字的理解能力和对文章的阅读能力明显提高。李学邃高兴地说道，神山书院不是找了一个好老师，而是挖掘出一位语言大师呀。

"真没想到，原本是为了方便教学而做的文字音韵记录，不但形成了一门新的学问，还方便了修订《弟子规》。"贾存仁把这种喜悦传达给来访的张友奋和李宜思。

"存仁，你这才真正是老百姓常说的，放羊拾柴火，搂草打兔子，两不耽误呀。"李宜思高兴地说道。

张友奋拨开荒草走进小屋，拿起《弟子规》文稿看看，随即摇头晃脑抑扬顿挫地吟唱起来：

弟子规，圣人训；首孝悌，次谨信。

泛爱众，而亲仁；有余力，则学文。

父母呼，应勿缓；父母命，行勿懒。

父母教，须敬听；父母责，须顺承……

"好好好。三字一句，两句一韵，形式上确实很规整，内容上也很深刻。"举人张友奋高兴地说道，"存仁，你到底不是凡人，治学出名堂，做事建功德。实乃真才实学呀。和你相比，我辈岂不成了凡夫俗子了！"

"那是，存仁从小就和咱们不一样。咱们是照着老师教的和书本上写的念来念去，一字一句都不敢出错。他却是一边寻思一边念，一边念一边寻思，不但找出老师教的毛病，还寻摸出书本里面存在的问题。他的音韵学和《弟子规》就是这样来的。咱们哪有他这本事呀。"李宜思接住话茬就来。

贾存仁的脸红了："你们是来看我呀，还是奉承赞颂我来了？有这样的同窗好友吗？忘了古人的训诫了吗？捧杀甚于打杀。"

张友奋摇头笑道："我们也是知无不言，言无不尽。有啥说啥！同窗好

友就应该这样。此乃古人云，君子之交淡如水，小人之交甜如蜜。还不是这个道理？"

李宜思顺口道："你难道要叫我们像陈贯通那样，见到好的不学，碰到差的不说，恨人有，笑人无不成？"

贾存仁释然："别说闲话了，你们仔细看看《弟子规》的修订稿，从形式和内容方面还有啥不妥之处，学邃先生不是教导咱们，写字越改越丑，作文越改越好嘛。"说着，又把绘成的"等韵表"拿出来请他们一一对照。

李宜思拿过等韵表看看，按照上面的音标"啊——喔——额——"念了几句，对张友奋道："人一生下来就开始学着发音说话，一辈子几十年下来还是发音说话，跟老百姓平常吃饭睡觉没啥两样。可是贾存仁偏偏能从这些最简单最常见的事情里面，发现问题，最后竟琢磨出这么深的学问，真是可以！"

贾存仁笑道："叫宜思说着了。音韵学还真是在平日说话念书中间发现的问题，进而琢磨成一门学问的。可是咱们研究这门学问的人太少了，要是人人都注意这个问题，就不会出现此地方人说话，彼地方人听不懂，朝廷衙门里人说话，老百姓听不懂的问题了。"

张友奋看看等韵表，也是学着"啊——喔——额——"了一阵，才说道："人皆研究音韵，人皆懂得音韵，何来贾存仁呀。贾氏存仁是老天爷钦点的音韵使者。二位试想，如若人人通晓修身齐家治国平天下，何用圣人周游列国，贫困潦倒不改初衷呢？"

"你们就笑话我吧。快看看《弟子规》。别净说好听的，提提修改意见，帮我把书稿改得更成熟，更完善。学邃先生不是说过，好意见千金不换，好点子万金不买。"贾存仁朝两位好朋友摆摆手道。

在秋风轻拂，秋阳沐浴之中，三个人在守墓小屋里讨论一阵文稿，吟唱一阵诗文，在墓地踏寻一阵花草，享受一番秋韵，好生痛快惬意。

最后，张友奋问道："我看《弟子规》行文流畅，内涵丰富，逻辑严密，已经瓜熟蒂落了。得操心刊印的事情了。在哪里排版？哪里刊印？都要定下来。这事宜思应该能帮上忙。你不是已经给刘太医刊印了两本医案药方了嘛。"

李宜思接住话茬："不是帮忙，原本就是我的事情。存仁说是想在县里排版刊印。平阳府价钱太高。刊印《弟子规》和医案、药方可是两码事。医案药方印出来裁好、装订好就行了。《弟子规》不但要印好、裁好，还要把封面和版式设计好，装帧好。因为医案和药方是为了保存，不能外传，而咱的《弟子规》是叫童生和成年人拿到手里看，拿到手里念的。一册在手总得像个东西。"

贾存仁笑道："我想先小量刊印一部分，先叫衙门县学的教谕大人看看。若他们看着像个东西，能用，再扩大刊印数量。二位意下如何？"

"对对，稳妥一点好。"张友奋抚摸着一摞书稿道，"不过，比起《训蒙文》来，《弟子规》确实好念，好背，好理解。县学教谕大人那里肯定没问题。这本来是他们操心的事情，现在存仁替他们做了。他们还不是求之不得呀。还有一个问题，用啥纸刊印呢？"

贾存仁随口道来："我想先用咱浮山出的白麻纸。宣纸太贵。"

张友奋拿起一张写满字的白麻纸看看，道："这么好的文章，用普通的白麻纸，太可惜了。这样吧，我出银子，用宣纸刊印吧。好马配好鞍，好女嫁好汉。"

贾存仁面带微笑仔细看看书稿，再用手掌轻轻抚摸一番，发现一页稿纸的一角折了进去，立马小心地正过来精心抚平，再用双手捧起来放到嘴边吹吹，像是欣赏一件心爱的物件，最后才摇摇头道："我看还是先用白麻纸印上一些。等人家县学教谕大人过目认可以后，正式刊印的时候再用宣纸吧。别糟蹋了那么好的宣纸。"

"好吧。尽善尽美诚难做到，作为成事目标，也不为过。"张友奋把手里的白麻纸书稿轻轻放回书稿摞，顺手拿一块木板，揪着袖口擦擦，细心压好，才说道，"白麻纸的钱也是我出。"

李宜思道："不能好人都叫友奋做了。刊印的钱我也出一部分。我不能老当叫花子。"

贾存仁把手掌摇摆得像拨浪鼓，连声道："先不用劳驾你们二位。等县学教谕大人认可以后，二番刊印之时，我注定要向二位开口。饶不了你们。宜思别考虑钱的事情，你先给咱设计封面和内文版式。这是你的主要差使。书稿再好，纸再精致，钱再充裕，封面和版式设计不好，印制不

美，一切都是枉然。只要印出来大家都说好，头功必然非宜思莫属。"

李宜思双手捂住胸脯，一脸肃穆，一字一句地道来："要是印出来不像个玩意儿，糟蹋了存仁的书稿和友奋的银子，我李宜思便无颜面见江东父老，就学西楚霸王项羽在乌江边上自刎而死！"最后一句话说出来的时候，李宜思呼吸紧张，消瘦的脸颊上流下成串的泪珠儿。

"哈哈——"贾存仁笑起来，伸手擦擦李宜思的脸，"过头的事情可以说，过头的话不可以说。你知道乌江在哪里呀，只怕到时候你连乌江也找不着呀。别发誓了，我和友奋相信你一定能给咱印好。"

张友奋走出小屋，站在高处，透过柏树枝杈，仰望着远处尧山上的峰峦林莽，发出一阵感慨："想一想吧，等存仁的《弟子规》正式刊印出来，书院里的孩子们人手一册，每天早晨对着灿烂的阳光，朗朗吟诵《弟子规》：圣人训，首孝悌，次谨信，泛爱众，而亲仁，有余力，则学文……朝野之间人人学习《弟子规》，人人躬行《弟子规》，适逢盛世，江河安澜，人人讲仁义，个个奉诚信，那将是一种多么动人的景象！到那个时候，就能说贾存仁的心血，总算没有白费；咱们的付出，终于得到了回报……"

李宜思指着张友奋对贾存仁说道："存仁你看，张举人成了张诗人了……"

三人说得高兴，祖坟里传出一片笑声。

一个晌午，很快过去，日头开始偏西，田野里起风了，带着凉意的秋风扯得荒草起伏，树木身摇，守墓屋似洪水中的石头时隐时现。贾存仁硬把张友奋和李宜思拉回家里吃饭，张、李二人只得随他回村里。

临走的时候，贾存仁用细麻绳把小屋的门闩紧。李宜思推推屋门，说道，一定要拴紧，先别说存仁绞尽脑汁地写出来不容易，单是人家菊韵一个字一个字地抄写出来，得费多大的工夫呀。千万不能叫野兽虫雀给咬了。贾存仁道，我正在看最后一遍，一两天就看完了搬回家去了，不管咋说，刊印成书是一件麻烦事，老鼠拉木锨，大头在后面呢。张友奋道，是得操一点心，别叫小偷给偷了。贾存仁笑道，小偷偷钱物，不偷纸纸片片，倒是怕火烧，一股烟啥都没了。张友奋站住脚看看小屋，回头对贾存仁道，叫你说对了。赶紧看完，搬回家里保险。李宜思道，存仁，你赶紧看完，到时候我来搬。

三个人像平常一样，说说道道回到村里。

看见张友奋和李宜思来了，贾存义走出来热情地迎接三位大哥，这孩子打小身体欠佳，今年更显得孱弱，咳嗽不停，身冒虚汗，贾存仁对这个兄弟，多有忧虑。

来了贵客，张菊韵少不得高兴地给他们操持了几碟小菜，烫了一壶小酒，端上桌来。张友奋和李宜思要请贾皇宝上座，张菊韵递给他一双筷子不叫老公公走。贾皇宝抹抹嘴笑道自己和两个小孙子刚刚吃过午饭，还要带他们出去蹓脚玩耍呢。两个小孙子瞅着饭桌上的几碟飘着香味的热菜腻腻歪歪地不想走，贾皇宝拿起筷子一人喂了一口菜，一人喝了一口汤，才算了事。临走告诫贾存仁他们不能饮酒过量，免得误事，随后匆匆而去。

贾存仁叫贾存义过来一块儿聚餐一番，贾存义笑道："我的肠胃容不了那些东西，只能喝一点米汤稀粥。哥哥，你还不知道？"

贾存仁盛了一小碗鸡蛋汤双手端给贾存义，道："不能吃干的，喝一点稀的，快趁热喝了。"

贾存义接过碗，笑道："哥，你别老管我。快和两位兄长吃饭去。"

张友奋走过来拉住贾存义的手说道："存义老弟，你哥哥到哪里都把你挂在心上。"

贾存义笑道："他是我亲哥嘛。张哥，别管我，你们快吃吧。我在这里听你们说话。听你们说话，比听老师讲课还有意思。"

于是，贾存仁和张友奋、李宜思三人边吃边喝边谈论学问，贾存义坐在一旁很有兴致地听着，有时还插嘴说一句什么话。

喝了几盅酒，张菊韵就过来拿走酒壶、酒盅，端上茶壶、茶碗，笑道："老父亲那会儿说了，以吃饭为主，不能喝酒过量。茶水管够。"

张友奋指着张菊韵对贾存仁笑道："存仁，我这个妹妹咋样？"

贾存仁红脸道："我这个家，全靠她支撑料理呢。她是我家的镇宅之宝，指路明灯。"

"你呀。你见人家谁整天当着朋友的面拿自己的老婆开心的？"张菊韵用手指头指点一下贾存仁的额头，红着脸走进厨房忙活去了。

李宜思道："我知道，要是没有菊韵嫂子，存仁不光日子过不好，《弟

子规》也不会这么快就修订成稿。等韵表也不会绘出来。"

几个人正说得热闹，陈贯通摇摇晃晃地走进来，不等主家客气，先自笑嘻嘻道："看你们三个人好样的清闲？又是喝酒又是喝茶又是吃菜的。真是难得。"只见这人一身短打扮，发辫盘在头上，腰间箍着布带，白布袜子套住裤脚，还用麻绳扎上了。

自打大考之日搅和了贾存仁的考试，陈贯通也觉得这事做得太过了，好长时间不敢见贾存仁的面，走在路上见了贾存仁赶紧远远躲开了。还是贾存仁主动找他把事情说开了，表示自己不跟他计较，叫他也别老放在心上，事情过去了，也就一风吹了。弄得陈贯通也不知道该如何办了，剩下的只有连声自责赔罪了。

见陈贯通来了，张友奋坐着没动，只是打了一声招呼："贯通来了。好多日子没来了。我们过来看看贾存仁。他为高堂大人守墓辛苦。"

贾存仁招呼一声："来，贯通，坐下喝茶。"

李宜思低头喝茶，没理会陈贯通。

陈贯通满不在乎，问道："听说刘太医把他的一部分医案、药方都交给李宜思整理和刊印了。刘太医家的医案和药方堆得像山一样，又有钱。你的活儿可是干不完，钱也挣不完呀。你真是好运气呀。小日子过得滋润呀。你快赶上书局出书了。"

李宜思盯着陈贯通一字一句地道来："运气好不好不敢说。我还真得感谢你那一天说我是一个死没出息的人，有了你这一句话，我才学了这一点本事，才活出个人样儿来。我还真得谢谢你了。"

张友奋笑道："那是。先不说贯通的本意如何。单说拉车爬坡，在后边推车是帮忙，在边上鼓劲也是帮忙。像过年的时候小孩子放的花刺，朝下喷火，劲儿却朝上使。宜思感谢贯通也是应该的。"

"还是真心实意地。"李宜思接住话茬就来。

陈贯通装作没听出他们二人话里的意思，道："谢不谢吧。你能过好我也高兴。毕竟咱们是同窗，还是同乡嘛。三十年河西，三十年河东，常有的事情。"

贾存仁随口问："贯通，看你这一身打扮，又是要干一点啥好事去吧。"

陈贯通指指院外，晃晃手里的细绳子道："我知道你是在提醒我有事赶紧走，是变着法儿地撵我。其实你不撵，我也要走，我还真有事呢。有学问的人说出话来也跟别人不一样。"

　　贾存仁笑笑："我哪里敢撵你了？主要是看着你这一身打扮，像是有事。要不坐下一块儿吃一口，喝喝茶？"

　　陈贯通摇头："春天花盛开，秋时鹿正肥。我去套兔子。换换肠胃。你们这顿饭吃得早了，吃迟一些或许就能吃上我套的野兔肉了。"

　　张友奋道："我等？何来你那个口福呀。"

　　陈贯通哈哈一笑道："有了友奋这句话，我不想送，也要送。我要是真套着了啥好东西，还真得给你们送一只过来，叫你们也换换肚肠。等着吧。"陈贯通说完，紧一紧腰带，抻一抻衣襟，拽一拽布袜，跺一跺脚，摇晃着手里的麻绳走了，那脚步轻巧得像抹了油，似前边就有野物等着他。

　　"陈贯通！哪一天我把你几斤白面还给你，你的光可是不敢沾！"李宜思看着陈贯通的背影大声叫唤了一声。

　　"猪往前拱，鸡朝后扒，各有各的吃法。人也是各有各的活法。咱不理他。来喝茶。"贾存仁轻轻拉一下李宜思的衣襟，给他的茶碗续上茶水。

　　三个人喝了一阵子茶，看看时候不早，风也刮得大起来，就起身分手。贾存仁把张友奋和李宜思送出院门，正在拱手道别，忽然远处传来一声大喊——

　　"着火了——"

　　"贾家祖坟着火了——"

　　"快来救火呀——"

　　贾存仁抬头一看，自家祖坟那边浓烟滚滚。顾不上说话，拔腿就朝祖坟狂奔过去。

　　李宜思说声："书稿！快去看存仁的书稿！"跟着贾存仁猛跑过去。

　　张友奋二话没说亦飞奔而去。

　　这时候，野风刮得正急，只见贾家祖坟被野火包围，烧得正旺。一股浓烈的焦煳味冲进人们的鼻孔……

　　等贾存仁他们跑到祖坟，大火烧得正旺，一人多高的火苗子火墙一般横在面前，透过火苗子可以看出守墓小屋那边也着了火，房顶已经被大火吞没，不断传来噼噼啪啪的声响，散发出呛人的味道，一股股浓烟直冲天空，灼热的气息熏烤着人们。

　　"我的书稿呀——"贾存仁惨叫着要朝火墙里面冲。

　　张友奋和李宜思死死拉住贾存仁。

　　"放开！我的《弟子规》呀！"贾存仁不停地挣扎着。

　　张菊韵和贾皇宝跌跌撞撞地跑过来了。

　　"存仁！"张菊韵跑到贾存仁对面，使劲抱住他的脖子，不叫他朝火堆里冲。

　　"我的书稿完了呀！"贾存仁一边绝望地叫喊，一边剧烈摇摆着身子，最终挣脱了张菊韵的手，发了疯似地冲向火墙。

　　"啊呀——"紧追在后面的张菊韵脚下一绊，重重跌倒在地……

　　贾存仁听见妻子惨叫，赶紧回身搀扶……

　　张菊韵的嘴角被碰出了鲜血，贾存仁惊恐地看看大火，又心疼地瞅瞅媳妇……

　　张友奋、李宜思着急地围在旁边……

　　年迈的老族长带着更多的人跑过来了……

第十三章

野火越烧越旺,着了火的野草在热气的作用下气火一般朝远处飞去,又点燃了那边的草丛,墓地上空火焰飞动,热气升腾,发出呼呼地叫啸,一片恐怖。灼热的气流毫无遮拦地扑向人群,逼得人们不断地后退。几只小鸟叽叽喳喳惊叫着飞向高空,又被火焰和热气灼伤跌落下来……一两只身上着了火的野兔、狍狸发疯似的冲出火堆,没跑几步就倒在地上不动了……

大火还在燃烧,火场上毕毕剥剥呼呼啦啦的着火的声音越来越响!

人们瞪着惊恐的两眼,呆呆地看着熊熊大火,紧握的两只拳头能攥出水来,干着急没办法……

大火终于烧过去了,火线烧出坟地朝远处蔓延而去,那边的大秋作物已经着火了,由于地块错落,火场已经不像这边这么集中了,火势也小了许多,也听不见声响了,只剩下在空中跳跃的火苗子。更多的人跑过去救火,田野里一片慌乱、嘈杂和燥热。

贾家祖坟地面的野草全被烧过,地上和坟头一片乌黑,松柏树的粗大树干也被熏黑了,一只被火苗子燎伤的家雀躺在灰烬里面一动不动,一只小狍狸躺在地上惊慌地抬起小脑袋看着跑过来的人群,颤颤巍巍站起来想跑,动了一下,又跌倒在地上,田野里飘荡着一股难闻的焦臭味道……

贾存仁的腿已经软了,大张的嘴发不出声音,还没跑到守墓屋,就瘫在地上,只好瞪着两只血红的眼珠子,嘴里啊啊叫着,四肢并用朝守墓屋

爬过去，张菊韵使劲想把他拉起来，怎么也拉不起来，反而被他扯倒了，张菊韵趁势把他紧紧抱住。

李宜思和张友奋奔过来架起贾存仁就朝守墓屋跑过去。

守墓屋已经被大火烧塌了，掉下来的木椽冒着黑烟东倒西歪地斜插在那里，小炕上的书稿已经烧成了一堆黑灰，剩下几张还没烧完的纸纸片片与被褥的灰烬掺合在一起，分不出谁是谁了……

"我的《弟子规》呀——"贾存仁惨叫一声，跌倒在地上，两条细细的胳膊无力地伸出去，手指头抽搐着似要抓住什么……

贾存义带着两个小侄子跑过来，连哭带叫地拉起贾存仁。贾存仁的脸颊被火星子灼伤了，发辫也烧得不成样子，长袍马褂上沾满了黑灰，还被火烧了几个窟窿。

贾存仁紧紧拉住张菊韵的双手，失声哭道："菊韵，咱们夫妻两个好几年的心血呀！一张纸、一个字儿也没剩下……"

张菊韵欲哭无泪，轻轻拭去贾存仁脸上的泪珠，哽咽了一下，没吭声。两个幼小的儿子被眼前的凄惨景象吓得目瞪口呆……

"儿呀！"贾皇宝浑身颤抖、抽搐，无神的两眼瞅着不停哀鸣、哭泣的儿孙，惨叫一声。

"父亲！"贾存仁听见老父亲的喊声，急忙站直身子，跨过两步，扶住贾皇宝，张菊韵从另一边扶着老公公。贾存义则在背后轻轻支住老父亲，不叫他朝后倒。

"爷爷——"贾若苿和贾若蔚跑过来，抱住爷爷的两腿，不停地叫喊着。

全家人在坟地里哭成一团。

贾存仁无意中抬头看见母亲坟头的草也被烧光，只剩下一层薄薄的灰烬，遂跑过去跪下，厉声喊起来："母亲！儿子对不起您呀……"

张友奋和李宜思围着守墓屋转了几圈，不解地说道："这火是咋烧起来的呢？为啥偏偏从贾家祖坟烧起呢？"

李宜思抬头朝四周张望，只见东边高地上站着一个人探头探脑地朝这边张望。

张友奋也看见了，随口道："陈贯通？还就是陈贯通这个坏家伙！"

"快走！把这小子抓住！"李宜思拉着张友奋就朝陈贯通奔去。

陈贯通先是慌慌张张地朝远处跑了几步，后来索性不跑了，转身慢慢迎着张友奋和李宜思他们走过来……

张友奋和李宜思跑到陈贯通跟前，一把扭住他的胳膊。

陈贯通满身灰土，一脸惊恐。

李宜思厉声问道："陈贯通，是不是你放的火？不说实话，今天你小子就别想活了！"

张友奋搋了陈贯通一拳，道："你烧了贾家祖坟多大的孽罪！烧了贾存仁辛苦多年的书稿多大的孽罪！你也是念过书的人，咋不懂得廉耻荣辱？你说！"

李宜思也打了陈贯通一拳："从小到大你小子就没办过一件好事！你还算人吗？你他娘的不是个好东西！你不做坏事喘气都不顺！"

陈贯通低头无语，浑身战栗，任凭二人撕扯。

张友奋和李宜思把陈贯通拉到贾存仁跟前，陈贯通顾不上说话，扑通跪倒贾存仁面前，哭诉起来："存仁……我……我对不起你呀……我真不是故意的呀……"

原来，在野地里游逛寻找野兔的陈贯通，来到贾家祖坟，看见这里林木茂密，野草厚实，占地甚广，猜想里面肯定藏着野物，想钻进去找，又怕遇上狼，就想出用火把野物赶出来的馊主意，没想到火借风势，风助火威，烧起来根本没办法控制……

"存仁，我真不是故意想祸害你呀！我知道这一回惹下的祸事太大了！请你大人大量，饶过我这一回吧！"

贾存仁木然看着陈贯通灰色的脸，没有吭声儿，他的思绪还没来得及回到眼前发生的事情上来。

李宜思双手捧着一把纸灰，摔到陈贯通脸上，骂起来："龟孙子！你能把这纸灰变成书稿，就饶了你！"

"就是！为了这书稿，我家存仁下了多大的工夫呀！你一把火就全毁了！"张菊韵抹一把眼泪，跟着说。

张友奋道："没啥说的。先到衙门里说去！"

贾若苕和贾若蔚两个半大的孩子扑到陈贯通跟前又是骂又是打又是哭。

慢慢冷静下来的贾存仁拉开两个小孩子，有气无力地说道："别闹了。

我相信，你们贯通叔叔也不是故意的，咱跟他前世无仇，今世无怨……"又拉起陈贯通，道："贯通，起来吧。我晓得你不是诚心要烧我家祖坟。也不是操着心思要毁我的书稿。事情已经成了这样，你在地上跪上一辈子啥用也不顶。"

陈贯通这才爬起来，低着头站在一边。

听说儿子又闯下了祸事，陈贯通的老父亲跌跌撞撞跑到贾家找贾皇宝赔情道歉。贾皇宝瞪着两只昏花的老眼没吭声。贾存仁倒是不停地说道没啥没啥。

邻居们都过来看望，一院子的人默然无语。陈贯通父子俩站在一边低头谢罪。贾存仁走过来请他们早些回家去。

"要不。我家重新给你在祖坟建一个房子，建得大一些，叫贯通和你一块儿守墓？减轻一点他的罪孽……"陈贯通父亲颤抖着身子似是对众人，似是对贾存仁道。

"不用，不用。我知道贯通也不是诚心的。"贾存仁重复着一句话。

"建房子、守墓都是小事。存仁辛辛苦苦写成的《弟子规》书稿全变成了灰！这东西没法儿赔呀。多少钱都赔不起呀。"李宜思在一边叫喊起来。

"古人为啥叫千古文章呢？无价之宝呀。陈贯通你也念过书，该知道这个道理吧？"张友奋也没了那会儿的火气，一字一板地对陈贯通说道。

"哎呀呀，书稿可没办法赔！书稿可没办法赔！打死我也写不出来呀！"陈贯通惊恐地叫唤起来。

李宜思指着陈贯通道："你咋净干没法赔的坏事呀？你害得人家存仁大考落空！毁了人家的前程！现在又烧了贾家祖坟和人家存仁好不容易才写出的书稿！你还是人不是！你太缺德了！"

张友奋接着话茬儿道："你这个人说瞎话就像喝凉水，办坏事就像上茅房，这三件事办得太缺德了！"

"这可咋办？这可咋办呀！畜生！你可害死我一家人了！快给人家贾存仁跪下认罪！"陈贯通老父亲使劲扇了儿子一巴掌，哭喊起来，枯瘦的身子和着苍老声音不停地颤抖起来，浑浊的泪珠子顺着脸颊的皱纹滚落下来。

陈贯通扑通跪在地上，低下脑袋不言语。

年过八旬的贾氏族长过来指着陈贯通道："你这个贯通呀，实在没法子说你。看你办的这些事情，哪一件是一个念过书的人该办的事情？前一回揽了人家贾存仁的大考，今天又烧了我们贾家的祖坟，烧毁了贾存仁的书稿，要不是我们贾家人忠厚待人，宽宏大量，一顿棍棒就把你打死了！我看这样。我想这一回贯通也没这个胆量敢故意烧我们贾家的祖坟，是想抓野兔惹下了祸事。你放心，我们贾家人不是不讲理的人。你们帮着把皇宝家把守墓的小房子盖起来，再赔给他家一些白麻纸，要是还有钱的话，赔存仁小两口一些辛苦钱，他们再重新写一遍书稿。至于坟地里的树木，烧了就烧了，用不了几年就长起来了。都是多少年的乡里乡亲，就这么算了吧。你说，皇宝，行不行呀？"

李宜思实在气愤不过："我知道陈家有钱。可是钱能把人家贾存仁的书稿买回来吗！贾存仁这几年的心血全在《弟子规》书稿上，书稿是能用钱买来的吗？陈贯通你知道吗？"

陈贯通趴在地上，像鸡吃米一样的点头不迭，浑身颤抖似用筛子筛粮食。

贾存仁轻轻拉一把李宜思，不叫他再数落。

贾皇宝扭头看看儿子贾存仁。贾存仁摆摆手，道："啥都不用赔。我们相信贯通不是故意的。我们自己想办法吧。这种事情由事不由人。命该如此。放心吧，我们不会到衙门里告你们的。以后咱们还是好邻居，有了事情还要互相帮忙。老年人说人一辈子有三昏六迷七十二糊涂，我想贯通也不会老糊涂着，总有清醒的时候。"

"饿死不讨饭，屈死不告状。读书人都是这样。莫说人家贾存仁了。"张友奋在一边插了一句。

陈贯通的老父亲感激地直对着贾皇宝、贾存仁打躬作揖。

陈贯通跪在地上不停地用前额触地磕响头。

贾存仁使劲拉起陈贯通，弯腰拍拍他膝盖上的尘土。

"行了，行了。大家都散了吧，散了吧。"老族长对众人挥挥手。众人这才说说道道地散了。

由于不敢私自到人家祖坟里动土，陈家送来十几两银子，再三说劳

驾贾存仁自己把坟地里的小房子盖起来，还送来几刀白麻纸，供贾存仁重写《弟子规》。贾存仁坚辞不受，可是陈贯通老父亲放下就走，撵都撵不上。贾存仁跟在后面原物送还。陈贯通的老父亲又送过来。最后，贾存仁只得留下白麻纸，送回银两。末了，陈贯通又跪下谢罪，还是贾存仁硬把他拉起来，这事情就算了结了。

由于平时不能在坟地里动土，盖房子只能等到第二年清明节了。下雪之前的日子，贾存仁还是每天带着弟弟贾存义披着棉被在坟地守夜，下了雪天寒地冻以后，只能白天给母亲送一日三餐，天黑以后兄弟二人到坟地里巡查一番，后半夜才回家睡觉，第二天一大早又去了坟地。虽然在冰天雪地来回奔波早出晚归辛苦一点，想到母亲在坟地里不至于孤苦伶仃无人照看，贾存仁心里面倒也释然。

等到第二年清明节那天，就开始在坟地里盖房子，张友奋、李宣思和陈贯通都过来帮忙，房子盖好了以后，陈贯通还要陪着贾存仁守夜。贾存仁死活不让，直到争得红了脸，陈贯通这才作罢。末了，陈贯通说道，自己以后一定走正道，做好人，在家里孝敬老人，在外面忠厚待人，仁义做事，绝不辜负贾存仁一片苦心。贾存仁听了当然高兴，道："老人云浪子回头金不换，今贯通能幡然悔悟人生，走上正道，岂不是一件叫人快乐高兴的事情？人活一辈子要做的事情很多，但是啥事情都没这一件事情要紧，能明白了这一点，这一辈子就没白活。"一番话更说得陈贯通情急难已，再三言及，后日只要贾家遇上难处，自己一定出手相帮，决不推辞。贾存仁拱手致谢，摇头谢却。

话又说回来，《弟子规》书稿被烧了个一干二净，贾存仁数次提笔欲再重写，无奈心绪不宁，脑子里一片空白，终是难以下笔。这几年经历的事情太杂太乱太多了，无法集中到写书稿上。每日从神山书院教书回来，身心俱疲，简单吃喝一口，就回到祖坟，躺在炕上唉声叹气昏昏欲睡。后来，经贾皇宝和张菊韵多方规劝，多番使他开心，老泰山张在庭也经常过来看望，在众人劝说之下总算又把书稿重新写了出来。可是经过这一番大起大落，贾存仁每看一遍书稿，都能发现几个不甚满意之处，修改完了，又出现几个差错，与自己所想的相差太远。以至发展到一拿起书稿就心烦意乱的地步，还把修改好的几张草稿撕碎了，有好几回气得把脑袋朝墙上碰。张菊韵心疼得拉都拉不住。后来，张菊韵说你修改完了就别管了，我再替你抄，抄出来再看行不行。贾存仁只是摇头。

老泰山张在庭知道了这情况，跑过来说道，古人写文章写不下去了，就把文稿放进柜子里边，不管不问也不想，专心做一些与写文章无关的事情，彻底换换脑子，调整思路，说不定哪一天在什么事情的启发之下就来了灵感，再拿出书稿就一蹴而就。这种做法，叫"焖"，像家里人做小米饭，大火烧开以后，就改用小火"焖"，焖的时间到了，小米饭自然就熟了。

贾存仁听了老泰山的话，真的把《弟子规》书稿压到褥子下面"焖"起来，专心研究起音韵学，每天先是对着草木啊啊喔喔咿咿呀呀练习发声，回头再在纸上写写画画一番，写完了再啊啊喔喔咿咿呀呀起来，似乎把《弟子规》彻底忘了。张菊韵看到丈夫彻底从《弟子规》书稿里面摆脱出来了，心里又感到说不出的高兴。

次年孟夏一日后晌，贾存仁从神山书院返回佐村途中，遇上了猛雨，山洪裹着杂枝败叶滚滚而下，被阻于城南河岸，只得撑开雨伞站在岸边等待洪水过去，忽听南岸有人喊救命，举目望去，只见一人被洪水冲于水中，朝下游漂去。只见黑色的人头忽隐忽现，贾存仁见状急忙收起雨伞，一边喊人相救，一边顺着河岸往下游追赶，途中因路滑难行，跌倒数次，只得爬起身子跌跌撞撞地再追，以致长衫湿透，浑身泥巴。贾存仁边追边把发辫盘在头顶，再把长衫掖在腰间，一不小心跌倒在泥水坑里面，脸颊被什么东西划了一下，生生地疼痛，他四肢并用才爬起来，一直追了数里地。后来，河道宽阔了，水流变缓，那人被洪水冲到了北岸，贾存仁折了一根树枝才把他拉了上岸。

"是你呀？贯通！"没想到这个被水冲得气息奄奄的人正是陈贯通。

"可不是我……还能……是谁……"陈贯通断断续续地说道。原来他是到县城办事，遇上山洪，由于事情很急，心存侥幸，冒险涉水过河，才被洪水冲走，头脸胳膊和腿都被碰破了，等贾存仁把他捞上来的时候，衣衫破烂，浑身血乎淋淋，满脸泥巴，披头散发，整个人显得昏昏沉沉时迷时醒。

贾存仁急忙帮他吐清肚中河水，用随身带的布子擦干身体，拧干了身

上的衣物，还请附近村民家里熬了生姜水给他喝了驱寒。最后见他确实清醒了，才陪他回了家。看见贾存仁为了救自己浑身衣物尽湿，面皮渗血，忙得气喘吁吁脸色苍白，陈贯通父子少不得又是一阵再三言谢。贾存仁摆手婉拒。

事后，陈贯通的老父带着儿子又一次登门感谢，道："前者，犬子搅扰了存仁大考，后来又火烧贾家祖坟和存仁书稿，存仁宽宏大量，高抬贵手饶过犬子陈贯通。此次存仁又冒雨出手相救，使犬子得以保全性命。存仁对我家恩德高如山岳，深似江河。我家倾心回报，也无法报答存仁恩情之万一呀！"

贾存仁面对陈父打拱致礼："世叔不必过意不去。贯通搅扰我大考是一时糊涂，烧我家祖坟和书稿实属意外，我救贯通于洪水亦是缘分，小事一桩，不足挂齿。反过来说，要是我遇到难处了，贯通也会出手相救的。我们总是同乡好友，同门师兄弟嘛。我可以理解他，不会与他计较。"

"要是真有那个报答你的机会倒好了……"陈贯通低着头站在一边，红着脸只说了这一句话，剩下的只是感谢。自从火烧贾家祖坟，毁了《弟子规》书稿以后，他见了贾存仁就像矮了一大截，头也抬不起来，以前那种粗野放浪的做派再也看不见了。

贾、陈两家的火水之事刚刚过去，就传来朝廷募兵的消息。衙门派兵丁到村头的老槐树下张贴告示，宣示乾隆皇上募兵旨意和乡民出兵条款，言西北地方准噶尔部落东犯喀尔喀，威胁京师及大西北边境安宁，战事骤起，乾隆皇上决心招募绿营兵[1]，发兵戍边，彻底解决准噶尔部落的问题。

几个兵丁手持刀剑守在告示跟前儿，见人就念，还叫保正、甲长、牌头[2]等村里管事的人等到各家各户叫主事的到村头听宣，不听不行。对不愿意来的人家，先是甲长和牌头上门催促，再就是兵丁上门强迫听宣，再

[1]绿营兵，清朝军队组织。以满族和蒙古族人组成的部队为八旗兵，以汉族人组成的部队为绿营兵。
[2]保正、甲长、牌头。清代乡村行政管理人员，分别相当于今天的乡长、村长、组长。

不行就强行押解出来，百姓的哀求声、兵丁的训斥之音，此起彼伏，不绝于耳。还不停地有兵丁骑着马疾驰而过，边跑边叫唤——

"朝廷募兵，人人有责！"

"二丁抽一，不得躲避！"

一时间，村乡里声音嘈杂，鸡飞狗叫，人心惶惶。这一次募兵，按照老规矩要求每一户老百姓家"二丁抽一"。贾皇宝家两个儿子和两个孙子，是非出一兵不可的。村里甲长、牌头已经把贾存仁的姓名报到保正那里，并告知进村兵丁知晓。可是贾家贾皇宝年迈多病，孙子辈贾若苇和贾若蔚年龄尚小，不及出兵年龄；儿子辈仅贾存仁够格，因为其弟自幼身体孱弱，发育不良，难以当兵打仗。如若由贾存仁出兵，全家即没了主心骨，如房子抽掉大梁，河渠豁开渠坝。而且，如若贾存仁出兵，他的《弟子规》和音韵学书稿将无法完成！顿时，贾家陷入了万难之地，全家人因此寝食不安，惶惶不可终日。

陈贯通知悉此事，未及细想，专程跑到贾家，言自己愿意替贾家出兵，面对贾皇宝哭道："前者，我三番两次闯下弥天大祸，毁了贾存仁的前程，又烧了贾家祖坟和存仁的书稿。贾存仁宽宏大量没和我计较。后来贾存仁又不顾洪水危险，舍身救我性命。恩情不谓不大，德行不谓不高。以前多年，我陈贯通不才，还时常对贾存仁指手画脚，说三道四，何德何能敢承当如此大恩大德呀！今番，你家遇到难处，我陈贯通一定要出手相助！给您老人家说，我一定要替他出兵到西北边陲。"

贾存仁听了大吃一惊："那如何使得？出兵还能顶替呀？我家的事情，我解决。还能叫你顶替呀。我到衙门里磕头作揖请求县老爷高抬贵手，也不能叫你替我出兵。那可是金戈铁马生死未卜的事情！"

陈贯通瞪圆眼睛争辩："前几天你说要是你家遇到难处，我也会出手相救的。现在，你家真的遇上了难处，我出手相帮，有何不妥？"

贾存仁脑袋摇得像拨浪鼓："不可，不可。出兵这事万万使不得，万万使不得。西北地方偏远贫瘠，人烟稀少，前些年参加东征西讨之人多是九死一生，而且出兵这种事情也不是一年两年就能回来的，更不用说还要真刀真枪地拼命了。断然不能叫你替我出兵。"

陈贯通面向贾皇宝扑通跪倒地上，大声叫唤起来："世伯您要是不叫我

替存仁出兵，我就跪在这里永不起身！世伯，请您念我与存仁同门师兄弟的情分，一定给我一个悔过的机会呀！"

贾皇宝热泪奔流，说不出话来。

陈贯通又面朝贾存仁跪着说道："存仁，你不是说过我陈贯通不会老糊涂着，也有清醒明白的那一天。我今天真的清醒了，明白了。你还信不过我呀？"

贾存仁拉扯陈贯通不起，给饭陈贯通不吃，给水陈贯通不喝，说话陈贯通不听。贾存仁急得嘴角起泡，额头冒汗，无计可施。

贾皇宝无奈，只得请来陈父商量。陈父边哭边道："以前犬子贯通不懂人事，多做一些不肖之事，此番火烧贾家祖坟，更是罪不可恕。承蒙贾家父子宽宏大量，饶了犬子牢狱之灾，后存仁又出手搭救犬子与洪水之中，此等大恩大德，实令陈氏感激不尽，犬子也如大梦方觉，发誓脱胎换骨重新做人。此次朝廷募兵，存仁在册，无奈你家祖辈老迈，孙辈年幼，存仁乃全家唯一顶梁柱，且有《弟子规》书稿未完，实无法出兵。因此犬子愿意替存仁出兵，为国家建功立业，也是报答存仁数番恩情，使其得时日重写书稿，完成著书立说的夙愿。就叫贯通去吧。此举也是犬子重新做人之始。实乃一件善事。如能遂犬子之意，存仁贤侄又助我陈家做了一件恩德无限的大好事呀！"说毕，老汉也要下跪。

贾皇宝急忙拉住，疑疑惑惑地问道："你家里果真能离得开？"

陈父道："前因我儿学业无成，我就及早给其婚配，如今孙子已满二八，稍待一二年即能够成家立业，顶门立户。我虽上了几岁年纪，可是你看腿脚硬棒，耳聪目明。叫贯通出去闯荡一番完全可以。从另一方面来讲，若存仁出兵，不仅你家家境窘迫，而且耽误了存仁重写《弟子规》，我家犬子陈贯通的罪孽则更大了。还望你父子成全。"

"断然使不得！断然使不得！此事对于陈贯通是大仁大义，对于我贾存仁却是不仁不义。我绝不能办这个事情！就是我亲自出兵，也不能叫贯通替我去。"贾存仁顾不上礼数了，大声叫唤起来。

陈氏老族长过来问明事情缘由，笑着言道："两利相遇取其大，两害相遇取其轻。就这样子了吧。贯通身强力壮，手脚利索，到了兵营注定能为国家冲锋陷阵，建功立业。存仁学业根底扎实笃厚，在家招呼家小，完成著书立说夙愿。也算成全了贯通今生一件心腹大事。岂不是两全其美？”

贾皇宝突兀想起一事，问陈父：“那么你家不用募兵吗？”

陈贯通抢着说道：“我是独子，不在募兵之列。”

贾存仁一口否决：“就那也不行！”

无论众人怎么说道，贾存仁就是不松口。

这时候，领兵官佐听到这边吵闹，感到好奇，匆匆走过来看看，问明了缘由，瞅瞅贾存仁和陈贯通，指着贾存仁道：“看你那个小蒜脑、麻秆腿的怂样子，恐怕到不了西北地方就交代到半路上了。还白穿了朝廷一身军服，白吃了几顿军粮。快算了吧。”

众人一阵嬉笑。

领兵官佐又指指陈贯通道：“看这位，膀粗腰圆，身高力大，一看就是当兵吃粮的料。到了战场上准是一个好兵。行了，就是他了。从今天起，就是我的传令兵。你们谁也不必争了。来，站过来！”

陈贯通高兴地朝领兵官佐深深一拜，站到其身后双手叉腰，两眼圆睁，真的当起了传令兵。

贾存仁虽然老大地不忍心叫陈贯通替自己出兵，可是权衡再三，也拿不出比这更好的办法来。见领兵官佐喜欢陈贯通，已经收下了他，只得朝陈老汉拱手道：“世叔，今天事已至此，存仁只得顺其自然，但是，有一件事一定要当众言明，还请您老应允。”

陈老汉道：“贤侄但说不妨。”

贾存仁当即跪倒在地，手指苍天，道：“今天当着众乡亲之面，我贾存仁起誓——贯通替我出兵以后，你家的事情由我贾存仁担当，少的由我抚养成人，老的由我养老送终。如我食言，天打雷轰！”

听得陈老汉不禁热泪盈眶，正待朝起拉贾存仁时，他已起誓完毕站起身子。

佐村此次一共出兵五人，全是精壮小伙。新兵集中那天，秋雨缠绵，朔风鸣凉，黄叶坠地，孤雁掠空，凡出兵人家无不哭哭啼啼，不忍分离，好不凄惨。

陈贯通把老父亲和妻儿领到贾存仁面前，拱手道：“存仁兄，今生你我有此环节，实乃上天促成。一家老小就靠你了。”说完拉着妻儿就要给贾

存仁磕头。

"万万使不得！万万使不得……存仁一言既出驷马难追，一定如生父一般尽力侍奉你的老父亲。如己出儿女一般抚养你的儿女。请你放心……"贾存仁激情在胸，不知如何说才能叫陈贯通放心。

陈贯通的老父亲老泪纵横，妻儿亦哭哭啼啼悲悲戚戚。

为防止新兵逃逸，领兵官佐下令将除陈贯通以外四人用绳索串起，送到县城集中，而后连同其他数十名新兵一起开拔押送平阳府。陈贯通则手持腰刀随领兵官佐前后照应。行前，领兵官佐一脸威严，两手叉腰，面向新兵训话：尔等要听候号令，令行禁止，如若逃跑，一律格杀勿论！众兵丁则如临大敌，一脸杀气，手握刀剑，严加戒备。

贾存仁、张友奋、李宜思提前赶到浮山县与平阳府交界的韩村关卡置酒等候。这里建有长亭、酒肆，历来是迎送远行亲友所在。亭旁高耸的石壁上写满了文字，尽是多年来人们送别亲人时所题诗文。

西韩关卡设在地处两山之间的石峡之中，地形险要，山高林密，沟壑纵横，溪水曲折，史上常有战事、断路、命案等事端发生，平日很少有人到此。因此，接近西韩关卡，领兵官佐即命令兵丁刀剑在手，严加防范，随时应对突发之事。说来也奇，也该着那天出事，队伍刚刚走过西韩关卡，天色骤变，黑云压顶，大风四起，顿时飞沙走石，队伍大乱。一名新兵趁领兵官佐不妨，解脱绳索，大叫一声，跳下路旁深沟逃跑。领兵官佐一声令下，众兵丁朝那个新兵放箭。新兵中箭倒下。领兵官佐命兵丁追下山沟，一刀砍去，新兵顿时身首两处，一股热血冲出数尺高。别的新兵吓得浑身颤抖不已簌簌有声。

第十四章

领兵官佐大声喝道:"军令如山!如若有敢逃跑者,照此发落,定叫你碎尸万段!"

陈贯通朝领兵官佐打拱,言道:"军爷放心,我等不会逃跑!我还要在边关驰骋沙场,建功立业,光宗耀祖!"

领兵官佐横斜陈贯通一眼,晃晃手中刀剑,厉声呵斥:"谅你也不敢!快走。"

贾存仁走到领兵官佐面前打拱,笑道:"军爷。我等与陈贯通同门师兄弟,亦是同村好友。今日他为国从军,远征西北,一时半会儿恐难回还,我等略置薄酒一杯为他送行。还请军爷行行方便。"

领兵官佐瞅一眼陈贯通,复看贾存仁和张友奋、李宜思等人身材单薄,仪态文雅,面目和善,遂指指山沟下边,道:"快点,快点!如若心怀不轨,他就是下场!"

"不会。决然不会。您看我等是那铤而走险之辈吗?"贾存仁站立笔直面带微笑,张友奋和李宜思亦向领兵官佐点头、拱手。

领兵官佐只得应允。

于是,四位同窗好友举杯眺望遥远从军路,仿佛感受边关冷月金戈铁马,不禁热泪涟涟。

贾存仁朝陈贯通拱手:"贯通尽管奔赴边关,为国尽忠。你家老小有我等关照,无须挂牵。我等同窗好友盼望你早日建殊功立伟业,衣锦返乡。"

张友奋举起酒盅道:"古人云,劝君更尽一杯酒,西出阳关无故人。贯通,祝你一路平安。"

李宜思也向陈贯通敬酒:"我也借一句古诗给你送行,但使龙城飞将在,不教胡马度阴山。贯通,祝你马到成功,多建功业。"

贾存仁则眼含热泪,一手举酒盅,环顾三位同窗好友,指着葱茏如许的原野,遥望漫漫无尽的征途,不禁触景生情,遂取出笔墨,口念诗句,手书于石壁——

无惧边关残月冷,

只缘家园故土梦;

不思朝中把侯封,

惟盼贯通殊功成。

题罢诗句,贾存仁与陈贯通等一饮而尽。

张友奋大声念一遍诗句,四人感慨万千,唏嘘不止,复碰杯而干……

陈贯通喝完酒,朝贾存仁、张友奋、李宜思打拱作别:"三位仁兄,贯通自小生性顽劣,学不入心,话不得体,行不上进,以致成年以后闯祸不断,乡里名声欠佳,多亏存仁不弃,几番救我,才蓦然悔悟,即有今日。此番到西北募兵,定当仗剑去国,立马昆仑,为国家建功立业,以无愧此生,报答存仁一番苦心——"

"贯通不必再言报答恩情一类的话。你能替我出兵,已是天高地厚的恩情了。我今生今世都报答不完。"贾存仁截住陈贯通的话茬,"此一去千山万水,路途遥远,贯通一定要注意保重。我等方可放心。"

陈贯通点头道:"我唯一牵挂是老父已经年迈,且体弱多病,儿子虽快成人,但是学业无成,前程无望,还请各位同窗多多提携……"陈贯通话未道完,即哭泣起来。

"这你尽管放心,从此以后,你的令尊即是我的父亲大人,你的儿女即是我的后代。我不会叫他们饿着,冻着,我要给令尊大人养老送终,叫儿女念书识字,把他们培养成人,等你从西北边地凯旋的时候,迎接你的一定是断文识字，知书达理的后代……"贾存仁亦情急难耐，两眼热泪涌出。

"我——"陈贯通还想有话说。

"快走！快走！不得耽搁！"领兵官佐在那边厉声叫唤，打断陈贯通的话。

四个同窗好友的八只大手紧紧握在一起，洒泪而别……

看着陈贯通渐行渐远的背影，张友奋又念起贾存仁的诗句——

"无惧边关残月冷，

只缘家园故土梦……"

张友奋心情激动得念不下去了，李宜思接着念完——

"不思朝中把侯封，

惟盼贯通殊功成……"

待李宜思念完，亦是热泪满面……

送走了陈贯通，贾存仁神定意笃，六根清净，正待重写《弟子规》，再理音韵学，不想老父贾皇宝无疾而终，只得放下手头的活儿，全身心料理令尊后事。令尊入土为安以后，照例守墓三年，始得圆满。贾存仁问询贾皇宝生前所找老伴，若愿意回自己原来之家，就将其送回，若愿意留在贾家，就给其养老送终，如生母一般。其云愿意留下，贾存仁与张菊韵当即同意，并叫过儿子若茀、若蔚嘱咐他们好生侍奉，如同亲生奶奶。老太太自然高兴。

弟弟贾存义自幼身体多病，以致学业中断，且一直未能婚配，身后无子，贾存仁就将次子若蔚过继于他。送了老父不久，贾存义也染急症离世。贾存仁又带着两个儿子料理了弟弟的后事使其入土为安。事情办得圆圆满满，村人乡邻皆竖拇指赞赏。想到手足一场，存义未得成年即辞世，贾存仁痛苦思念之情经常溢于言表。

做完这些事情，贾存仁已经三十岁了，想想自己年届而立，仍旧一事无成，功名无望，学术难成，心中烦闷不已，懊悔无限。

一日，已经到绛州任知县的张友奋回乡看望老父母，顺便来佐村找贾存仁叙旧。见贾存仁神情不定，就问何故。贾存仁即说起内心烦闷之

情。张友奋道："古人云，读万卷书，行万里路，你何不出门游历，一则见识世事，增加学识；二则开阔眼界，拓展思路；三则结交名士，获高人指点，以重润书稿，成就夙愿。"

贾存仁点头，道："我还听人云，读万卷书不如行万里路；行万里路不如阅人无数；阅人无数不如名师指路；名师指路，不如自己领悟。其实，此系指做学问获得知识的五个途径，读书、行路、阅人、名师、领悟。我目前就是被知识贫乏所困，《弟子规》虽已重新完成初稿，但是总不十分满意，想改好，又不知从何下手。像这样一件半成品实在拿不出手。我何不想外出游历，完成书稿？可是，你看，一对儿子尚小，我若离家出走，家中进项中断，把一个家扔给菊韵一人，小儿要吃要喝要穿，要上书院念书，还有一位老母亲需要赡养，她一介女流如何支撑得起偌大一个家呀？"

张友奋想想也是，瞅瞅里里外外忙碌的妹妹张菊韵，就没再说啥。

送走张友奋，贾存仁径直回家帮助张菊韵料理家务，辅导小儿功课，一家人照旧过活。贾存仁思前想后少不得长吁短叹。张菊韵看着丈夫郁郁寡欢，心里甚是着急。

张友奋回到佑村，对令尊张在庭言及此事，张在庭亦觉得贾存仁理应外出游历一番，多见一些世面，开阔自己的眼界，必然有助于完成书稿。于是张在庭专程携张友奋一同来到佐村，规劝女婿："存仁贤婿，大丈夫以天为己任，当跃马昆仑驰骋疆场。你的《弟子规》和音韵学书稿虽经磨难，但已成初稿，若一鼓作气，便可成书。为何不能学古人外出游历一番？读书是学问，见识也是学问；三尺讲台是课堂，大千世界也是课堂；同门师兄弟是同学，芸芸众生也是同学；本门老师是老师，别门高人也是老师。大胆地去吧，不出一年半载，你的《弟子规》和音韵学就一定能问世。"

贾存仁朝老泰山深深一拜，道："岳父大人，以前是双亲在不远游，眼下老母和老父均已过世，我亦守孝期满，理应外出游历一番，以增加见识，充实自身。可是，您看，我实不忍心把一个家两个未成年的小儿全扔给菊韵。她一个女流，如何负得起如此重担呀……"话未道完，贾存仁已是双目通红。

张在庭大背着手转了几圈，再走出院门站在大槐树下仰头看看参天枝杈，末了走到院门下面站定，使劲拍拍门板，道："老夫赞赏贤婿能顾及家小的苦心，可是一个男子汉大丈夫，不能把自己拴在自家的大门边上，碌碌无为，终其一生呀。老身认为，我的女婿不应该是这样的人！我不会有眼无珠看错人吧！"

张菊韵撩起围裙擦着湿手道："余田，你不必为了家事拖住自己的两条腿，宜趁着年富力强之时，出去跑上一趟，闯荡一番，完成你的书稿。古人云，文章千古事，得失寸心知。世上哪里还有比著书立说更要紧的事情呀？我和孩子不是你的拖累。我们给你守着这个家，无论你何时回来，都有热炕熟饭等着你。但是有一条，你一定要背着刊印成书的《弟子规》回来见我……"张菊韵的话没说完即嘤嘤地哭起来，最后捂着嘴跑回窑里。

张在庭眨眨潮湿的两眼道："下决心走吧。人生苦短，此时不走更待何时？一个人能力有限，一辈子不可能终成所有大事，然而只要能认认真真办成一件大事，就没有枉来人世一场。你的家小，我给你看住。老身虽已有了几岁年纪，但是耳聪目明，思路敏捷，还能助你一把之力。你的媳妇是我的宝贝闺女，你的一对小儿是我的宝贝外孙子，老身饿不着他们，也冻不着他们。你还不放心？"张在庭手捋银须哈哈大笑起来，晶莹的泪水闪烁着光亮飞溅出眼眶……

贾存仁朝张在庭双手打拱，深深下拜，道："岳父大人所言有理。容小婿再从长计议一番，毕竟出门游历不是一件小事，不说千山万水路途遥远，首先要把家里的事情安排妥当。我不能对不起您老人家和菊韵。还有，陈贯通替我募兵西北边陲，我已发誓照看他家老小。我这一走，归期不定，也得把他家老少安顿妥当。否则，我贾存仁岂不成了言而无信被天下人耻笑的小人了？"

站在一边，拉着小儿子李喜宝的李宜思接过贾存仁话茬："存仁，只要把《弟子规》修订完稿，刊印成书，你就对得起老泰山和你的媳妇了。家里的事情除了老泰山照看以外，还有我和友奋呢。保你回来时有一个温暖的家可进，说不定你的两个儿子已经有了功名，甚至成了家，有了妻室，都是很可能的事情。到那个时候，你的《弟子规》和《等韵

精要》都成了书，儿子成了人，你和菊韵等着含饴弄孙，安享晚年吧。再说陈贯通的一家老小，也有我和友奋照看。你就放心走吧。"

张友奋哈哈一笑，拍拍李宜思的肩头，面向贾存仁道："行了。存仁你看，宜思都给你安排好了。别再犹豫了。再过几年岁数大了，就迈不开脚步了。大丈夫，当拿得起放得下，别再犹豫不决了。"

贾存仁环视众人，没再吭声儿。

贾存仁来到神山书院，找着恩师李学邃说起外出游历之事，请恩师酌定。八旬开外的李学邃，面色沉稳，手捋银须，瞅着贾存仁，久久无语。贾存仁心里着急，碍于师道尊严，不敢放肆催促。

李学邃起身背着两手走了几个来回，末了，一手拿过狼毫，一手展开贾存仁的右手，在他的手心里写下两个字。随后转过身子，手在背后朝贾存仁摆一摆，令其出门走人。

贾存仁出得门来，伸开手掌看时，但见手心两个字——"无惧"，顿时幡然醒悟，双膝跪在房门口含泪大声道："恩师教诲，学生神悟心领了。"遂起身挺胸走出……

贾存仁携妻儿来到祖坟，长跪父母坟前，先摆上供品，再烧纸上香，复叩头言道："父母大人在上，先者，父母在不远行。如今二位老人家已经入土为安，允许儿子出门远游，以接触社会，学习生活，增长学识，完成著书立说之夙愿。家中有儿媳菊韵带着两个孙子照看，逢时节给二老坟前烧纸，坟头添土……"

张菊韵亦道："家中有媳妇在，二老放心歇息……"

"爷爷奶奶……"两个孙子齐声叫喊。

夫妻言毕，四口人皆倒地大哭……

从祖坟回来，天已经快黑了，全家人吃了晚饭，张菊韵关了院门，早早打发两个孩子在西屋睡了。东屋油灯如豆，昏光闪烁，两个大人坐在炕沿上四目相对，久久无语。贾存仁把妻子的双手放在自己手里轻轻摩挲，不忍松开……

张菊韵悄然摆脱丈夫的手，用针把油灯挑亮，拿起婆母生前做的那个书包绣起来。

"别忙活了。歇着吧。"贾存仁轻声说道。

"不急……还有几针就绣完了……"张菊韵低头一边绣花一边说道，一滴泪水滴到书包上面。

"唉，实在不忍心把这么一个家扔给你一个人呀……"贾存仁小声说道，声音像蚊子叫。

张菊韵的身子颤抖了一下，手里的活儿没有停……过了一会儿，猛地抬起头，说了一声"好了——"，遂把书包递给丈夫。

贾存仁接过书包一看，只见正面绣着一只大雁伸长脖颈，睁圆眼睛，展开翅膀在云层上面飞翔。那只大雁被绣成了暗红色，清澈明亮的眼睛紧盯着前方，两只翅膀上细细的羽毛都绣得清清楚楚，在已经很陈旧的书包上很是显眼，书包似乎也新了几成。

贾存仁接过书包，先低下头眯着眼仔细地看看，再用手掌抚摸一阵，把书包放到嘴边亲吻了一下，随即挂到脖子上，眼里含着泪水，小声说道："菊韵，你看，大雁带着我一起飞了——"

"呜……"张菊韵呢喃一声，扑到丈夫怀里……

日头偏西的时候，两人一驴走近一个靠山的村子。

贾存仁牵着驴小心地走着，边走边东张西望。驴背上骑着一个半大小子——陈嘉业。贾存仁已经没了平日衣着整洁，步履稳妥，举止文雅的样子。发辫随意盘在头顶，显得有些脏污的长衫下摆掖在腰间，脚上的一双布鞋已经张开了"嘴"，走起路来发出"吧嗒、吧嗒"的声响。贾存仁腰间缠着一个细长包袱，肩上斜背着布书包，似乎是背的时间长了，不停地换肩，走起路来好像还带上了一点点跛。

骑驴的陈嘉业指指贾存仁身上的包袱，道："贾叔，你把包袱和书包放到驴背上，您不轻松一些？"

贾存仁道："不用。这头毛驴是咱们的脚力和本钱，可不能把它累着。"

陈嘉业道："既然如此，你咋还叫我骑驴？"

贾存仁笑道："你是我的侄儿，也是我的学生，年纪还小，不能累着。再说毛驴本来就是咱们的脚力嘛。还有，把你累着了，谁给我跑前跑后办事呀。"

陈嘉业跳下驴背，红着脸蛋，撅着嘴唇，道："您咋说都有道理。就我和毛驴没道理。"

贾存仁笑道："我不是怕把你累着嘛，你年龄还小，还没长成嘛。咱们外出游历，不是一天两晌的事情。你愿意走路，你就走几步。别累着是大码子。"

陈嘉业又指着贾存仁斜背着的书包问道："那个书包是个啥宝贝，你总是背在身上？叫我帮你背不行？"

"不行。这个书包是我上小学的时候，我母亲亲手给我做的。我背了几十年了。背上它我心里踏实。你看，这只大雁，还是咱们临出门的前一天夜里，你婶娘绣上去的。你瞅瞅，多好看呀。"贾存仁娓娓道来，双手抚摸着书包上的大雁，如同宝贝一般。

陈嘉业亦伸手小心地摸摸书包，抬起头问道："这是秋天里天上一边叫喊一边朝南飞的大雁吗？绣得跟真的一样。婶娘叫咱们飞得像大雁一样高一样远呀？"

贾存仁的眼睛没有离开书包："你想一想，还有什么意思呀？"

陈嘉业歪头想想："还有就是叫咱们别忘了早一点飞回来吧？"

"聪明的孩子……"贾存仁点点头，轻轻咬着嘴唇，抬起头眺望着远处，一滴眼泪悄然涌出来，像秋天的露水挂在草叶上面……

陈嘉业踮起脚尖替贾存仁擦去眼角的泪水。

贾存仁轻咳一声，闭上两眼摇摇头，似乎要把内心对亲人的思念摆脱。遂睁开眼睛脸面带上笑意看看陈嘉业："走吧！进村看看。打个尖儿。"

"贾叔，您走到哪里，我就跟到哪里。"陈嘉业道罢，爬上一处高台，伸长脖子朝村里张望，问道："贾叔，我看这个村子不算小，比咱们前面走过那几个村子都大。咱们找个地点儿歇着吧。我也饿了。您也饿了吧？"

"行，嘉业。我是累得比饿得厉害。要是这个村子条件好，咱们就歇几天。再找个活儿干。咱们的盘缠花得不多了。这些日子，咱们跑得不少。"贾存仁没有回头，还是瞅着村里，边走边道。他的脸颊已经没了在家时的细致，满是汗渍和灰土。

"好了！可以吃饭了——"陈嘉业高兴地跑到前边去了。

贾存仁在后边嘱咐："嘉业，别跑。小心狗。"

听说有狗，嘉业停住脚步，回头眨着眼睛等着贾存仁。

贾存仁瞅着半大小子陈嘉业笑了……

临行之前，贾存仁到陈贯通家里，见到陈老汉和陈贯通媳妇，道："我需到外地游历一番，顺便做一些事情。您家中之事，我已经安排妥当，如有难事，可找我的同窗好友张友奋和李宜思。请你们放心，他们是我的好朋友，会时时关照你们的。我家媳妇张菊韵也会过来关照。家里有了啥事情，你们尽可找他们说去。"

陈老汉道："如此甚好。如此甚好。我们在家盼着贤侄凯旋。我等衣食起居能够自理，不必挂牵。"

贾存仁看看陈贯通的两个半大儿子，指着小儿子问道："这孩子名叫什么？多大了？我看他聪明伶俐。"

陈贯通媳妇揉着红肿的眼睛道："大儿叫宏业，十岁有六。小儿叫嘉业。十岁有四。说甚聪明伶俐，整天顽皮，不思学问，像他爸。"

贾存仁拉住宏业的手，道："贤侄，你看，你父出兵大西北，为国家建功立业去了。你很快就成大人了。在家要认真念书，好生劳作，精心服侍爷爷和母亲。此系男子汉大丈夫所应担当之事。"

宏业有一点腼腆，红着脸点头称是。

贾存仁又摸摸嘉业的头。嘉业瞪着一双圆圆的眼睛看着贾存仁，一点也不胆怯，猛一摇头，摆脱了贾存仁的抚摸。贾存仁微微一笑，轻轻点一下嘉业的额头，转过脸问陈老汉："世伯，我看这样行否？我想把嘉业带在身边，一边游历，一边教他学业。也减轻一点您家负担。"

陈老汉看看儿媳，道："就怕耽误贤侄大事。这孩子的脾胃随他爸。净生事。我怕给你惹麻烦。"

"他爸到西北戍边，保护咱们的江山社稷，也是五尺血性男儿。像他爸好。嘉业，愿不愿意随叔叔外出游历万里河山，见识大千世界？"贾存仁摸摸陈嘉业的头，问道。

"叔叔，咱们去哪里？"陈嘉业问道。

"哪里好，咱们就去哪里？哪里没去过，就去哪里。"贾存仁回答。

"叔叔，我愿意跟您走！哪里都行！你到哪，我就到哪！"陈嘉业高兴得跳起来，拉住贾存仁不撒手。

贾存仁朝陈老汉和陈贯通媳妇拱拱手，道："请你们放心吧。等我回来的时候，一定交给你们一个体格强健知书达理的好儿孙。"

"好了——我要外出游玩了！我要外出游玩去了——"陈嘉业兴奋地又蹦又跳起来。

陈老汉面露赧色："老朽不怕贤侄笑话，家里实拿不出多少盘缠给他……"

贾存仁笑道："您多虑了。古人出外游历，多不带盘缠，全靠腹中的学问与手里的笔墨，走一路，学一路，边走边挣盘缠。实在挣不下了，就半途折返。远近都由自己的条件定。我想，我和嘉业叔侄二人还不至于落到连饭也挣不下的地步。"贾存仁说完笑起来。

"那是。凭你的学问，凭你的本事，还挣不下盘缠？怕你们回来的时候，驴背上驮的全是银子。"陈老汉跟着笑起来。陈贯通的媳妇也跟着笑了。家里的气氛随之轻松了许多。陈嘉业跑里跑外地开始预备行李。

于是，贾存仁牵着一头小毛驴，带着文房四宝和他的书稿，陈嘉业蹦蹦跳跳地跟在他身后。二人一驴说说道道上路了。

贾存仁他们启程的时候，张在庭带着张菊韵和贾若苪、贾若蔚弟兄二人，陈老汉带着儿媳和小孙子陈宏业，为他们送行。张菊韵没有流泪，只是用双手整一整贾存仁斜背着的书包，抚摸一下绣在上面的大雁，嘱咐他们一路保重。

贾若苪则拉住父亲的衣襟，叫唤起来："父亲，我也要跟你走！"

贾若蔚亦叫唤："我也要去！我也要去……"

贾存仁蹲下身子，一手拉住贾若苪，一手拉住贾若蔚，小声说道："你们还小，在家好好吃饭，好好玩耍，好好念书，快些长大。好好听母亲的话，不要惹她生气。下一次我再出门，就带你们。"

贾若苪瞪圆两眼："为啥嘉业哥哥能跟你呢？"

"嘉业哥哥比你们大呀。你们看嘉业哥哥比你们高多少？"贾存仁把弟兄两个拉到陈嘉业面前比比，弟兄两个明显比陈嘉业低一头，"等你们长得像嘉业哥哥一样高的时候，我就带你们出去。好不好？"贾存仁虽然急着上路，还是耐心地给儿子讲道理。

贾若蔚在一边也没完没了："父亲，下一回，也要带上我——"

贾存仁笑着看张菊韵一眼，道："你们都走了，谁招呼母亲呀？"

张菊韵轻轻拉过两个儿子，小声说道："我儿听话，别缠父亲了。快叫父亲走。他还要走很多的路呢……"张菊韵说不下去了，拉着两个儿子就朝回走……

贾存仁伸手挡住张菊韵，指着陈贯通一家说道："贯通替我募兵西北，我承诺养活他一家老小，我不在家时，还请你时时过来关照，尽咱家所能使他们衣食无忧——"

"此事无须惦记。"张菊韵不等贾存仁言毕，即拉住陈贯通媳妇的手答道，"你在家咋样，你走后仍咋样。"

贾存仁少不得朝张菊韵拱手谢过。

陈贯通媳妇反倒哭哭啼啼，拉住小儿子陈嘉业不停地嘱咐。贾存仁双手打拱，请他们留步，如是者再三……

张友奋和李宜思照例在韩村关卡长亭置酒为贾存仁他们践行。

"友奋，精心做好你的官，盼望你做一个清官。你、宜思、我，还有贯通，咱们同窗四人，就你有出息，盼着沾你的光呢。宜思，你的活字越刻越好了，印书的本事也越印越熟练了，先给刘太医把医案、药方印好。等我回来咱们一块儿印《弟子规》和《等韵精要》。"贾存仁拉住张、李二人的手，对他们说道。

"送君千里，终有一别。再相见的时候，我们一定能看到一个学问更扎实、更充实的贾存仁！"张友奋一字一句地说道。

李宜思摇摇头，把眼角的泪水甩掉，紧紧握住贾存仁的手："存仁，一定要完完整整地回来。不一定非要跑那么远，该回来的时候就回来。我们盼着和你早一些见面。你晓得，我这个人离了你还真就不行……"

贾存仁笑道："别说离了谁不行，把咱的小喜宝养活大才是真的。"贾存仁说着，伸手抚摸李宜思身边的小儿子李喜宝。

贾存仁再没说什么，后退一步，含笑面向张、李二人拱手致礼，而

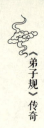

后转身大步走去，陈嘉业拉着毛驴紧跟其后，大路上响起驴蹄得得的声音……

目送二人走过平阳府界碑，张友奋和李宜思站在长亭尽头，面向高天大山双手作筒，大声喊道：

"山右贾木斋[1]这就出门了——"

"山右贾木斋一路平安——"

"山右贾木斋——"

"贾——木——斋——"

喊声在山谷中回响，久久不息，迭次传过来……

---

[1]贾木斋，贾存仁的字。古人同学、同辈之间及对外均称"字"，贾存仁字木斋，所以外出告别时，同学张友奋和李宜思叫他贾木斋。以后，贾存仁见了人，均自称山右木斋，别人也叫他木斋。

第十五章

贾存仁和陈嘉业互相整整衣冠，抻抻裤脚，跺跺鞋脚，贾存仁抽出白布手巾，给陈嘉业擦擦额头、脸颊，抽打一下裤脚上的尘土，还拿出小刷子，刷刷毛驴身子，毛驴舒服地抖抖身子，打打响鼻，交换着抻抻四蹄……

贾存仁一边做事，一边道来："出门在外，到了人前面，一定要收拾利落，不仅为自家雅观，也是对别人的敬重。"

陈嘉业点头称是："贾叔，跟着您就是长学问。您懂得的事情真多。"

"快走吧。在人前，说话要得体，应该懂得啥话该说，啥话不该说，啥话该少说，啥话该多说。"贾存仁点了陈嘉业的额头一下。

二人拉着小毛驴进了村口。这里是一个中等山村，百十户人家的石券窑洞散布在一面朝阳的山坡上，村道两旁和空闲地方均长满了树木，远一点的地面皆是层层梯田，那梯田一块接一块直达山顶，绿油油的庄稼苗长得甚好，从山顶到坡底满目皆绿。不知何故，时有嘈嚷之声从村中传来。

贾存仁朝路边一位挎着粪筐拾粪的老者作揖问道："敢问老丈，您这村叫啥村？"

老者身板挺拔，脸膛红润，两眼有神，一手捋须，一手指着村里道："直隶易河县，刘常村。客人从哪里来？看你远道而来，一路辛苦，还穿戴齐整，文质彬彬，跟着书童，不像是粗人嘛！"

"啊，真是幸甚、幸甚！本人来到了壮士荆轲的故乡。风萧萧兮易水

寒，壮士一去兮不复返。"贾存仁随口念出两句古诗。

陈嘉业听了奇怪，随即问道："贾叔，您说什么寒？谁走了不回来？"

贾存仁朝陈嘉业摆摆手，不叫他插话。复朝老者躬身作揖道："不敢。在下山右贾木斋。外出游历，路过贵宝地，随便问问。老伯，怎听见村里有吵嚷之声？"

老者长叹一声："唉！我村之民，只两姓人家，一姓刘，一姓常。平日无事，相处还好，邻里之间素有来往，从不吵闹争执。这一回只为同日操办红白之事，互不相让，争吵起来没完没了，谁劝也劝不开。我正为这事着急呢。"

贾存仁点头道："就是嘛，民性淳朴，村规民则，约定俗成，与人为善。为何事争吵不休。各行其是即可嘛。吵吵闹闹哪能解决问题？"

老者道："客人有所不知，今天是对门邻居，一家白事，一家红事。两家都要先办，不想落后。正经唱成了对台戏。你想想，出殡和娶亲如何能同时操办？这边哭那边笑的，还不是生气的摊子摆下了，你说？"

贾存仁觉得好奇："这种事情，在下原来认为只有戏里边唱唱，书里边说说。还会真有？老伯，在下能否过去见识一二？烦您老人家引见。"

老者笑曰："客人谈吐文雅，彬彬有礼，想必学问不浅。我村地处山区，偏乡僻壤，村民孤陋寡闻，不明事理，你若能劝解明白，平息事态，也算是为我村百姓办了一件善事。你快随我来。"老者言毕，前头走了。

贾存仁与陈嘉业牵着毛驴随着老者朝村里走去。

贾存仁与陈嘉业随着老者小心进村。陈嘉业紧跟在贾存仁身后，轻手轻脚，好奇地瞅瞅这里看看那里。毛驴倒是悠闲，轻轻甩打着尾巴跟在后边慢慢地走，驴蹄敲打着地面发出清脆的声响。

南北走向的村道不宽，仅丈余，片石铺面，还算齐整。村道两旁皆为石券窑洞，亦有几处石混房屋，房前屋后生长着不少树木。似刚刚下过雨，树叶翠绿，气息清新，路面清洁，这里那里还积聚着一些雨水，毛驴的蹄子不时踏起一两朵水花。虽说时至初夏，红日高悬，村中倒也不显燥热，反而有几分清爽。

三人来到人声嘈杂街头，两伙人争吵得正凶，指手画脚，口溅白沫，分不出谁是里儿谁是表儿。只见一伙人穿着白衣白裤，另一伙人的衣服则很鲜艳。领路的老者张开两臂摇摇，喊道："你们别吵了，别吵了。你们看，来了一位有学问的先生。请他评评理，看谁家该先办事，谁家该后办事。"

争吵的人们顿时静了下来，吧嗒着满嘴的唾沫，流着满额头的汗，睁圆充满火气的眼睛看着贾存仁。

贾存仁先面带微笑朝众人拱拱手，走出人群，前后左右看看，众人跟在他身后不离半步。只见路西一间大门门楣上挂着一串麻纸裁成的白花，进出之人皆身穿素衣，头缠白布，锣鼓家伙敲打出一阵阵悲哀的曲调，显然是办白事。路东一间院门门楣上贴着鲜红对联，不断有喜庆的鼓乐传过来，人们穿红挂绿，注定是过红事。两边的人见了面皆怒目相向，有的人还挽起袖筒……更多的人则把贾存仁围在中间，争先恐后地请他评理。两院的锣鼓家伙也不再响了，鼓锣手们夹着鼓槌、锣槌挤出院门看热闹，钹手则把钹顶在头顶当草帽，踮起脚尖朝村道上看……

陈嘉业则牵着毛驴静静地站在圈外面，半是好奇，半是疑惑，甚至还带一几分惊恐地瞅着争吵的人群。

贾存仁面露微笑，先朝众人拱手，款款道来："各位乡邻，本人山右贾木斋，外出有事路过贵宝地。作为一个外乡之人，且学疏才浅，不解情由，本不该在此多嘴多舌——"

"该该该——"两边的人们争着说道。

"请先生一定给我们评评理，要不今天之事，谁家也办不成！"

"道理不评不明嘛！"

"不是理不明，是不讲理！"

"不是不讲理，而是不知道理在哪里……"

先前领路老者对着贾存仁耳朵小声道："你看这阵势恐怕还会惹出祸事呢？祸事既出，我们这村里的老百姓还能有安宁之日？"

贾存仁点点头，朝左右看看，一字一板地道："那好，我得先问问情由。各位不要争着说，请一个一个地说。你说的时候他别说，他说的时候你别说。要不的话，说的说不清楚，听的也听不清楚。事情就不好办呀。各位高邻想想，是不是这个理儿？"这样一来，众人全静了下来。

一身穿素衣头缠白布的汉子挤到贾存仁面前说道："我家姓刘，古稀老

父亡故七日，风水先生看定今日午时三刻出殡。对门硬是不肯让！咋说都说不清。看定的出殡时分能随便推吗？"

一头戴红花的婆子挤进人群，面对贾存仁道："先生听我说。先生听我说。我家姓常，儿子迎娶新媳妇，也是风水先生看定的今日午时三刻进门！他们就是不松口！还硬说我家不讲理。死人还能抢占活人的道儿呀！这理到保定府去讲理我都敢去！"

"你胡说八道！"汉子愤愤地嚷起来。

"你们不讲理！"妇人指着汉子鼻子尖叫喊起来。

两家人又争吵起来。前边的还摩拳擦掌你推他桑起来。村道上乱成一团。刘家大门上的白纸花被人扯了下来，常家大门口的红幛也被人揪扯了，几个壮年汉子从远处跑过来，手里拿着棍棒……

这边也有人喊起来："他们拿着家伙来了！咱们赶紧抄家伙！"

"赶紧抄家伙！"立马有几个人转身边喊边朝家里跑去。

这边的女人孩子惊叫着竞相躲进院子，啪嗒闭上了院门……还有的小孩子哭叫起来……

"哎呀呀！可了不得了……"领路的老者浑身颤抖起来，拉住贾存仁的胳膊，"这可真要打起来了！这可真要打起来了！出了人命可咋医治呀！"

贾存仁一看情况不好，赶紧快走几步，跨出人群，站在当街把两伙人隔开，张开两臂挥一挥，顺势站在村道边上一块大石头上，大声喊道："别吵了！都别吵了——"

领路老者也扯着嗓子喊道："听先生说！听先生说！"

这时候，那几个拿棍棒的壮年汉子已经跑了过来。

贾存仁跳下石头挡住他们，厉声喝道："你们拿棍棒过来干啥！想出人命吗！伤了人命你们不怕吃官司！不怕衙门杀头！你们有几个脑袋叫朝廷砍！"

拿棍棒的汉子顿时低下头，后面的也互相看看，一脸疑惑、恐惧……

贾存仁朝他们摆摆手："啥道理都不懂，不知道王法的厉害！快把棍棒拿回家去。棍棒是用来顶门捣火的，还能用来打群架？一点都不知道轻重！快拿回去！"

那几个拿着棍棒的汉子脸上的怒气未消，可是也不再朝前挤。领路老者指指领头的汉子说道："还不赶快回去！非要闹出事端才算完？再不省事，还不知道替自己的脑袋做主！"拿棍棒的汉子这才回头走了。在场的人们也不吵了，村道上顿时静了下来。

贾存仁松了一口气，擦擦额头的汗珠："各位听本人说。白事，讲究入土为安；红事，讲究喜庆进门。这个道理，我想各位都晓得。要是争吵不休，谁也不让，谁家的事情也办不好，对谁家也没有好处呀。吵到最后咋收场呀？这一层道理你们想没想？"

领路老者对众人道："咱们村，只刘常两姓。个人讲个人的理，谁家说话也不灵。还是请这位山右贾木斋先生给咱调理一番，人家一看就是有大学问的人。事情总得了结，刘张两家在一个村里住了多少辈子了，以后还得接着住下去不是？事情不完肯定不行！咋完都得完。"

贾存仁朝老者点点头，面对众人道来："老伯说得对。老伯说得对呀！各位父老乡亲，世上之事，都该办。大家想一想，刘家的老父亲活了七十多岁，辛辛苦苦一辈子，现在老人家去世了，该不该尽早入土为安？该！张家好不容易养大一个儿子，该不该尽快把新媳妇娶进家门？该！但是，世上应该办理之事皆有先后轻重缓急之分，还有长幼老少尊卑之别，此两条最为重要——"

"说得好！说得对！"身穿素衣的刘家汉子打断贾存仁的话，嚷起来，"我家老父年过古稀，当然要先入土为安！还能叫老的让少的？笑话！"刘家人皆跟着喊起来。

"说得好，说得好！"头戴红花的常家婆子也喊起来，"我家婆亲日子定得早，过大年的时候就定下了。他家老父七日前才亡故。我们比他们的事情要早半年呢。当然要先办！"常家人也跟着起哄。

贾存仁张开两臂朝众人挥一挥，大声说道："各位别着急。先听本人把话说完，先听本人把话说完！再定谁家先办事，谁家后办事。"

众人这才静下来，睁圆眼睛盯着贾存仁。

贾存仁咽一口唾沫，定一定神，才说道："在我们老家山右那边，讲究先下后上，先出后进。各位想一想，比如坐大车，车上的人下不来，车上没有空儿，下面的人如何上得去？比如进家，里面的人出不来，外面的人

如何进得去？所以，在下认为，理应先出殡，再后迎亲。这样比较顺当。各位看看如何。"

刘家人一听立马高兴地喊起来——

"先生说了，我们先办事！"

"我们先办事了——"

常家婆子一把拉住贾存仁，使劲搡了一下，嚷起来："你这个外乡人讲的是啥理呀？敢在这里胡说八道！你算老几呀？"

常家人接着嚷起来——

"啥先生呀！拉偏架！"

"我看你是不想活了！"

"打这个外路货！"

贾存仁站稳脚跟满不在乎地微微一笑，伸出一个手指头，面对常家人说道："在下只请各位想一个问题。不必多想，只想一个问题！哪一个问题呢？那就是，要是你们先接亲的话，你们这边新人嘻嘻哈哈高高兴兴地进了家门，人家那边又哭哭啼啼凄凄惨惨地出殡。这不是扫你们的兴吗？你们的喜酒喝得下去吗？对你们家新媳妇吉利吗？进来，还能再出去吗？年轻人的好日子刚刚开始，就不过了吗？要是离得远的话，谁先谁后各不相干，谁家也不干涉谁家。可是你们偏偏就是对门邻居，而且是多少辈子的对门邻居。俗话说，远亲不如近邻，近邻不如对门。还说，百年修得同船渡，千年修得共枕眠。这是咋样深远的缘分呀！这是何等亲近的邻居呀！我想，这些年以来，你们两家一定处得很近，互相之间的来往一定不少，你帮我我帮你的事情一定不少。只是在这一件事情上想不开不对付了，不由人不想得多一些。还是该怎么吉利怎么来，多少辈子的交情不在乎迟一时早一时。你们想一想，是不是这个理儿？"

常家婆子一想，明白了，于是大声说道："好啦！好啦！叫他们先办事！我们后办事！"

身边几个人还没明白过来，拦着婆子不让走。婆子又跟他们比画着解释一番，才明白了，都朝贾存仁拱手。

常家婆子朝自家人挥挥手，道："好啦。咱们先帮着把刘家老爷子入土为安。再娶咱的媳妇！"常家人跟在婆子身后朝刘家走过去。

刘家汉子擦擦额头上的汗珠子，拉住贾存仁道："先生，对亏了您呀！您的道理讲得真好呀。走，到我们家先吃一口饭，等送了老爷子，咱们再正经吃饭、喝酒。"

"吃饭不着急，得先给老爷子上香磕头。"贾存仁说罢，跟着刘家汉子进了院子，先走到灵前烧了一炷香，而后单腿跪下磕头，嘴里念道："老人家一路走好……"

刘家汉子带着家人面向贾存仁磕头致谢。竟把叫贾存仁吃饭的事情忘到脑后。

贾存仁看看灵堂两边的对联上面写的不是字，而是画的一个圆圈套一个圆圈，谁也看不懂的画，就问："你们这对联上面写的是啥呀？好像是画的画？"

刘家汉子红着脸道："我们村子偏僻，好几辈子没出过念书人，没有会写字的人，红白喜事和过年过节都是随便画几笔，有个意思就算了。红事在红纸上画，白事在白纸上画。"

贾存仁道："不写字，算啥对联呀。到了地府，老天爷也看不懂，老祖先也不明白，如何保佑后世子孙平安幸福呀。来，我给你们写！"

刘家汉子大喜："哎呀，真好！今天咱们可是遇上贵人了！可是遇上贵人了！"

贾存仁叫陈嘉业拿出文房四宝，主家拿来白纸。

贾存仁摆出架势，稳住呼吸，神定意笃，稍一思忖，挥笔写下——

上联：慈父劳苦功高恩泽后世流芳千秋

下联：儿孙承继先辈刻苦耕读创建宏业

横批：源远流长

贾存仁指着对联，向刘家老少一字一句地讲解对联的意思。刘家人皆大欢喜，纷纷朝贾存仁打躬作揖。

贾存仁看看日头，道："午时三刻已到，出殡吧。叫老人家入土为安。礼宾先生何在？"

刘家汉子道："穷乡避壤，哪里来的礼宾先生呀，年长的喊叫一声，后辈的哭一嗓子，抬着就出门了。"

贾存仁伸出胳膊一划拉，说道："不行，老人家辛苦一生，养子抚孙，

劳苦功高，哪里能草率出殡呢？一定要有规矩。来，我来当礼宾先生，你们一应孝子孝女，亲朋好友，听我的招呼。我咋说，你们咋做，不得有误！"

于是，贾存仁把自己埋葬父母的议程又演绎一场，轰轰烈烈顺顺当当地把刘家老父送了。

陪着送殡的队伍把逝者送后回到村里，贾存仁顿觉饥肠辘辘，才对刘家汉子说道："掌柜的，我可是真的饿了，我的毛驴也要加料。"

刘家汉子紧打紧地朝贾存仁打躬作揖："木斋先生，你是我们刘家的大恩人大贵人，我们一定要叫你吃好喝好。"

一干人正待吃喝，对门常家婆子跑过来，拉起贾存仁就道："木斋先生，你帮刘家送了老人，也得帮我们常家迎接新妇。走，先到我们家吃喝！"

刘家汉子拦住婆子，笑道："老嫂子，先叫木斋先生在我家吃喝完了，酒足饭饱再帮你家办事岂不更好？"

常家婆子道："不行。我怕木斋先生走了。我家的事情还没办呢。"

贾存仁笑道："老嫂子别急。我不走。我一定帮你家把新媳妇娶回家才说走的事情。你看，刘家大哥已经准备下了，我总得动动筷子吧？要不，礼数上说不过去。"

常家婆子只得作罢。

贾存仁和陈嘉业吃了几口饭，常家婆子等不及，拉起就走，道："不行，不行。你们瞅瞅时候不早了。木斋先生，到我家吃去，到我家吃去。"

贾存仁只得朝刘家汉子等人拱手致歉，来到常家。一看鲜红的对联上也是胡乱画了几笔，不像样子。于是又是陈嘉业笔墨伺候。

贾存仁提笔游龙走凤，一气呵成——

上联：吹箫引凤新人来

下联：攀桂乘龙娇客归

横批：喜事盈门

常家婆子歪着脑袋看一番，又走出家门，看看对门的对联。末了，问："木斋先生，为啥我家的对联字儿少，刘家的对联字儿多呀？"

贾存仁笑着答道："对联不在字数多少，而在里面藏着的意思和道理。"于是，贾存仁又把对联逐字逐句给众人讲解一番。

常家人听了自然皆大欢喜。

接下来，贾存仁又当起了礼宾先生，喝五号六，热闹一气，圆圆满满热热闹闹地把新郎新娘送进了洞房。

红白喜事办完了，贾存仁和陈嘉业也吃饱了饭，毛驴喂足了草料。贾存仁起身预备走了。可是村里人拉住贾存仁不叫走，非要请他们住下。看看日头偏西，天时不早，贾存仁只好答应住下再作打算。

山里人忠厚实在，争着要拉贾存仁到自家去吃住。最后，两姓人分了工，刘家人给毛驴加料，常家人供贾存仁师徒吃住。

贾存仁和陈嘉业的房东正是那位领路的常姓老者。常老者真名叫常河，是一位命苦之人，家里只有一个十二岁的小孙子。老伴、儿子、儿媳皆因祸事亡故，一个女儿前些年也被歹人拐走没有音信。说起这些事情，常河老汉面色灰暗，颇显忧伤。

贾存仁问道："老伯的女儿今年多大了？"

常河答道："被拐走的那年十三了，属虎。这已过去了三年，活着话也十六岁了。可怜我的孩子，被拐的时候是伏天，只穿一身短袄短裤。小女很勤快，经常帮我干活儿。那天上午到村外拾柴火，先送回来一趟。我说行了，别出去了，歇着吧。孩子说她已经用绳子捆好了，背回来再歇着。这一走就再没回来，现在不知是死是活……"老汉子话没说完就掩面哭起来。

贾存仁安慰常老汉一气，又道："老伯，你家小女名叫什么，长相如何。我还要走许多地方，帮您打听打听，或许能碰到。"

常河老汉朝贾存仁深深一拜，道："木斋先生学问深厚，仗义心善，如能找着小女，我定叫她服侍先生终生。"

贾存仁急忙拱手摇头："不敢不敢。在下只是看着老伯可怜，想帮您一把。"

常老汉道："小女叫银屏，身子单薄，脾胃温和，长相还说得过去。走丢以前，已经有人上门提亲了。我想到孩子还小，没有接茬儿。没想到——"

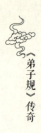

"老伯。咱不提这事了。不提这事了。"贾存仁见老汉又要难受，急忙摆摆手不叫他在朝下说，"我帮您留心就是。说不定就在哪里碰上了呢。世上之事全在缘分。"

"爷爷！"二人正说着，一个十来岁的小男孩连蹦带跳地跑了进来，看见家里有生人，立马躲到常河身后，伸出半个脑袋瞅着打量贾存仁。常河老汉拉出小男孩，笑着说道："木斋先生，您看，这就是我的小孙子，名叫鸟蛋儿。鸟蛋儿，快叫叔叔。"

鸟蛋儿脸上带上了些许羞涩，叫了一声："叔叔。"

贾存仁应了一声，只见这孩子长得细眉细眼，面色粉嫩，身量单薄，虽说穿戴破烂，说话间透出一股机灵聪敏。

常河老汉道："我这小孙子长得跟他姑姑很像。"

贾存仁看着常河可怜，小孙子游耍无事，于是岔开话题，问道："老伯，看你孙子聪明伶俐，为何不叫他念书识字呀？"

常河皱着眉头道："莫说我这小孙孙，整个刘常村里的小孩子都不念书识字。"

"为何？"贾存仁不解。

"唉。我们这里离县城远，又是山里，本村没有文化人，外村的又不肯来，缺少教书先生，自然没法念书呀。"常河边叹气边说道。

贾存仁叫过小孙子，问："你叫什么名字？"

"鸟蛋。"

"鸟蛋，愿意跟我念书识字么？"

"念书识字有啥用？"

"念了书识了字，可以懂得过日子的道理，办很多事情，就像我今天帮村里人写对联，当礼宾先生，多热闹红火呀。不念书，不识字，这些事情都不会做。"

"就是，就是。今天我头一回见到这样埋人和娶媳妇。真好。头一回看见写着字儿的对联。您还能讲出那么多的意思。真好。"

"这么说，你愿意跟我念书识字了？"

"愿意。太愿意了。爷爷，就叫我跟先生念书写字吧。以后过年的时候，我就能写对联了。"

贾存仁朝常河拱手："老伯，就叫鸟蛋跟着在下念书识字吧！您看，他多愿意呀。"

常河问道："先生不马上启程？您不是说还要到别的地方去吗？"

贾存仁道："您要是同意叫孩子跟我念书识字，我就住一些时日。教一教他们。"

常河显然有一点见识："先生要教孩子念书识字，肯定不是只教我家一个孩子吧？"

"自然。像放羊一般，放一只羊是放，放一群羊也是放。过日子，自然是文化越多越好，有文化的人越多越好呀。大家都知书达理，说话做事讲究规矩，生气吵嘴的事情指定越来越少了，邻里之间也就和睦相处了。大家都高高兴兴地过日子，那该多好呀。"

"看看，木斋先生对啥事情都能说出一番道理来。识文断字，就是跟我们这些村乡的人不一样。那好，待我跟村里人说说，叫孩子们都跟着你念书识字。这是一件想不到的大好事呀。"常河老汉少不得又是一阵感叹。

夜里，贾存仁与陈嘉业共榻一炕，可能是来到生地方，陈嘉业辗转反侧睡不着，就小声问贾存仁："贾叔，白天在村口你念了一句诗文，说啥什么寒？什么人走了不回来？"

贾存仁打个哈欠答道："还记着这事？"

陈嘉业道："您不是说叫我随时留意遇到的新鲜事，听到的好话儿吗？"

贾存仁坐起来："好。我给你讲一个典故。"

陈嘉业也来了精神，给贾存仁披上衣裳。

于是，贾存仁就给陈嘉业讲起了荆轲刺秦王以及秦横扫六国的事情。还念了燕太子丹在易水河边送荆轲念的那一句著名的诗句——"风萧萧兮易水寒，壮士一去兮不复返。"

"风萧萧兮易水寒，壮士一去兮不复返。"陈嘉业反复念着这两句诗，想象着荆轲被秦王杀死的情形，禁不住一嘘三叹："哎呀！荆轲真是个英雄好汉！"

贾存仁摸摸陈嘉业的头道："看看，我们嘉业还真有一股豪爽之气呢。

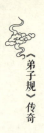

这易河地面古代时候属古燕国所辖，燕国自古多出重义轻生，仗义疏财之英雄豪杰，唐朝大学问家韩愈曾言'燕赵多慷慨悲歌之士。'宋朝大文豪苏东坡亦曾赞叹：'幽燕之地，自古号多豪杰，名于图史者往往皆是。'你还记得不？在咱老家佐村的时候，每年收了秋、种完麦，村里人闲下来，就来了说书的，唱水浒，说三国，谈杨家，论西游，讲隋唐，都要热闹一阵子。但凡说起三国，都要说到三国英雄张飞和赵云。此二位都是这里人，张飞自称'燕人张翼德'，赵云自称'常山赵子龙'。咱们有幸来到燕赵之地，就要留心学习此种精神文化。你父亲的身上就有这种精神。"

陈嘉业点头称是。

斯时夜已深，师徒二人方才沉沉入睡。

第十六章

　　次日常河老汉跟刘常两姓族长一说，两姓族长亦有此意，正琢磨如何向贾存仁开口呢。于是三人相跟着来找贾存仁说定办村校之事。村校就办在常河老汉家，他家人口少，房子宽绰。两姓族长到外村询问一番，确定了先生的教学薪酬。村校占了常河老汉家的房子，就免了他家的税赋和学费，老汉子嘴上说咋着都行，心里还是挺高兴的。贾存仁本来就当过村校先生和书院先生，教案教材全在腹中，张口就来。这样，村校就办起来了。陈嘉业也跟着众童生上课念书。

　　在抄写学生名单的时候，贾存仁发现村里的孩子都没有官名[1]，都是一些狗儿啊、蛋儿啊、草儿啊、毛儿啊什么的，不好听，也不好记，更不好写。于是就根据每个孩子的情况给他们起了官名。还把他们的官名写在书包正面。这是一件多么新鲜的事情呀，村子里又热闹了一阵子，孩子们互相叫着彼此的官名嬉耍，连大人们也叫起了自家孩子官名。还有个别家大人，觉得自家孩子的官名不好听，请求换一个，贾存仁就嘻嘻哈哈地另起一个。

　　给常河老汉的孙子鸟蛋取的官名是乐山，常乐山，他说，仁者乐山，智者乐水，爷爷叫常河，把水占了，孙子就占山吧。爷孙俩自然乐意。

　　自打浮山出来这一路上贾存仁一边走一边给陈嘉业讲古诗文和《三字

---

[1]官名。即现在的所谓"姓名"。古时候中国人除了小名，即乳名以外，起的正式名字。

经》、千字文一类的启蒙文字，还叫他一天背一首古诗，或者背一段经典文字，有时候还结合沿路文化古迹给他讲一些典故，一路上这孩子还真记了不少东西。办起村校以后，陈嘉业也成了小先生。每天上学，贾存仁叫他叫着孩子们的官名点名，讲完课文，又叫他当起了孩子王，每天领着孩子们念书背书。

办村校本来是一件贾存仁临时起意的事情，甚至还带有一点敷衍的意思。没想到一下子就办成了拥有十多个学生的村校。还惊动了易河县衙门县学教谕大人，专门下来正儿八经地监督考察一番，说了一大堆鼓励贾存仁把村校办好，提了一些要求，还说要呈报保定府衙给以褒奖云云。贾存仁只得当作一件正经事情来办。

贾存仁先请两族长出面，做了几张课桌和板凳，还在常河老汉家里找着一块面案大小的木板，在上面写上"易河书院"四个大字，挂在大院门楣上方。这一下把全村子都轰动了，刘常村一下子热闹起来，村民们争相过来观看，互相庆贺——

"哈哈，这一下可好了，咱村有了书院，易河书院呀！"

"以前听说别的地方有书院，可是没见过。"

"这不，咱们也有了，也见了吗……"

每天早晨，日头在东边天际悄然升起，陈嘉业领着学生们大声念书，背书，原来偏僻清净的小山村，按点儿传出来当当的钟声和朗朗的读书声。村民们在灿烂的阳光中，站在自家院子边上倾听这文明之声，心里别提多高兴了。

常河老汉岁数大了，干不了重活，家里的地请别人种着，每天事情不多，就主动把敲钟、烧水、打扫课堂，甚至擦黑板这些碎琐事情作了，贾存仁正好一心教学。放了学，两个人又一块儿做饭，吃饭，原本冷清凋敝的家院，又热闹起来，不仅小常乐山高兴，常河老汉的脸上也带上了笑意，活得更有心劲了。

办学教学过程中，贾存仁感到自己面对的是一大片肥沃湿润而尚未耕种的土地，只要精细耕作播撒优良种子，就能长出茂盛的庄稼。崭新的生活环境，别样的文化氛围，在他面前打开了一条新的思维通道，产生了从来没有过的兴奋和感动。因此他把更多的心思用在了教学上面，运用各种方法启发学生的学习兴趣，除了教学生们学习《三字经》和古诗文以外，还试着讲解《弟子规》文稿，他讲学生听，学生念他听，还诱导他们谈学习的心得体会，在许多时候这种心得体会只是一些零散而杂乱的思维火花，他都认为是难得的收获，及时归纳总结，逐步形成了《弟子规》的教学预案。一来二去，慢慢悟出了文稿存在的缺陷和修改的思路，遂拿起了还在"焖"着的文稿，白天教学，夜间润饰，很快就把书稿修订一遍。

见贾存仁如此用功，陈嘉业背后悄悄问贾存仁："贾叔，咱们还走不走呀？"

贾存仁翻翻书稿，道："走，还能不走了呀。咱还没到京城，还要正经走呢。古人云行万里路读万卷书，咱们才走了几里路读了几卷书呀？"

陈嘉业已经懂得了很多事情："咱在这里办学，您看'易水书院'的牌子高高挂在那里。县学教谕大人也来过了。老百姓都盼着您把书院长期办下去呢。还能说走就走得了呀？我看不容易。"

贾存仁道："你不看这村子里连一个念过书的人都没有呀，连对联都没有人会写，咱帮他们办村校，教孩子们念书识字，慢慢就好了，一辈一辈就传下去了。再说，咱出来半年多了，带的盘缠快用完了，身上穿的衣服也该换季了。帮他们办学，还能挣一点盘缠。出门游历都是这样，走到哪，做到哪，学到哪，吃到哪，穿到哪。走的事情，过一些时日再说。咱们要沉住气，先把眼前的事情办好。"

陈嘉业还是不明白："这么些个学生，他们对您很是敬重，大事小事都找您，村里大人也对村校很当回事。我是怕到时候一下子脱不了身呀。"

贾存仁高兴了，道："看看，我们嘉业真懂一点事了，有了一点学问了，知道想一些问题了。等把村校办好了，找着能接替咱们的人了，咱再说走的事情。村校办起来就不能停下来，要一直朝下办。到时候讲的不是能不能脱身的问题，而是讲交接和托付给谁的事情。"

陈嘉业眨巴着眼睛似懂非懂。

"好好用功念书吧，有了学问，将来对你家大人，对你自己都是一个交代。至于走的事情不用你操心。我心里有数。"贾存仁笑着点一下陈嘉业的额头。

师徒二人正随口拉着闲话，常河老汉轻手轻脚地进来："木斋先生，外

村来人请您过去做一回礼宾先生，是嫁女的喜事。"

"马上就要上课了，走不开呀。"贾存仁为难了。

常河老汉笑笑道："他们说，要是木斋先生没得空闲，他们可以请风水先生再选日子。他们可以等。主要看您的空儿。看样子他们非得您去不行呀。"

"倒也是。村里人办喜事不容易，咱不去也不合适。可是给孩子们上课也是大事，不能耽误。就叫他们请风水先生另看个日子，再有两天就是旬休[1]了，看旬休那天行不行？要是能行，岂不是两不耽误的好事？"贾存仁不忍心叫村民失望，只好如实道来。

"好嘞。"常河老汉高兴地转身出门。

贾存仁在刘常村当了一回礼宾先生，名声出去了，远近村子里人家办事，都来请他过去当礼宾先生。开始的时候，贾存仁没法推辞，只得去帮忙。后来请的人多了，两家的事情赶在了同一天，或者碰上正在村校讲课，就难以分身。临时改换时间也来不及，就把事情耽误了，有的事主不满意了，说贾木斋先生架子大，看人下菜。这话传到贾存仁耳朵里，他不仅不生气，反而感到对不住人家，就和村里两族长商量，再培养一个礼宾先生。两族长道，年轻人压不住阵，礼宾先生的岁数要大一些才能有分量。贾存仁就提出叫常河老汉来。平日里空闲的时候，这老汉似乎对当礼宾先生感兴趣，经常问一些当礼宾先生的趣事，贾存仁就跟他当故事讲，时间长了，老汉知道了好多婚丧嫁娶场面上的事情。真要请他当礼宾先生，还不知道本人愿意不愿意呢。两族长一问，常河老汉总是见过一些世面的，一听这事即刻满口应承，提出先要木斋先生带一带自己，才敢单独出去。于是，贾存仁每一回出去当礼宾先生，都把常河老汉带上，边做边教。似乎常河老汉生来就是这块料，一来二去就学会了。以后，凡来人请礼宾先生，都由常河老汉过去。只是写对联一下子教不会，只好由贾存仁写好，老汉带过去办事。试着做了几回，竟然做得很好，礼宾说辞也说得很流利，尤其老汉子身板挺拔，鹤发童颜，嗓音洪亮，当起礼宾先生来手捋银须，娓娓道来，整个儿一副仙风道骨。慢慢地远近村子的人们也认可

---

[1]旬休。中国古时候没有星期天，各级衙门公务人员每十天休息一天，称为"旬休"。

了，成了这一带有一点名气的礼宾先生。贾存仁静下心来专心教学，把个村校办得红红火火。

陈嘉业心里挺美气，悄悄对贾存仁说道："贾叔，你看村子里比咱们才来的那个时候好多了，不少大人都在学文化练习写字，有的人还拿着树枝在地上写字。那天我和乐山在村道上溜达，碰见一个大人问问他《三字经》是咋回事。乐山说，木斋先生说《三字经》是古人讲的做人办事的道理，还给那人背了一遍。"

贾存仁轻轻叹了一口气："好是好。有些时候把握不好，就容易出问题。以后咱们说话办事都要得体谨慎。咱们出门在外，凡事小心审慎总不为过。"

陈嘉业问："咱教咱的书，办咱的学，别的事不管。能出啥问题呀？"

贾存仁道："人怕出名猪怕壮。咱们还是小心一些为好。以后你也少出去跑，多在家里温习学问。趁着年轻多学一点东西。对你将来有好处。"

少年陈嘉业对贾存仁讲的道理似懂未懂。还真叫贾存仁说着了，好事偏偏就出了邪性。

说话交了腊月，一场大雪把山乡盖了个严严实实，满眼银白，刘常村的百姓开始做过大年的准备，山里人对过年颇为在意，早早就忙上了。先是弹棉花、浆布、做新衣裳，接下来还要磨面、打扫家，等到年跟前儿那几天还要置办一些吃穿用的一些小东西、小玩意，忙得谁也顾不上谁，见了面只是简单地问候一下，看准备好了没有，说几句吉祥话儿，又忙自己的去了。乡村里洋溢着浓浓的喜庆气息和浓厚温馨的年味儿。贾存仁还买来土布和棉花，请村里手巧的婆娘帮着给常河老汉、常乐山和陈嘉业每人做了一件新棉袍。常家爷孙俩好几年过年没穿新衣裳了，自然高兴得不得了。常乐山急着要穿上新衣服出去显摆，常河老汉劝孙子，一定要等到正月初一才能穿，爷孙俩争执不休。贾存仁摸着常乐山的头笑着说道，还是等到正月初一再穿吧，新衣裳要穿出新气儿嘛，穿着新衣裳过新年多好呀。常乐山这才把新棉袍交给了爷爷。

这些天原本爱说爱笑的陈嘉业忽然变得沉默起来，夜里睡觉的时候也不实在了，翻来覆去的，白天在课堂上心神不定，一双眼睛东瞅瞅西望望，下了课就跑到村子外边朝西边看……远处的山峦重叠，低垂的天幕似

重重压在山头上，一只大鸟在空中飞旋，俯视着灰色的大地……

"木斋先生！您是回老家过年，还是在我们这里过年呀？"贾存仁站在常家大门口看着陈嘉业的背影，正想问问这孩子是怎么了，村道上走过来一对老夫妇，隔着老远就向贾存仁。

"路太远，不回了。就在咱们这儿一块儿过年。"贾存仁笑着答道。

"那感情好呀。正月初一那天到我家吃饺子、喝酒。"老夫妇高兴地走过去了。

远处的陈嘉业也低着头朝这边走过来，抬头看着贾存仁叫了一声"贾叔……"便低下头不言语了。

"想家了吧？"贾存仁小声问道。

陈嘉业点点头，揪着袖口擦擦眼睛。

贾存仁抚摸一下陈嘉业的头，前头走了，陈嘉业跟在他身后回到常家老院。

"嘉业哥哥——"见了陈嘉业，常河老汉的孙子常乐山高兴地跑过来，"快过年了，你不高兴呀？"

"我……"陈嘉业嘴里支支吾吾起来。

"嘉业过来，和乐山一块儿过来。"贾存仁在屋里叫唤。

陈嘉业拉着常乐山进到屋里面。贾存仁正拿着绣着大雁的书包看，见两个孩子进来，就把书包放到枕头上，笑着对陈嘉业说道："快过年了，我也想家。你爸在西北边关当兵一定也想家。家里人注定也在想咱们。你爸要是晓得你跟着我出来游历，一定更牵挂你。你爷爷、母亲、哥哥一定也在想念你，你母亲一定在念道，我的嘉业这会儿在干什么呀？穿得暖吗？吃得饱吗？心里高兴吗？"贾存仁停住嘴，不再吭声。

陈嘉业抬起头看着贾存仁，不知道他是什么意思。贾存仁笑笑，继续慢声细语："男子汉大丈夫，以天下为己任，不能只守在老家不出门，那就不会有什么出息。像这只大雁——"

贾存仁拿起枕头上的书包，指着绣在上面的大雁，接着说道："你看看，大雁要是也想家恋家，守着父母不出门，还能飞得这么高，这么远吗？"

陈嘉业红着脸点点头："贾叔，我懂了……"

贾存仁接着自己的话茬，似是自说自话，似是对陈嘉业说道："从另一个方面讲，出门在外的人，最主要的是要把自己的生活安排好，自己在外边生活得平平安安，就是对家里人最大的最好的想念和牵挂。家里的大人，一定会想到这些，她们就会吃得饱，睡得香，活得有心劲儿。你想想，是不是这个理儿？"贾存仁的话声音不高，却也说得一字一顿清清楚楚。

陈嘉业笑了："贾叔，我明白了。我玩儿去了。"说完，拉着常乐山跑出房门，院子里不断传来两个孩子嬉闹的声音。

接近年关了，贾存仁想着组织一次考试，检验一下学生们的学生成绩，也看看自己平时教学的效果咋样。而后就放年假，叫大家安心过年。于是，一交腊月，就停了课，开始复习，把以前讲过的课一一像过筛子一样地过一遍，该讲的讲，该背的背，该反复讲的反复讲，该反复背的反复背，为考试做准备。贾存仁还请两姓族长来村校对学生们讲了年终考试的重要性，考试完了还要排名次，张榜公布，前三名村里还要表彰奖励，要求学生们好生复习，好生考试。家长们听说了，也把复习考试当作一件比过年还重要的大事来看待。

考试的时间定在腊月十六。头一天晚上，贾存仁就叫陈嘉业带着几个大一些的学生把教室的里里外外打扫得干干净净。腊月十六那天早上，贾存仁和常河老汉、陈嘉业、常乐山早早起来，草草吃了早饭，收拾停当，打开院门，等着学生们来。

很快学生们都来了，都穿得整整齐齐，手脸洗得干干净净，坐在凳子上，等着考试。平时学生们来了少不了打打闹闹嘻嘻哈哈，今天是考试，不比往常，谁也不敢吭声儿，静静地等着先生安排。

考试在刘常村是头一回遇见的新鲜事，村民们都静静地站在远处瞅着易河书院——常家老院，好多人家把手的活儿都放下，过来看，又怕影响孩子们考试，两族族长亲自把在路口，不让大人靠得太近。

常河老汉又用抹布把桌椅板凳收拾一番，嘱咐学生们好好考试。常河老汉笑着凑到贾存仁耳边小声说道："木斋先生，您看往年过年这些孩子都没今天捯饬得干净齐整呀。您的办法真多。孩子们的精气神儿都不一样。"

贾存仁微笑着点点头，瞅瞅下面的学生，没吭声儿。

正在这时候，大门外来了两个穿戴绸缎衣服的中年男人，踏着很响的脚步，站在门口就叫起来："请问山右木斋先生在吗？木斋先生在吗？"

贾存仁见来人这么不讲礼仪，心里有些不满，碍于面子，还是赶忙站起身子拱手答应："在在，本人就是，本人就是。请问有何贵干？"贾存仁边说边走出教室来到院里。

来人跟在贾存仁身后出来，一位年龄稍长者答道："我是北边孙家堡的，姓孙名镐。"此人身长面善，嗓音洪亮，言语直接，说出话来没遮没拦。

"是孙镐先生。"贾存仁边拱手，边应声，"请问有何贵干？"

"正是。"孙镐点点头，"我家的小儿子今天娶媳妇，请您去当一回礼宾先生。"孙镐说话的声音还是很大，引得学生们纷纷扭过头朝外看。

"孙镐先生，请您说话小声些，学生们正在上课。"贾存仁摇摇头，微笑着朝来人打拱说道，"娶媳妇是好事呀！祝贺，祝贺。可是，真不凑巧。今天是村校年末考试的日子。本人走不开呀！我们啥都准备好了。您瞅瞅。"

孙镐压低了声音，说话多少带上了一点儿客气："不知你们考试得多少时间？如若能倒换一下时间，两不耽误岂不更好？我儿子娶媳妇的日期可是定了，不好变动。"

贾存仁指指教室里正襟危坐的学生，道："您瞅瞅，学生们都到齐了，马上就开考了。怕得整整一个晌午的时间。"

孙镐看一眼教室，道："木斋先生，能不能下午再考。我家儿子的婚事可是天大的事情呀！您是先生，比我懂得得多。结婚的日子定了就不能更改。请您一定通融一下，帮我把这事办一下。"

听孙镐如此道来，贾存仁面带不悦，说道："看您也是读过书的，岂不知道'文章千古事，得失寸心知'的道理？读书做学问也不是小事。再说，学生们为了今天的考试已经准备了半个多月了，这是有史以来村里的孩子第一次考试，你看他们都换上了过年的新衣服，书院里里外外都打扫得干干净净，您再朝那边看，家长们都在路口看着，全村的人都动起来了，冷不丁地朝后推，他们会怎样想呀。"

孙镐自知说漏嘴，赶忙赔着笑脸说道："当然当然，读书做学问也是大事，也是大事。在下的意思是您先生能不能通融一下，关照一下。"

贾存仁指一指常河老汉，说道："这样吧，就叫常老伯跟你们去吧，这一段时间十里八村的红白喜事都是他去当礼宾先生的。老人家德高望重，见多识广，稳定沉着，更能压住阵——"

"不行，不行！一定要请您先生过去帮忙。我知道你的礼宾先生当得最好。我这里有礼了。"孙镐打断贾存仁的话语，面向他深拜。

贾存仁微微一笑："孙先生，我再跟您说一遍。您看，今天的考试，是刘常村村校建校以来的第一次考试，村里大人和学生们准备了好些天。学生们穿得像过年似的，而且已经坐到了教室里。我实在没办法再临时改变考试时间。考试是一件神圣的事情，不能随便更改。要是随便改了，我实在没法跟学生和家长们交代。您如果前一两天来就好了。"

孙镐从衣兜里掏出一锭银子递过来："木斋先生，我不会叫您白忙活，您看这是十两银子，请您笑纳。今天的事情一定要办给咱办好！"孙镐伸出三个手指头捏住银子来回摆动，银子在来人手里闪着灿灿白光，孙镐盯住贾存仁的脸，话语也带上了一些生硬。

贾存仁盯着孙镐手里的银子，似受到羞辱一般，脸涨得通红，两眼瞪得浑圆，额头上冒出了细汗，鼻孔不由自主地开合，全身微微颤抖，发辫在背上长蛇一般蠕动。很快，贾存仁冷静了一些，张开手掌挡在胸膛前面："孙镐先生，这不是银子不银子的事情。咱今天这事不是做买卖，不能说钱多钱少。在下实在没法子更改考试时间。请你一定体谅。"

"木斋先生，你要是嫌银子少的话，我还可以再加。给儿子娶媳妇本身就是花钱的事情，我不怕花钱。请你务必帮忙。你是我们这一带最好的礼宾先生，学问好，书也教得好，多挣一点银子也应该。要说体谅，我真是从内心里边体谅你们这一类人。"孙镐有一点急躁，脸色也涨红了，说话的时候唾沫星子飞溅到贾存仁脸上。

贾存仁彻底冷静了下来，脸色恢复平常的样子，朝后退半步，随手擦一把脸，面带微笑说道："孙镐先生，您给的银子够多得了。您可能不晓得，我有空闲的时候出去当礼宾先生，都是去帮忙的，从来不收银子的，只是帮忙。主要是因为咱们这一带缺少礼宾先生。我在村里当教书先

生，一年也挣不下这么多的银子。您说，我能为了挣钱，把学生们年末大考的事情丢下不管吗？那我还叫什么先生！我还有何颜面教孩子们知书达理？"

这时候远处的村民都走过来看稀奇，静静地站在一边，谁也不言声。常河老汉在一边急得直搓手、摇头。

孙镐先把银锭放到嘴边吹一吹，而后在身上擦一擦，才装回衣兜，背起双手，站直身子，瞪圆眼睛，盯着贾存仁说道："这么说，今天的事情，木斋先生是不肯帮忙了？"

贾存仁朝孙镐打拱道："不是本人不肯帮忙，是实在无法分身。只要过了今天上午，啥时候都行。还请孙先生海涵。"

常河老汉踮着脚尖在贾存仁耳朵边小声说道："孙镐的哥哥孙钺在京城当大官。"

贾存仁听了皱一下眉头，猛转身走回教室，对学生们说道："来来来，大家坐好了，咱们准备考试。"

孙镐指着贾存仁大声嚷起来："木斋先生，不要太把自己当回事。你认为你是谁？你的学问再大，也就是给人家办事帮忙的。说你是看门护院的狗，可能不太好听，要是说你是拉磨耕地的牲口，倒是恰如其分的。啥时候你们这一类人都当不了掌柜的，主不了事儿。你信不信？"

贾存仁的心情更加平和了，脸上的颜色更淡了一些，慢条斯理地道来："其实，世上的每一个人自打从娘胎里出来，就开始办事，一辈子都在办事，不是给自己办事，就是给别人办事。比如说，孙镐先生今天来我这里还不是给自己的儿子办事？而我在这里当教书先生也是给学生们办事。所以，你说本人是啥都没关系。人活一世只要能当了自己的掌柜的，能给自己做了主即可。如若老想着当别人的掌柜，给别人做主，那就很难。咱们彼此彼此。"

孙镐眼如牛蛋，面如猪肝，说不出话来。

这时候两族长过来，刘姓族长小声劝贾存仁："木斋先生，要不咱把考试改到明天。您先过去帮孙镐先生把新媳妇娶回来？"

贾存仁没事人一般，摇头说道："古人云，'师者，所以传道授业解惑也'。世上还能有比念书识字、教学育人更重要的事情吗？"

常姓族长则小声说道："此孙镐先生家里有人在京城朝廷为官。孙家人在我们这一带名声不小。要不您就去一下，全说给他个面子嘛。"

孙镐大背起两臂，两眼微闭，静静地瞅着贾存仁。

贾存仁看孙镐一眼，面对两族长拱手道："事已至此，断无再回头之理。为师之道要是在学生们面教的是一套，做的是另一套。那我还有什么资格当他们的先生？二位族长如若觉得贾某不称职，待年终考试结束，我走人就是。我一个穷教书先生，只能做了自己的主儿。"

两族长急忙躬身作揖，连说"不敢不敢……"

"那好。准备考试！大家坐好。"贾存仁转过身走上讲台，朝学生们说道，再没回头。

两族长面带笑容，走到孙镐面前，摇头晃脑解释一番。孙镐没辙，只得带着常河老汉走了。孙镐走了两步，又停住脚，转身看了贾存仁一眼，才回头走了。

这边教室里面，学生们紧紧围住贾存仁，满眼惊恐仰视先生，默默无语。

贾存仁似啥事都没发生过一般，面带微笑对学生们挥挥手："快回去坐好，认真考试！"

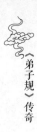

第十七章

考试完了，学生们走了，教室里空空荡荡，寂静无声。贾存仁坐在讲台上默不出声。陈嘉业和常乐山端来一碗热水轻轻放在桌面上，而后静静站在贾存仁左右……

"走，咱们看看你们的考试卷子。"贾存仁端起水碗一口气把水喝完，叹了一口气，站起身子，撩起棉袍走出教室，陈嘉业和常乐山默默跟在后面。

不知从什么时候起，云厚天低，下起了雪，晶莹鲜亮的雪花打着转转悄然落下，地上已经落了薄薄一层，一股清新的气息扑面而至，村道上静静如许，风不刮，树不摇，鸡不鸣，犬不吠，一切似乎都在恭敬地迎接冬雪的降临驾到……

两族长又来了，头上顶着雪花，肩膀上也扛着雪花，连眉毛上面也挂着雪花，脚下踩的还是雪花，整个儿雪人一般，见到贾存仁，双双拱手行礼。

刘姓族长说道："实在对不住，木斋先生，今天叫您受了委屈。我等于心不忍。"

贾存仁没接他的话茬，只是仰面伸舌接了雪花，吧嗒吧嗒嘴，才说道："二位族长看看，瑞雪兆丰年，腊月下雪好年景呀！"

常姓族长亦道："木斋先生学问深厚，人品高洁，实令我等佩服。我早有耳闻，说是富贵不淫，贫贱不移，威武不屈，今天才实实在在地看到了。木斋先生，您不仅是孩子们的老师，也是我等的师表呀！"

贾存仁微微一笑，朝二位族长拱拱手，道："二位此言差矣。不是贾某故作高雅，而是学问本身就是高洁无邪的，容不得半点玷污呀！《三字经》里言，'教不严，师之惰'。要是把学生们教坏了，贾某可是罪莫大焉。"

"不知学生们考得如何？"刘姓族长小心地问道，又觉得话不得体，随即又笑道："我想注定差不了。木斋先生教得好呀！"

贾存仁回答："应该不错，平时学生学得扎实，复习中间他们准备得也很充分。别的不说，单看他们的字，写得很是工整。字如其人，字写得好了，学问注定不差。"

常姓族长道："我等知道木斋先生用心良苦。此为上天恩赐给我村孩子们的福分。"

贾存仁道："做学问如逆水行舟，不进则退。由不得贾某半点懈怠。本人对学生讲，要是考不好，就对不起苍天和父母。"

两族长朝贾存仁拱手："那位孙镐常住衙门里跑得多，平日很少来我们村。近日因为儿子婚配才屈尊过来。我等不知他会说出那样不合时宜的话，真是对不起木斋先生。"

贾存仁满脸带笑，轻轻摆手："事情已经过去了，不必再提。我早忘了。"

见两族长还想说啥。贾存仁道："行了，二位请回吧。我得号卷子去了。明日出榜，二位再来。对考试成绩优良的学生还要褒奖。"贾存仁言毕，朝二族长拱手，转身走进屋里。

二族长只得出来。

半后晌的时候，常河老汉从孙家堡回来了，贾存仁刚好号完试卷，正在收拾桌子上面的东西。

常河老汉面带笑容，走过来。

贾存仁迎上去，微笑道："常伯，辛苦了！"

常河老汉亦笑道："真估不透那位孙镐是个什么人？！"

贾存仁轻轻闭上房门，拉常河老汉坐下，说道："老伯，您先说说。着急了吧？"

常河老汉看看空荡荡的教室，小声道："木斋先生，孙镐这个人真是估不透，说的和做的还真是不一样。你看晌午那个孙镐在你面前多厉害呀，多霸道呀，好像朝廷就是他家的，他就是皇上，道理全在他那一边。可是一出门，就像换了一个人，你猜他跟我说什么了？"

贾存仁提起瓦罐倒了一碗开水，双手端着放到常河老汉面前，笑着问："那人又说了些什么话？他总不至于再骂我一顿吧？"

常河老汉摇摇头："木斋先生，您整个儿猜错了！可不是，孙镐满脸带笑地对我说，真没想到木斋先生是这样一个学识渊博，通情达理，刚正不阿的好人。我不知他要说啥，就没吭声，低下头听他道来。"

"就是呀，这人啥意思呀？"贾存仁也感到好奇。

常河老汉继续说道："只听孙镐说，前些时候我听说这位贾木斋先生不是一般人。今天一方面真是来请他过去给我二儿子婆亲当礼宾先生。二来试着看看这人到底如何。其实我知道您老汉当礼宾先生也是一把好手。木斋先生，您看这个姓孙的云里雾里天上地上这么一搅和，把我说得更加迷糊了，不晓得他内心里的底子是咋回事？"

贾存仁微微一笑："难道说，这人吃饱了撑的？看他的穿戴，家里一定是好光景。"

常河老汉却是一本正经："我心里也在寻思孙镐的用意。可是他把话说到这里，啥话也不说了，竟自前头走了。脚步迈得挺大，走得挺快。我岁数大了，脚步跟不上他，只好不紧不慢地跟在后面。在他家办完事情，孙镐请我好吃好喝一顿，还给了一两银子。我不要，人家死活要给。"常河老汉掏出银子，放在书桌上。银锭摇晃着发出一丝光亮，跟孙镐眼睛里发出的光差不离儿……

贾存仁拿起银子看看，放到常河老汉手里，笑道："人家给您的。您就收下。当礼宾先生就是这样。说是帮忙的事情，主家真得给就拿着，主家不给也不明要。大家心知肚明。场面上就是这么一回事。"

常河老汉道："这也太多了吧。咱一个老百姓，哪里能说几句话，就挣人家一两银子。现在年纪大了，就不说了。年轻的时候忙活一年也挣不了几两银子呀！"常河老汉说着又要把银子给贾存仁。

贾存仁又笑了，把老汉子拿银子的手轻轻推回去："这种事情没啥多少。他给，您就安心拿着吧。咱也没白拿他的。主家求的就是顺利喜庆，咱们出门在外也不是没事找事。您说是不是这个理儿？"

常河老汉红了脸，没再推让，慢慢摇一摇头，自言自语："我总觉着，那个孙镐心里还装着啥事情。从表面做派看来，倒不像个坏人，可是我听得出来，他嘴里说的不是心里的话……"

贾存仁摆摆手，慢悠悠地说道："喜事过得很圆满，他还能有啥事呀？说到底是您这礼宾先生当得好呀。"贾存仁悄然转变了话题。

常河老汉顺着贾存仁的话茬儿笑道："是您木斋先生教得好。跟着先生学了这一点本事，出了门人都敬着咱。我活了大半辈子这才觉得活得像个人。您木斋先生不光在教我孙子学文化，也在教给我老汉真本事呀！你是在教给我们做人、过日子的规矩呀。我们祖孙俩全当了您的学生！咱们的缘分不浅呀！"

陈嘉业和常乐山嘻嘻哈哈地推门进来。贾存仁站起身子："常伯，啥也别想了，安下心过咱的年吧。咱先叫两个孩子把家里家外打扫一下。来，嘉业、乐山，开始打扫家，先上后下，先里后外，先干后湿，先粗后细。来，咱们一块儿干。"

常乐山瞪着圆溜溜的眼睛，笑着说道："老师，您一来，干啥跟以前都不一样了。干啥事都有道理。真好玩儿。"

常河老汉摸摸孙子的脖颈："这就是学问呀。好好跟着木斋先生学吧。木斋先生的学问多着呢。"

贾存仁笑曰："田里有苗不愁长，老天爷下上几场雨，刮上几场风，带着响儿地长。"

第二天晌午，贾存仁给学生们讲评考试卷。

学生们整整齐齐坐在凳子上面，眼睛睁得圆圆的听贾存仁讲评。上学以来的每一件事情对他们来说都是那么新鲜，好玩。今天的讲评又是一回。

贾存仁手拿试卷，站在讲台上说："大家的考卷我仔细看了一遍，考得很好。咱们今天的考试很简单，只有两门功课：语文和算术。语文是两道题，第一道是写字，大小多少，上下来去，天地父母，东南西北，春夏秋冬，前后左右，日月星辰，共二十八个字。大部分同学对字的形状、笔

画、笔顺掌握得很好，能按照先上后下，先左后右，先进人后关门的要求去写。字是每一个学生的脸面，你是一个什么样的人，就会写什么样的字。所以，以后无论学习哪一门功课，写字都是第一位的。第二道题，是背写《三字经》第一段，也就是'人之初，性本善。性相近，习相远。苟不教，性乃迁。教之道，贵以专。'这一段。为什么要叫大家背写这一段呢，因为这是一个人学习文化知识的基础。学习，不是为了好看，不是为了好听，而是为了学习怎样做人，怎样做事，怎样生活。比如说第一句'人之初，性本善'，是说人生下来，大家都一样，没有多大差别。第二句'性相近，习相远'，是说周围的环境对人思想性格的影响，为啥人一长大了就变得百人百性了呢，根源就在这里。第三句'苟不教，性乃迁'，意思是说上学的重要性，要是老师不好好教育，学生不认真学习，变坏的可能性就很大了。第四句'教之道，贵以专'，是进一步讲了教育的方法，就是要专心一致地教育学生，学生要聚精会神地学习，只有这样才能学习好。算术考了几道简单的计算题，大家都算对了。咱们这是第一次考试，大家考得都不错，字虽然写得不是太工整，但意思都写出来了。咱们易河书院开学仅仅半年多的时间，第一次考试就能取得这样的好成绩，作为先生我感到很高兴。与各位家长的支持和各位同学的努力分不开。我在这里谢谢大家。"贾存仁说完，站直身子，后退半步，微笑着看看大家，而后深深鞠了一个躬。由于腰弯得过低，身子失去稳当，不由得超前蹿了两小步，幸好扶住课桌才没摔倒。学生"哗啦"一声，全都站了起来，有的孩子忍不住抽泣起来……

贾存仁站稳身子，摆正课桌，眨一眨潮湿的眼睛，摇摇手，示意大家坐下。学生们听话地坐下。贾存仁继续说道："今天的考试就是这样。过会儿，两族长对考试成绩最好的几名同学发奖。无论得奖的同学，还是没得奖的同学，都考得不错，都有很好的成绩，起码说明咱们这半年学没有白上。这是咱们刘常村有史以来头一回考试、发奖，是一件最新鲜的事情。作为老师，从内心里感谢各位家长和各位同学！从今天起就放年假了。祝大家过一个好年。过了正月十五，再来上学。假期里要记着复习功课，完成作业，还要帮助大人干活，当了学生，念了书，懂了道理，就不能像以前那样光想着玩，要有一个学生的样子。作为老师，我总想着过完年开学的时候，大家都会有一个新的样子。"

陈嘉业带着学生们在院子里排好队，喊了一声"放学——"学生们哗啦一声散了，有人走了，走了几步又停下，没走的还站在院子里，瞪着红红的眼睛默默地看着教室，单薄的胸脯在起伏，喘气，似乎还有一些急促和紧张……贾存仁走到院子里，抚摸一下站在前面学生的小脸，朝大家摆摆手，笑着说道："还站着干啥？快回去帮助大人做过年的活儿。过年的时候，我去看你们……"那几个孩子揉揉眼睛，低下头慢慢走出院子……这一年来他们经历的稀罕事情太多了，上学、放学、念书、识字、考试、唱歌、开学、放假，这些事情在他们不长的人生经历中显得那样的新鲜和重大，在他们幼小而脆弱的心灵里面引起别样的感动：人生在世除了吃饭睡觉以外，竟然还有如此有意思的事情呀……

贾存仁站在院门口默默看着最后一个孩子离去、走远，院子里面已经空无一人，他举着手久久没有放下……看到孩子们依依不舍的样子和流露出的真挚感情，似乎看到春天的土地上生长出的嫩芽，隐约听见破壳而出的幼雏发出的呢喃，他忘记了自己是出来游历的，而是认定专门来这里教学的……

从腊月二十开始，贾存仁就在教室里铺开摊子给村里人写过年的对联，他要求凡是有学生的人家，每个学生都要至少写一副对联，先编后写。写得不好的也要给自己家里编上一副对联贴到大门上。那几天，教室里比上课的时候还热闹。有的人在看贾存仁写对联，有的大人跟着孩子念对联上的字，有的人在听贾存仁讲对联的意思，大人小孩拿着红纸出出进进，说说道道，跟赶集一般。油墨的清香，念咏对联的声音，飘荡在山村上空。

后来，墨没有了，现买又来不及，这里离易河县县城三四十里地，走一来回得一整天。贾存仁就按照小时候李学邃先生教的方法，用锅底黑、木炭粉和着松香自制墨条，好在这三种东西刘常村里都有。制作过程分很简单，把这三种东西研成细末儿，加上一点驴皮胶，调和好，用文火熬好，晾干脱水，做成整齐的墨条。贾存仁叫陈嘉业拿墨条在砚台里面试着研起来。看着研出的墨汁稠稀适当，黑色纯正，还透着一股香味儿，贾存仁禁不住拿起毛笔试着写了几个字，那字写得墨迹油亮，笔画有致，不浸

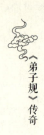
纸，不沾笔，不流稀，不粘堆，真是好用。

贾存仁拿起墨条凑到鼻子底下闻闻，再仔细欣赏一番，高兴地对学生们说道："看看，咱这墨条虽然比不上南方的徽墨好看、规正，但是用起来还是不错的嘛。你们看，用咱自己做的墨条写下的字颜色多纯正！以后咱们写仿练字，写对联，就不用叫家长花钱买墨了。咱家门口儿就有，多好的事情呀。"

在一边看写对联的常姓族长拿起墨条瞅瞅，好奇地问："木斋先生，您的肚子里面装的东西可真多呀！天下哪里出的墨条最好用呀？"

贾存仁边写边道："徽墨。天下之墨推歙州，歙州之墨推曹氏。"

刘姓族长问："徽墨？歙州？曹氏？"

贾存仁道："安徽省的歙州，歙州的曹家。那里出的墨锭、墨条是最好的。我的恩师李学邃先生说，连朝廷里面用的都是曹家的徽墨。咱们不仅用不上，连见一面都难呀。在我们山右，连县太爷批阅告示都用不上徽墨，更别说小小的书院了。我这一辈子，要是能见识一下徽墨，闻闻徽墨的香味儿，就是最大的运气了……"贾存仁说完，放下毛笔，仰起头，微眯两眼，抽动鼻孔，咽一口唾沫，似在探寻徽墨的清香味道……

常姓族长钦佩道："我们刘常村的孩子们运气好呀。木斋先生不但教孩子们念书识字，还会制作墨条。往年过年村子里哪里来的这么热闹呀。哪里有如今念书、背诗、练字、写春联、念春联这些新鲜事呀。木斋先生真得谢谢您呀。"

刘姓族长频频点头："我听木斋先生教孩子们念《三字经》，'玉不琢，不成器；人不学，不知义。'人有了学问，就长了本事。真是这个理儿呀。以前多少年，咱们村莫说秀才了，连一个念书人都没出过。以后就好了，咱们就有个盼头了。"

贾存仁的脸由不得红了，边打拱边说道："二位过奖了，过奖了。为人之师，做人表率，实乃讲学之根本。贾某不才，当尽力而为。"

送走了两姓族长，贾存仁和陈嘉业、常乐山各拟写一副对联，贾存仁写的贴在常家大门上，陈嘉业写的贴在教室，即正房门上，常乐山写的贴在厢房门上。常河老汉先请贾存仁把每一副春联的意思讲一遍，而后高兴地出来进去，进去又出来，来来回回好几趟，只是看不够，嘴里不停地念道："木斋先生，我们刘常村有了您，过年才有味道。您真是一个高人呀，是老天爷把您送到我们村的呀！"

贾存仁一边摇头一边笑道："老伯，您这是高看我了。我还不就是一个教书先生。说到底，也就是一个孩子王罢了，这跟老百姓种地一样，老百姓在土里面种，我在孩子们的心里种。仅此而已。"

常河老汉跟着说道："教书先生有啥不好？我小的时候，我的老祖母点着我的额头说道，小儿念书不用心，不知书中有黄金，要知书中黄金贵，高照明灯下苦心。老人家的话我也听不明白，村里也没有老师，更没有书院，到头来也没念过一天书，活了一辈子也没看见书中的黄金……"老汉似想起了久远的往事，不再朝下说了。

贾存仁抓住老汉青筋暴露的手，使劲摇一摇，没再言语……

过年那几天天气出奇的好，悬在半空的日头虽说不太暖和，但也亮亮堂堂的，照到哪里都是明明晃晃的，空中偶有一点小风，可也不显得太冷，地面上积雪也没有融化，虽说滑一点，并不妨碍走路，路边的垂柳树枝轻抚着行人的头发，喜鹊在枝头欢欣地鸣叫……这一切都在告诉人们，春天可是实实在在地来了。

从腊月三十到正月初五，贾存仁和陈嘉业轮流在各家各户吃饭，推都推不过，贾存仁还要带上常乐山一块出去吃饭，常乐山也愿意去，可是常河老汉死活都不叫常乐山去，小乐山不高兴，老汉说道："木斋先生咋教你的？《三字经》里面讲'玉不琢，不成器，人不学，不知义，为人子，方少时，亲师友，习礼仪'这个道理你不懂？人家请木斋先生吃饭，是请老师吃饭，你去算哪一回事呀？全学到鼻子里面去了？小乐山这才作罢。

两族长事先把饭都排好了，晌午谁家，后晌谁家，今天谁家，明天谁家，排得清清楚楚。排上的人家自然高兴，排不上的人家难免不满意，两族长说咱们家户多了，一下子轮不过来，慢慢轮吧。今年不行，还有来年嘛，再说还有正月十五和八月十五嘛，木斋先生又不是今天走，或者明天走。咱总不能叫人家木斋先生这一家吃一口，哪一家吃一口吧？这么一说，才算了。

每到一家，贾存仁和陈嘉业总是先行礼，后上座，给主家说一些过年的吉祥话儿，讲一些过年的典故，在有学生的家户，贾存仁故意问一些

《三字经》里面写到的典故，叫学生回答，学生回答得都很流利，再看看他写的对联，叫他讲一讲对联的意思，末了贾存仁再补充几句，修改修改，教孩子重写一遍。一顿饭吃下来，大人孩子都是高高兴兴快快乐乐。大人高兴地说，"木斋先生你们哪里是在吃饭呀？明明是在给我们全家教书嘛！"贾存仁笑着说，过年了，大家都高兴，就是不高兴，也要寻高兴，老百姓的日子原本就苦寒，再不寻一点高兴，更没法子过了。刘常村的老百姓在浓厚而轻松的文化气氛中过年，感觉到从来没有过的新鲜和愉快。

腊月三十晚上，贾存仁坐在炕头上跟常河老汉祖孙俩唠家常，唠到夜深，陈嘉业和常乐山嘻嘻哈哈跑出去放了除夕的爆仗，才上炕睡觉。陈嘉业小声说道："贾叔，长这么大，我是头一回这样子过年，挺有意思的。"

贾存仁道："出来游历就是这样，必然要经历一些事情，积累一些经验，增加一些见识，这本身就是一种学问，经历得多了，积累得多了，咱自身的学问就丰富了，想问题的时候就能寻思出道道行行来，遇见事情就能恰如其分地处理好了。古人有一句话，叫'卒然临之而不惊，无故加之而不怒。'能做到这一点，就很好了。"

"卒然临之而不惊，无故加之而不怒……"陈嘉业把这一句话念叨了几遍，还爬起身子，把这几个字写在红纸上，才重新睡下，慢慢打起了香甜的微鼾，乳毫未褪的脸颊在昏暗的油灯光底下显得很是心安气静。

夜深了，贾存仁没有一点睡意，拿过那个绣着大雁的书包轻轻抚摸一阵，而后轻轻走到院子里眺望着西边天际，似乎看到佐村家里的大院和每个房屋的门楣上已经贴上了鲜红的春联，院子中间的碌碡上面点着香火，碌碡身上捆绑着柏树枝，柏树枝已经点着火，噼噼啪啪地燃烧起来，柏油的香气弥漫在院子上空，大门口的老槐树粗大的身子上也贴上了一条红纸，纸上写着"老树常绿，保佑全家"八个大字。穿戴一新的若苇和若蔚一边叫唤，一边在院子燃放鞭炮，在家里操持年夜饭的张菊韵不时跑出来关照两个儿子，叫他们小心。张菊韵跟儿子说完话，又站在大门外的老槐树下，踮起脚尖朝东边张望朝着，嘴里还念念有词。大儿子贾若苇跑过来拉住张菊韵的手问道："母亲，我父亲这会儿在哪里呢？"张菊韵擦一把眼泪回答："在很远的地方……"小儿子贾若蔚也跑过来拉住张菊韵的另一只手："母亲，我们的父亲这会儿也在放鞭炮吧？"张菊韵轻轻抚摸着一对小儿的头，说道："放。你们的父亲这会儿一定也在高兴地放鞭炮……"张菊韵忍不住哭了，转身回到院子里面，关上院门，而后拉着一对小儿朝房屋走去。一对半大的儿子叫唤着"母亲，母亲……"跟着张菊韵回到家里。

"亲人们开始过大年了，全家安好……"贾存仁想到这里，面向西方拱手行礼嘴里念念有词，而后回到屋子里面。陈嘉业已经沉睡，发出香甜的微鼾，似乎在做梦吃过年的好吃食，嘴唇还吧嗒了几下，嘴角流出一缕口水。贾存仁先轻轻帮他擦去口水，再给他掖了一下被角，看着年轻人沉睡的样子，禁不住掉下几滴泪水……

过完年，贾存仁带着陈嘉业和常乐山利用开学之前的几天空闲时间，到易河县附近几个有名的地方转了转，游览了荆易河湾、轲经院、燕下都等地。这里地处大平原与大山交界地带，大山的厚重和平原的辽阔形成了顺畅的融合，而且邻近京师，无论风土人情，还是山水地理都与山西老家是一种完全别样的色调，同一样的东西，形制看上去不一样，仔细品一品内涵和味道也另有一番风韵。不仅贾存仁收获良多，就是年轻的陈嘉业和常乐山也感慨不已。每到一个地方，贾存仁都给他们把历史掌故、名称来历、风俗习惯、地理特点讲得清清楚楚。常乐山说道，以前也跟着来过，竟不知道还有这么多的讲究，先生您知道的就是多。贾存仁禁不住很得意，随口说道，秀才不出门全知天下事嘛。我为啥叫你们用心念书你呢？就是这个道理……两个孩子嘿嘿笑起来，因过年忙碌带来的疲惫一扫而光。

可是，等他们怀着轻松而充实的心情回到刘常村易河书院的时候，又遇到了一件匪夷所思的事情。

他们刚刚走进家门，常河老汉即匆匆忙忙迎上前来，嘴唇紧闭，喉咙里边发出呼噜呼噜的声音，一把拉住贾存仁的胳膊朝房里走去。一走进里间的房门，就闻到一股浓烈的墨锭的清香味道，仔细一看只见里间的炕上摆放着十块墨锭，十块砚台，十领宣纸，还有几十管毛笔。

贾存仁一眼看见金色包皮上写着"徽墨"两个大字的墨锭，立马一阵惊喜，顺手拿了起来，两手很小心地捧着，先拿到眼前仔细看看，再凑过鼻子闻闻，再用双手交替着抚摸，嘴里念念有词"这不是徽墨呀？徽墨呀，真是徽墨呀……"末了，又看了宣纸、砚台和毛笔，发现全是上等

品，这才一手拿宣纸，一手拿墨锭，笑着问常河老汉："常伯，这些好东西是哪里来的？"

常河老汉神秘地笑笑："你猜？"

贾存仁摇摇头："您不说，我哪里猜得出？"

常河老汉说道："谅你也猜不出。告诉你吧，是孙家堡的孙镐亲自送来的？"

"是他？"贾存仁大吃一惊，急忙把手里的纸墨放下，抬起头看着常河老汉，"这个孙镐到底是个什么人，他到底要干什么？这些东西比他前一次要送给我的那十两银子还要金贵很多呀。"说完，贾存仁仰头看看屋顶，又打开房门看看外边……

"你们走的第二天，孙镐就带人拿着这些东西来了。我虽然不全懂，总觉这是上等东西，看着好看，摸着好摸，像刚生下的孩子细嫩的小脸蛋蛋。不敢收，可是孙镐说道，这都是教学用得上的东西，是读书人必不可少的东西。他是为咱易河书院尽一点心意，想叫木斋先生教好书，更想叫孩子们学好。他再三言明，这些东西不是钱，只是教学用品，您一定会收下。所以，我就……"常河老汉隐隐约约感觉到这些东西不该收，心里有些不安，"这可咋办？这可咋办呀……木斋先生，老汉糊涂了，做下了糊涂事……"

贾存仁眯上两眼想想，再看看炕上的东西，疑惑更大了："常伯，您不糊涂，是孙镐把咱们弄糊涂了。按理说把这些东西送给书院，也不算什么。不就是教学念书写字的用品么？问题是这些东西来自孙镐。这位孙镐是个什么人呢？前者要送给咱们大把的银子，戏弄咱。这一回又一下子拿出这么些个贵重东西，他到底想干什么呢？这和那一天的孙镐干脆就不是同一个人！凡事不容咱不前思后想呀！"

第十八章

　　陈嘉业和常乐山都凑过来看稀奇，贾存仁告诫他们不要动手拿，免得弄坏。遂拿起一块墨条对他们说道："你们看看，这些全是读书人的宝贝。这是天下闻名的徽墨，这是笔中精品狼毫，这宣纸更是天下名士的首选，还有这砚台做得多精致呀？都见识见识。我也只是听老师讲过，也是头一回见到呢。看看就行了，不敢动手拿。"

　　陈嘉业和常乐山喜欢地低下头看看墨条，又瞅瞅宣纸。成梱的毛笔和成摞的砚台，两个孩子惊喜地东瞅瞅西看看，嘴里发出"啧啧"的声音，显得眼睛不够用，气儿也喘不过来……

　　常河老汉疑惑地问："木斋先生，您说这些东西真有那么值钱么？"

　　"紫金不换，名墨难求。"贾存仁自说自话。

　　常河老汉问道："这可咋办呀？这些东西太烫手了。"

　　贾存仁说道："这些东西太贵重了。咱们无论如何都不敢收，咱们也买不起，更用不起。因为咱不晓得孙镐的用意何在，而且这位孙镐先生明显是顺着读书人的心思来想事和办事的。他知道我不会收他的金钱和衣物一类的东西，就拿文房四宝送过来，叫咱爱不释手，又不好拒绝。这个人太可怕了，太阴了。"

　　正在欣赏那些东西的陈嘉业和常乐山听了贾存仁的话，急忙抬起头，屏住呼吸站直身子，生怕沾上啥，还使劲搓搓手掌，搓完了，又在棉袍上面擦擦，惊恐地看着贾存仁。

常河老汉也觉得很可怕，后退一步，瞅瞅炕上的东西，又瞅瞅贾存仁："木斋先生，您说该咋办？"

贾存仁深喘一口气："常伯，您也别担心。孙子曰，'知己知彼，百战不殆。'咱现在不知道这位孙镐先生的心思何在。要是弄明白了这一点，就好办了。至于这些东西，倒不怕，是他主动送来的，又不是咱们偷摸拐骗来的，咱不怕。当然了，这些东西咱们绝不敢收。这是大事。"

"那……"常河老汉更不明白了，眨巴着昏花的两眼，不解地瞅着贾存仁。

"常伯。"贾存仁说道，"我们三个人跑得饿了。咱们先弄一点吃。吃完了饭，再把东西到孙家堡给孙镐送回去。趁天气还早。不能叫东西在咱们这里过夜，夜长梦多，话长事多。"

贾存仁和陈嘉业、常乐山简单吃了一口饭，就用包袱把那些东西包起来，小心地拿着，直奔孙家堡。

常河老汉站在村头高坎上目送他们远去，心里忐忑不安，不知是福还是祸。

孙家堡在刘常村的北边五里地，半个时辰就赶到了。村子坐落在一个高坎上面，四边建有高厚的土墙，形成一个完整的城堡，还有堡门。贾存仁他们从西门进去，透过窄窄的街道，看到堡城中间青砖楼阁耸立，高墙深院一进连着一进，飞檐斗拱东露西展，松枝柏稍探头探脑，森森然，巍巍然。整个建筑群占去村子少一半的地方。青砖建筑群两旁尽是一些低矮单薄的土瓦房，显得青砖建筑群更加高大更加厚实。

贾存仁他们左转右拐找到院门，抬头一看，只见黑红色的大门上方挂着一块原木牌匾，没有修饰，也没有刷漆的牌匾。牌匾上刻着四个大字——耕读传家。

贾存仁摇头看看牌匾，一边点头一边自言自语："房子盖得挺有气势，牌匾倒也朴素……"

陈嘉业有些好奇："贾叔，您看这块牌匾朴素在哪里呀？我咋看着这里门高墙厚挺威武神气的呀？"

贾存仁小声道："从房子来看，门高墙厚倒是真的。可是这块牌匾连漆都不上，把木板推平了，随便刻了几个字，就挂上去了，比咱们易河书院那块牌匾强不了多少。足见这一家人也像咱们山西人一样，是一边干活，一边念书，一边种庄稼，一边做学问，慢慢发展起来的。把房子盖得结实一些是首要考虑的事情，别的就看得很淡了。这种情况在咱们那边也常见。"

常乐山问道："老师，耕读传家也就是您说的这个意思吧？"

贾存仁喜欢地摸摸常乐山的额头："对呀，我们小乐山也懂得琢磨事情了。作为一个学生，就是要随时随地观察、学习，把经过的事情，把悟出的道理记在心里，装的东西多了才能不断进步。"

常乐山红了脸："老师，我们这边有钱人家的大门上都写这几个字，以前我不懂是怎么回事，瞎看热闹。如今跟着您念书，才懂了。"

贾存仁左右看两个孩子："一个人活一辈子，遇见的事情多着呢，只要肯学习，舍得下功夫，就能发现好多做人的道理和生活的知识。这就是人常说的积累。每一分积累都是知识，都是做人的财富，积累得多了，你的学识和财富自然就多了。"

陈嘉业插一句："贾叔，我这样想，您说的财富不光是金银财宝吧！"

贾存仁说道："对，是比金银财宝更宝贵的东西，多少钱都买不来。"常乐山又问了："老师，咱们从这一块牌匾上就能看出这一家人是一家勤恳劳动刻苦学习的忠厚人家了？我这样想对不对呀？"

贾存仁点点头："你们看，这家房子盖得时间长了，砖瓦都发绿了，露头的椽子都开始沤了。连这一块牌匾也有了虫子咬的窟窿了。这一家人耕读传家有年头了。至少他们的老祖先是这样，至于现在的后人如何，就难说了。"

陈嘉业嘴里嘟哝开来："这家主人孙镐这一回办的这事可不厚道，还耕读传家呢，传的这是啥？"

常乐山也说道："就是。这人办事不敞亮。心里有啥就说啥多好。还能藏着掖着，叫别人猜谜语呀！真是的。这人自己活得多累不说，还叫别人跟着受累。"

"字也写得很有力道。"贾存仁说罢伸出一个手指头，悬空学着写了"耕读传家"四个字，似乎觉得第四个字"家"字没写好，又重新写了一遍。陈嘉业和常乐山也腾出右手跟着贾存仁悬空写字。末了，贾存仁才弯

着手指头去敲大门。

贾存仁的手背还没挨着大门，大门竟自己悄然开了，先是开了一条缝，跟着就完全打开了。最先走出来的是一个穿着粗衣布褂的下人，紧跟在后面的就是孙镐。

孙镐一走出大门，就快步走下台阶，满脸带着笑容，双手打拱："哎呀，不知木斋先生大驾光临，有失远迎呀。失敬，失敬！"

贾存仁拱手回礼："哪里，哪里。木斋不速之客，贸然造访，打扰了，打扰了。孙先生过年好。"

孙镐扫一眼陈嘉业和常乐山手里拿的东西，装作没在意的样子，脸上的笑意一点也没退，随口就说道："哪里，哪里，难得木斋先生贵客临门，敝舍蓬荜生辉。您是我家新年里来的头一位客人呀！快请进，快请进。"

贾存仁低头看看自己身上的黑色布棉袍，复瞅瞅孙镐一身绫罗绸缎，一手提起棉袍前摆，一手朝前稍作谦让，就昂首走进大门。

陈嘉业和常乐山手捧东西紧跟其后。

两个年轻人从身边经过的时候，孙镐又扫一眼他们手上拿的东西，可能发现他们拿的东西正是自己送过去的东西，眉头不由地稍稍皱了一下，略显不快，脸上的笑容稍逝即复，"嘿嘿"一笑，遂跟着进了大门。贾存仁他们在下人的引领下进了客厅站定。才从清新雪地进到房子里面，一股陈腐气息悄然而至，贾存仁禁不住屏住呼吸。

"请坐，请坐！"孙镐见贾存仁嘴唇嚅动欲开口讲话，赶紧让座。

贾存仁只得坐在铺着绣花棉垫光滑圆溜的太师椅上。陈嘉业和常乐山站在贾存仁身后左右，他们从来没有经过这种场面，显得有些局促。

下人早把热茶双手捧来，轻轻放在贾存仁面前的桌面上。贾存仁稍欠欠身子，算是感谢。

"木斋先生。"孙镐不等贾存仁张口，也不落座，就说道，"木斋先生，哪里敢劳驾您亲自上门呀。咱们也算是老朋友了，有什么事情，差学生过来叫一声，我就过去了嘛。您这可是太隆重了吧。"

"在下怎么觉着孙镐先生是料定我等今天定会登门拜访呀？"贾存仁故作随意。

孙镐的脸一下子红透了，正待张口说话。

"您看您这些东西。"贾存仁叫陈嘉业和常乐山把东西摆放在八仙桌上面，说道，"您这些东西，扰得我们寝食难安呀。今天完璧归赵。您着人清点一下。全是读书人眼里的好东西呀，木斋治学教书多年，只是从老师那里听说过，从来没有亲眼见过，今天可是开了眼界呀！谢谢孙镐先生。"贾存仁的话说得不紧不慢。

"不成敬意，不成敬意。"孙镐拱手说道，"在下是看到木斋先生教书条件简陋，过意不去，才差人给您送去一点点文房四宝。全是一些教书经常用得着的东西，不成敬意。可是木斋先生咋又送回来了呀？"

贾存仁微笑着看看孙镐。孙镐的脸色已经恢复常色，也堆满笑意看着贾存仁。贾存仁指指桌面上的东西："您这些东西，哪里是一点点文房四宝呀？单这徽墨就价值不菲吧？还有这宣纸和狼毫也是上品。贾某一介书生，哪里消受得起呀。能亲眼见识见识都是福气。真得谢谢您呀。"

"哪里，哪里。"孙镐赶紧起身，"在下是看到木斋先生不远千里，离乡别井，来我们这里教书育人，实在辛苦，从心底里想给您一点补偿。可是前番给你银子，您拒收，只得送您一些文房四宝，供您日常所用。"

"孙镐先生，"贾存仁伸手制止孙镐继续说下去，"问题是您这些东西太贵重了。我虽不才，但也知道这些都是朝廷衙门里面使用的东西。贾某一个乡村教书先生哪里用得起呀？真是奢侈至极，奢侈至极。"

孙镐起身拱手："好人穿好衣，好马配好鞍，您木斋先生学问渊博，满腹经纶，正经用得起呀。我也是替我们这一方的学子们考虑。实在没有别的意思。还请木斋先生不要见怪——"

"好啦。"贾存仁不等孙镐说完，即起身面带微笑，朝孙镐拱手说道，"东西已经完璧归赵，物归原主。我们也该走了。谢谢了。"

孙镐无奈，只得随口扭转了话题："我知道木斋先生是出门游历来的，临时起意在我们这里办起了书院。自古以来天下名士都是走到哪里，学到哪里，教到哪里。既然您是出来游历的，何不趁机看看我这祖传了百来年的古老房舍，看看与你们山右那边有何不同。"

贾存仁来了兴趣，说道："行，看看就看看。那会儿我们三人还在大门外边说起过您家的房子和牌匾呢。走，咱们见识见识。"

孙镐前边引路，贾存仁他们鱼贯而行。

孙镐边走边说道："我家这房子已经传了五代了，自打康熙年间我的老祖爷爷一下子盖了三进院子，后来我的爷爷又加盖了两进，一共五进。到

了我父亲手里，家道就不行了，再没动土。我现在更不行了，只能享受老祖宗留下来的福分了。真是愧对祖先。"

"前人栽树后人乘凉，也不是坏事。庇荫后世，毕竟是老祖先的初衷。这是顺理成章的事。"贾存仁随口道来。

贾存仁发现孙镐家的房子全是一砖到顶的结构，很少有木头构件露在外边，于是仔细观察房檐的结构。

孙镐似乎意识到贾存仁的目光所及，跟着就说道："我们这边是山区，经常有土匪山贼过来骚扰。于是老祖宗就把房子全都建成一砖到顶的，一来是结实，二来是不怕火烧水浸。土匪山贼来了尽多破费一些钱财，房产不容易毁坏。您也看到了，只有大门是砖木结构的，很少的几根橡子已经开始沤了。别的地方全用青砖包裹，一砖到顶。您看，百十年了，一点也没坏呀。"

贾存仁已经没了刚来时的不满情绪，心静如水，仔细观察孙宅的房屋结构，听了孙镐的话，接上话茬拱手说道："看来你们孙家老祖宗还是有先见之明的。我的老师讲过庇荫后世的道理，你们孙家老祖先深谙其道呀！"

"不仅如此，我们孙家老祖宗的先见之明还表现在一个地方。木斋先生，您过来看。"孙镐把贾存仁他们引进一个侧门，指着一间宽大的房间说道，"您瞅瞅，这是我的祖爷爷手里就盖下的。"

贾存仁走进房间一看，里面很敞亮，正面是一个砖砌的不到一尺高的台台，占去房间少一半的地方，下面摆着几排油漆的课桌和板凳，做成木格图案的窗户糊着雪白的麻纸，四面墙壁均用白灰刷过，贴着几幅勉励小孩子读书上进的条幅，房间里面光线明亮，可能是长时间没住人了，有一点陈腐气味生出来，做工精致的课桌板凳表面上也落了厚厚一层尘土。

贾存仁很随意地跨上讲台，不禁随口道来："这不是一间课堂嘛！"贾存仁说着在讲台上来回走了几步，末了站在讲台一角环视下面的课桌板凳……

"正是，正是。"孙镐接上话茬儿就说，"我祖爷爷的心思很大，想叫后世子孙世世代代都能念书，都成为木斋先生这样的学问家。"孙镐说完禁不住哈哈笑起来。

"你家老祖宗怎么能知道我贾木斋呢？"贾存仁的脸上立马带上了愤

潒，边说边走下讲台，走出房门，跨过侧门，头也不回地朝大门外走去。

孙镐赶紧拱手，跟在贾存仁身后说道："错了，错了。孙某口误。抱歉，抱歉。主要是我太敬佩木斋先生的学问了嘛，顺嘴就说出来了。哈哈哈，还请木斋先生恕罪。"可能是走得急，脚下一滑，孙镐差一点跌倒，赶紧双手扶墙才站稳脚跟。

贾存仁没再说话，前头走得很急，陈嘉业和常乐山迈着小碎步紧跟在后面。

孙镐小跑几步，追上贾存仁，要把他朝客厅里面引。

"不了，我走了。该办的事情已经办完了。"贾存仁站在原地，没动窝儿。

孙镐擦擦额头上汗珠子，脸上堆着笑意 说道："木斋先生，您看，我这个人没念多少书，好话不得好说，好事也不得好做。空守着一副好心肠和这么好的课堂，无所作为。实在惭愧。"

贾存仁朝孙镐拱拱手，说道："谢谢孙先生的美意，我走了。"说完，贾存仁出了院门，迈步朝村道上走去。村道上春风刮得正急，贾存仁不及停步，只管前行。

孙镐只得停住脚步，看着三人离去……

陈嘉业和常乐山撵上贾存仁。常乐山喘着气问道："先生，这个孙镐好像有啥心思呀。"

陈嘉业也说："有钱人想得跟老百姓就是不一样。话说得也跟老百姓不一样，怪怪的。"

贾存仁长长出了一口气，似乎把肚子里的愤潒全排出去了，笑了，左右看看两个学生，满意地说道："你们也能看出来？"

常乐山蠕动着嘴唇："不知道看得对不对——"

"别说，别说。对不对都别说。孙镐肯定没有完。"贾存仁笑着止住常乐山。两个孩子不解地看着贾存仁。贾存仁再没吭声儿，大背着两臂径自前面走了……

一路上陈嘉业和常乐山嘻嘻哈哈地跑前蹿后攀高走低观赏路边景致。贾存仁的心却静不下来，他在思摸孙镐的用意，思来想去也没个结果，隐隐约约有一个不安的念头在脑海里闪烁了一下，瞬间没了，过一会儿，又闪烁一下，又没了，似乎看不清是初春晨雾中的洞穴，还是盛夏激流中的

暗石；是深秋茅草掩映的陷阱，还是隆冬过膝的积雪……虽说五里多的路程还算平坦，贾存仁心里有事却走得高一脚底一脚，还出了一身汗。

回到刘常村，时间还早，师徒三人就开始做开学的准备，贾存仁吩咐陈嘉业和常乐山洒扫庭院，擦洗课桌，而他则坐下来修订教案。常河老汉这里看看那里瞅瞅，发现需要干的活儿，伸手就忙活起来，几个人很快就把课堂收拾好了。接下来就开学了，忙碌中贾存仁再没工夫想孙镐的事情，慢慢地这事就淡了，没有人再提。

开春了，刘常村附近的山崖上山坡间开满了洁白的山杏花，接着粉红的山桃花也开了，还有黄色的野蔷薇也不甘落后，还有那些叫不上名字的野草也竞相开了，花儿这里一片，那里一垛，开得热烈，开得红火。时间不长，花儿谢了，嫩绿的叶子又长出来，铺天盖地的绿色不经意间又向人们奉献出另一种热烈，另一种红火……大地用自己特有的性格与方式展示着生命的顽强和不竭的轮回。易河书院又传出来琅琅读书声，村民们也在这希望之声中开始了一年之始的劳作。

一天正好是"旬休"，天气晴好，凉热适中，贾存仁不愿辜负宝贵而美好的春光，临时决定带着学生外出踏春。他们在山杏树和山桃树下观察娇嫩果实的生长情况，在长满青草的野地里漫步，在哗哗流淌的小河边问候小鱼小虾，躺在大石头上倾听大地的呼吸……玩累了，贾存仁吩咐陈嘉业和常乐山拿出预先准备好的干粮叫大家垫垫饥，渴了就到小河边掬起清冽的河水喝两口，孩子们欢快的呼声不断在山野间回荡。

快晌午的时候，学生们感到有一些热了，有人在擦额头上的汗，有人则解开了衣扣，贾存仁赶紧关照他们扣好衣服免得着凉，随后怀着恬适的心情，招呼学生们朝村子走去，他们刚刚转过一个山坳，孙镐骑着一匹马，还拉着一头骡子迎面走过来。贾存仁心头一紧，装作没看见，招呼孩子们继续朝前走。孩子们小心地绕过骡马走过去。

孙镐下了马，站在路边满脸带笑地叫了一声："木斋先生，带着学生出来玩儿？"

贾存仁木然着脸，正待回话。常乐山赶着说道："先生说我们这不叫玩儿，是春游！"

孙镐的脸红了："对对。不是玩儿，是春游。有了书院就是好，除了教书，还能教孩子们知道很多学问。原先他们哪里知道春游呀，只知道满世界地疯跑。木斋先生真得谢谢您呀。"

贾存仁这才打了一声招呼："孙先生，你也出来春游？"

"哪里呀，我哪里来的工夫春游呀！我是看见你带着学生们出来了，才赶过来。"孙镐指指远处高坎上的孙家堡，说道。

贾存仁脚下没停步："孙先生有事吗？我看见你挺忙的呀。"

孙镐指指身边的骡子，带着满脸的真诚说道："木斋先生，我是看着您带学生出来不方便，我们这里尽是山路。就想给您牵一头骡子。您骑着，叫学生们给您牵着，别累着您。还可以走得远一些。您看我这是一头老骡子，快十岁口了。性情温和，很听话。好使唤，也好侍弄，不用半夜里起来加料。"

"给我牵的？"贾存仁停住脚，皱起眉头，看看骡子。那骡子皮毛泛着光亮，背洁臀肥，圆圆的眼睛透出温顺。

"正是，正是。木斋先生别多心，我不是给您这骡子，是叫您先用着，不用了再还给我。我知道文人的脾胃。"孙镐笑嘻嘻地说道，同时把缰绳递给贾存仁。

贾存仁没接缰绳，摇摇头："木斋一介书生，哪里用得着骑乘呀。平日仅在课堂教书，不多出门。再说，我自己还有一头小毛驴呢，平常不用，还不是闲着，空吃一份草料，肥得快走不动了，还得牵出去溜达。谢谢孙先生一番好意。"说完，贾存仁朝孙镐拱手致谢，抬脚朝前走去。

"木斋先生，骡子比小毛驴劲大，吃上一肚子草料一天能走一百里路，再就是您看这东西脊背宽厚，腿粗体壮，骑上走长路舒服，骑着也比毛驴舒服。您这么忙，有骡子伺候，总是方便一些嘛。您要是顾忌草料，那就由我差人按时送过来。"孙镐还是热情不减。

贾存仁摇摇头，指着骡子说道："孙先生，我真的用不着。不是木斋掠你美意，书院办在常老伯家院，地方原本就很窄吧，一头骡子占的地方比一个人要大得多，连圈骡子的地方都没有，还怎么给学生上课呢。你总不能差人见天牵着骡子来回跑吧？"

孙镐笑道："那样也行。反正两个村离得也不远。你要外出的时候，提前通知我，我亲自给你牵过来。"

贾存仁的脸上又带上了木然之气："那孙先生可就折煞木斋了。你瞅瞅天气不早了。请你把骡子朝路边让让，我们要回去了。后晌还得上课

呢！"

孙镐只得把骡子牵到路边上，贾存仁朝孙镐点点头，带着学生们小心地绕过骡子走了。

孙镐在后面说道："木斋先生，您看我已经把骡子牵来了，还能再牵回去呀！"

贾存仁没有停脚，只是扬起手臂朝后面摇一摇，带着学生们前面走了。一个小男孩停住脚步，转身朝后面看看，贾存仁说"还不快走！"，小男孩赶紧快步跟上去……

孙镐站在原地瞅着渐行渐远的贾存仁和他的学生，久不动窝儿……那头大骡子似乎有一点不耐烦了，前蹄刨一刨路面，甩一甩尾巴，鼻子发出"咳咳"的声音……

多半年的时间过去了，易河书院放完暑假，开始了第二学年的课程。这些日子，孙镐再没来刘常村，易河书院难得清静，上课教学一切照旧。可是，贾存仁心里还是静不下来。每天傍晚放学以后，陈嘉业和常乐山收拾完教室出去玩儿了，贾存仁一个人坐在讲台上，看着空荡荡的课堂，孙镐笑嘻嘻的样子就在眼前晃悠。这位孙镐到底是啥心思？他想干什么？连着的这几件事情背后揣着啥用意？是在炫耀自己的家业吗？这些日子孙镐没出面，他能就此完了吗？显然不是！贾存仁百思不得其解。他隐隐约约感觉到这里不宜久待了。自己是出来游历的，也不可能在一个地方待的时间太长了。可是真要走的话，易河书院咋办？学生们咋办？如何向刘常村的老百姓交代？再说能不能顺利地离开这里？……这些难题顽固地不断涌现在眼前，他想不出个所以然。有时候半夜里被这些问题搅得睡不着觉，白天上课教书都有些犯迷糊，饭也吃得少了……慢慢地，贾存仁开始做起了离去的准备。

他撂下每天夜里修订《弟子规》书稿的活儿，先给陈嘉业和常乐山开了小课。每天晚上先是复习当天的功课，接下来就教给他们新的课程。常乐山悟性很高，一段时间下来，除了《三字经》《训蒙文》《千字文》《千家诗》这些蒙学课程已经掌握于胸以外，四书五经里面的经典篇目也能说个七七八八。两个学生没有想更多的事情，只是觉得先生叫先学一步，肯定是有几分道理的。老师叫学，那就学呗，反正没有坏处。学问多了总是好事。贾存仁看着两个用心念书的学生，看看熟悉的课堂，看看弯着腰里里外外忙碌的常河老汉，心里又是高兴，又是难过……

该来的总是要来，该走的总是要走。贾存仁的担心在一个晌午的晚些时候终于来了。

那天晌午放了学，学生们一哄而散，陈嘉业和常乐山也嘻嘻哈哈了出去。贾存仁坐在讲台上发呆。外面天气不是太好，不知从哪里飘来大片大片的黑云积聚在空中，压得很低，远处的山峰快和云层连在一起了，地面上还刮起了风，村道上老柳树发出的呼呼声音不断传进屋子。常老伯在那边忙碌晌午饭，锅碗瓢盆的碰撞声不断传过来，再加上风扫屋顶和老柳树枝稍摇动的声响，使得昏暗的屋子里面生出些许不安。贾存仁不免有一些烦躁不定，想翻翻书本看看教案，又看不下去，站起坐下，坐下站起，如是者再三，不知何往何为……

"木斋先生，您瞅瞅，我又来了。"孙镐笑嘻嘻地走了进来。贾存仁虽然心有预感，但是听到孙镐的笑声和说话声，内心还是禁不住稍微震颤了一下。

不等贾存仁让座，孙镐就势轻轻坐在对面课桌旁边的凳子上，像童生一样两脚并拢稍微靠近，两手伸直覆于膝盖，腰杆挺直收腹仰面，轻呼微吸，满脸带笑，两眼平视，静静地看着贾存仁。

贾存仁有些不解，问道："孙先生，你这是有何贵干？咋赶得这么巧？我们刚刚放了学。"

孙镐全身不动，轻启嘴唇："木斋先生，您看我这个人，有些事情总是放不下，接二连三地来打搅您。真不好意思！我想您心里一定觉得烦了吧？您的学生也烦我了吧？本来，我不愿意老来打搅您，您看您一天多忙呀。可是，事不由人，我的心里总把您放不下。"

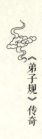

第十九章

　　贾存仁故作满不在乎的样子笑笑："倒不一定感到有啥打搅，心里有一些疑问罢了。您是大户人家，能常来我这里，总是看得起在下。说吧，有啥事情，在下洗耳恭听。"

　　孙镐稍稍放松了一些，左右瞧瞧，说道："木斋先生，您看，我这个人吧，三番五次的，您瞅着是不是有一点拽不展，抻不直呀？"

　　贾存仁眉头稍微皱一皱，苦笑了一声："嘿嘿，你总不能专门跑过来，在我面前干坐着吧？有啥事，说吧。"

　　"咳！"孙镐清了一下嗓子，才说起来，"木斋先生，有一个心思，在我心里来来回回转悠了好久了，一直不好意思开口——"

　　"快说吧，我还得过去帮着做饭呢。常老伯岁数大了，一个人做不出四口人的饭。"贾存仁禁不住打断孙镐的话头，话没说完就站起身来。

　　孙镐毫不介意，微微一笑，才说道："您看，这里教书的条件确实太差，窄窄巴巴，光线也暗得不行，娃娃们岁数小还好说。您的岁数虽说不是太大，也过了年轻的好时候。在这里看书写字肯定不方便。我那里那天您也看了，人少地方宽敞。老祖先专门建了一间教室，房高亮堂，正是教学做学问的好地方。我的意思……我的意思……是想请您到我那里去办书院，生活上的事情，像做饭呀，睡觉呀，采买纸墨笔砚呀，这些事情我就全权办理了，你只管静下心来教好您的书，做好您的学问就行了，别的事情就不用您劳心费力了。您看怎么样？我想这应该是一件大好事吧？"似乎害怕贾存仁再打断自己的说话，孙镐一口气说了这么多的话，额头上已经聚集了好多的细密的汗珠儿，有的地方已经开始慢慢朝下流了。

贾存仁悉心琢磨孙镐的话，总算明白了他的用意，一时不知道该怎样回答，只是眯着两眼静静地瞅着他泛出红光的脸。

孙镐微微一笑，小心地问道："木斋先生，不知道我把自己的心事说清楚了没有。请您指教。我这个人嘴笨，没念过多少书，道理也懂得少，常常是说了半天，别人还不知道是啥意思。"

"你是叫我把易河书院搬到孙家堡你家里去？"贾存仁坐得板板正正，皱着眉，眯着眼，欠着身子，盯着孙镐小声问，"我没听错吧？"

"正是，正是。咱们再找一块上好的木板，把您写的易河书院四个大字雕刻上去，刷上黑漆，披上红绸子，挂在我家大门上面，高大门楼加上宽大牌匾，您想想那是一所多体面的书院呀。真是——"孙镐连声答道，忽然觉得自己说得太多了，赶紧闭上了嘴。

"你觉着这样合适？"

"合适，太合适了。一个主要问题是解决了您教书做学问的困难。教书做学问是一件很神圣的事情，确实需要一个能静下心来不受任何打扰的环境。要不我们对不起木斋先生。您不单是这些年来我们这一带教得最好的老师，而且是一个啥道理都知晓的大学问家，我早就看出来了。"

"孙先生，快别说了。你没觉得你已经给我出了一个很大的难题吗？"

"这有啥可难的。无非是从一个条件很差的地方，搬到一个条件很不错的地方罢了。同样是教学做学问嘛。"

"搬家？我想孙先生说的这一件事情恐怕不光是搬家这么简单吧。要是那样还用得着你三番五次朝我这里跑？一样一样地费心思，使手段，叫我猜谜语？大半年了，您自己累不说，还叫我跟着你受累。"贾存仁紧盯着孙镐，逼他亮出自己的真实里子。

孙镐的脸上发红了，目光也不敢像原先那样坚定了，开始游离起来："就是……就是……木斋先生不愧是大学问家。一眼就看透了我的心思。还是……给您说实话吧。我们孙家从康熙年间发家五辈子了，从来没出过有大学问的人。就是我的哥哥孙钺还不错，还是在我姥爷家念的书，现今

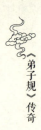

在京城朝廷里面做事。我是没出息，学问没有，本事也欠缺，只能紧紧张张小心翼翼地守住老祖宗留下的家业。虽然每逢过年过节，那些知府、知州都要带着东西来家里看望，我家显得很荣耀。可是，我的两儿一女都没念下书，从小看着就不成才。我曾经花大钱雇过两个先生在家里办私塾，可是不知是先生教得不好，还是孩子学得不好，我的两个儿子十多岁了，啥学问也没学到手，整天就是吃喝玩乐，一说到学问就傻了眼，连《三字经》都背不过去，背唐诗能把李白、杜甫、白居易这些人的诗句混到一坨，背得乱七八糟。我最担心的是我家这么大的家业无人继承呀！所以我想请木斋先生到我家，专门教授他们，让他们在追求功名的道路上走得顺当一些。这个心思我早就有了，一直不敢给木斋先生讲。"

贾存仁瞅瞅大门外头，天色已经暗下来，村道上静悄悄的，常河老汉炒菜的香味悄悄传进来，锅铲在铁锅里叮叮当当地响起来。贾存仁回过头冷冷地看着额头冒汗满脸谦恭的孙镐："你是说叫我把刘常村这个书院撂下，把这里的十多个学生都扔下，去给你家当私塾先生？"

孙镐急忙摆手摇头："不是撂下，也不是扔下。挑一些家境条件好的，念书念得好的孩子一块儿过去。我的孩子也有个伴儿嘛。我知道一两个娃娃不好教，也不好学。就像老百姓放羊一样，一只羊也没法儿放，几只羊一起放才好。"

贾存仁又问道："那些剩下的孩子咋办？他们就不念书了？我这里十多个孩子哩。"

孙镐紧紧闭上嘴唇，眯着两眼瞅着贾存仁："也不是不管他们。我那里装不下这么多的学生。"

"不能吧，我记得你那间课堂比这一间房子大多了，又亮堂又结实，冬天暖和，夏天凉快，还真是一个念书做学问的好地方。咋就装不下呢？"贾存仁紧跟着就问。

孙镐有些口吃了："就是，就是……要是都去的话，我家老爷子岁数大了，经不起吵闹呀。"

贾存仁冷冷地笑了："那就是了。这里房子虽小一点，这家老爷子不嫌吵闹。孩子们上学也近便，我在这里教书也挺方便。那还搬什么家？"

孙镐压低了话音："木斋先生，我出高价钱。比这里高得多。一年五十两银子，行不行？我知道您在这里的收入一年超不过十两。有些家户还不能按时交上。"

"行啦，话已经说明白了！给你说吧，我不会去你那里。你给多少银子，我都不会去。我在这里教得很好，孩子们也学得很好。再就是，我在这里教书，虽然也多少收一点学费，但不是单单为了挣钱，有钱的人家交一点，钱少的人家少交一点，确实没钱的人家就不交了。总不能不叫孩子们念书！"贾存仁说罢，推开房门前头出去了。一股凉气从门缝吹进来，孙镐禁不住打了一个寒噤。

孙镐着急了，额头上冒出了冷汗，大声说："木斋先生，能不能再商量商量。您有啥要求尽管提。我是尽力满足。您看如何？"

贾存仁停住脚步，转过身子，说道："还有一个好办法，如若你不嫌委屈，把你家的孩子也送到来这里念书的话，我愿意像教别的孩子一样教他们。这里虽说没有你那里宽敞干净，但是也凑合坐得下。只要他们用心学，一定能学下个名堂。这一点请你放心。"

孙镐跟在后面说道："我的孩子到这里来念书？怕不行吧？您想一想。一来回近十里路，刮风下雨的，孩子们哪里受得了呀。再说跟这些村里的孩子混在一起，哪里能念好书呢？还不全都荒了草沤了粪？"

贾存仁站在院门外面等着孙镐，说道："您要是顾忌这么多，那可没办法了！要想叫我丢下这里的孩子，专门到你家里去教书，委实不可能。村里人也不会答应呀。"

从那以后，孙镐再没有露面。

贾存仁总觉着事情没有完，心底里面的那一份不安越来越明显和沉重，暗暗祈祷上天多给自己一些时日，让自己把该办的事情办完。

又一年过完春节，第三学年的第一学期又开学了，贾存仁更忙了，易河书院的十来个学生，分为三个年级，一堂课要讲三个教学内容，贾存仁不怕辛苦，默默地尽量朝前赶课程。

忽一日，来了两位据说是县衙教谕大人派来的官员，说是检点书院，刘常村两族长跑前跑后地陪着先是在村里吃喝一气，酒足饭饱以后来到常家老院，看了贾存仁的教案、课堂，还把那一块"易河书院"的牌匾仔细瞅了瞅，最后沉着脸问道——

"这就是那一块你们自己给自己做的牌匾呀？！"

两族长齐声小心地说——

"当初县衙教谕大人都来看过，还说办得不错，勉励我等把书院办好……"

两个官员互相看看，有一些不耐烦，打着嗝儿："真是，看过了，还叫我们来看！这是个啥鬼地方！还来来回回地跑！"

在检查教材的时候，官员指着贾存仁手抄的《弟子规》教材问道："这是个啥东西？我们咋没见过？"

贾存仁答道："原来叫《训蒙文》，学生念着不顺口，我做了修订，取名为《弟子规》。意思没有啥变动。主要是辅助启蒙教材教学的。"

官员用眼角瞅瞅贾存仁，训斥道："你算什么东西，竟敢随便修订教材！教材是教谕大人审定的。你是谁？"

末了，两个官员走了好远，又回头朝这边张望，还指指点点说说道道……两族长不知何故，站在村口看着远去的官员，满头的汗珠子落下来。从来到走整个过程，贾存仁心中有数，沉着镇静，有问必答，不卑不亢，与两族长一块儿送走了检点的官员。

从那以后，贾存仁除了坚持正常上课教学以外，暗暗加紧了对常乐山和陈嘉业的辅导，每天后晌吃完晚饭都要跟他们补一个时辰的课，很快就把四书五经里面主要的经典文章讲完了，还把自己教学的教案重新修改了一番，叫常乐山仔细抄了一遍。常乐山不明白为啥要抄写教案，贾存仁抚摸着他的肩头说道，听话，好记性赶不上烂笔头，眼过千遍不如手过一遍，总有好处。常乐山常常抄到深更半夜，贾存仁还嫌抄得慢。那些天师徒三人熬夜熬得两眼通红，白天打着哈欠上课。等终于把厚厚的教案抄写完了的时候，贾存仁如释重负，连声说道，这就不怕了，这就不怕了……常乐山不解地问道，老师怕什么呀？贾存仁笑道，你将来讲课的时候，遇到不懂的问题，可以翻教案呀，就像爬山过河，有一根拐棍在手，总要方便得多嘛。常乐山还是似懂未懂地眨巴眨巴眼睛……

平常不多管事，一心给师徒三人做饭、收拾教室的常河老汉似乎看出了问题，觉得很奇怪，悄悄向常乐山打听："乐山，木斋先生没跟你说啥事吧？木斋先生怕什么呀。"

常乐山说道："没有呀，只是催我们抓紧时间学习，说是再不学，时间就不赶趟了。"

常河老汉又问："木斋先生没说什么事情不赶趟？"

常乐山摇摇头："没说，看起来可是挺紧的。叫我抄写教案的时候，还再三交代，一定不能抄错，要不到时候就看不清楚，讲不清楚。耽误了自己不说，还耽误了别人。误人子弟是最可怕的事情！"

"他说叫你讲课？"

"我听着好像是那个意思。"

"照你这么说，木斋先生这是准备走了呀！他是在安排后事呀！"

"爷爷，啥后事呀？"

常河老汉摇摇头，没再吭声儿。

常乐山忽然想起一件事："爷爷，我想起来了，木斋先生还叫我师兄嘉业多给他们的那一头毛驴加一点草料，说是走起路来有劲儿……"

常河老汉不免有些着急了，就去找贾存仁。贾存仁坐在板凳上发呆，发辫有一点儿散乱，从左肩膀绕过来垂落在前胸，辫梢还压在肩头，手里的毛笔杆在白麻纸上，没有写下一个字，两条眉头皱得连在一起，两眼眯缝着，似没有发现常河老汉进来。常河老汉先是拿起抹布抹抹桌面和板凳，又把纸墨笔砚整理一番，而后端来一碗热水轻轻放到贾存仁面前，才小心地问道："木斋先生……您心里……是不是有事呀？"

贾存仁似没有听见常河老汉的问话，还是呆呆地坐在那里，没有吭声儿。

常河老汉轻轻走到贾存仁面前，伸手在他眼前晃一晃，又笑着问："嘿嘿，木斋先生，您心里有啥事呀？我看您呆坐在这里快一个时辰了。"

贾存仁这才发现常河老汉来了，赶紧站起身子，手里的毛笔掉在地上也没顾得上捡，双手下垂，满脸歉意："哎呀，老伯，您来了？您看，我真是……"

常河老汉弯腰捡起毛笔，双手捧着小心地放在砚台上面，才微笑着点点头："我总看着您好像心里有事的样子。"

贾存仁坦然一笑："没有呀，能有啥事呀？在这里给您老人家添了多少麻烦呀！还敢有事呀。"

常河老汉又问："我咋看着您心里不像前些日子那样平静呀？木斋先生，我是粗人，您别笑话。"

贾存仁拉着老汉的双手，微微一笑，说道："都好着呢，哪里来的不平静呀！常伯您放心。"

常河老汉小声说道："木斋先生，要是有啥事，一定要给我说，咱们一块儿商量着办。您辛辛苦苦帮助我们办书院，教孩子们念书识字，已经给我们帮了很大的忙了。您看我们村里变化多大呀，大人小孩都懂得《三字经》，懂得以礼待人，像那些打架吵嘴、家长里短的事情少多了，过年过节红白喜事再不用贴无字对子了。您瞅瞅，单是我家小乐山，跟着您念了两年多的书，脑子里面装了多少东西呀！过年的时候又是编对联，又是写对联，还给大人们讲解对联的意思，以前多少年我们这里哪里有这等人才呀！您可是我们的大贵人，可不能受啥委屈。"

贾存仁笑道："那是人家小乐山生性聪敏，念书认真，学业扎实。我真盼着咱们易河书院能多出几个像小乐山这样的好学生。"

常河老汉频频点头："主要是木斋先生您教得好。所以我才说您要是有啥难事，一定说出来，我们帮您解决，绝不叫您为难。"

"没有，啥事也没有，都挺好的。"贾存仁说道，"您瞧瞧，在您这里住了两年多，我也吃胖了，陈嘉业也长高了。我在您跟前不做假……"

"唉——"常河老汉忽然长叹一口气，平时和气快乐的脸颊上带上了愁容。

贾存仁关切地问道："老伯，我看是您心里有事吧？快跟我说说，别憋在心里。"

常河老汉的脸色愈加灰暗："看着小乐山跟着您学得这么好，我想起了我的小女儿银屏。她比她的小侄子小乐山还要机灵，啥事情叫她一琢磨就成了，还喜欢画画，绣花什么的。"

贾存仁又问："我才来咱们村的时候就听人说，您的小女儿几年前叫坏人拐走了，是咋回事儿呀？"

"这事提起来我就难受……"常河老汉慢慢道来，"也不知为什么，那几年我的家道不幸，先是儿子媳妇得急病去了，后来十六岁的小女儿也被歹人拐走了。原来红红火火的一个大家庭，就剩下我和小乐山一老一少……"常河老汉说着不禁老泪纵横起来。

贾存仁拿过手巾递给老汉，安慰道："老伯，别难过了。反正我也不能老待在你们这里，还要到别的地方游历，我给您留心着，若发现了银屏姑娘，再想办法跟您说，干脆我想办法给您送回来。算起来，如今银屏姑娘也该二十多岁了吧，大人了。应该能记得老家的事情和亲人。"

"但愿，但愿。木斋先生您能有这一份心意，老汉我实在感激不尽呀。您可真是我家的贵人。"常河老汉思女心切，竟没注意贾存仁说的到别的地方游历的话。

又过了几天就是清明节了。那一天天气阴沉沉的，空中飘着凉凉的雨丝，刮着小风，地面上不断旋起一小团一小团的灰尘，呼呼地叫着，给人一种不舒服的感觉。头一天后晌，贾存仁早早给学生们放了假，叫他们帮助家里大人做上坟祭祖的准备，清明节放一天假，跟着大人上坟祭奠祖宗。完了，照常上课念书。那天夜里，贾存仁屋里的油灯通宵亮着。睡觉少的常河老汉瞅着窗户纸上晃动的灯火，禁不住长出短吁，不胜焦虑。

村里人上坟祭祖很当一回事，先是由族长把族人集中到祠堂说事，而后再到祖坟活动，祖坟的事情完了，各家各户还要到"户坟"祭奠，几乎全村人都出动了。等这些事情都进行完了，大半天的时间就过去了。

等常河老汉带着常乐山上坟回来，家里不见了贾存仁和陈嘉业，那头小毛驴也不见踪影，家里家外收拾得干干净净，东西摆放得整整齐齐。常河老汉先到他们住的耳房里面看，又跑到教室里看，均没有人，只是在课堂的讲桌上放着一摞板板正正的线装课本和一叠写满字的白麻纸。

"哎呀！木斋先生这是走了呀！"常乐山拿起白麻纸一看，惊叫起来。

"什么？"常河老汉一听也不由得叫喊起来。

"爷爷您瞅瞅。这不是！"常乐山指着白麻纸说道。

常河老汉看一眼白麻纸，顾不上听小孙子念，一把夺过来，就朝外面跑去。"爷爷，您慢一点！"常乐山随即撵出去……

常家祖孙二人，先找着常姓族长，又找着刘姓族长，说了木斋先生走了的事情。两族长惊讶之余，叫常乐山念念那一张写满黑字的白麻纸——

刘、常二位族长：

木斋师徒二人于饥饿疲惫之中游历到贵村，幸得村民收留，木斋内心感激之情无以言表。在贵村办学，得到二位族长及村民之鼎力相助，方维持至今。原本想多在贵村多待些时日，把眼前此批学生教出来，使他们成为"童生"，顺利参加县衙"童试"。无奈天有不测风云，以致事与愿违，难以遂愿，只得作罢。好在学生常乐山天生聪颖，偏爱学问，悟性极

佳，余已经给其提前教授四书五经之经典课程，并把余之教案交给彼，以后易河书院的先生就由常乐山担任，想其一定能担当起重任，不负众望。贾某在贵村盘桓二年有余，深得两位族长及各位乡亲厚爱，无奈本人才疏学浅，所教之学，不及所承恩德之万一，内心不胜感激之至。离开贵村，尽管有难言之隐，然贾某师徒本来就是出门游历，以增长学问，完善自身。

故而，此次不辞而别，亦属题中之意。万望两位族长及各位乡亲谅解一二。贾某师徒离开贵村之时，除带走本人之书稿及随身衣物之外，一应教学之资料都留给常乐山所用，请各位悉心清点查收。

此函。

山右贾木斋敬上

"木斋先生真走了呀！"常乐山念完贾存仁的函件，蹲在地上掩面大哭，众人皆哽咽不止。

"由此可见，木斋先生早有离去之意了。"刘姓族长说道。

"可是木斋先生有何难言之隐呀？"常姓族长跟着就问道。

常河老汉就其所知，把孙镐多次来纠缠之事说了一遍。常乐山知道得多一些，又补充了一通。

两位族长唏嘘不已。

"爷爷，咱们把木斋先生撵回来吧！"常乐山叫唤起来。

"木斋先生早生去意，咱们未必撵得回来。"常河老汉摇头说道。

常乐山睁开泪眼，抬头遥望村外山路，说道："现在想起来，木斋先生做离去的准备，不是一天两天了。估计咱们在各族祠堂说事之时，木斋先生他们就上路了。现在咱们去撵，也不一定能撵上。"

常河老汉愤愤说道："孙镐这个不良之人，生生把木斋先生赶走了。太可恨了！"

常姓族长对常乐山说道："乐山，木斋先生把书院教书的事情交给了你。估计木斋先生的眼光不错，你虽年纪还小，但是一定能担当起书院教学之职，把咱们的易河书院继续办下去。该给的薪酬，村里按照木斋先生的大样子全给你。你说是不，刘老兄？"

"正是。"刘姓族长跟着说道，"平日我就听说乐山学问不错，单是过年春联就编得不错，写得也好，还能讲出一些道理。当是木斋先生的得意门生。这一回木斋先生走了，你就边学边教吧！算算时间，易县衙门县学明年就要组织童试，但愿咱们书院能出一两个童生，后年又是院试，要是能考出秀才，可真是刘常村祖上积德了，也不枉木斋先生一番苦心。"

常乐山全身立直，二目平视，朝两族长拱手致礼："晚辈一定尽力。竭尽木斋先生所教学问，带好书院同窗。只是晚辈胸中墨水甚少，还望二位长辈时常指点提携。以不负木斋先生之厚望。"

一旁的常河老汉看着小孙子倏忽之间懂了人事，说话谈吐似大人一般，内心自然欣喜不已，两眼沁出泪花。

清明节那天的后晌，孙镐就知晓贾存仁走了。开始的时候，孙镐又气又急，先是在自家院子里转圈子，而后又站在孙家堡地势高处眺望朝东南方向蜿蜒的官道。官道上空无一人……

手下的人愤愤地说道："这个贾木斋太不识抬举了。您那么高抬他，敬慕他，甚至还有一些巴结他，他都不听话，一点面子也不给，真可气！要不咱把他撵回来算啦！他识相一点跟着咱回来，他要是不识相的话，细麻绳子一捆，得了！少跟他废话！他们一大一小两个人，还有一头毛驴，注定走不快，走不太远，咱把他们撵回来吧！我去备马。"

"算啦，算啦！"孙镐叫住手下人，摇摇头说道，"这位贾木斋学问深厚，性情耿直，宁折不弯，咱就是把他绑回来，也不顶用。留住人留不住心，费上半天劲，还不是枉然？教书可不是在地里出力气干活。"

手下人说道："这几年您费了这多的心思，岂不白费了？"

孙镐长叹一声："唉——也怪当初我看错了人，枉费了心思，错打了主意。贾木斋这个人油盐不进，软硬不吃，十头牛也把他拉不回来。这几年来来回回跟他打交道，我实在不是他的对手。我心里比谁都清楚。罢了，罢了，随他去吧！"

第二十章

趁着村里人上坟的工夫，贾存仁带着陈嘉业牵着毛驴急匆匆出了刘常村。

还像前年来的时候那样，贾存仁左肩右斜背着那个绣着大雁的书包，陈嘉业牵着小毛驴，小毛驴背上驮着一个小包袱，似乎是久未上路，咋一出村，小毛驴便嗷地叫一声，撩开四蹄撒着欢地跑，师徒二人在后面紧追方能赶上。山野里传出"得得"的驴蹄声……

贾存仁边走边把离开刘常村的缘故讲给陈嘉业听，最后叹了一口气，说道："与其叫人家撵咱们走，不如咱自己离开。这样对谁都好呀……"。

陈嘉业说道："贾叔，您不说我也晓得那个孙镐想叫您把刘常村的书院辞了，专门给他家教私塾。您肯定不会去伺候他。就是没想到咱们会这么快离开刘常村。"

贾存仁叹了一口气："遗憾的是没来得及把易河书院这一期学生教出来，明年就童试了，后年就院试了，要是再能熬上两三年，能出一两个童生，甚至秀才，易河书院可就后继有人了。也不枉咱们在刘常村忙活一场。真是可惜了呀！"贾存仁话没说完禁不住哽咽了一下，转身朝刘常村的方向瞭望。

陈嘉业问道："贾叔，您也别难过。记得您给我说过，天下之事，由事难由人，顺其自然最好。您不是已经给我们开了小灶？常乐山不是已经先学一步？易河书院应该能够继续办下去的，能不能办好可不敢说。"

贾存仁长叹一口气，转过身子："唉，我那是不得已而为之，不愿为而为之。你想一想，一个才念了两年多书的小孩子能懂得多少东西呢？如何能教得了别人？十年树木百年树人呀！但愿常乐山能有所出息。此次不辞而别，实在有愧刘常村父老了。"

陈嘉业站在小山包上回头望望，说道："常乐山一定能行，问问他是谁的得意门生就知道了。您在他身上下了多大工夫呀。"

贾存仁正色道："小嘉业学得油滑了。你看小毛驴跑远了。"

陈嘉业红了脸，吐吐舌头，跳下小山包，前头去追小毛驴了。

陈嘉业牵住小毛驴等着贾存仁，又问："先生，这一回咱们去哪里？"

贾存仁回答："还没想好，我是想先到山左，拜谒孔庙、孔府、孔林，那里是儒家学说的祖庭，也是蒙学教育的源头。《论语》学而篇里说：'弟子入则孝，出则悌，谨而信，泛爱众，而亲仁，行有余力，则以学文。'这五个部分正是咱们的《弟子规》序言所提到的五个方面。也就是人常说的写文章的总纲呀！"

"我知道，我知道。"陈嘉业随口念出，

"弟子规，圣人训，首孝悌，次谨信，泛爱众，而亲仁，有余力，则学文。"

"正是，正是。"贾存仁高兴了，拍拍陈嘉业的肩头说道，"对这五个方面的全面阐述正好构成了《弟子规》的全部内容。《论语》的理念像大海一样深，像大山一样高，咱们一辈子都学不完用不尽。咱们这一次到山左曲阜去感受一下老祖宗生活的地气儿，聆听一下至圣先师对后世的心声，加深对老夫子思想体系的认识和理解。以后，咱就更明白该怎样处世、办事、做人了。"

陈嘉业点头说道："《弟子规》全文我已经熟烂于心了，再到山左曲阜看看，更能体会到老师您修订《训蒙文》的初衷了。也对您在刘常村所做的事情理解得更清楚了。"

"正合吾意，正合吾意呀！到底是我的学生呀！我的眼光没错呀！小嘉业。"贾存仁高兴地连连称赞，爱怜地摸摸陈嘉业的头。

陈嘉业的脸红了，朝贾存仁作揖："贾叔，您快别表扬我了，和您比，我还差得远呢！我这一辈子跟定了您。游完山左，咱们再去哪里呢？"

"完了再到京城。"贾存仁稍微一怔，随即答道，"我前些年曾妄想作为一个举人进京考取功名，在京城做官做事。现在方知那时候真是狂妄无知。"

陈嘉业笑着问道："您现在还想？"

贾存仁的脸上赧色稍微闪烁一下，随即恢复常态，睁大两眼看着远处的山峦："哪里呀，京城乃藏龙卧虎之地，各类高人名士多不胜数，咱们去那里也是领略一番，以丰富阅历，充实心智罢了。京城哪里是我等常待的地方？咱充其量是山右浮山县的一个普通读书之人，哪里敢有在京城为官做事的痴心呀！"

"好了，跟着您，再到京城逛逛。"陈嘉业更高兴了。

"我这样想。"贾存仁摇摇头，温和地看看陈嘉业，抚摸着挎在肩头的书包，"你不必跟着我了，咱们出来这些年，你的长进不小。游玩山左，你就牵着咱的毛驴回老家山右浮山吧。咱们出来快三年了，也不知家里的人活得咋样。咱们还存了一些银子，你带回去一点儿，我家里，你家里，都看看，好叫她们活得好一点……"贾存仁说着说着，不再吭声了……

"我还想跟着您走一些地方。我真不想离开您，贾叔。"陈嘉业撅起了嘴唇。

"别跟着我跑了。你父亲募兵去了西北，你母亲一个人上要侍奉你爷爷，下要带着你哥哥，确实很不容易。老人家一定时常惦记你哩，你也长大了，回去帮老人家干活。我觉着挺对不起你一家人的。"贾存仁说着，拉过陈嘉业，把半大小子抱在怀里……

陈嘉业擦擦眼泪："我担心您一个人在外边，能行吗？我怕再碰上像孙镐那样的人。"

贾存仁笑笑："孙镐只是一个嘴里不说心里话的人，还不敢对咱使出硬性子。要是碰上一个明火执仗强迫咱的人，凭着你一个半大小子，能给我帮上什么忙呀！真到了那个时候，还不知道谁照应谁呢。"贾存仁说完瞅着陈嘉业嘿嘿地笑起来。

陈嘉业的脸红一红，歪着头想一想："如今乾隆盛世，朗朗乾坤，哪能有明火执仗的坏人呢！有我跟着您，总能给您帮个人场，壮个胆吧。有了事情，有个人商量商量吧。起码多两只眼，多两条腿，多两只手，帮你瞅瞅路径，看看行李，做做事情吧。"

"行啦，别老替我着想了。我还没到七老八十。还能照顾了自己。估计在京城转转我也就该回山右老家了。再说，山左和京城是人文荟萃，社会繁华之地，不像易河县那样的偏僻荒野，一个人也好活。"

"您真要叫我回去，我一个人回去，得把小毛驴给您留下。省得您背书稿和行李了。"

"还是你骑着回去。我独自个儿照护自己还行，哪里有工夫喂驴管驴呀。再说，你还小，一路上有驴也是个伴儿。我也放心。快走吧，你看时候不早了。你啥时候动身回家，看看情况再说。也不是今天明天的事情。"贾存仁说着，迈开脚步前头走了。

陈嘉业还想说啥，见贾存仁走远了，只得牵着毛驴紧紧跟上，再没吭声儿。

贾存仁带着陈嘉业在路上晓行夜宿，边走边问，走了七八天的时间，终于走到了山左曲阜。他们在曲阜盘桓十多天，把小毛驴寄养在附近的客栈，尽情游览古建，静穆瞻仰三孔[1]。每日白天游览观瞻，顺便听听孔氏后人讲课，夜晚即露宿于高墙外面避风处，夜深气寒之时师徒二人就紧靠着高墙，蜷缩于毛驴腹下取暖，早晨醒来两人腿麻脚跛，咳嗽不止，发辫散乱，眵目糊眼，只得找个人家洗漱打理捯饬一番，吃点东西，再继续游览。

陈嘉业心疼先生，谓曰："咱们何不住旅馆歇息？也花不了几个钱。我年轻倒好说，看您偌大年纪遭的啥罪。"

贾存仁抻抻衣衫，整整发辫，搓搓脸面，蹬蹬两脚，说道："嘉业此言差矣。我不是为了省几个钱。能有机会在老夫子膝下安卧岂不是幸甚至甚？游览此处圣地你我今生也就这一回罢了，因此咱们不住别处，一定要栖于此地，聆听老夫子教诲，别看咱们肉体受困，心灵可是涤污净化。如今乾隆盛世，国家安泰，咱们在这里栖息，比老夫子当年率领众弟子周游列国传道讲学时强多了，这是咱的造化。"

一日后晌师徒二人游完孔林，红日西沉，游人无几，暮色漫漫，二人步出孔林大门——至圣林坊。贾存仁边仔细看着大门一边几通高大的石

---

[1]三孔，即曲阜的孔府、孔庙、孔林。

碑，边说道："嘉业你看，这大门始建于元代至顺二年，牌坊建于明朝永乐二十二年，到了本朝雍正年间改成'至圣林'。你看，这一对石狮子还是明朝崇祯七年雕镌的。多么精美的活儿呀……在咱老家你能见到？"看完了，贾存仁面对高大的牌坊深深拜了下去，陈嘉业跟在后面学着做。贾存仁在牌坊下面仔细看了几个来回，四顾遐迩，歪头想想，笑着说道："嘉业，我看咱们今天晚上就在这牌坊的台阶上歇息吧。咱们难得来一次孔林，就给老夫子守一次夜吧。尽尽儒家弟子的孝道。"

陈嘉业回答："行，您说咋着就咋着。"

二人在附近饭铺随便吃了一点东西，天就完全黑了，又回到孔林大门。这时候，大门已经紧紧关上。贾存仁叫陈嘉业找来一根树枝，粗粗打扫一番，就靠着大门门板坐下，把书包紧紧抱在怀里，微笑着说道："嘉业你看，这石头面料比炕面还平。不比咱们在易河县刘常村常河老汉家里的土炕上睡得舒服？我敢说比咱老家还舒服。过了清明节好多天了，天气也不是太凉。正好供咱们歇着。老天爷给咱安排的呀！"话一说完，贾存仁就深深打了一个哈欠，闭上眼睛养神。

陈嘉业笑笑："自然，自然。"

陈嘉业抱着小包袱靠着大门坐下，打了一个哈欠，刚闭上眼睛即沉沉入睡，忽地一声呵斥传过来："起来！起来！哪里来的狂徒！偏会找地方！"

陈嘉业一个猴精灵跳起来，贾存仁也跟着站起身子。

两个身穿官军服装、佩戴刀剑的士兵站在面前。一个当官模样的汉子指着贾存仁大声问道："你们从何处而来？竟敢在堂堂至圣林坊前面胡来！亵渎圣人？"

贾存仁站得笔直，抱拳打拱，毕恭毕敬地答道："本人山右贾木斋，特来拜谒孔林！天色已晚，人地生疏，只好露宿于此，生员久居山右僻壤，孤陋寡闻，不懂规矩，还请军爷宽恕。"

"什么山左山右的！圣人圣地岂是你等作践的地方！为了省几个钱，就敢作践圣人圣地！"军官火气仍很大。

贾存仁仍旧不卑不亢："我等孔门学人绝不敢作践圣人圣地，也不是为了省钱，是想给圣人守夜。以尽儒家弟子一份虔诚。"

军官脸上的平和了一些，说道："守夜？叫你们守夜还要我们这些人干啥？快走吧！这里不需要你们守夜。别到后半夜拉撒在圣人之地，还得我等收拾。要守夜到那边台阶下面守去！"

见没有理可讲，贾存仁只好叫陈嘉业把行李搬到大门台阶西边的草地上，二人席地而坐歇息。陈嘉业小声说道，草地还比台阶上软和舒服哩。贾存仁捅捅他的胳膊，不叫他乱说。

也许是累了，二人竟背靠背睡熟了。到了下半夜，天上掉下雨点，越下越大。贾存仁从梦中惊醒，慌忙起身，一把抓过装着《弟子规》书稿的小包袱连同书包紧抱在怀中，怕雨淋湿了书稿，贾存仁弯下腰，面朝地，背朝天，用身体保护书稿，雨水不断地淋落在脊背上，顺着两条腿流到地上，长长的发辫绳子一般垂直吊下来也流着雨水。

陈嘉业提出到台阶上面避雨。贾存仁说道，咱一上去，那位军爷又会出来撵咱们，一来二去，书稿岂不全叫雨淋湿了？先这样，等雨小了再作打算。陈嘉业只好用一条胳膊抱住贾存仁，二人上身紧紧靠在一起，以保护身子下面的书稿……

天亮了，雨也停了。陈嘉业拿过小包袱慢慢站起身子，正待伸展一下腰身，旁边的贾存仁竟扑通一声栽倒在泥水里……

陈嘉业先把贾存仁扶到台阶上躺下歇息了一会儿，而后把贾存仁背到寄养小毛驴的客栈，登记了房间，搀他上床躺下。

贾存仁慢慢清醒过来，摸摸脸颊，捋捋发辫，抻抻腿脚，嘴里唠叨起来："岁数还不是太大么，咋就经不起折腾了？真是！"

陈嘉业端了一碗热汤喂贾存仁喝下，含着眼泪说道："人过三十，天过午嘛。您已经三十多岁了，哪里还经得起折腾呀。"

"我咋估摸着自己还能行……"贾存仁嘴里不断地嘟哝。

"您是肠子给肚子宽心呢……"陈嘉业也在嘟哝。

接下来，二人在曲阜城里安心歇息了几日，随处转转，消除疲劳，整理思绪，浆洗衣衫，确定下一步旅途。陈嘉业道，贾叔，我还是陪着您吧，您没个人照护，还真不行，看那天在孔林，多叫人心疼呀。贾存仁道，说定了的事情不要变了，你不回去，我也不放心家里，再说那天的事情也不会有了，你还想再叫我顶着风雨露宿野地呀，全天下还有第二个孔

林？陈嘉业嘿嘿地笑起来。

又过了几天，贾存仁彻夜没眠书写一封信，次日晨起交给陈嘉业，托他捎给妻子张菊韵，并说此信并无私密，你可以先看看。

陈嘉业展开信札，信内写道——

敬启者吾妻菊韵：

见字如面。吾等离家已经近三年矣。来山左曲阜也十数日，圣贤之地，春阳普照，受益匪浅，不日即赴省城济南府。临行前，草一信于妻，托贤侄陈嘉业带回。吾身心俱安，寝食无忧，勿念。嘉业随吾游历数年，学业长进，见识俱增，已经成人。现着其先行返乡，捎回银子少许，烦吾妻酌情处理，陈贯通代我募兵西北，家中困苦一定不少，可多赋予一些，还有我之岳父大人已值暮年，亦要关照。余在外游历，妻独自承担育儿之重任，实于心不忍。唯有返乡之后竭力报答。余在外时日不会太久，当返之时，且可返乡，敬请等待。纸薄字多，信短情长，书难尽意，容后畅怀。两小儿年幼混沌，万望严加管束，使其发奋学业，追求功名，能有所建树。问泰山大人贵体康泰。若见到友奋、宜思，也请代为问候。

全家安好。

愚夫余田[1]敬上

陈嘉业看完信札，有所不解，正待张嘴询问。贾存仁摆摆手，说道："你只把此信交予你师母即可。她自会料理。"

陈嘉业再没言语。

贾存仁帮助陈嘉业束束干粮，整整衣衫，理理发辫，擦擦脸颊，说道："你返乡途中，切不可早晚赶路，一定选大白天上路，日头未落山之前早早在人多繁华之地歇息，万不可独自一人露宿，还要注意多饮水，多歇息，以保持长途跋涉之体力。返乡之后，当孝敬老人，分担家务，更要继续温习学业，适时参加县试和院试，功名还是第一等的，万不可荒废学业，自毁前程。为师返乡之时当是你金榜题名之日。"

陈嘉业正身、顿首、垂泪、点头……

贾存仁替陈嘉业拉着毛驴送出去好几里地，一路上不停地嘱咐，把找

[1]余田，即贾存仁的号。古代用于家人长辈对晚辈及平辈之间称呼。

什么样的人问路，在啥样人家投宿、吃饭，如何给毛驴加料饮水，如何看管好行李，回家以后如何攻读学业等等都想到说到了。陈嘉业再三不叫送了，贾存仁执意要送。

最后，来到离曲阜县城数里的一处高岗，贾存仁一把拉住陈嘉业："贤侄，要不你别走了。你一个人上路，我委实不放心呀。过几年跟我一块儿回家。"

陈嘉业犹疑片刻，说道："贾叔，我还是走吧。其实我心里也挺思念老母亲的，还有我爷爷奶奶。我跟您出来好几年了，也不知老人家生活得如何……我在老家等着您……回家以后我也好把咱们在外面的情况告诉她们……"陈嘉业难过地说不下去了，低头垂泪。贾存仁只得作罢。

送走了陈嘉业，贾存仁退了客栈房间，把小包袱缠在腰间，斜背着书包，动身走上通往济南府的官道。一路上春风拂面，丽日送暖，贾存仁神清气爽，加之行人很多，车来人往的，虽说少了陈嘉业和小毛驴，倒也不觉得寂寞，脚下走得很轻快。

走了三天，傍晚时分，贾存仁进了济南府城东边的历城县城。找人打听，方才知道，这历城县距济南府还有几十里路程，看看天色不早，就决定先住下，明天一早动身，天黑以前即可赶到济南府。

贾存仁信步走到历城县城中心，这里旅馆酒肆店铺林立，客商熙熙攘攘，很是热闹繁华。那些门店的小二站在大门口热情地招揽来往客人，贾存仁站在远处瞅瞅，没敢走近。他把在易河县刘常村教书挣来的银子大多叫陈嘉业带了回家，只留了极少一点儿，原本想在济南府再找个差事做做，挣一点盘缠，再动身去京城。试试肚子也不太饿，所以只想找一个便宜一点的客栈歇一夜算了。看看那些画栋雕梁，门面华丽，人来人往的旅馆，费用一定不菲，连问都不敢问一声。最后在一条胡同里面才找着一家不大的客栈，是那种大通铺一类的客房。一问，住一夜才两文钱，就交钱住下。大通铺上已经从门口及里一字儿摆开住了几个客人，都是粗布短衫的出苦力之人，有的人脱了鞋，有的人干脆连鞋都不脱就仰面躺在炕上，房间里边弥漫着一股酸臭的汗腥脚臭味道儿，一盏马灯吊在房子中间，摇摇晃晃发出昏暗的光，贾存仁不禁摇着头抽搐一下鼻孔。店小二看看贾存仁的模样，说道："客人，看你身穿长衫，面皮白净，像个有学问的人，

别跟他们挤在一起，就住在里边铺头。"遂引导贾存仁走到最里边在最后一个铺位住下。贾存仁朝店小二打拱致礼，再三感谢。那几位先住下的客人，见贾存仁客气的样子，都嘻嘻发笑……贾存仁朝他们拱拱手，而后把小包袱解下来当枕头，还是把书包挂在脖子上抱在怀里，顺势就躺到铺上，许是跑累了，很快就沉沉地睡着了。

贾存仁醒来已经是第二天晌午时分，揉揉两眼，坐起身子，朝前看看，客房里面空无一人，于是急忙穿上衣服，忽觉着少了什么，仔细一看，才发现当作枕头的小包袱不见了，那个绣着大雁的书包倒还在，里面的文房四宝还在，只是敞开了口，显然被人翻过了……再周身摸摸，除了藏在内衣兜里的几个银毫子还在，放在小包袱里面的几两银子连同小包袱全都不见踪影……

贾存仁一下子急了，冷不丁地出了一身冷汗，急忙叫来店小二，说道："小二，你看我住在你们店里，行李被人偷了。咋办？"

店小二并不着急，张张两手说道："别的人天一亮就先后走了，只有你还呼呼地睡着，谁也没说丢了东西，现今只剩你一人，连对证查问的人都没有。这种事情常有发生，谁也没咒儿念。"

店主听说了，拿来一个木板走过来说道："客人，你看这上边写得明白，衣物自管，丢失自负。你的行李丢了，谁也没办法。"

贾存仁急得浑身颤抖，说道："掌柜的，衣物和钱丢了都不要紧，没了就没了。可惜的是我的书稿全丢了，好多年的心血呀！一句话一句话地想出来，再一个字一个字地写出来的，白天黑夜的辛苦呀！现在说没就没了，这可咋办呀！"贾存仁急得弯着腰在地上边哭边转圈子。

店主看着可怜，背着双手出到院门口看看，又转回来瞅瞅，才说道："客人，你在我店里丢了东西，虽说我没办法赔给你，但是也同情你。我看这样吧，你还是先住在我这里，看你身穿长衫，面带斯文，眉清目秀，还带着文房四宝，像是出来游历的有学问的人，书法一定错不了。在我们山左，儒学源头，道义故里，常见你这种人。我们这里的人还是蛮敬重学问的，说你们满脑子学问就是随身带的饭碗。想想办法，挣一点盘缠再上路。要不你只得讨饭了。像你这样的文人，只怕是讨不来饭的。"

贾存仁听说了，急忙擦去眼泪，朝店主深深一拜，说道："恳求贵人为小生指一条生路。要是不把书稿重新写出来，我连老家都没脸回去了。"

店主笑道："你也别叫我贵人，我只是一个做生意的。你是哪里人氏？来此地贵干？"

贾存仁又拜："山右贾木斋，游历至此。"

店主又说道："山左山右，一山之左右，一山之邻居，咱们还是近邻呢。远亲不如近邻，咱们还有一点而缘分。贾木斋先生，我这小店虽在胡同里面，但是直通大街，经常遇到求人写信、写诉状的，也有人喜欢书法，交换买卖字画的，要是有人看上了你写的字，还会掏钱买的。看你面相白嫩，眉黑目亮，手指细长，注定是经常读书写字之人。如能在胡同口摆摊卖字、替人文书，也不失一着好棋。总会有一些收入。"

贾存仁有些迟疑："卖字、写文书？"

店主说道："您别瞧不起我们历城县。我们这里可是出了一个大学问家，名叫周永年，自号林汲山人。他办的林汲山房，藏书过十万，人说他的藏书'甲于山左'呀，皆敬称他周林汲，经常有京城和济南府来的达官贵人来拜访他。我们这里喜欢写字、看字、藏字，懂得书法的也大有人在。只要您写得好，生意注定差不了。"

贾存仁再次拜谢："谢店主指点。"

"文人的礼道儿就是多。"店主笑了，"你先别谢我。我说你先洗漱一番，把自己捯饬得利利索索清清爽爽的，我借你一张小桌子和一把小凳子，先出去试试，行，你就干。不行，再想别的法子。"

贾存仁已经没了那会儿的惊慌神情了，他说道："早就听人说山左人士多侠义心肠，果然如此。掌柜的，桌子、凳子，我给你出租金，不白用你的。"

"算了，算了。你是落难之人。要是能不欠我的房钱，我就谢天谢地了。我帮助你，也是替自家着想。"店主边笑边说。

于是，贾存仁洗漱干净，刮净脸面，编好发辫，穿戴整齐，随便吃了一口饭，找了一个小木牌牌，写了两行字——

因行李丢失，落难贵宝地，无奈代写信札文书以挣盘缠，敬请关照。

山右贾木斋

店主一看，首先喜欢："单看木斋先生这几个字写得多体面，注定是好学问。"

　　贾存仁苦笑一声，摇摇头，拿上小桌、板凳，正预备出门，看看熙攘的大街，悠忽生出一丝胆怯和羞涩，原本打算迈出的左脚又收了回来，脸面也染上赧色，低头无语。

　　店主见了，笑道："木斋先生，靠学问吃饭，不丢人。大胆地走出去吧。您是雅乞。"

　　"靠学问吃饭不丢人。雅乞不丢人……"贾存仁嘴里念叨着，整整衣衫，拿起小桌板凳，开始还是小步，后来步子越来越大。来到胡同口，找一个宽敞的地儿，靠着一棵大柳树摆好桌凳，拿出文房四宝，置于桌面，又站起身子，面向近处的人微笑着拱手致礼，才正襟危坐。

　　不断有人走过来瞅瞅木牌上的字，信口念念，就走人，还有的人站在一边斜着眼看热闹。

第二十一章

半个多时辰过去了，连一个求写信札的生意也没有。暮春的日头已经升起，热辣辣的光线照射下来，浑身有些燥热，背后的大柳树细长的枝叶在风中哗啦哗啦作响。头一天晚饭就没吃，今天早饭也没正经吃，贾存仁的肚子不禁咕噜咕噜地叫唤起来，额头也冒出了冷汗。正待饿得心慌意乱之际，一个衣冠整洁的老者走过来，问道："敢问这位山右贾木斋先生，你写一个字，收多少钱？"

贾木斋红着脸打起精神回答："我……本是落难之人的无奈之举，平生没做过此事，老先生看着给吧。"

老者笑着说道："看你这人还实诚。好，先给我写一封信，给你开开张。"

有了生意，贾存仁顿时来了精神，铺开白麻纸，打开砚台，手捏墨锭，研了几下，拿起毛笔批批笔锋，再问老者："老伯请说，给谁写信，写什么事？"

老者叹一口气："我儿子前几年跟我赌气随着别人到关东闯生活去了，一直没有音信。今年春季大旱，眼见得光景又不好过了，最近我们村里的年轻人又嚷嚷地要过去，我想托人给儿子带一封信，叫他快回家来，我和他娘岁数大了，干不动活了。"

贾存仁稍一思忖，提笔写来，而后给老者一字一句地念一遍，小心地问道："老伯，您看这样写行不行？不行的话，我重写。"

老者接过信札，瞅瞅，喜欢的说道："看您这一笔字儿写得多流利。文字也拣得好。意思全说明了，还不啰唆。好好。你说要多少钱？"

贾存仁满脸通红，小声说道："快别说钱了。您看着给吧。要是没带零钱，就算了。您儿子不在家，咱这事儿权当自己的儿子给您干活帮忙。不过我这儿子当得岁数也许大了一些。"贾存仁说完自己先笑了，笑完了，心里感觉轻松了不少。

老者连连摇头："那怎么能行呢，还能叫您白干活？既然您不好意思说。我就看着给了，您也别嫌少。"老者说着，掏出一两银子，放到桌面上。

贾存仁一看立马急了，拿起银子双手递到老者面前："您老人家给得太多了，给得太多了，我可不敢收。您给一个银耗子就行了。"

老者笑道："您也别嫌多。一方面我真没带零钱，一方面那会儿说了，我是给你开开张，图个吉利。别的人就不会给这么多了。安心收下吧！"老者话说得真诚，朝贾存仁拱拱手，转身走了。

周围看的人都和善地笑了。贾存仁只得收起银子，又朝众人拱手。

一会儿工夫就来了好几个求写信的，给一个银耗子的，两个银耗子的都有，也有真的没带钱没给的，贾存仁也不计较。快晌午饭时了，贾存仁正预备吃饭去，两个壮年汉子匆匆走来，说道："先生，我家聘闺女，请人写的对联被风吹扯了，急着用，接亲的人已经进了北城门，立马就到。请您帮着写三副对联，院门一副，家门正房一副，偏房一副。"

贾存仁说道："写对联好说，可是您得把红纸拿来，我这里没预备红纸呀。"

"那好办。"一个汉子跑到附近店铺，买来几张红纸交给贾存仁。

贾存仁按照尺寸裁好红纸，正要写，忽然想到一个问题，说一声："客官您等一等，帮我看着摊子。"说完，遂起身跑到店铺买一根中楷毛笔，朝中年汉子摇摇，"没有这家具还真写不成哩！"

围观的人皆言道——

"这位山右贾木斋先生真是实在……"

"要是那些奸猾之人，还不趁着主家事情急，叫他买一大捆子毛笔呀！"

那两个中年汉子也满脸笑着朝贾存仁点点头。

贾存仁面带微笑，摆开架势，预备下笔，忽一阵风吹过来，红纸在桌面上飘忽不定，没法下笔。贾存仁正要找东西把红纸压住。那红纸竟稳住不动了——两根细嫩修长的手指头轻轻压在红纸头头上。抬头一看，只见一位年轻女子伸出纤细手指按住了红纸。贾存仁朝那女子点点头。只见那女子穿戴朴素，面相端庄，举止有度，精细眉宇之间透漏出一股风雅之情，似乎在哪里见过，细细想，确实未曾谋过面。女子面带微笑，稍微抬一下下巴，算是打了招呼。贾存仁没有多想，亦不便多说，只是略微思索，屏住呼吸，挥动中楷，下笔写字。每写一个字，那女子就把红字朝上拽移一点，正好写一个字，配合得甚是默契，恰到好处。

三副对联很快就写好了，贾存仁还指点两位汉子，哪是院门的，哪是正房的，哪是偏房的，哪是上联，哪是下联，横批与对联如何匹对。二人一一记下。末了，一中年汉子面带歉意："木斋先生，我们事情来得很急，没来得及带银子，事情完了再给您送过来行不行？"

贾存仁摆摆手："不用，不用。你家聘闺女的事情要紧。快别说啥钱不钱的了。老话儿讲，救场如救火。一副对联，举手之劳，不成敬意。你家聘闺女是喜事儿，祝你们好事成双。权当我是对门邻居帮你们了。远亲不如近邻，近邻不如对门嘛。快走吧。"

"要不一会儿到我们家里喝喜酒吧！"另一汉子说道。

贾存仁把手摆得像扇扇子："快别啰唆了，赶紧去办你们的事情去，赶紧办你们的事情去吧。新女婿立马就要进门了，大门上没贴大红的对联怎么行呢。快回去贴上。"

两个中年汉子千谢万谢地走了。

贾存仁正要对那位帮着压红纸的年轻女子致谢。女子则先开朱唇："这位先生，学问好，字也写得好呀！"

贾存仁顿时红了脸，瞅女子一眼，急忙低头说道："承蒙姑娘夸奖，落难之人，混口饭吃，只求写对，不敢言好。"

那女子没接话茬儿，朝贾存仁点点头，转身走了。

贾存仁没敢多想，收拾桌面上的东西，预备吃晌午饭。

次日，贾存仁又在大柳树下出摊。有了头一天的势头，很快就有人过来求帮着写信写字儿，看的人也多了起来，一位懂得书法的人，还向人们

讲解贾存仁写字的特点和长处，平添了几分红火。快晌午饭的时候，那位女子又飘然而至，先站在一旁，静静地看贾存仁写字，一股淡淡的胭脂味儿悄然漫来。贾存仁觉得鼻孔微痒，也瞅见那女子了，因人地生疏，未敢造次，强忍住喷嚏，只是低头写字。

工夫不长，求写字的人少了。那女子开口言道："这位山右贾木斋先生——"话未说完，女子即嘿嘿地笑了。

"有话请讲。" 贾存仁抬头看那女子一眼，红着脸说道，"敢问女客官是写字，还是写信？"

女子不再嬉笑，正颜道："我瞅您的字写得很规整，想请您帮着写几个字。"

贾存仁回复常态，拱手说道："说吧，写什么字。看姑娘秀外慧中，一定懂得书法。贾某小地方人士，孤陋寡闻，才疏学浅，如若写得不满意，还请恕罪。"

女子低头想想，旋即抬头道来："求您把唐代大诗人杜甫的《望岳》诗最后两句写成一个斗方。"

贾存仁略一思忖，取出一张白麻纸展开，用手量一量，寻摸写字的位置和尺寸。那女子则捏住墨锭熟练地研起来，一股墨香悠然散开。

贾存仁不慌不忙抽出手巾仔细擦擦双手，启唇吹吹桌面的微尘，展开白麻纸，皱眉一想，拿起毛笔蘸点墨汁，批批笔锋，挥笔写下——

岱宗夫如何？齐鲁青未了。

造化钟神秀，阴阳割昏晓。

荡胸生层云，决眦入归鸟。

会当凌绝顶，一览众山小。

随后用小楷落款——

山右贾木斋学临唐·杜子美望岳诗一首

那女子一看先笑了："木斋先生，我是说请您把《望岳》的最后两句写一下，您怎么把全诗写下来了？"

贾存仁又朝女子拱拱手："杜子美[1]的《望岳》写的是山左泰山，我眼

---

[1]杜子美，唐代诗人杜甫的字。

下又身处山左大地泰山足下，实不敢对《望岳》断章取义，拦腰斩断。"

女子又问道："那会儿，我见您的草书写得如行云流水，甚是流利潇洒。这幅斗方您咋写成规整严谨的楷书了？"

贾存仁又拱拱手："那会儿是写对联，应景儿的事情，可以随心由笔，写得热闹一些。若写书法，学写杜子美名篇，又是在圣人之地，本人实不敢造次，只得用心写公正的楷书。写得好不好，另是一说，写字的规矩还是要讲究的。只是不知姑娘对我写的字是否满意？"

女子抿嘴一笑曰："木斋先生，我看您当过教书先生吧？"

贾存仁坐得板正："不瞒您说，本人原本就是一个教书的，孩子王。混口饭吃的差事。"

女子双手拿起斗方，对着日头照照，再鼓起小嘴吹吹，而后小心地卷起来，从衣兜里掏出一两银子，轻轻放在桌面上，看一眼贾存仁，转身就走。

贾存仁急忙拿起银子说道："用不了这些的，用不了这些的！"

女子转身朝贾存仁摆摆手，回头走远了。贾存仁急得撵也不是，不撵也不是，直在原地跺脚，额头的汗珠直朝下流……

"木斋先生，您遇上知音了。巧儿妈打巧儿，巧儿极（急）了。"耳后传来客栈店主带几分戏谑的话音。

贾存仁急忙站起身子，朝店主拱手："掌柜的，您取笑贾某了。"

店主指指渐行渐远的女子，笑道："木斋先生，我不是取笑您，那女子一看就是一个书画行内之人，亦不是普通人家之女，不仅欣赏您的书法，而且懂得写字，还很欣赏您的为人呀。她不是请你写字的，而是在你手里淘字哩！我敢说，指不定，您的运气真是来了呢。"

贾存仁瞅一眼女子渐行渐远的背影，边摇头边说道："掌柜的过奖了。萍水相逢，偶然邂逅，哪里来的啥运气呀。您看我刚刚丢了东西，把费了千辛万苦写成的书稿也丢了，浑身的晦气还没褪尽呢。运气碰着我还不躲着走？"

店主正眼看着贾存仁笑道："反正我把话说给您了。您要是发达了，可别忘了我的话。"

贾存仁拱手道："承蒙您吉言，承蒙您吉言。"

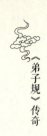

接下来一连数日，贾存仁照例在胡同口大柳树下出摊写字，生意虽不是多红火，总没冷了场，断了线，见天有些收入，只是那位女子再没来过。贾存仁嘴里不说，没人的时候，总少不了朝远处瞅一瞅，瞭一瞭……

吃完晌午饭，贾存仁在房间里歇息一阵，从衣兜摸出银子数数，连零带整竟有五两之多，不禁满心喜欢：再出去几日，凑足十两，就能动身去济南了。看看时间不早，遂起身来到大柳树下，摆开摊子，等候生意。一日之中最燥热的时光已经过去，天气清爽宜人，高天有白云游荡，近处有凉风吹拂，柳枝在头顶晃动，大街上行人也不是很多。

贾存仁端坐在小凳子上，有些迷糊，隐约感到有人来到近前。睁眼一看，竟是前几天求字的那位女子。贾存仁心中猛然一动，脸色悠然一红，急忙起身招呼："姑娘，您来了。"

女子嫣然一笑，面皮儿红一红，朝贾存仁款款一拜："木斋先生，我家老爷看了您写的字，很是欣赏。今日无事，特遣我来请您到舍下一聚，还说有要事相商。请木斋先生一定成全。"

贾存仁愕然："你家老爷是哪一位？你家在哪里？"

女子指指东南方向："周林汲，林汲山房。"

"林汲山房？"贾存仁随口说来，"就是那位创办林汲山房，藏书甲于山左的大学问家林汲山人，周林汲，周永年先生？"

女子点头："正是，正是。先生才从山右过来，也知道我家老爷？"

贾存仁摇头实话实说："来这里之前并不晓得，我是才从客栈掌柜的那里听到的，初闻大名，如雷贯耳。倒是很想结识这位周林汲先生，苦于无缘。"

女子笑了："正好，请先生赶紧把东西收一下，随我来吧。别在这里抛头露面地挣钱了。"女子说着不等贾存仁应承就像熟人一般伸手帮他收拾东西。

贾存仁迟疑道："姑娘，你瞅瞅我这埋汰样儿，如何去拜见林汲先生？林汲先生可是大学问家呀。"

女子显得些许不耐烦："我说山右贾木斋先生，您的动作能不能快一点，别叫我家老爷等急了！既然您想拜见我家老爷，何不趁早？快别啰唆了。我家老爷欣赏的是你的学问和你的字，不是你的埋汰样儿。"听口音，似乎自己与贾存仁已经很熟悉了。

贾存仁不敢再啰唆，赶紧着收拾。

贾存仁回到客栈，把东西交还店主，言明事情缘故。

店主笑道："木斋先生，我说得没错吧？"

贾存仁的脸闪红须臾，才小声说道："您的吉言，木斋忘不了。只是未知底细，祸福难料。"

店主则显得很是轻松，心情颇佳："这位周林汲先生在我们这里口碑极佳，名声远播，不仅学问深厚，而且乐善好施，人品之至。快去吧，错不了。您要是能攀上林汲山人，进了林汲山房，还愁没有饭吃？没地方住？您说过的，别忘了我的吉言。"店主言毕，看一眼那个女子，笑着拍拍贾存仁的肩头。

那女子装作没听见，一边扭头看看客栈的装饰、摆设，一边掩嘴微笑，并不言语。

"必定，必定。"贾存仁朝店主拱拱手，对那女子说道，"姑娘，请您稍等。"说毕不等女子回话，即走进自己的房间。那女子也不好跟着进去，只得在外面等候。

工夫不大，贾存仁走出房间，只见发辫梳理齐整，手脸稍事擦洗，衣衫穿戴洁然，举止亦加文雅，只是两手空空，肩上斜背的书包是唯一行装，像个童生一般。

那女子见此不禁掩唇微笑，驻足问道："木斋先生，您的行李呢？"

贾存仁一脸尴尬，指着肩上的书包："唉，我的东西全被人偷了。只剩下这个小书包了。"

"丢就丢了。只要鸿雁没飞走就好……"女子瞅瞅贾存仁肩上的小书包上面绣的大雁，戏谑地叹口气，前头出门了。

贾存仁朝店主拱拱手："掌柜的，我还回来。少不了您的房钱。"

店主笑然："您是吉人，自有天相。我不怕您跑了。"

贾存仁随女子走了。

贾存仁跟着那女子出了历城县城，直奔东南。二人只管走路，并不言谈。走了数里，迎面一处数丈高的悬崖矗立面前，一挂瀑布跌落下来，瀑水清冽，银花飞溅，一股清新的气息直扑鼻孔，两边崖壁耸立，满目叠

翠，气势壮观，悬崖边上镌刻"佛峪瀑布"四个龙飞凤舞大字。贾存仁禁不住站立四字之前，仔细观看字的笔法，还用手指悬空临摹数下。

那女子并不等他，只管前行。

贾存仁见女子走远了，只得快步赶上。

二人绕过瀑布，走进山峪，踏上一处石质平台，平台边上亦刻有"禹王台"三字，贾存仁少不得又伸出手指悬空临摹几下，嘴里还是念念有词。

这一回，女子驻步等待，然并不回头。

贾存仁见女子等他，面上稍显歉意，遂快步赶上。

下了禹王台，一泓泉水等在面前，水面如镜，溪流似锦，水中鱼游虾嬉，岸边翠竹林立，松柏挺拔，山石上"林汲泉"三个大字甚是显眼，贾存仁即驻足两眼盯着山石上的字，摇头悬空临摹，引得发辫在后背上蛇一般地蠕动。

女子停脚等他，笑曰："山右贾木斋先生，您的纸和笔也太大了吧。把我都看晕了。"

贾存仁红着脸笑笑，紧走几步，小声问道："敢问姑娘，这些字是否周永年先生的墨宝？"

女子又是掩嘴一笑，说道："有的是，有的不是。您看这几处字像是一个人的字笔吗？"

贾存仁边走边说："又像又不像，各有千秋。"

女子再没言语，兀自前头走着。

贾存仁紧跟其后。

贾存仁跟着女子走进一处青砖院落，只见门楣上悬一块木匾，"林汲山房"四个大字显赫其中。进得大门，一宽大照壁挡住去路，上面所画与林汲山泉图形有些相像，清冽奔腾的泉水占去多一半画面。照壁后面的院子空旷整洁，几盆花草点缀其中。

早有一位身穿麻布长衫，发辫乌黑整洁，面目清秀和善，身量适中之男子等在正房门口。女子先对男子言道："舅舅，山右贾木斋先生来了。"复回身对贾存仁小声说道："木斋先生，这位就是我家老爷。"

贾存仁急忙整发拂身，立正打拱："山右贾木斋见过林汲先生。"

周永年面带微笑，拱手回礼，注视贾存仁少顷，即言道："木斋先生，气宇轩昂，举止文雅，果然不同凡响。我家外甥女银屏对我言，历城县大街上有一位来自山右的落难奇人，名唤贾木斋。好学问，好字笔，好人品。我就叫她请来一见。果不其然，果不其然哪！"周永年说毕，仰面哈哈大笑起来。

贾存仁面露赧色，再次拱手，说道："林汲先生见笑了。委实对不住。木斋虽然初来乍到，即闻先生之大名，如雷贯耳，三生有幸，本来早该前来请教先生的，无奈行李丢失，流落贵地，衣食无着，卖字为生，自惭形秽，恐有失恭敬，玷污宝宅，以致迟迟未敢成行。还请先生恕罪。"

周永年并不接话，而是前边引路，走进客厅中堂，伸手说道："木斋先生请坐，请坐。"

贾存仁赶忙应承："谢林汲先生。"遂落座。

那女子早把茶碗端上，清淡的茶香随着水气扶摇直上。

周永年问道："敢问木斋先生贵庚？"

贾存仁答道："免贵，虚度三十有七。"

"哎呀，先生是兄长了。本人小先生六岁。"周永年叫唤起来。

"不敢。木斋虽虚长先生几岁，然蜗居山右小县，孤陋寡闻，才疏学浅，且落难之人，实不敢在先生面前以兄长自居矣。"贾存仁听罢满脸通红，急忙起身辩解。

周永年顺手拿起桌面上的一卷白纸，银屏急忙过来帮助展开，竟是前些天贾存仁写的杜子美的《望岳》斗方。

"献丑，献丑。"贾存仁急忙起身说道。

"岂能说献丑？实叫周某大开眼界呀，"周永年站起身子，指着斗方说道，"木斋先生的楷书虽然远没达到古代书法名家的境界，但是运笔点画，结构搭建，精巧自然，写得韵味十足，自成一家，诚让看者赏心悦目。能把楷体写出如此味道，实属不易呀。"

"林汲先生过奖了。实不相瞒，本人并无专心练过书法，也没投过师门。只是于村校期间的读写教学之用，加之对教材有所感悟，遂产生修订之意，试着写成几部文稿，边写边修改，几多反复，不想文稿命运多舛，先是被火烧之，好容易忆写出来，今又被盗之，还得重新忆写。就这样翻

来覆去地写个没完没了，才能写成几个字，不至于误人子弟。还请先生多多指教斧正。"贾存仁在一边连声说道。

周永年看看斗方："无论如何，木斋先生的字写得还是蛮好的，颇具功力，摆得上台面。在下想问的是，先生的文稿写的什么内容？"

贾存仁笑笑："除了一些一事一议的小文章外，主要是两部文稿。一是《训蒙文》的修订稿，我取名为《弟子规》；二是《等韵精要》。前者系把散文体的《训蒙文》改成三字一句的诗文体，又充实了一些内容，把训蒙的对象从小儿扩展到成人；后者系把我老家之山右浮山之官话与白话的发音方法进行对比，以找出二者之联系，以推广官话，减少语言障碍，方便交流。此外还写过几篇关于韵律方面的文章，均不甚成熟，有待完善提高。"

周永年站起身子，盯住贾存仁的脸静看片刻，似是对人说话，似是对自己言语："木斋先生真非一般人也，不仅字写得好，而且悟性敏捷，学有所思，有感而发，著书立说，乃我等学人之楷模。"

贾存仁长叹一声，说道："唉，可惜我的文稿又被人盗了，多年的心血踪迹全无。还得重写……"话没说完，贾存仁潸然泪下，浑身颤抖，甚是心痛。

"木斋先生先别难受，先别难受。"周永年说罢转身从书柜中取出厚厚一叠白纸，笑道，"你看这是什么？"

贾存仁接过一看，顿时大惊失色，喊叫起来："哎呀，这不正是在下的文稿嘛！如何在林汲先生手里呀？"

周永年嘻嘻一笑，指指外甥女银屏："这就是缘分哪，原本我是不看重缘分的，只懂得顺其自然，随遇而安。如今这件事又叫我不得不信，不敢不信，不能不信！前几天，我的外甥女到山泉那边办事，无意中看到泉边散落许多写满字的白麻纸，就收集起来，拿回来叫我看。我一看，竟是写成的文稿，且书写工整，言之有理，论之有据。而且笔迹与您写的《望岳》斗方如出一辙。经今天木斋先生一说，当不就是你被盗的书稿么！你看看是也不是，你快看看！"

贾存仁慌忙把文稿摆到桌面上，一张稿子不小心掉到地上，又弯腰捡起，不小心把额头碰到桌沿，身子朝后倒去。好在旁边的银屏姑娘随手相扶，才没倒于地上。贾存仁站稳身子，满脸通红，顾不上向银屏姑娘道谢，即引颈细看文稿，看罢抬头说道："林汲先生，正是在下的文稿呀！只是前面十几页丢了，还有一部分湿了水，我可以重写。总算没有全丢，总算没有全丢呀！谢谢林汲先生，谢谢银屏小姐。"贾存仁说着就要跪行大礼。

"使不得，使不得。"周永年急忙双手拉住，银屏姑娘也在一边扶住。

贾存仁瞅瞅银屏姑娘，小心地说道："恕在下大言不惭，咋看姑娘的面相倒像我认识的一个什么人，只是一时想不起来了。"

周永年看看银屏姑娘，复瞅瞅贾存仁，笑而无语。

银屏姑娘摇摇头正颜说道："木斋先生远在山右地方，我居山左一隅，相差千里之遥，之前你我断无机缘相识。"

贾存仁方才作罢，复问："只是未知，在下的文稿如何散落到林汲泉边？"

周永年说道："想来定是盗贼偷了你的行李，来到僻静处，拿走了银两，扔了文稿。盗贼哪里懂得文稿比银两更值钱、更珍贵呀！真是万幸。"

贾存仁擦擦眼泪，不胜感慨："听林汲先生一说，还真得谢谢那位盗贼，他要是把我的文稿全扔到泉水里面，或者一把火烧掉了，或者拿回家糊了窗户，我还不是得从头到尾再写一遍。真是万幸。"

周永年话头一转："木斋先生从山右过来？"

贾存仁答道："正是，在下祖居山右平阳府浮山县。虽自幼随老师苦读，无奈生性愚痴，不成学业，未及功名，仅得副车。无奈之下，只得教村校为生，偶发感慨，如鲠在喉，不吐不快，稍有著述。本想出门游历，以充实完善，不料丢失行李，举步维艰。好在遇到贵外甥女儿，好心提携引荐，方得面见先生。实乃不幸之甚幸呀！"

"哈哈，木斋先生过谦了。"周永年笑道，"我看木斋先生不仅字写得好，而且心有所思，为文意境高远，人品亦属高尚，实令本人欣赏。"

"见笑，见笑。木斋知晓林汲先生乃当今饱学之士，山左硕儒，文章冠绝朝野，且藏书甚繁而广，甲于山左。得以结识先生，木斋三生有幸

矣。”

周永年微微含笑摇头，随即问道：“不知先生下一步作何打算？”

贾存仁看银屏姑娘一眼，指指文稿，稍作思忖，说道：“我想先找个事情做做，赚一点盘缠，瞅空把文稿完善一下。如若时间空余，还想到济南、京城一游，那里世面宏大，高人甚多，当可以学些知识，对文稿之充实完善有益。尔后，回到山右老家把文稿刊印成书，完成今生夙愿。也算本人对人生、对社稷、对自身的一个交代和报答。”贾存仁说着，挺直身板，双臂下垂，两眼又有热泪溢出……

周永年拿起一页文稿瞅瞅，顿生感慨：“一介乡村教书先生，竟有著书立说之宏愿，以天下为己任，以社稷为担当，而且，披肝沥胆，辛勤劳作，虽几经坎坷而不怨悔，且成果颇丰，实属难得，真叫人佩服之极。木斋先生，周某向你致礼了。”周永年说罢，起身朝贾存仁拱手致礼。银屏姑娘跟在周永年身后向贾存仁致礼。

贾存仁诚惶诚恐，热汗满面，急切打躬作揖。

第二十二章

周永年示意贾存仁喝茶，自己背手小踩几步，遂转身说道："木斋先生，在下想请你在林汲山房助我整理藏书，我付与你劳酬。我这里藏书过十万卷，但是无人整理，处于杂乱无章之状态，各种书籍堆在一起，管理不善，虫蛀水潮，损害有加，且借阅不便。虽有外甥女银屏一人忙碌，终是身单力薄，难以如愿。余平日应酬甚多，事务缠身，无暇协助。如若木斋先生肯帮在下整理，以先生才学与抱负定当事半功倍 。你也可利用工余补写文稿使之完善，岂不两全其美？不知先生意下如何？"

贾存仁起身致礼："承蒙林汲先生看重。木斋倒是愿意到林汲山房做事，只怕木斋才疏学浅，性情木讷，误了先生的大事。"

"有先生之协助，吾之藏书有救了！" 周永年大喜，起身握住贾存仁双手，指指银屏姑娘，说道，"那咱们就说定了，木斋先生主理，银屏协理，本人提供必需，我等三人把林汲山房办好！"

贾存仁略一思忖，道："在老家的时候，我曾帮助一家药铺掌柜整理过数十年积累之医案、药方，随后装订成册，藏入医橱，算是有一些经验。我想先草拟一个整理方案，提请先生定夺之后，再动手整理。"

周永年道："最好，最好。正是凡事预则立，不预则废。木斋先生，你我兄弟相见恨晚，一见如故呀！"

贾存仁再次拱手："感谢林汲先生厚爱，感谢银屏姑娘引荐。贾某这厢有礼了。"

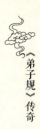

周永年说道:"需要感谢的是我呀!我的藏书有救了,我的林汲山房有救了。"

贾存仁又言道:"咱们先说明,在下只是帮忙,绝不敢收取先生分毫薪酬。在下趁整书之便,无偿阅读先生藏书,已是占了便宜。要不,木斋实无颜接手此事。"

周永年摆摆手:"薪酬是一定要给的。山房藏书浩繁,劳神费力甚巨,哪里能叫木斋先生白干呢。"

贾存仁起身拂袖:"林汲先生如此说,木斋只得告辞了。"

周永年急忙伸手拦住:"好好好,咱们先干活,不说薪酬之事。"贾存仁这才作罢。银屏姑娘高兴得在一旁红光满面手舞足蹈。

于是,贾存仁辞谢客栈掌柜,还多给了他几两银子,搬到林汲山房住下。依据为刘太医整理医案、药方之经验草拟出的整理方案。藏书整理工作,分为四步。其一,先将众多藏书分门别类,详细编号,而后按照门类抄写,是为类目;其二,再根据类目编写目录,是为书目;其三,装订成册,是为册书;其四,将藏书归入既定书柜,是为柜书。贾存仁这样解释藏书的查阅程序,先从类目确定所借藏书的门类,再从书目查出所借藏书的编号及所在书柜。这样,即可顺利找到所欲借阅书籍了。

周永年首先对整理方案和查阅程序给予高度评价,说道:"这样一来,我的林汲山房可就真成了林汲山房了。木斋兄,有劳了。"

贾存仁则很淡定:"理当如此。车走车路,马走马路。林汲先生不必过奖。"

林汲山房藏书的整理,就这样顺理成章地开始了。

周永年时不时过来询问情况,瞅瞅贾存仁抄写的类目和书目,看着蝇头小楷,一字不苟,装订书册,一本不乱,柜内摆放,整齐划一,不仅喜言:"木斋兄,我这林汲山房就是为你准备的呀,就是等待你来整理的呀!"

"先生说得是。木斋千里迢迢从山右赶到山左,就是专门来与你整理藏书的呀!"听周永年改口称自己为兄,贾存仁默认了,于是笑曰,"在下一定要把林汲山房里的藏书整理好,以不辜负林汲先生慧眼之识!"

由于藏书甚多,贾存仁与银屏姑娘二人每天从早到晚均在书房里面忙碌，极少闲暇。贾存仁主要忙于抄写书目，银屏姑娘则来回搬书，有时候也按照贾存仁的吩咐抄抄写写。二人配合甚是默契。银屏姑娘十分佩服贾存仁的才学和人品，跟着他干活兴致很高，经常没话找话说，趁着干活的间隙问一些这样那样的问题。贾存仁却一心在整理藏书上面，对银屏姑娘的问话，姑且听之，姑且答之。银屏姑娘亦是姑且问之，姑且闻之。

一日，快到晌午饭时了，原定的活儿也干完了。贾存仁抬起身子，伸伸腰臂，揉揉两眼，揪揪耳垂，笑道："银屏姑娘，行了，今日晌午的活儿就到这里吧！"

难得贾存仁主动跟自己说话，银屏姑娘很是高兴："先生，累了吧？我给您沏一碗热茶。此茶是我舅舅常喝的节令新茶。有南方的朋友适时送来，您尝尝。"

贾存仁接过香气飘溢的茶碗，轻轻喝了一小口，看着银屏姑娘问道："姑娘是林汲先生的姨外甥女还是姑外甥女儿呀？"

银屏姑娘答道："我本不是林汲先生的外甥女，先生是我的救命恩人。我要认先生为干爹，先生说现时干爹的名声不好听，还是认外甥女儿吧。我就叫他舅舅，叫夫人舅母。二位大人对我很好。"

"唉，"贾存仁叹一声，问道，"不想姑娘也是落难之人。先生如何救得你？你是如何落难的？"

银屏姑娘脸色黯然下来，低头说道："我本是直隶易河县人，十六岁那年，因哥嫂染绝症，我去镇上买药，半路上被贼人劫持，夹持至这山左济南府历城县，欲把我卖到妓院。碰巧被林汲先生遇到，先生看我可怜，掏钱从贼人手里把我救下。先生把我带到家，得知我系直隶人，在本地并无亲戚无依靠，就与夫人商量，把我留在家中。给了我一个姑舅外甥女的名分，还教我念书写字，舅母教我女红，至今已经五年多了。"

贾存仁随口说道："怪不得你写得一手好字，对诗词歌赋也蛮通晓，针线活儿也做得不错。"

常银屏大方地笑笑："半路出家，在舅舅舅母身边拾了几个字，还没入门呢。"

贾存仁瞅着常银屏认真地说道："半路出家？一个没正经上过学、投过师的女娃娃能有如此造诣，委实不易。足见银屏姑娘生性聪颖，极有悟

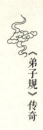

性，勤学好思，亦是先生夫人用心良苦。"

常银屏略显羞涩，说道："哪里呀，我学的这一星半点学问，还不及木斋先生之万一呢。以后还要跟着木斋先生好生学习。这些日子在您身边整理藏书，我已经学到好多东西了。"

贾存仁听得，不动声色："姑娘家在易河县哪里？"

"易河县刘常村。"

"家有何人？"

"哥嫂估计已经不在人世。只剩老父与小侄儿。"

"你家老父是否叫常河？小侄儿是否叫鸟蛋？"

"哎呀！木斋先生认识我家老父与小侄儿？"银屏姑娘惊叫起来。

"岂止认识？"贾存仁微笑着说道，"我还在你家院子里办了一个易河书院，你家小侄儿还是我的门生，我给他取了官名，叫乐山。我离开易河县以后，把易河书院交给了你小侄儿常乐山。你家老父帮了我很多忙，是我的恩公。"贾存仁言毕，起身面朝西北拱手致礼。

银屏姑娘竟饮泣起来："木斋先生，我家老爹与小侄儿都还好吧？我已经好多年没见他们了。路途遥远，书信不便，尚不知他们生活得如何？我常想他们，想得彻夜难眠……"

贾存仁说道："银屏姑娘不必难受。你家老父虽上了几岁年纪，但是饭饱睡足，身体康健，精神矍铄，平日里帮我干许多活儿。我们处得甚是融洽。你家小侄儿生性聪颖，悟性敏捷，跟着我学了近三载，读念想写，长进很大。我离开你们刘常村之前还给他开了几个月的小灶，给他讲了儒学典籍经史子集，为的是他能扛起易河书院教学的担子。这孩子学得挺好。纵然一时不能完全承担起易河书院的教学重任，只要他用心刻苦，我想很快就能把易河书院带起来的，以不负家乡父老。你就放心吧！我临离开刘常村的时候，你家老父亲还再三委托我帮他寻找走失的女儿呢！这不，没费什么劲就找着了。"

"无巧不成书呀，真是无巧不成书！"周永年听说了，高兴地走进书房。

"舅舅，木斋先生在我家教过书，跟我爹爹很熟，我侄儿还是他的学生呢。"常银屏不顾泪眼婆娑，高兴地说道。

贾存仁亦笑道："天下说大即大，说小即小。咱们三省之人，竟能碰到一块儿。不想人生还有如此绝妙机缘。"

周永年摇晃着头脑说道："我不是说过嘛，缘分，全是缘分。你说是不是？银屏？"

不知为什么，常银屏竟红了脸，直点头，不言语。

贾存仁倒很自然："就是。一个山左人，一个山右人，一个直隶人，竟能碰到一块儿，还能说到一块儿。要是没有五百年前的缘分，根本不行呀。怪不得第一次在客栈门外见到银屏姑娘，我就觉得似乎在哪里见过呢。竟是如此。"

周永年也说道："正是，正是。银屏来历城县好几年了，经常上街办事，见的人多了，从不跟生人说话，只有见到木斋先生以后，回家跟我唠叨个没完，说你这位山右贾木斋先生如何如何，怎样怎样。没想到你竟在她家开过书院，还教过他的小侄儿。可不巧了是怎么的呀。"

贾存仁脸颊微红："在下与银屏姑娘拉家常，随便说说。没想被先生听到了，见笑了。下一步的事情，是如何告知常河老爷子，他的女儿还在人世，而且活得好好儿的。"

常银屏着急得看看周永年。周永年说道："这事还得瞅机缘，路途近的话，银屏可以亲自回去一趟，或者可以捎一封信过去。可是从直隶易河县到这山左历城县不下一千里地，如何能够联系得上呀。咱们一块儿瞅机会吧，或许老天爷又会把什么巧事送给咱们呢。银屏你也别太着急。凡事心诚则灵。这不是老天爷已经差遣木斋先生给你送信来了？"

常银屏含着两眼的泪花点头称是。周永年又问道："木斋兄，你在易河书院教书教得好好的，为何离开了？还叫一个仅读过两三年书的小孩子顶上去教学？定有难言之隐，快说给我听听。"

于是，贾存仁讲了孙镐的事情。周永年听了贾存仁被逼离开易河书院的经过，自然又是一番感慨："木斋先生毕竟不是凡人矣，真有五柳先生不为五斗米折腰之风骨。"

贾存仁笑道："当下说来，真该感谢这位孙镐先生。要不是他，在下如何得以结识林汲先生呀！如何到得这大名鼎鼎的林汲山房呀！如何有机会整理山房中的万千宝卷呀！古人云，行万里路，读万卷书，其实许多人一

辈子行万里路不难，难的是读到万卷书呀！想想看，他到何处去找这么多的书呀。而在下在林汲山房这一个地方就读到了。再就是，要不是那位孙镐先生，在下如何得见银屏姑娘呀？银屏姑娘如何能知晓她老父与小弟的消息呀！"

周永年听得，不禁热泪涟涟："木斋先生见识之高，直叫本人佩服之至……"

常银屏在一旁听得发呆，轮番瞅瞅眼前这两位莫逆之交的痴人……

富富态态的周夫人出来拍着手说道："这么巧的事情，全赶到一起了。今日咱们得庆祝一下。我去安排酒菜。"周夫人说完，不等周永年言语，转身走了。

"舅母，我跟你去。"常银屏边说，边跟着周夫人走，临走还用眼角瞥了贾存仁一眼。

就这一瞥，看得贾存仁似五雷轰顶，头脑眩晕，满脸通红，极不自然。

周永年当作没看见，说道："木斋先生坐下，叫她们去准备，咱们说话。"

贾存仁只得坐稳，听周永年说话。周永年像有重大事情似地稳稳道来："木斋先生，我细细看过你写的《弟子规》后半部分。写得相当好。把孔夫子《论语》的"学而篇"里所说'弟子入则孝，出则悌，谨而信，泛爱众，而亲仁，行有余力，则以学文'这五个方面的训诫具体化了，简直是手把手一笔一画教人写字，一字一句教人念书，一举一动叫人做事一般，一看就懂，一学就会。从而把为人弟子所要遵循的五个方面的规范拆开了，耐心细致地一一道来。可惜叫盗贼这一捣乱，现在所能看到的只有谨、信、泛爱众、亲仁和余力学文这几部分，前边的全被糟蹋了。你还写了哪几个问题？还能不能回忆起来？"

贾存仁起身朝周永年拱手道："谢先生不弃，还把拙作当回事地审读。康熙年间我们山右绛州的一位学士，名叫李毓秀的，依据孔夫子的《论语》之"学而篇"，写成《训蒙文》一书，做小儿启蒙之用。在下在念书和教学中发现，散文体的《训蒙文》用文言文写成，文字艰涩难懂，且只是针对小儿启蒙而写。于是，在下就斗胆试着将《训蒙文》修订成三字一句的诗歌体，并把启蒙的对象扩展到所有中华弟子，定名为《弟子规》。在教学中经学生吟咏，效果极佳。我的原稿一共写了八个部分，除了你看到的五部分以外，前边还有总序、入则孝、出则悌三部分。在下从心底里总是想把老夫子的训诫用白话文字表达出来，叫人们一看就明白，一看就知道，该咋想咋做。"

周永年点头道："先生的用意甚好，文稿也充分地表达出来了。不仅是教小儿照着做，还指点成人也要如是行。真是一部好书呀！先生何不尽快把前三部分忆写出来，叫我先睹为快。如有机会正式刊印面世，叫普天下的中华弟子都受益。如若李毓秀老先生泉下有知，定会对你感激不尽。"

贾存仁再一次拱手说道："谢先生美意。在下是想先把林汲山房的藏书整理出个七七八八，各方面有个样子了，银屏姑娘能够单独收尾了，再抽时间忆写拙作。总不能耽误了林汲山房藏书的整理。这个大码子不能变。"

周永年笑道："木斋先生不必如此。你可安排个时间，比如，晌午整理藏书，后晌忆写文稿。两不耽误。写出来也可先叫银屏抄写。再说，林汲山房的藏书多了，不是一日两晌可以整理完成的。先生的《弟子规》也是林汲山房要收藏的大作之一，写不出来，刊印不出来，如何收藏呀。林汲山房藏入《弟子规》，才可说遍藏天下大作。因此，木斋先生不必多虑，尽可按照我说的去做，既不耽误藏书整理，亦可尽早完成《弟子规》。"

贾存仁站起身子，朝周永年拱手："不瞒先生说，木斋年少之时，因为解析《训蒙文》已经丢了仕途前程，今年近不惑，不想再因此误了林汲山房的藏书整理。"

周永年拉贾存仁坐下，说道："先生此言差矣。整理书籍固然重要，哪里比得上著书立说呀。我意，您还是上午整理藏书，下午忆写文稿吧。在我的心里，整理藏书是一件急事，早日读到《弟子规》更是翘首以盼。"

贾存仁不好再说什么，只得应允谢过。进而把总序、入则孝、出则悌三部分的大体内容给周永年学说一遍，求他指点。

周永年也不客气，一一提出自己的修改意见。贾存仁则一边认真听，一边执笔记下要点。

二人谈兴正浓，常银屏过来言道饭菜已经做好，请他们过去吃饭。

到得餐厅，饭菜已经上桌，香气弥漫。圆桌上饭碗已摆好，还是老规矩，周永年夫妇上座，贾存仁和常银屏下手陪伴。与往日不同的是，二人的碗筷不是一边一套地分开摆放，常银屏挨着夫人，贾存仁挨着周永年，而是摆在了一块儿，正对着主人夫妇，椅凳亦摆成这样。贾存仁一见如此摆法，瞅一眼常银屏，不敢就座。常银屏亦是低头站立一边，一张俊俏的脸庞红得似红布一般。

周永年见二人如此，即笑道："二位快坐呀，往日不就是这样吗？"

周夫人指指热气腾腾的饭菜说道："快坐吧，早一点吃饭，早一点歇着，木斋先生干一晌活，定然累了。"

二人只得红着脸坐下。

周永年夫妇看了，相视一笑，遂拿起筷子给二人夹菜。二人亦给主家夫妇夹菜，俨然似两对夫妇。末了，常银屏还夹了一块肉放到贾存仁饭碗里面，贾存仁赶紧回敬一块……

自从那一顿晌午饭之后，常银屏对贾存仁的态度有了明显变化，平时在书房里干活的时候，再没有以前那样想说啥就说啥，说多了嘻嘻哈哈一番，说错了重说的情形了。常银屏的话明显少了许多，除了干活儿，就是时不时瞅瞅贾存仁，再不就是给他换一下面前茶碗里的茶水，更多的是替他研研砚台里面的墨，只有遇到不了解的问题或者不认识、不会写的字才张嘴问问。贾存仁呢，也是一心伏案整理藏书，听到常银屏请教问题的时候，才抬起头指点一二，话说完了，又低头干活。常银屏得到回答，也就不再赘言，继续干手里的活儿。以前那一种热热闹闹无拘无束轻轻松松的气氛再也看不到了。

更有意思的是，从那天以后，周永年来书房的时候更少了，与贾存仁说话大都在饭后茶余。而周夫人则是常常差使常银屏给贾存仁送这送那，问这问那。常银屏拿着东西高高兴兴地来到贾存仁住的房舍前面，就放慢了脚步，先是轻手敲门，得到允许之后，再轻脚走进去，把东西规规整整放到贾存仁面前，不等贾存仁说话，掉头即走。贾存仁也不介意，只是大大方方地说一声"谢银屏姑娘……"一类的话，全不知晓，需要感谢的人已经走出了房门。贾存仁还发现自己换下来的脏衣服，早早被常银屏浆洗得干干净净，叠得整整齐齐，放在炕头，既不知道她是何时拿走的，也不晓得她是何时送回来的，还有在直隶易河县刘常村请村里老大娘做的，已经穿得快开帮子了的那一双黑布鞋，也被换成了新的，而且还合口合脚，似乎是比着自己的脚尺码做的，还多了一双精心缝制，针脚细密的白布袜子……

转眼间过了八月十五，天气明显地冷了起来，山风不知从哪里嗖嗖地刮过来，只能看见草木摇曳的样子，人们早晚出来感觉到明显的秋凉了，地处山间的佛峪上下的花草树木很快改变了颜色，杨树、柳树、桐树、楸树的叶子先是变黄，过不了几日就开始随着山风飘落了，而那些长在悬崖边上、山峰顶上的松树、柏树的颜色则更加深绿，甚至发黑了，山脚一簇簇的翠竹似乎拥挤得更紧了，至于脚下的花花草草早就枯黄了，天气是一日寒似一日了，霜降节令一过，大地更是一片肃杀气氛，世间的万物用完全属于自己的方式抵御大地的寒冷。

贾存仁也不像前些日子那样每天黎明即起就钻进书房开始在成摞的书籍之间忙碌了，因为日头升起之前的那一阵子真是太冷了，一身单衣单袍实在无法抵御老天爷无遮无拦的寒冷，非得等到日头光线照进书房以后才能坐下来开始干活儿。贾存仁开始盘算如何给自己换季了，因为从直隶易河县刘常村带来的衣物全叫盗贼连同小包袱一块儿偷走了。

一日吃完晌午饭，周夫人和常银屏早早离席出去了，周永年和贾存仁坐在客厅里又说起了《弟子规》的忆写和修改之事。现在二人之间已经没有了初见面时的客套，也没有了主仆之间的谨慎，说话都是直来直去，有啥说啥，说得高兴处哈哈大笑，说得有了分歧争得面红耳赤。诚然，到了最后还是握手言欢，称兄道弟，卿卿我我。周夫人和常银屏也习以为常，由他们去了。

与周永年说完话，贾存仁朝自己住的房舍走去，发现房门大开着，也没在意，就像往常一样抬脚跨过门槛朝里面走。没想到刚走进房间就与一个人碰了一个满怀，那人身材比贾存仁低一些，一下子被碰得朝后倒去。贾存仁慌了，急忙一把抱住，那人也顺手抱住贾存仁，二人的脸刚好挨在了一起，贾存仁的下巴正巧碰在那人柔软的嘴唇上……面对猛然之间出现的状况，贾存仁一时不知该咋办，只是紧紧抱住那人，生怕她摔倒，那人也有一点不知所措，同样搂着贾存仁不敢撒手……

　　"木斋先生——"一声低而急促的喊声伴着淡淡的胭脂味道传出，竟是常银屏的声音！

　　贾存仁急忙松开手，常银屏也松开了手，二人都涨红着脸尴尬地站在原地，瞪圆两眼互相看着，不知如何是好。

　　少顷，贾存仁才问道："银屏姑娘……你……你……你咋在这里？"

　　常银屏涨着大红脸，说道："我……我来给你送过冬的棉袄、棉袍和棉鞋……刚叠好放好，要走时……你就进来了……"

　　贾存仁很快就恢复了常态："哎呀，我正琢磨着怎样换季呢，这几天真冷得可以，手都伸不出来，早晚儿冷得没办法干活儿。"

　　"看您，您一天那么忙，这些小事还用您操心？我舅母早就安排我了。"常银屏的脸也不红了，稳稳当当地说道。

　　"这可不是我安排的呀！"贾存仁背后传来周夫人的话音。

　　贾存仁急忙转过身朝周夫人拱手："夫人过来了？谢谢夫人关心。"

　　周夫人指着常银屏笑着说道："我倒是想安排呢，可是人家银屏早早用自己的体己钱买来棉花和棉布，还拿来木斋先生衣服的尺寸，和我商量着如何给你换季。里里外外长长短短全是她给你做的。所以我说，不要感谢我，还是要好好谢谢我家银屏呢？我可真不知道木斋先生衣服的尺寸她是怎么得来的。木斋先生是有福之人不用忙，我是没福之人忙断肠呀。"周夫人说完瞅着常银屏微微笑了。

　　"舅母，看您……"常银屏的脸又羞红了，似乎还有一点着急，精巧的鼻子尖上都沁出了细密的汗珠儿，喘气儿也有些不顺当。

　　"别看我了。木斋先生一个大男人出门在外，平日里活儿又忙，事情又多，饮食起居没个人照应怎么能行呢？我看以后就由我家银屏照护吧，她年轻眼明手快，干活儿利索，琢磨个事情也敏捷，能寻遍摸透。像给你做过冬的棉袍棉袄，买什么布，什么棉花，在哪里买，买多少，做多大尺寸的衣服，怎么做，全想到做到了。我是顾不过来。家里这一大摊子事就够我忙的了。"周夫人笑着说。

　　贾存仁着急了，看着满脸通红的常银屏连声说道："这可使不得，这可使不得。哪能麻烦银屏姑娘呢……"

　　"快别使得使不得了，先试试，看合适不合适。文人一张嘴就是这个词儿那个词儿的，开始听着觉得很新鲜，听多了就只剩下麻烦了。"周夫人拿起炕头的衣物说道。

常银屏从羞涩中摆脱出来，帮助贾存仁换上棉袍、棉袄，穿上棉袜、棉鞋。贾存仁在房间里来回走一走，蹲一蹲，起一起，左一扭，右一扭，上看看，下瞅瞅，喜欢的说道："合适，合适。还很暖和。今年过冬不用愁了。不瞒夫人说，在下长大成人之后真还没穿过里外三新的棉袍棉袄呢！"

周夫人在一边说："别光高兴了，转过来叫我看看我家外甥女儿的针线活干得咋样。她以前可没做过这么大、这么多的活儿。"

贾存仁急忙转过身子，面朝着门口。"哎呀——"周夫人还没看衣服，就惊叫起来，随后捂着嘴唇嘿嘿地笑起来。

贾存仁和常银屏都不解地看着周夫人。

周夫人指着贾存仁的下巴笑道："银屏，你看木斋先生的下巴上粘的是啥东西？红得晃眼。"

常银屏一看，只见贾存仁的下巴儿有一小块儿鲜红颜色，一张俊俏的脸立马变得大红布一般，急忙掏出小手绢儿在贾存仁的下巴儿擦擦。随手把小手绢塞到贾存仁手里，还说道："擦了你的下巴了，归你用吧。"

贾存仁接过小手绢在下巴上草草擦一下，红着脸说："夫人……夫人，您是不知道，那会儿从外边进来，院子里亮堂，房子里黑，看不清楚，我又走得急了一些，把银屏姑娘碰了一下，差一点把她碰倒。真对不住。"

周夫人边摆手，边笑道："快别解释了，对得住，对不住，都不要紧。你还是要好好感谢我家外甥女儿的，一定别辜负了她的一番好意才是呀！"

"一定，一定。"贾存仁连声答道，面对常银屏拱手致谢，"银屏姑娘，谢谢你了！"

"哪个要你谢？"常银屏顺嘴说一句，低下头绕过贾存仁走出房门。

贾存仁眯着两眼瞅看着常银屏轻盈婀娜的后身，不知该说啥。

"我给你说，木斋先生你可是大学问家，懂得的道理比我们多多了。单空口说一句谢谢，我们这里可是交代不了，对我家外甥女儿那里也是交代不了的。这事你心里可真得有个数儿。"周夫人指着贾存仁微笑中略带

正颜说道，说完也转身走了出去。

　　穿着一身新衣裳的贾存仁一下子怔在了那里……周夫人的身影拐过过道看不见了，贾存仁还在那里发愣。作为过来人，他知道自己该做什么，但是不知道该怎么做……

第二十三章

又过了几天的一个后晌，贾存仁正在书房里面忆写《弟子规》。日头影子已经偏西，阳光斜射进来，房间里面一片灿烂，照得黑红色的书柜都映出人影儿，顿生出一股暖融融的气息。贾存仁心情很好，文思顺畅，不由奋笔疾书写得甚是顺畅惬意，比往日更加出活儿。

"木斋先生歇一会儿。"周永年端着小巧的宜兴茶壶走了进来，笑嘻嘻地说道，"别写了，别的咱没有，咱们有的是光阴时日。"

贾存仁把正写着的一个字写完，把毛笔稳稳架在砚台边上，才站起身子，满脸带笑地打招呼："林汲先生，快进来，快进来。这会儿有了闲工夫？"

"不是闲工夫，是有一件正经事情，想问问你。"周永年未及坐下就开口，"这事，我和夫人寻思了好几天，一定要问个清楚。当然，你要是认为不方便回答的话，就别回答了。问我是一定要问的。"

贾存仁看周永年说话的时候眼不眨，头不摇的郑重样子，顿觉事体重大，随即站起身来，先拿抹布把椅凳擦拭干净，而后请周永年坐下，自己亦正襟危坐："先生但说无妨。木斋知无不言，言无不尽。"

周永年眼珠儿一动不动地盯着贾存仁，把宜兴壶凑到嘴边轻轻喝了一小口，将茶水含在嘴里品品味道，慢慢咽下，才说："木斋先生，你看你来林汲山房好几个月了，整天在书房里忙碌，我都没问问老兄在老家可有家室？有无儿女？儿女多大了？生活上有无困难？是我这做老弟的疏忽。还

请老兄海涵。"

贾存仁听得，似乎已经知道了周永年要问什么事情，不禁松了一口气，顺手拿过放在桌面上的小书包，随口答道："有。人过三十天过午，三十多岁的男人还能没成家？还能没有妻儿老小？本人父母已逝世多年，岳父大人张在庭曾任并州府晋阳县知县，因不满官场陋习，很早即辞官归田。内人张氏菊韵为我生有两儿，我出门游历的时候大儿已经十二岁，小儿刚满十岁，如今我已离家三载多，大儿应是十五岁，小儿也十三岁了。一家子人在等着我早一点回去哩。"贾存仁边说，边抚摸着小书包，看得见他头顶上的毛发已有一些稀疏了，嘴唇和下巴上的胡须也参和上了不少白色，只是说起话来那一双眼睛还闪烁着明亮的光泽。

周永年轻轻拿过小书包看看上面绣着的展翅高飞的鸿雁，说道："别看这个小书包有一些陈旧了，可是鸿雁却绣得鲜艳有力。看得出，嫂夫人女红好，学问也好，心肠更好。肯定也是一表人才。"

贾存仁指着小书包说道："这个书包还是小时候上学的时候，我母亲亲手做的，她说别看书包不大，可能装下天底下所有的学问，到了哪里都不能丢了。老人家这一句话我至今还记得。上面的鸿雁倒是这一次出门时我家内人绣的，女人家的心思倒是再明白不过的。"贾存仁尽力把每一句话说得明明白白清清楚楚。

周永年动情地说道："怪不得木斋先生的学问这么好，背后有两代女人为你掌舵呢。"

贾存仁跟着说道："正是。这些年来，一看到这个书包，在下心里就觉得如若做不好学问就对不起她们，这一生就白活了；如若做一件，甚至半件对不起她们的事情，就该遭天谴人责……"

周永年仿佛被贾存仁的话感动了，面皮发红，两眼潮湿，站起身子，在书房里踱一圈，最后走到贾存仁面前，说道："我说，干脆这样。你有时间把一家大小接过来，省得骨肉分离，两边都惦记，一个心分两头，谁也顾不过来。老兄一个人在外面饮食起居也多有不便。全家老小住到一块儿，啥问题都解决了。"

贾存仁显得很是冷静，站起身拱手道："感谢林汲先生操心。在下只是出来游历一番，而不是千里做官追求功名，亦不是为的自在享乐，哪里还敢带着家眷呢。再说了，等把林汲山房的藏书整理完毕，把我的文稿修订完成，我还得回老家想办法镌刻刊印呢。文稿不能老裹在包袱里面呀。"

周永年张开两臂说道："老兄说的这些都不是难事，还有到山右搬家接眷的一应事宜，只要你愿意，我来筹办，包你满意就是。你知道咱这里不愁住处。"

贾存仁把头摇得拨浪鼓一般："不敢劳累先生，不敢劳累先生。老家是注定要回去的。要是全家都出来，祖坟里的列祖列宗谁来照看呀。还有两个儿子的求学、成家诸事情如何料理呀。"

周永年正颜道："大丈夫以天下为己任，当仗剑去国，跃马昆仑，岂能被家室拖累？此事我先提出来，也不是立马要做，今天不说了。老兄也思摸思摸，来日方长容后再议。"

贾存仁微笑着摇头无语。

二人又说了几句闲话，周永年起身指着桌面上的文稿，说道："我看林汲山房的藏书的整理很是顺利，无须多虑。眼下最当紧的是赶紧把你的文稿前面丢掉的十几页文字忆写出来，我急着要先睹为快，等不得了。还有你的《等韵精要》一书，据我所知，当下域内还没有一部专门论述北方地区汉语言等韵学说的专著呢，《等韵精要》正好填补这一空白，必将极大地促进汉语言的发展完善。而《弟子规》则更加重要，对于稚童启蒙，成人修身必不可少，早一点出书，即能早一日发挥作用。再说了，您的大作《等韵精要》和《弟子规》也是林汲山房所要珍藏的经典之作呀，如果没有这两部书，遍藏天下之书即不能成立。"

贾存仁说道："我则觉得整理藏书是当务之急，眼下还有一些书籍堆在地上，我怕雨季一到，水气增大，加快潮湿，难免发霉。因此，我想先把这一部分整理出来。你知道麻纸是最能吸水的呀。"

周永年说道："藏书的整理已经渐入佳境，顺风顺水，不是太着急的事情了。有老兄运筹帷幄，躬亲整理，我完全放心。可以先把这一部分整理入柜。但是，得赶紧把文稿丢失的十几页文字早一些写出来。因为拖得时间越长，忆写难度越大，少不得丢三落四。老兄毕竟不是年轻的时候了。我等着先睹为快。好了，我走了。"

"林汲先生慢走。"贾存仁看着周永年的背影若有所思……

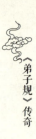

　　冬天在人们的议论中来到了。一场大雪随着西北风的光临，洋洋洒洒飘落下来，一连下了三天三夜，把佛峪与山外的山路死死封住了。好在周永年立冬之前就把过冬的煤炭、柴火、粮食、菜蔬、油料和马匹的草料等东西都预备齐了，才没有后顾之忧。周永年轻松地说道，咱们就钻在这佛峪山里安心地过冬吧。贾存仁嘴上没说，心里却牵挂着浮山老家的亲人们过冬的衣物是否预备齐全，能否安全过冬的事情。还有陈嘉业是否已经平安到家，虽然分手时曾再三嘱咐他，回到老家一定想办法捎信过来。可是他如何知道自己游历到哪里了呢？没有事的时候，贾存仁站在附近的山包上久久眺望着西边天际……

　　大雪下个不停，院子里的积雪刚刚清理出去，又积存下来了，只得再朝外运送。一开始有几个帮工的干活儿，可是天天雪花不停地飘落，院子里的积雪有增无减，都快把大门给封了，贾存仁和周永年也亲自干开了。好在林汲山房大院外面不远就有一条宽大的山沟，不愁积雪没有去处。

　　一天晌午清理完积雪，院子的地面上又落了白白一层，阵阵西北风刮过，寒冷无比。周永年和贾存仁的鞋袜都叫雪浸湿了冻在脚上，头顶、耳朵、眼眉、肩膀上全落上了雪花，稍一喘气一团团白气脱口而出……周夫人就叫他们端坐在客厅里，要他们脱鞋、烫脚。常银屏要先替周永年脱鞋。周夫人笑着说道，银屏先给木斋先生脱，我替老爷脱，脱快一些，别把他们的脚冻坏了。

　　于是常银屏就开始给贾存仁脱鞋。贾存仁脸上挂不住，坚持要自己脱鞋。周永年笑道，老兄别犟了，就叫银屏姑娘帮你脱吧，你看脚和棉鞋、棉袜都冻在了一块儿，你自己脱不下，再说穿着棉袄棉袍，笨手笨脚的，你能弯得下腰么，你犟得过岁数么。

　　贾存仁只得作罢，由常银屏蹲在自己面前忙活，虽然如此，看到满头乌发、面皮白净的常银屏在自己眼前晃动，给自己脱鞋脱袜挽裤腿，总是感觉不自在，一双眼睛睁开不是，闭上也不是，一双手放到哪里都不带劲儿。等脱了鞋，常银屏端来一瓦盆热水给他洗脚的时候，贾存仁涨红着脸无论如何不叫常银屏给自己洗脚。常银屏仰头看了贾存仁一眼，只得直起身子，红着脸站立一旁。贾存仁用两只脚互相搓洗一番，即擦洗干净穿上鞋袜。常银屏端起脚盆送了出去。

周夫人边给周永年洗脚，边看着贾存仁和常银屏两个人的别扭劲儿，只是嘻嘻一笑，不再言语。

上午吃完了饭，常银屏帮着下人们收拾锅碗瓢盆去了。周永年对贾存仁说道："贾老兄，你看我家这个外甥女儿人怎样？"

贾存仁未加思索即说道："银屏姑娘不仅人长得精致端庄，而且聪慧机灵，琴棋书画样样拿得起来，看来确是得到了你和夫人的真传。这些日子我们在一块儿整理藏书的时候，有些东西我讲一遍她就记住了，还能举一反三，触类旁通，还写得一笔好字，在整理藏书上面出了很大的力。木斋很是佩服。"

周夫人听了，张嘴欲说话。周永年朝她摆摆手，笑道："木斋兄，只要你对我家外甥女儿满意，别的事情都好说了。我看你老是孑然一身出来进去的，也不是个长法，又不愿意将家眷搬过来。我和内人商量了好几回，觉得你干脆将银屏姑娘收了房为好，这样一来，你的生活有了人照护，我们也放心了。我家外甥女儿年纪也不小了，也有了一个不错的归宿。两全其美的事情，何乐而不为。这几年我们老说给她找个好人家嫁了，可是她总是说等有机会见了老父亲再说，就这样一直拖了下来。我心里明镜儿似的，这孩子是不想草草把自己嫁了，是想找一个自己称心如意的男人。她在等待属于自己的那一份姻缘。"

周夫人在一边喜欢的说道："我们看得出来，银屏姑娘对木斋先生很是崇拜，说起你来满脸放光，还把你说过的话记得一清二楚。我瞅着木斋先生也喜欢我家外甥女儿。这是一桩天作地合的好事呀。这一桩美好姻缘还真叫我家外甥女儿等来了。"

贾存仁听得，不禁满脸通红，额头冒汗，赶紧站起身子朝周永年夫妇拱手："木斋知道二位操心在下的生活，从心底里感激二位的关照，也懂得银屏姑娘的一番好心。可是——"

"木斋先生，先听我把话说完。"周永年伸出右手掌挡在贾存仁面前，笑道，"只要你同意，咱们按照大婚的规矩来，托媒说亲，三礼六书，洞房布置，接亲迎亲，招待宾客，这些事情均由老弟我来操持，被褥衣物由你弟妹和银屏姑娘忙活。你只是做你现成的新郎就是。老兄你看如何。"

周夫人笑道:"就是和我家外甥女儿结了亲,低了木斋先生的辈分了,多少有一点受委屈。"

贾存仁摇头摆手不迭:"辈分不辈分,委屈不委屈,都是次要的。无论嫁给谁,银屏这么好的姑娘都是一等一的好媳妇。只是——"

"只是什么?"周永年打断贾存仁的话,"快别找啥理由了!"

贾存仁正颜道:"以前我已对林汲先生说过,在下在老家已有家室妻儿,如何能在外面停妻再娶呢。这事,对你们二位是成人之好,对我却实大逆不道。在下修订《弟子规》教谕人们不力行,但学文,长浮华,成何人,但力行,不学文,任己见,昧理真。若我自己公然违背《弟子规》的训诫,我修订的《弟子规》岂不成了一纸空谈?二位所说之事,万万使不得,万万使不得。在下断然不会接受,还请二位恕罪。"

周夫人和周永年换了个眼色,说道:"我就晓得,木斋先生不会应允此事。"

周永年微微一笑,说道:"木斋先生,纳妾之事并不稀罕,也不丢人。你瞅瞅,当今大小官员哪一个不是三妻四妾呀。就是咱们这一类读书之人,也把纳妾当成时髦。以此讲来,此事也不至于对《弟子规》有所违背。所以我说,你把银屏姑娘收了房,也不能算是大逆不道背弃良心的事情。再说,有个人照护你的起居,注定能促进咱们藏书的整理和《弟子规》文稿的忆写以及最后定稿呀。再说,我家外甥女儿也有了很好的归宿,她这些年一直拖着不嫁,还不是想找一个自己满意的郎君呀,现在总算叫她等着了。正经是一件好事呢,你何乐而不为呢。"

贾存仁正颜道:"在下斗胆问一句。林汲先生为何不纳妾呢?多一个人照护您,料理家务,弟妹不也清闲一些?您看她还得亲自为您洗脚,做衣做饭,多么辛苦。"

周永年哈哈一笑:"木斋先生,咱在说你的事情。你咋扯上了我呀。"

周夫人含笑瞅着周永年不说话。

贾存仁亦笑道:"我不是硬要扯上您。我是说既然纳妾之事不稀罕,也不丢人,是谁都可以做的事情呀!"

周永年一时语塞。见丈夫被贾存仁堵住了嘴,周夫人说道:"我们和木斋先生不一样呀。我们夫妻在一块儿,便于相互照应。而木斋先生是一个人出门在外呀。"

贾存仁显得更加沉稳："外出游历，毕竟是临时动议，权宜之计，最后我总是要回到山右省平阳府浮山县城南佐村老家的。我不能以此为理由在外边纳妾。那样我实在无法面对为我守候家业和祖坟、教养后代的妻子。若子孙后代做了错事，我连一个不字都难说出口。再说了，银屏姑娘多么机灵聪慧清秀端庄的一个人，叫她给人做妾，对于她委实太不公平了。我不能做这种上不能对天，下不能对地的事情。"

周永年指指周夫人笑道："这你不用介意。我家夫人问过银屏姑娘了，她实心实意愿意侍奉你。"

贾存仁起身站直了，正面对着周永年夫妇，一脸郑重，说道："林汲先生，今日这话没法再说下去了。二位对木斋有知遇之恩，在下终生难忘。但是，你们所说之事，是关系到本人人品之贵贱，道德之高下的大事。烦请二位以后别再提此种事情。叫在下安心把林汲山房的藏书整理完毕，把这一件好事做好。"

贾存仁说毕，挺胸走出房门，竟看见常银屏正转过身子朝外走……

事后不久，周永年又一次提起与常银屏的婚事，贾存仁竟翻了脸，没给他一点面子："林汲先生若要再提此事，木斋只好离开林汲山房！就像当初离开直隶易河县易水书院一样！您要是撵我走，就直说。我不会赖在你这里。"说毕，贾存仁即开始收拾自己的东西。

周永年见状急忙拉住，赔着笑说道："老兄莫急，老兄莫急。咱不说这事，咱不说这事了，还不行？你是老兄，大人大量，宽恕老弟多嘴，行不行？"

贾存仁这才作罢。

以后，周永年夫妇没敢再提此事。

贾存仁和常银屏还像往常一样在书房里忙碌，该说啥说啥，该干啥干啥。

时间流水一般过去，弹指间贾存仁在林汲山房已经待了两年多的光景。

周永年的藏书已经整理得差不多了。一个宽大的四合院十多间敞亮的青砖瓦房里面整整齐齐排列着刷了黑漆的书柜，书柜里面摆放着封面书写

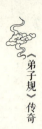

工整，白线装订整齐，装帧美观书籍。不大的接待厅的书桌上放着几摞藏书目录。先是类目，说明哪一类书籍藏在哪间房子里面的哪几个书柜。接下来是书目，通过简单查找，就能找到所要找的书籍。从封面题记，到里面的目录，全是贾存仁用蝇头小楷认真抄写下来的。每一本书都是常银屏精心装订、裁剪而成。贾存仁不敢有丝毫松懈，经常站在书柜面前沉思，悉心检点每一个细节，看是否还有遗漏和差错，一旦发现遗漏或者差错，即刻叫来常银屏进行补充或者更正。在贾存仁看来，林汲山房藏书的任何不尽如人意之处不仅是对周永年夫妇的不恭不敬，更是对自己良心和学识的拷问。因此，他要尽量做到尽善尽美，找不出一点毛病。

常银屏除了跟着贾存仁继续做好林汲山房的扫尾工作以外，每天都要把十多间书房内外仔细打扫一遍，再把书柜精心擦拭一番。还把贾存仁书写的那一张《望岳》斗方裱糊整齐，悬挂在书房大堂整面墙上。天气好的时候，还要打开窗户晾风，而后在院子里的石桌上面点起一柱檀香，随着一股青烟扶摇缭绕，淡淡的清香顿时盘旋在林汲山房上空。每逢斯时斯刻，年轻的姑娘站在大堂《望岳》斗方前面，久久望着那清新而有力的笔墨，似在欣赏，似在思量，似在揣摩……

周永年一有空闲，就来到接待厅先是翻开类目看一番，再翻开书目看一番，再到书房里面抽出一本书翻一番。末了，还要坐到院子石桌前面，在檀香的香气中闭目养神。他倒不是要找哪一本书，而是在享受查阅藏书的温馨感觉。

贾存仁则暗暗做起了离开的准备。说是准备，其实也没什么可准备的。无非是一大一小两件行李。大件是衣物一类，主要是换季的袄袍和文稿一类，小件即那个小书包，无非是文房四宝之属。这几年，每年终了的时候，周永年都要给贾存仁计算薪酬，支付银两。贾存仁虽执意不收，无奈周永年非要给，还说，这些钱不完全是给他的薪酬，更多是将来刊印《弟子规》和《等韵精要》的银两。贾存仁还是执意不收，说自己有力量刊印这两部书。最后，周永年来了火气，指责贾存仁自命清高，欲陷无义于自己，全不顾兄弟情谊。贾存仁无奈，只得收下，心中暗想：多下些功夫，多花些银两，把书印好，也是对林汲先生的报答。

叫贾存仁牵挂不下的是常银屏。由于贾存仁把话说死了，接下来的日子谁也再没提二人的婚事，常银屏照常默默照护贾存仁的生活。这几年贾存仁的衣服被褥的浆洗和换季都由常银屏亲自安排，每年清明节和中秋节一至，夹衣服就摆到炕头了，夏至一到，就催促贾存仁换上单衣服，冬至一过，又拿来了棉衣棉袍……对于这些事情，贾存仁内心充满了难以用语言表达的感激之情。尤其是在对林汲山房藏书的整理上，常银屏出了大力，在藏书的类目和书目的确定、藏书的编排入柜，反复修订、抱进抱出了不知多少回，她毫无怨言，默默按照贾存仁的吩咐行事，全部藏书的类目和书目确定以后，又协助贾存仁抄写条目和封面，还不时提出很多很好的建议，使藏书的整理避免了不少失误。时间一长，贾存仁觉得自己无论生活还是做学问，都离不开这个聪颖而热情的姑娘了。每每长夜难眠以及饭后茶余，常银屏活泼稳重的样子经常浮现在贾存仁的脑海里，紧接着是一阵阵说不明道不白的躁动……然而接踵而来的是一种深沉的不安和凝重的自责，他拿过小书包久久抚摸着上面的展翅飞翔的鸿雁，为自己对常银屏的情愫感到惭愧，对张菊韵怀念又上升到嗓子眼……末了，贾存仁告诫自己：绝对不能伤害常银屏，绝对不能辜负张菊韵。这样一来，萌动的激情又回归冷静，翻滚的波浪又恢复安宁，年届中年的贾存仁又一身轻松地走进现实生活……现在要走了，该如何对深深暗恋着自己的姑娘开口呢？如何才能使她冷静地面对呢？虽然她已经知道自己不可能与她结亲，可是此次一别近乎永诀，她能接受得了吗？

就要回老家了，就要在父母墓前供献、上香、磕头了，就要亲吻养育自己成长的故乡热土了，就要回到离别多年的妻子儿女身边了，就要与老友张友奋和李宜思重逢了，就要见到跟随自己多年的助手陈嘉业了。每当想到这一层，贾存仁又是另一番心境，恨不得即刻动身，立马回到亲人身边，不由得展开一张白麻纸，拿起毛笔，信手写下一个条幅：杜子美的《闻官军收复河南河北》——

剑外忽传收蓟北，初闻涕泪满衣裳。

却看妻子愁何在，漫卷诗书喜欲狂。

白日放歌须纵酒，青春作伴好还乡。

即从巴峡穿巫峡，便下襄阳向洛阳。

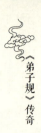

恰巧常银屏进来送东西，一眼看见桌面白麻纸上的诗句，顺口说了一句："就是想回老家，也用不着这么性急呀……"话未说完，就双手捧起条幅，用嘴吹吹，而后细心轻轻卷起，拿走了。

贾存仁张着两手，苦笑着摇摇头……

其实，常银屏并没有贾存仁那样轻松和潇洒，也没有他那样多的担心。自打周永年救了她，叫她以外甥女儿的身份住到林汲山房，周家夫妇待她如亲生，给她以生活上的照护，还帮助她学文化做学问，几年下来使她从一个一字不识的乡村小姑娘变成了一个粗通琴棋书画吟诗为文的淑女，有的时候连她也不认识自己了。可是她从来也没有忘记自己的老父亲和小侄儿，经常在梦中见到他们，早晨醒来，睁眼一看，还是孤单一身，唯有泪水浸湿的枕头摆在眼前……所以每当周家夫妇说起她的婚事，她总是说一定要见到老父亲才能确定，周家夫妇也不勉强，日子就照常一天天地过下去，其实在常银屏心中似乎也在焦急地等候着什么人，然而这种等待又显得那么渺茫和迷惘……可是，偏偏这个时候来了贾存仁，自从那天晌午在历城县街头看见他给人写信札写对联，这位饱学之士的厚重学问，诚信为人，潇洒气质和敬业精神深深打乱了姑娘平静的生活。冥冥之中似乎这个男人就是自己久久等待的那个人，常银屏的眼前顿时展现出一片明亮的天地。后来，经过如此这般索字、请客等一番故事，以致配合贾存仁整理林汲山房的藏书，听贾存仁讲解一些自己不知道的事情，传授一些不曾接触的学问，她对贾存仁的态度慢慢由敬仰转化成爱慕，白天祈祷太阳走得慢一些，夜里盼望天亮得早一点，唯一的目的就是多和贾存仁待在一起，早一点和贾存仁一块儿干活儿，多听一听贾存仁循循善诱地传授学问，近距离看着贾存仁恭恭敬敬地用正楷字抄写藏书书目，面对面地闻到纯属于贾存仁的那种男人气息……

常银屏对贾存仁的感情很快就被周永年夫妇所探知。他们高兴得难以言状，急忙先偷偷问了常银屏的心思，得到肯定的答复以后又对贾存仁直接提出，没想到被一口回绝。常银屏这才明白，自己是在单相思，贾存仁不会作对不起结发妻子的事情!刻骨铭心的痛苦之后，常银屏终于明白了一个道理：贾存仁的正直和忠贞，正是自己爱恋他的缘故，有机会结识他，能和他在一起共事，就是他们的缘分，仅此而已! 白昼的焦灼，深夜的不眠，枕上的泪痕，增添了贾存仁的因素，更显得珍贵，使自己的生活更丰富。于是，年轻的姑娘常银屏很快就冷静下来了，珍惜自己的感情，珍惜自己与贾存仁的友谊，在彼此内心保留对方美好形象，比什么都重要。于是，她不动声色，像往常一样服侍贾存仁，悉心照料他的生活，精心配合他的工作，虚心地跟他做学问。至于以后咋样，自己的归宿在何方，顺其自然吧，老天爷总会有安排……

然而，生活就是生活，生活必然起波澜，打乱了常银屏内心的平静。

第二十四章

　　一日午间，秋后的艳阳透过院子里的大柳树摇曳的细长枝叶把温暖的光线筛下来，院子里一片明亮，屋子里分外温暖。林汲山房来了一位从来没有见过的客人。此人年届中年，单薄的身量，面善的脸庞，有度的举止，开朗的谈吐，似乎一切都是量身定做而成的。周永年对客人很是恭敬，先亲自带着他参观了书房里的藏书，每一间房子，每一个书柜，每一类藏书都细细介绍。每到一处，都要先看类目和书目，再看藏书，重要书籍还要抽出来请他翻阅，显得甚是得意，似乎向客人介绍的不是发黄的书籍，而是价值连城的珍宝。客人始终面带微笑，静耳聆听，仔细查看，看得出对主人十分尊敬。在书房大堂，客人站在挂在墙上的《望岳》斗方前面，仔细查看字迹的运笔和承转，扭头对周永年说道：林汲先生，书写此字的人非常人也。周永年笑道：正是，山右贾木斋先生是也。

　　中午吃饭的时候，周永年请贾存仁作陪，方知此人姓郭名可，济南府人士，熟读诗书，擅长书画，热心藏书。郭可面皮微红，对贾存仁说道，木斋先生，您听我的名字多没有内涵呀，爷爷给取的。贾存仁微微一笑，没言语。周夫人和常银屏没有在客厅吃饭，而是在厨房里面忙活，周夫人指点厨师，常银屏来回上菜送饭。不知何故，常银屏没了往日的活泼，沉着脸出出进进，低眉顺眼谁也不正视。林汲山房第一次显得冷静默然，没有人高谈阔论，也很少喜笑颜开，大家都客客气气彬彬有礼。这顿饭，周永年拿出珍藏的兰陵美酒接待客人。贾存仁记得，还是他到林汲山房吃第一顿饭的时候，周永年也拿出兰陵美酒请他喝，他说不会饮酒。自那以后，餐桌上再没见过兰陵美酒的影子。

午餐过后，送走客人，贾存仁回房歇息，周夫人把常银屏带回卧室。刚刚落座，周永年就开口说道："银屏，今天来的这位郭可先生，济南城里人，书香门第，他父亲与我是同窗，本人学问很好，和木斋先生一样无意仕途，专热读书和藏书。"

常银屏低头无语。

周夫人瞅着常银屏笑着说道："屏儿，你看此人咋样？牌面、谈吐、礼仪都说得过去吧？我看此人的脾胃跟你有一点像。我就见不得哪一种说话不得体，办事没板眼，一点都不实在的男人。"

常银屏依然无语。周永年说道："我和你舅母这样想，藏书整理完了，木斋先生很快就要走了，林汲山房这么大的摊子，十万之计的藏书的管理和研究工作，你一个人注定顾不过来。我们想请郭可先生过来协助你。我近日写了一部专著，书名叫《藏书说》，一共十八篇，主要观点是：藏之一地，不能藏之于天下；藏之一时，不能藏之于万世。那么，怎样才能藏之于天下，藏之于万世呢。除了妥善管好藏书以外，还有一个很重要的工作，那就是对藏书的研究挖掘，对每一类书的研究，对每一册书的研究，甚至对每一篇文章的研究。恰巧这位郭可先生有此能力，心里有此志向，愿意来咱这里和你一起管理和研究林汲山房的藏书。咱们藏书繁多，研究工作非同小可，人家说可以过来干活，而且不要咱的薪酬，愿意跟你一块儿管理林汲山房。关键是人家愿意呀！"听得出来，周永年把"愿意"两个咬得很重。

常银屏仍旧没吭声，没点头，也没摇头，只是低头静听，用手指头抠抠指甲盖儿。

周夫人有一点急了："屏儿，别光听不言语。木斋先生就要走了，人家牵挂着自己一家老小，咱们这里留不住。我和你舅舅和他说了好几回，这人就是不吐口，最后差点和我们翻了脸。他倒不是对你不满意，而是不愿意背叛自己的结发妻子，不愿意在外边拈花惹草，一心要回山右老家。"

常银屏嘴里嘟哝："谁是花？谁是草？"

　　周夫人笑着看一眼丈夫，继续说道："唉，我说了错话了，说错了。可是，对于这样一个正人君子，你说咱不想别的办法，还能怎样呢。"周夫人同样把"还能怎样"四个字也咬得很重。

　　常银屏抬头看看周夫人，红着脸动动嘴唇，眼睛里含着哀怨，又不吭声了。

　　周永年皱着眉头说道："屏儿，我们是正经地和你谈事情。不知你的意向如何？说给我们听听。你要是不同意，咱就不叫人家来。有话直说好不好？别老叫我们着急呀。人家郭可先生还等着回话呢。"

　　常银屏抿抿嘴唇，说道："要单是管理研究藏书，只要能胜任，人家也愿意，我能说什么？不用和我商量，尽管来就是了。因为，我知道，我管管藏书还凑合，要说研究藏书肯定不行，我没那么大本事。但是，我一心把咱的藏书管好，每天扫地、抹刷、晾风、找书这些事情都没问题。人家来了坐下来安心研究藏书，著书立说好了。至于别的，没有啥可说的。"

　　周夫人笑道："看你这孩子，我和你舅舅的心思你还没明白？就是要给你找一个好的归宿嘛，你的年纪也不小了。以前我们就提过好几个，可是你总以见到老父亲才行推脱。可是济南府历城县距直隶易河县路途遥远，如何才能见得着呀？好容易等来了木斋先生，可是人家已有家室，不愿停妻再娶——"

　　"谁叫他停妻再娶了！"常银屏罕见地打断周夫人的话，两行热泪夺眶而出。

　　周夫人笑笑，没生气，小声说道："对对，不是停妻再娶，不是停妻再娶。我不是顾忌说纳妾难听嘛。没承想还是没说到你心里，我还没怎么老，咋就连话都不会说了。眼下这位郭可先生家境殷实，学问扎实，为人诚实，对你也满意，是一个可以托付终身之人。我们觉着挺好。你成家以后，两口儿再专程省亲吧，我和你舅舅给你预备盘缠，雇佣车马，派人护送你们，你舅舅在官府里面也有朋友可以帮忙。当然这是后话。你看这事咋样。"

　　常银屏面向周家夫妇跪下，摇头甩掉挂在眼角的泪珠儿，一字一句地说道："舅舅舅母对银屏的恩情，深似海，高于山，银屏愿意一辈子侍奉二位大人。别的休再提。"

周永年有一点着急，说道："净说傻话，净说傻话！你还能不成家呀，真的当老姑娘？我们老两口还能——"

"屏儿，给你说，成了家，也不叫你走。咱们还在一块儿。我可舍不得我家宝贝外甥女儿走。谁也把我家宝贝外甥女儿带不走——"周夫人打断周永年的话，笑道，话没说完眼泪先下来了⋯⋯

常银屏呼地一下站起身，瞪圆两眼说道："我常银屏从来没有说过要嫁人，他贾木斋有老家，我也有老家。他要回老家，我也要回老家，逃荒要饭也要回老家。舅舅舅母要是看着我心烦，不用你们撵！现在就走！"常银屏说完转身就朝外面走。

周夫人赶紧一把拉住，指点一下常银屏的额头："好了，好了，不说这事了，不说这事了。我生生地把你惯坏了！我的姑奶奶。"说完，周夫人用手掌擦去常银屏脸上的泪珠儿。

常银屏"哇"的一声抱住周夫人大哭起来。弄得周家夫妇也是热泪涟涟⋯⋯

一日午后贾存仁把《弟子规》最后一节看完，准备送给周永年过目。周永年却不请自到，一进门就说道："木斋先生，京城大学士刘统勋大人捎信来要我立即进京一趟，说是有要事相商。我来给你说的是，在我从京城回来之前，你一定不要动身回山右，我还有好多话要对老兄讲⋯⋯"话未说完，周永年的眼圈红了。

贾存仁起身拱手说道："林汲先生放心，你不回来，我绝对不会离开林汲山房。我也有好多话要对老弟说呢。这不是，《弟子规》最后一节也修订完了，银屏也帮我誊出来了。我还想请你把全书再润色一遍，就算把稿子定了，我回到老家就能正式刊印了。等把《弟子规》刊印成书，我看见这书，就像又回到了林汲山房，又看见了林汲先生和夫人，看见了银屏姑娘，就能想起在林汲山房待的这些时日，就能想起咱们亲手整理出的这万卷图书。能结识你们是我贾木斋今生最大的造化⋯⋯"贾存仁紧紧握住周永年的双手，眼里的泪水溢出眼眶。

随后进来的周夫人见此，也揉开了眼睛。常银屏哭得上气不接下气，转身跑出去了。

周永年赴京几天后的一个后晌，一连多日没过来的常银屏满脸喜欢地

跑了进来，一进门就大声说道："木斋先生，木斋先生，我舅舅叫你到前边，说是有好事。"

贾存仁站起身子问："林汲先生回来了？还有好事？"

常银屏抿嘴一笑："刚刚进门，就叫我过来唤你，说是大好事。"

贾存仁又问："林汲先生没说啥好事？"

常银屏说道："不知道，反正是好事。舅舅满心喜欢的样子。"

贾存仁顺嘴问："这几天咋没来书房呀？你不来我一个人多闷——"

"快走吧！"常银屏笑着戗了一句，"去得迟了，好事就没了。"

"别，我来了。"周永年笑嘻嘻地走进书房。

贾存仁不解地问："林汲先生，啥好事呀？您回来了？"

周永年点点头，坐下说道："刘统勋大人说，乾隆皇上下令纂修《四库全书》。"

贾存仁插嘴："四库全书？"

"对，四库全书。"周永年回答，"要把华夏域内数千年间的典籍分为经、史、子、集四部，故名四库全书。重新编纂成系列丛书，集中保存。"

"哎呀！"贾存仁惊叫起来，"这可真是乾隆皇上的大手笔呀。"

周永年说道："可不是，据初步编排，《四库全书》共要收入三千多种图书，近八万卷，四万册，约八亿字，基本上囊括了中国古代所有图书，故称'全书'。比明朝年间编纂的《永乐大典》两万多卷、一万多册、近四亿字，还要多五万卷、两万多册、五亿多字呢。"

"了不得！真是了不得！"贾存仁兴奋地边在原地转圈子边搓着两手边说道，"当今乾隆皇上真乃千古明君，千古明君呀！"

周永年拉拉贾存仁衣袖，说道："老兄别打岔。你听我说。为了把《四库全书》编好，乾隆皇上命皇弟永瑢与永璇、永瑆和大学士兼军机大臣刘统勋、于敏中为最高执行官掌管总理馆内一切事宜。以纪晓岚、陆锡熊、孙士毅为总纂官，陆费墀为总校官，下设纂修官、分校官及监造官等四百余人。汉学大师戴震，史学大师邵晋涵及姚鼐、朱筠纂修官。刘统勋大人看过我写的《藏书说》十八篇，赞同我提出的藏之一地，不能藏之于天下；藏之一时，不能藏之于万世之管见。"

贾存仁说道："岂止是管见。林汲先生的文章，其实是一种公共儒藏的思想，叫大家一起来藏书、读书、研书、写书。这和乾隆皇上编纂《四库全书》的壮举不谋而合呀！"

周永年笑笑继续说道："因此，刘统勋大人向纪晓岚大人推荐我为纂修官。刘大人还要在下推荐分校官及监造官。我觉得老兄是不二编纂人选，即向刘大人推荐老兄为分校官。刘大人已恩准。可以说，咱们整理林汲山房的藏书，就是提前为《四库全书》的编纂作了很好的准备和求索呀！"

贾存仁赶紧朝周永年弯腰拱手致谢："谢林汲先生不弃！谢林汲先生不弃。"

周永年摇摇头说道："咱今日没有时间听你谢谁不弃。你也别酸酸地谢来谢去了。时间紧迫，我没来得及征求你的意见，就向刘大人推荐了你。实在冒昧。"

贾存仁笑道："在下感激你还来不及呢！哪里来的冒昧？能参与《四库全书》的编纂，天一样大的面子呀。谁能给了我？唯有林汲先生！"

周永年一脸正经："我知道你不是急着要回老家与妻儿团聚的呀？"

贾存仁接着就说道："大丈夫仗剑去国立马昆仑。回老家之事与编修《四库全书》比起来，好似米粒比西瓜。"

周永年赞许地笑笑，说道："好，我就欣赏老兄的这种胸怀。闲话少叙，咱们立马着手准备吧，三天后就要动身赴京城了。"

贾存仁说道："嘿，正好补上去京城这一课。赶得好不如赶得巧。我心里总说结识林汲先生是在下今生最大的造化，一点不假。"

周永年看一眼常银屏，又说："编纂《四库全书》是一项亘古以来汉学界最伟大的事体，远非一年两载所能完成的，咱们要全身心而为。因此，我已在京城租好了住处，夫人和银屏都过去，照护你我兄弟。"

常银屏高兴得手舞足蹈，看一眼贾存仁说道："要走一块儿走，要回一块儿回。那我得赶紧做准备呀。活儿太多，时间太紧了。"

周夫人说道："看看我家姑奶奶又高兴了。这些天都不好好跟我说话。"

"舅母……"常银屏红着脸一把拉住周夫人的手，又觉着不妥，转身跑到门口，站住低下头抠着手指甲不动窝儿……

贾存仁亦微笑着瞅常银屏一眼，点点头，脸色似乎有一些红了。

周夫人喜欢地看着二人，只笑不言语……

周永年摇摇头："只拿换洗的衣物。别的一应用品，我已在京城置办好了。"

贾存仁问道："咱们都走了，林汲山房咋办，谁来料理？这么多的藏书才整理好。这一摊子事情可是不少呀。全是咱们的辛苦。"

周永年说道："还是你那一句话，林汲山房与《四库全书》的编纂比起来，就好比米粒比西瓜，而且其中不少书籍，很可能要收入四库全书了。当然，总得有人管。就是前些日子一块吃过饭的那位陈可先生。此人靠得住。也热心做学问。"周永年说完，悄悄对常银屏瞥一眼。

常银屏装作没看见，瞅着贾存仁微笑……

贾存仁却透过窗户看着院子里的枝条飘逸的大柳树，面色沉稳，几颗细微的汗珠儿挂在鼻子尖儿上面，眸子似乎盯住什么地方一动不动，眉头微皱似在暗暗发力，嘴唇紧闭唇线像刀刻一般明晰可辨……

周永年、贾存仁一行出门北上，直奔京城而去。

周永年夫妇坐轿，常银屏亦坐轿，贾存仁骑马。本来，周永年要贾存仁与常银屏共坐一轿，理由是可以少雇一匹马。可是贾存仁不干，说自己出钱雇马。周永年又提出贾存仁坐轿，常银屏骑马，可是贾存仁力主常银屏坐轿，自己骑马。末了，周永年无奈，只得作罢。多出的那一匹马自然是周永年出银子雇佣的。整个过程，常银屏一言未发，面带微笑，腰身一扭抬腿坐进了轿子。贾存仁骑马跟在两乘马拉轿子后边，倒像主家带着家眷出门。周家夫妇悄悄掀起轿子后窗帘瞅一瞅，欣然而笑；常银屏亦从轿子后窗瞅瞅，偷着而乐。贾存仁则信马由缰，悠然自得。于是，两轿一马逶迤前行，晓行夜宿，一路朝北，倒也安逸。

进得京城，住进周永年预先租赁好的琉璃厂北柳巷墨宝胡同。这里是一座小四合院，周家夫妇住北房，套间，一客二卧。贾存仁住东房，也是一客二卧。周家夫妇的意思，叫贾存仁住北卧，常银屏住南卧，便于照护。可是，贾存仁不干，说是孤身男女共住一房不合适，虽说是两卧，然总是同一东房，非叫常银屏住西房。常银屏翻了脸，言自己是外甥女儿，而非下人，决不住西房，非住东房不可，要不就回山左历城看家去！贾存仁无奈，只好随周家夫妇安排。事后，周永年笑问贾存仁，咱们家谁最厉害？贾存仁红着脸道，自然非银屏姑娘莫属。周夫人指着贾存仁笑道，木斋先生心里挺明白的嘛。

常银屏的得意自不必说。进得京城，和贾存仁共居东房，虽各居一室，中间还隔着宽大的客厅，毕竟跟在林汲山房的时候不一样了，周夫人叫她专心侍奉贾存仁，她自然乐此不疲。每日不等贾存仁洗漱完毕，即进房收拾洒扫，而后与贾存仁一块儿到餐厅就餐，俨然家庭主妇一般。她心里有一个老主意，那就是你贾存仁虽然不愿意接纳我常银屏，我也不会厚着脸皮上赶着在你跟前蹭，只要能跟你在一起，天天能见到你，能闻到你的气息，我就够了。至于能不能和你拜堂，那就要看缘分了。我一个落难的平民女子能有今日，已经赚了。平日里周永年应酬较多，不在家的时候不少，贾存仁和周夫人、常银屏吃喝完毕，稍事寒暄，即回房间整理自己的文稿。常银屏先是服侍周夫人歇息，后在周夫人地催促之下，也回东房，帮助贾存仁料理内室，整理文稿。贾存仁则是不为所动，该歇息歇息，该干活干活。常银屏收拾完毕，即回自己房间歇着。一切来得自然洒脱，似与贾存仁商量好一般。周家夫妇的心思很明白：时日以往，不愁贾存仁不改变初衷！他又不是木头人！他们静观其变，坐享其成。

贾存仁则仍如以前一样，对常银屏不卑不亢，不远不近，不弃不离，既不忍心伤害她，亦不过于亲近她，始终保持着一种正常的交往，他的主要精力还是在子部典籍文章的校阅上面。他盼着《四库全书》编完了，早一点回老家与妻儿团聚，刊印《弟子规》和《等韵精要》。

墨宝胡同后边是一泓水塘，围绕着水岸长着一圈老柳树，从春到秋，水塘里鱼游虾戏，柳枝飘逸，夏日天长，晚饭过后，贾存仁爱到柳树下的大石头上闲坐。每逢此时，常银屏就给贾存仁端来茶水，陪着他东拉西扯地说些闲话，倒也来得雅致安逸。

京城琉璃厂一带的住户多为文人墨客，而且大部分是四库馆的人手。周永年请一些旧友聚餐，介绍贾存仁认识，还带着他登门拜访了四库馆里的大员刘统勋、戴东原等人。如此，贾存仁便认识了一干编内、编外修编人等，熟悉了四库馆里面的房舍、路径、规矩等，正经成了在京城里做事

的山右人士。

《四库全书》的编纂很快就开始了。皇城北边一连好几进大院子全都用来编纂《四库全书》。从全国各州县搜集、进献来的堆得像一座座小山般的图书在这里经过严格审查、确定、抄写、分校、编纂、装订等程序，才能最后进入四库馆。作为一个编外的分校官，贾存仁的主要工作是校阅别人抄好的文章。所谓校阅，就是拿着纪晓岚、陆锡熊、孙士毅、戴震等总纂官初步选定，王爷永瑢与永璇、永理和大学士兼军机大臣刘统勋、于敏中等最高执行官最后确定，若干重要典籍文章还要由乾隆皇上钦定的原书稿与抄写稿校阅，发现差错立马提出并纠正。贾存仁主要参与子部典籍文章的校阅。负责抄写的都是从参加过历年大考的举子里面挑选出来，人品、文章、字笔均为一流，抄写出来的稿子差错极少。但是总校官陆费墀要求极严，一字不得差，一句不得错，一本不得误，否则先找抄写者，后找校对者，只有再一再二，没有再三再四，轻者罚扣薪酬，重者撵出四库馆，更重者打入大牢甚至杀头！

贾存仁的校对自然不敢有些许怠慢和草率，每日战战兢兢，认认真真地看稿子校对。子部收录的是诸子百家著作和类书，包括儒家类、兵家类、法家类、农家类、医家类、天文算法类、术数类、艺术类、谱录类、杂家类、类书类、小说家类、释家类、道家类等十四大类，大类中还分为若干小类，明代以前的为多。这些典籍都是按照原著和既定的格式一一抄来，再对照原著一一校对，差错极少，贾存仁看得仔细，况且还能借以林汲山房的经验，大有轻车熟路之感，发现差错除了用红笔画出来，还要用蝇头小楷眉批说明理由，红笔画得整洁，眉批写得工整，而后交子部编纂官周永年审定，再交总校官陆费墀等人最后确定。

两年多的时间里面，前面几大类的典籍文章，凡贾存仁校对过的从没有返工夹生现象，均为一次成功，一次交差。陆费墀对贾存仁甚为满意，数次对周永年说道，这位山右贾木斋先生的确身手不凡，学问超群呀！周永年自然得意，言《四库全书》乃千秋之大业，盛世之盛事，当然要用能人贤士了。

贾存仁的整个工作不是太累。有了空闲还有机会与周永年讨论《弟子规》和《等韵精要》书稿。周永年关照贾存仁，四库全书编纂任务繁重，皇上给的时日相当宽限，远不是一日而蹴的事情，老兄当悠着一些，不可用功过度，累了贵体。贾存仁则言，林汲先生推荐在下担负如此要职，当然要尽心尽力而为了，我要对自己负责，更要对林汲先生负责了。说到高兴处，周永年又叫常银屏拿出珍藏多年的古陵美酒畅饮几盅，贾存仁虽然不善饮酒，也得举举酒盅做做样子，叫周永年高兴，仅此而已。

又一年时值严冬，京城里朔风骤起，雪花纷落，树叶凋零，气候寒冷，人们外出需棉袍加身方可御寒，四库馆里的人们更是冷得可怜。因为珍藏着数千年的典籍文章，皇上下令四库馆书房冬天不得生明火取暖，平日亦不得吸烟煮茶，严防火灾。贾存仁与众多的编纂人员只得身着棉衣棉袍、棉鞋棉袜、风帽套袖在书房里干活儿。

贾存仁的隔壁房间是集部分校官，名唤孙铖，五旬已过，须发花白，直隶口音，长得瘦小，凹眼凸额，但是胳膊腿脚腰身胸颈的长短粗细很是适中，给人以短小精干之叹，一点也看不出来有点滴猥琐之感，见了人不多说话，每每低头而行，似常在寻思事情，勾勒学问。看人之时，似乎懒于抬头，惯于低头翻眼朝上看，给人更多的是白灿灿的眼白和溺于沉思的面相，话语亦极少，露出一副高深严肃的神色。贾存仁已经从侧面打听到此人即是易河县孙家堡孙镐之兄，然并未点破，虽说是近邻，但非同部，贾存仁经常在进出门之间与之碰面，有时亦相向而行，二人并不多话，尽多点头示意，各走各路，各干各事。

一次总编纂官刘统勋、于敏中、纪昀、戴震等人召集众分校官议事，谈文稿的校阅事宜，刘统勋先拿出几份校阅仔细、眉批工整的校阅稿件叫众人传阅，没想到竟是出自贾存仁之手。刘统勋说道，各位看仔细了，木斋先生的校阅稿封面整洁，眉批工整，字句严谨，件件精品。各位若都能把稿件校阅到木斋先生这种程度，就能交差了，否则，很难交差。众人看过贾存仁的校阅稿件，纷纷点头佩服。

孙铖则一反常态，当众朝贾存仁作揖拱手，再三称他为老师，要不是旁边同仁拉住，似乎还要给他下跪。贾存仁感觉极不自在。众人瞅着孙铖晃动着黑白参半的头发，絮絮叨叨的样子，均嘻嘻而笑。孙铖却满不在乎，朝贾存仁口喊恩师，频频躬身作揖。贾存仁无奈，只得再三还礼。

回到琉璃厂南柳巷墨宝胡同才走进家门，贾存仁即对周永年说道："林

汲先生，您看那位孙钺那个酸样子，真叫人哭笑不得。"

周永年笑道："咱不管孙钺如何下作虚张声势，单单刘、于、纪、戴四位大人极为欣赏老兄的才学，当众赞扬老兄的校阅文稿，仅此一事就值得好好庆贺一番的。"

于是周永年吩咐周夫人和常银屏多做几个好菜，还嚷嚷着要饮酒助兴。周夫人和常银屏听了也兴奋异常，自然喜形于色，即着手操持起来。

贾存仁赶紧说道："不必，不必。尽其职负其责，实乃做事之根本。不值林汲先生如此张扬与褒奖。"

周永年却言："如此喜事，如何不张扬？如何不庆贺？今日咱们设宴庆贺，为了木斋老兄获得四位大人当众赞扬，也为了本人举荐有功呀！"说毕，周永年禁不住摇头晃脑满脸得意之情不能自已。

三荤三素三凉三热很快端上餐桌。还摆上了兰陵美酒。

看见桌面只摆着两个酒盅，周永年说道："四人吃饭，如何只有两个酒盅？赶紧拿来，大喜之日，夫人、银屏，均得饮酒！快！都端起来！"周永年高高举起斟满酒的酒盅等待众人。

常银屏看看周夫人。周夫人喜欢的说道："今天这酒得喝。快给咱们拿酒盅。"常银屏只得取出两个酒盅，斟满酒液。周夫人用胳膊肘轻轻碰碰常银屏，二人端起酒盅。贾存仁见大家都端着酒盅等着自己，也端起来。

"我先干了！"周永年言毕，一饮而尽。这样，大家跟着周永年连干三盅。接下来才开始吃菜。吃了几口菜，周永年又提议喝酒。贾存仁本来不善饮酒，看着主家是如此真心，无法推辞，即跟着喝了几盅。

酒过数巡，四人均醉醉醺醺，一顿饭是吃不下样子了。最后，周夫人扶周永年回房，常银屏亦扶贾存仁回房。

第二十五章

回到房里，常银屏欲侍奉贾存仁睡下。贾存仁虽逞些许醉意，但不至于糊涂，催常银屏赶紧回自己房中歇息。常银屏言要替他宽衣，贾存仁不允。常银屏道你不睡下我就不走，我不放心，如若因饮酒歇息不好，身体染病，岂不影响《四库全书》编纂大事！再说舅舅舅母也饶不了我呀。贾存仁只得凭常银屏替自己解衣宽带。贾存仁已经睡下，常银屏却磨磨蹭蹭不忙离去。

贾存仁迷迷糊糊说道："银屏姑娘快去歇息。你看夜已深了。"

常银屏不语，亦不动，还在磨蹭。

贾存仁又催："银屏姑娘快去歇息吧！别磨蹭了。"

常银屏转过身子，用她那一双俏丽的眼睛热辣辣地盯着贾存仁看。

"快走！快走！"躺在被窝里的贾存仁叫常银屏看得不好意思，只得伸出一条胳膊使劲摆动。

常银屏不仅没走，反而一下子坐在贾存仁枕边，满脸潮红，呼吸急促，低头凑近贾存仁的脸，快挨着他的鼻子尖儿了，说道："先生您别撵我呀……我要看你睡着了……我再走嘛……"

女性身上的特有气息使贾存仁猛然惊醒，打了一个响亮的喷嚏，而后紧紧裹着被子坐起来，跳下床铺，愤然说道："你不走，我走！"

"好……好好，我走，我走！"常银屏一把拉住贾存仁，使劲把他推

到在床上，带着哭声说了一句，随即快步走了出去，随手带上房门。

次日早饭后，贾存仁早早醒来，酒劲已经全然过去，穿戴停当，叠好被褥，洗涮完毕，走出房间。正巧常银屏从对面房间出来，低下头没有理会贾存仁，大步出了客厅。

周永年走了进来笑问："木斋老兄，昨夜是否喝多了？"

贾存仁拱手答道："多少有一点，好在睡了一夜，已经没事了。"

周永年点头："这就好，我知道你不善饮酒。可是喜事总得庆贺庆贺。"

贾存仁没接周永年话茬："林汲先生可知那位孙钺先生系何方神圣？蛮有意思的主儿。"

周永年说道："不是很清楚，只是听人说系朝中一位大臣举荐的，我也没细问。官场之事，知道得多了并非好事。"

贾存仁道："此人正是我在直隶易河县遇到的那位孙镐先生的哥哥。不过我没跟他点明。"

周永年担心地问道："那位孙镐不会把你在易河县的事情告给他哥哥吧？"

贾存仁道："不知。"

周永年道："不管他知不知道，咱总得留心。从表面看来，这人是在心里头做事的人。"

贾存仁点点头，没再言语，跟随周永年进厅里用早餐，而后去了四库馆开始干活儿。

当日后晌晚些时候，日头已经偏西，大院里的光线暗了下来，凉气悄然上升，快到散衙[1]时分，已经有人朝外走了。贾存仁正在四库馆房内整理校阅好的抄写稿，预备呈送周永年审阅。孙钺笑手捧一沓稿纸，轻敲房门，未等贾存仁应声，即笑吟吟地走进来，未及贾存仁开口，即拱手说道："木斋先生，此有几篇抄写稿件，差错较多，学生才疏学浅，看不明白，请恩师不吝指教一二。"言毕，双手将稿件捧至贾存仁面前。

贾存仁不免有些许不快，见孙钺人已走到跟前，只得接过稿件，粗粗翻阅一下，见是"南宋四子"——岳飞、张孝祥、陈亮、辛弃疾的词作。

---

[1]散衙。古代衙门叫下班为散衙，也叫放衙。

便说道："本人在子部，先生在集部。诗词歌赋属于集部，本不是在下校阅之列，在下如何看得？上面有话在先，我等校阅人员不得交叉看稿，以免造成差错。孙钺先生校阅诗词歌赋类典籍文章，实不该找在下呀？"

孙钺再三点头哈腰，说道："恩师所言极是，极是。在下先去找了集部之校阅先生，不巧都不在，我也有急事，想早些把手头这几篇抄写稿做完，故而冒昧来找木斋先生，还是请先生指教一二。"

贾存仁不好拨孙钺面子，只得低头看稿。不看则已，一看则惊。贾存仁平素对诗词歌赋本不是太热心，缺乏深度研讨，但是作为著书立说之余的消遣之举，许多名家的作品仍旧能熟烂背诵，张口就来。这几位的大作，浩气凛然，声震寰宇，不乏千古名句，贾存仁早已熟记在胸，耳熟能详，因此看得很快。看着看着便发现了明显的差错。岳飞的《满江红》中的名句"壮志饥餐胡虏肉，笑谈渴饮匈奴血"被抄成"壮志饥餐飞食肉，笑谈欲洒盈腔血"。 "胡虏"变成了"飞食"，"匈奴"变成了"盈腔"。 而张孝祥名作《六州歌头·长淮望断》描写北方孔子家乡山左曲阜被金人占领："洙泗上，弦歌地，亦膻腥。" "膻腥" 改作"凋零"。 陈亮的《水调歌头·不见南师久 》所云："尧之都，舜之壤，禹之封。于中应有，一个半个耻臣戎！" "耻臣戎"被改作"挽雕弓"。还有辛弃疾的《永遇乐 ·千古江山》中的"斜阳草树，寻常巷陌，人道寄奴曾住。" "寄奴"被改作"宋主"这几处差错，明显不能用笔误解释，亦非不懂所能搪塞，贾存仁看得大汗淋漓，心神不宁。

孙钺则似童生一般，垂首站立一旁，静候贾存仁看稿，一双绿豆眸子睁得明亮，从眼眶上方安静地瞅着贾存仁。

贾存仁看罢稿件，强笑着抬头对孙钺问道："孙钺先生，南宋四子词作，早已传遍天下，小儿皆能诵读，此抄写稿出现明显差错，一眼就能看出，提笔改过就是。您为何还拿来叫在下看？"贾存仁说完，把稿件递给孙钺。

孙钺双手接过稿件，低下头，故作难堪，说道："学生才疏学浅拿不准，故而来请教恩师。《四库全书》乃集华夏数千年典籍文章之大成，在下不得不谨慎，不得不精心呀，否则遗患无穷，误人子弟呀。还请恩师斧正。"

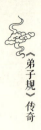

贾存仁指着稿件说道:"此几处明显差错,你改过就是,还用得着我么。再说,木斋一介书生,哪里谈得上斧正呀!岂非折煞木斋?"

孙钺满口诚恳:"那天四位大人说了,先生的字好,学问也好,品德也好,实叫在下内心佩服之极。我正想拜您为师呢。斗胆求您改稿,正是学生向恩师求学的机会。"

贾存仁正色说道:"你我同仁,何来拜师之说?快把你的稿件拿去。"贾存仁说毕,不等孙钺说话,即低头看稿。

孙钺拿着稿件,故作为难状,苦笑问道:"您说咱把这稿子改过来?"

贾存仁有些不耐烦了:"不是咱,是你!你手里的活儿,你把它改过来就是。实不必问在下。"说毕,贾存仁低头开始干自己的活儿,不再理会孙钺。

孙钺还是不走,还在絮叨:"木斋先生,在下还有一件事求您。您的字好,我想跟您讨几个字。您就写给我吧,我好练习。我这人手拙,天生地写不好字。"

贾存仁只得抬起头:"讨字?这里不是写字的地方呀!也不是写字的时候呀!孙先生,求您别为难在下了。您真想要,旬休的时候,我写给你。行不行?"

孙钺高兴了,赶紧指着稿件说道:"我看这样吧,你把这几处差错改过来,再作上眉批,不就有了?我回去临摹就可以了。您改上一条也行。"

贾存仁瞅瞅抄写稿,说道:"在这上面写?不合适吧?"贾存仁说着,抬头看看门外,日头已经转过房脊,天色开始昏暗下来,不少人走出院门散衙了,偌大的院子已经清静下来,下人们开始清扫地面规整器物,于是说道:"你看,天色已晚,要散衙了。改天再说吧!"

孙钺点头不迭,满脸带笑地说道:"就是,您帮我改上一句吧,就改上一句。我也算讨得了您的墨宝。您看天气不早了,咱也该散衙了。"

贾存仁推辞不过,看看房外暗红的光线,只得接过抄写稿,铺在桌面上,看准岳飞的《满江红》词,把"壮志饥餐飞食肉,笑谈欲洒盈腔血"的"飞食"改成"胡虏","盈腔"改成"匈奴"。

贾存仁写就,刚刚抬起笔,孙钺一把扯过抄写稿,高兴地说道:"好啦,好啦。这不就得了!这不就得了!全有了。谢谢木斋先生,谢谢木斋先生！"孙钺说完转过身子挪动脚步就要朝外走。

贾存仁忽然觉得不对头，一把拉住孙钺的衣袖，沉稳说道："孙先生，还有一个地方需要改一下，我有一笔写错了，没法叫你看，我再改一下。"

孙钺顺手把抄写稿卷起来，夹在腋窝，急着要走："行了，行了。不用再改了。剩下的叫我来改吧。"

贾存仁急红了脸，额头沁出细小汗珠，紧紧揪住孙钺，说道："不行，不行，一定要改，一定要改！不然的话，丢人的是我！你讨我的字，讨了一个错字，怎么能行？夜天四位大人才说在下校阅稿改得整洁，今天如果改错了，岂不扫四位大人的兴？一定要改过！一定要改过来！"

"不用了！不用了！"孙钺倒退着要走。

贾存仁这才看出了几份事理，越不敢叫孙钺走，于是说道："你自己改也行。我给你指点一下。你不至于改错。"

孙钺只好停住脚，展开抄写稿，催促："行行。你快指一下，是哪里？我改。我连个稿子也改不了啦？天也快黑了，快点。"

贾存仁趁孙钺不备，一把抽过抄写稿，揣进袖筒，说道："立马就散衙了，我拿回去改。明日晌午应卯[1]时给你。"贾存仁说毕，即大步朝外面走去。

孙钺无奈，只好瞅着贾存仁的背影嘱咐一句："木斋先生，明日一定早点给我拿来——"

贾存仁似没听见，兀自走去……

回到墨宝胡同，周夫人和常银屏已经做好晚饭，周永年亦回来了，正等着贾存仁。

贾存仁急匆匆走进餐厅，朝三人打个招呼，即端碗吃饭。晚饭很简单，米汤、馒头、米饭、小菜。贾存仁只顾低头吃饭，不似往日边吃边谈。周家夫妇觉得奇怪，也不便问话。而常银屏则顾忌昨晚之事，也不敢言声，默默将三人环视一遍，低头吃饭。四人各吃各饭，各有心思，一顿饭吃得沉闷而了无生气。

---

[1]应卯。古代衙门上午卯时上班，凡上班官员均要在自己的名字上面点到。称点卯，也叫应卯。

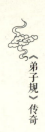

吃完饭，贾存仁才抬头看着周永年说道："林汲先生，今有一事，好生无聊，得先给您说道说道。"

正在低头收掇餐桌的常银屏听得，大吃一惊，顿时脸色惨白，睁圆两眼，火辣辣地盯着贾存仁。

贾存仁见常银屏如此，即稍微咧一下嘴唇，略带笑意微皱眉头。

常银屏似心有灵犀，略显轻松，但是还是紧盯着贾存仁。

周永年似乎觉得事体重大，看一眼夫人和常银屏，说道："走，咱到你房间去说。"常银屏前头快步走出。

周永年跟着贾存仁回到房间，常银屏已经燃起油灯，房间里灯苗摇曳，一片亮光。二人未及落座，贾存仁就拿出孙钺的修改稿双手递给周永年。

周永年看罢修改稿，即问道："这是南宋四子的词作呀，如何到得先生手里？咋还有你的字笔嘛。你咋改起别人的稿子来了？"

贾存仁就把事情经过原盘原碗端给周永年。

周永年把稿件紧紧捏在手里，似怕别人抢走一般，站起身子在房里踱了几个来回。末了，站在贾存仁面前，说道："木斋先生，事情有麻烦了。"

贾存仁目不转睛地看着周永年："写完这几个字，我方才感到事情蹊跷，于是才想法儿从孙钺手里讨回稿件。但是在下实不明白事情麻烦在哪里？请林汲先生指教。"

周永年拉贾存仁坐下，指着稿件小声说道："以后再遇到此一类事情，千万不敢接手。像这明显不是笔误的稿子千万不敢改动，更不敢做眉批。害人之心不可有，防人之心不可无。"

贾存仁不明就里："就此事来说，别人害我之心何在？其为何害我？"

周永年接着自己的话茬儿说道："莫说别人的稿件，就是咱子部的抄写稿子遇到这一类明显不是笔误的差错，你也不要急着修改，更不敢冒昧做眉批。要先叫我看看，再做处理。这事主要怪我没有提前给你交代清楚。今天多亏了你多了一个心眼，把稿件讨了回来，要不麻烦大了。"

贾存仁越发不解："请林汲先生细说。"

周永年站起身，把手里的茶碗重重放在桌面上，拿起桌面上的一枚发簪把油灯捻子拨小，房间里面的光线顿时暗了下来，伸出右手食指朝上指指，方才小声说："全是上边的意思。凡是古诗词文章里面带有胡、戎、夷、虏这一类字眼的，都要改！都要删！都不能留！不能留下一丝一毫对当今满清朝廷不尊不利的痕迹。"

贾存仁由不得瞪圆两眼，跟着就问道："照您这么一说，这一次编纂四库全书的目的不仅仅是搜集整理编纂古代典籍文章了？还有更深一层更重要的意思了？这算咋一回子事情呀！"

"老兄你总算明白了！总算明白了！看把我急得。"周永年，伸手擦擦额头上的汗，长出一口气，"不仅是要改，有一些不合时宜的文章、书籍都删除、焚毁了。整篇、整本、整摞地删除、焚毁呀。"

贾存仁问道："啥叫不合时宜呀？"

周永年瞅瞅房门，用更低的声音，不假思索地说道："皇上瞅着不顺眼，对大清朝的统治不利呗！"

贾存仁双手捧着茶碗，低头沉思良久才说道："明朝永乐皇帝编《永乐大典》时，下令对所收录的书'一字不加删改'，保持古籍的原样。乾隆皇帝理应比永乐皇帝更加圣明，想不到竟这般小心眼儿，如此以往，大清朝之江山岂能巩固？岂能长久？"

周永年见贾存仁这样，又小声说："木斋先生，你也别太上心，这不是咱们一类人想的事情。从全国各州县搜集来的书籍文献，都要经过严格审查，发现不能入选的，即刻焚毁，有幸入选的，才能叫抄写人员抄写。似南宋四子这一类有名气的诗词文章，不便完全删除，只好篡改碍眼的字词，换上合适的，再抄出来，最后呈乾隆皇上——御批，——钦点。这一次编纂《四库全书》，仅抄写人员就有三千多人，审查人员也有一两千人，似你这一类编校官不下两千人，加上各级管理监督官员，总共近万人在做这一件事情。可不是你想的那样简单。因此，咱们所能做到的是，老百姓的话叫磨道里的驴——听喝。干好手里的活儿得了，别再操这些闲心了。否则，轻者免职，重则打入天牢，甚至招来杀身之祸。"

贾存仁两眼迷离，脸色苍白，微微摇头，弯腰驼背，喘气儿都不顺畅了，嘴里呢呢喃喃："这样，咋能干好手里的活儿呀？这样，咋能干好手里的活儿呀？这样干出来的活儿，能是好活儿呀……"

周永年说道："其实事情很明白。上面咋说，咱们咋做。就这样干好自己手里的活儿。至于活儿好不好，不是咱们操心的事儿。"

"嗵"贾存仁学着周永年把手里的茶碗重重放到桌面上，直起身子低着脑袋迈着小步在房间里踱了一圈，最后走到周永年面前，说道："林汲先生，你知道吗？咱做的事情，比当年秦始皇焚书坑儒还要缺德！书烧了还可以重写，可是要把文章篡改了，还要挂着皇宫藏书的牌子，那可是要谬种流传，以讹传讹，贻害后世子孙的呀。那样数千年华夏文化岂不断了当，变了味？面目全非了呀？我是教书先生，深知误人子弟的害处！"

周永年已经冷静下来了，默默拿起抹布擦去桌面上的茶水，轻轻拉贾存仁坐下，才笑着说道："不会那样严重，咱要相信后世子孙还是有辨别之力的，要相信华夏文化自身的强大和自我排污清洁之能力的。据我所知，篡改、删除和烧毁的毕竟是少数，绝大多数典籍文章还是原汁原味地保存下来了不是？"

贾存仁似感到自己的失态，尴尬地笑笑："皇上也是，当好你的皇上，坐好你的天下，该吃吃，该喝喝，该玩玩，就行了。办的这种事情干啥？本来是一个挺好的皇上。"

周永年说道："老兄难道不知道瘸子面前不说短话，矮子面前不言低字的道理？"

"这个道理我晓得。那是皇上的心思，"贾存仁有一点急了，"可是，咱自己首先不能做这种事情呀。这与自残和自裁有何两样？您说是不是？咱是做学问的人呀！林汲先生。"

周永年又皱起了眉头："此话只能在家里说说。出了门千万不能再说。你不是不知道，当年清军入关杀了多少人哪？就是现今，朝廷对汉族官员还是有提防、有限制的，很多方面跟满族官员不一样待遇。"

贾存仁正眼道："咱眼下做的事情，不是人家要杀咱们，而是咱自己杀自己！自己朝自己的心窝子上捅刀子！"

贾存仁说完，顿了一下，站起身接着说："林汲先生，你说今日孙钺作套儿叫我修改稿件的目的何在？"

周永年瞪圆两眼，一字一句地说道："很明显，孙钺是一个心胸狭窄的势利小人。明知道那几个字不能改回来，他偏偏装糊涂假模假样地拿向你索要墨宝的借口，叫你替他改，这是借刀杀人呀！"

贾存仁自言自语："咱跟他前世无仇近日无冤呀，他如何要置我于死地呀？"

"两个意思。其一，嫉贤妒能。你想呀，昨日，四位大人当众褒奖你活儿做得精细，他心里注定不好受。其二，跟你争位子。据传，四库全书编纂完成之后，朝廷要在现有的校阅、抄写人员中挑选一部分德才兼备、贡献突出者，要用高薪留用在四库馆作管理之职。估计这位孙钺先生顾忌你的才学和业绩，先下手排除障碍。"

贾存仁松了一口气："原来是这呀。他早说呀，明说呀，我不会跟他竞争。我还要回老家刊印我的《弟子规》呢！我知道自己不是在京里做事的人，我吃不了这碗饭。"

周永年说道："咱眼下要做的事情，不是回老家刊印《弟子规》，而是赶紧把你改过的岳飞词作《满江红》那一页纸按照原抄写稿重新抄一遍，绝对不能叫你修改过的稿子落到孙钺手里。不然的话，你就难逃杀身之祸。"

贾存仁频频点头："好好好，我这就动手。"

周永年伸手挡住："你哪能抄写？四库馆上上下下都认识你的字笔。你还想不打自招呀！"

贾存仁为难了："那咋办？"

周永年轻松一笑："咋办？叫我家外甥女儿抄呗。她的字笔不比那些抄写人员的字笔差。只要不是你的，他孙钺就抓不住咱的把柄。"说毕，周永年回头叫了一声"银屏——"

"舅舅。"常银屏快步走进来。

周永年指指贾存仁改过的抄写稿："把这张纸照原样重新抄一遍。不要抄木斋先生改过的那几个字。"

"好！让开。"常银屏瞪一眼贾存仁，把他朝一边推推，坐下，摊开一张白麻纸，拿起毛笔批批墨汁，对照那张抄写稿抄起来。贾存仁只得站在一旁，拿起墨条在砚台里面研墨……

周永年看看贾存仁微微一笑。

贾存仁亦无奈地笑了……

第二天，贾存仁到得四库馆点过卯，刚走进自己的工作间，孙钺就跟着进来了。贾存仁不等他张嘴，就说道："给，你的抄写稿子。"

孙钺打开一看，着急了："咋不是你改过的那一张呀？"

贾存仁稳稳说道："你的稿子，我可不敢改呀！咱们各干各的事请，各不相干。"

孙钺急得唾沫星子都飞出来了："不行！不行！你得把你修改过的那一张稿子给我！"

贾存仁摆摆手："昨天回家，我一想，我咋能擅自改你的稿子呀，太不知天高地厚了，于是就重新抄了一份。把我改的那一份烧掉了。你瞅瞅，看有无差错？这种事情可不敢含糊。再瞅瞅，是不是比你校阅的那一份抄得整齐好看？你不是索要墨宝吗？正好。"

孙钺真的把稿子看了一遍。说道："差错，是没有。抄得真是整齐苍劲有力。可是我想要你改过的那一张呀。这一张再好也没用？"

贾存仁正眼看看孙钺，诚恳地说道："你要什么用呀？老兄，咱们都是背井离乡受聘来干活儿的，把自己的活儿干好就得了，干一份活儿，吃一份饭。别想这个用，那个用的。说到底，除了干好手里的活儿，啥都不管用。"

"我——"孙钺顿时语塞，狭长的瘦脸涨得通红，满头黑白相间的头发显得杂乱无章，一副可怜相。

贾存仁不忍叫孙钺太难堪，又笑着说道："老兄，您看咱们岁数都不小了，太高太远的事情对咱们而言，意思不大。比如天鹅从天上飞过，您想追吗？追不上！骏马在官道上奔驰，您想撵吗？撵不上！还是知足常乐，能忍自安为好呀。您说是不是？"

孙钺听得，禁不住面带惭愧……

后晌散衙，贾存仁踩着稳妥的脚步回到琉璃厂南柳巷墨宝胡同。

周永年接着就问："咋样？交代了孙钺没有？"

贾存仁笑道："交代了。舌头在咱的嘴里，没有他说的话。林汲先生，还是你高明呀。要不是你，我差一点闯下砍头大祸。谢谢你呀！"贾存仁言毕，朝周永年拱手致谢。

周永年赶紧摆摆手，指指常银屏："别谢我呀！该谢的人是我的外甥女儿，是她帮你抄写的。"

"银屏姑娘抄写的稿子，比孙钺拿来的那一份工整大气多了。摆到哪里都是一件很像样的东西。"贾存仁边说，边转身面对常银屏，正要双手打拱。

常银屏随口说道："别谢来谢去的了，吃晚饭了。"常银屏红着脸说完，斜看一眼贾存仁，转身进厨房端饭去了。

四个人吃饭的时候，贾存仁还是沉着脸，一言不发，眉头皱成一个疙瘩，把鼻子孔带得都有些上翻了，嘴里含着饭，不知道咀嚼，一滴口水顺着嘴角悄然流下来……

周夫人见状欲问。周永年伸手挡住，不叫夫人张口。

吃罢晚饭，周永年把贾存仁叫到自己房间，叮咛道："木斋先生，我知道你还在为南宋四子的词作被篡改生气。说实话，看到华夏数千年的典籍文章被篡改、删除、烧毁，我心里也不好受，可是当今咱们是寄人篱下，只能仰人之鼻息，栖人之矮檐下存身，如若戗着茬子而上，岂不招来杀身之祸？所以，老弟劝你平心静气，干好自己手里的活儿为好。大明朝二百七十多年的江山说没就没了，李闯王几百万骄兵悍将顷刻间灰飞烟灭。世事的变化，岂是咱们这一类手无缚鸡之力之人所能左右的呀？老弟劝你一定不敢做傻事呀！"

贾存仁朝周永年拱拱手："林汲先生，在下再迟钝，再愚昧，也晓得事情的轻重。不说别的，我身后还有老婆孩子拖着呐。一介书生不能左右世事变化，更无法改变皇上的初衷，总可以自己管住自己吧。孟夫子云，'穷则独善其身，达则兼济天下。'兼济天下做不到，独善其身总是可以做到的吧。可是，咱们眼下所做的事情，不仅不是独善其身，简直成了为虎作伥。"

周永年摇头道："木斋先生所言差矣。眼下咱们只是身微言轻，无力改变事情的发展方向，实无为虎作伥之意呀！看着祖宗的东西被篡改甚至焚毁，我也心急如火！"

贾存仁亦摇头："古人云，瓜田不纳履，李下不整冠。咱眼下所做的事情，已经不是纳履和整冠的事情了，怕是连瓜果都摘了下来糟蹋了。"

周永年说道："心里有事，千万不敢当着外人的面说出来。你我当下

在朝中做事，说话做事都得小心谨慎，上上下下左左右右都有眼睛盯着，万一叫孙钺一类人抓住把柄，还不是引火烧身？高处不胜寒呐！要知道你现在可不是一个人在外游历了，一定要当心呀！"

"林汲先生放心，我不会给你惹下事端的，也不会给自己惹下事的。俗话说，不怕事儿多，就怕多事儿。我知道这种事情该咋办。"贾存仁说完，不等周永年回话，即直挺挺走出房间。

第二十六章

接下来一连几天，贾存仁再没找周永年说此事，也没遇到篡改诗词文章的事情，那位孙钺先生也没来再找麻烦，二人在大院里碰面，仅仅是稍微点头示意而已，更多的时候是低头而过。每天回家吃完饭，跟周家夫妇打声招呼，就回房间歇息了。常银屏见贾存仁不高兴，也很知趣，很少找他说话。周永年反而有些着急了，怕贾存仁憋出毛病来，一日吃完晚饭，贾存仁前头走了，周永年带着夫人跟在贾存仁身后来到东房。正在收拾房间的常银屏，见周永年夫妇来了，礼貌地叫了一声"舅舅舅母"，即转身走了出去。

周永年说道："银屏你也留下听听。"

贾存仁把周永年让到上首坐下，周夫人坐下首，自己拉一个板凳坐下。

常银屏则懂事地垂手站在一边。周夫人起身拉常银屏一块儿坐到炕沿上。

周永年笑着环视一遍周夫人、贾存仁和常银屏，小声说道："今天咱们一家人坐到一起说一件说大不大说小不小的事情。"随后，周永年说了贾存仁发现《四库全书》编纂中发生的事情。

周夫人先看看周永年，复看看贾存仁，方才说道："我一个妇道人家本不该管你们男人的事情。可是既然永年叫我来，我就说说自己的看法。永年说这是一件说大不大说小不小的事情，我看也是。要是咱们不理会这

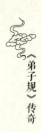
事，按照皇上的规矩编书，就不是事，甚至连小事都算不上。要是咱们有命不尊，非要抖搂出来跟皇上较真，就是大事，而且是天一样的大事。木斋先生您说是不是这么一回事？"

贾存仁朝周永年和周夫人拱拱手："夫人言之有理。这几天我也反复想了。你二位对我有知遇之恩，银屏姑娘这些年一直在尽心尽力地照护我，对我也有恩。我贾存仁纵然没有能力报答你们，也不能给你们添麻烦，招灾惹祸。真要那样，我还是人吗？但是我也不能再做篡改前人诗词文章的事情了。我于心不忍呐！老祖宗几千年留下来的好东西，不能在我的手里糟蹋了。我一个读书人不能将祖先的学问发扬光大，反而做起亲手损害之能事，我岂不成了禽兽不如小人了？"

周永年不动声色地问道："木斋先生，你预备怎样？"

周夫人温和地看着贾存仁。

常银屏似乎意识到什么，急得连喘气都不顺了，微张着嘴唇，皱着眉头，眼睁睁地盯着贾存仁。周夫人见状，拉过她的手，轻轻拍拍，随后看她一眼，微笑着摇摇头。常银屏方才冷静下来。

贾存仁微笑着把三个人挨着个儿看了一遍，说道："三位恩人，实话给你们说吧。这几天在下一直在寻摸这件事。这事我不能再干下去了，我不能再做辱没祖先的事情了。我想请辞回老家刊印我的《弟子规》书稿去。"

周永年似乎知道贾存仁会说出啥话来，沉稳地说道："木斋先生的心情我能理解。我也佩服老兄对祖宗诗词文章典籍的崇拜和尊重。但是，我不赞成你现在就请辞返乡。你想想，《四库全书》的编纂已经进入后期，咱们辛辛苦苦干了几年，没有功劳也有苦劳，而且四位大人对你的学问和为人很是欣赏，总得有一个圆满的结局吧。据我所知，皇上对每一个参与编纂的人员除了发给丰厚的薪酬以外，对每个人的前程还会有一个交代，能留在四库馆的留在四库馆，不能留下的也会给个别的官职。木斋先生要是中途请辞，很可能是前功尽弃呀。除了领几个薪酬以外，啥也捞不着。"

周夫人也说道："也是，既然咱个人无力回天，木斋先生不妨暂且忍一忍，把这一件事情做完，对自己也是一个交代。咱们都是朝老走的人了，得为以后的生活多考虑考虑，就是回老家，总不能两手空空地回去吧？你如何向一家老小交代？"

常银屏盯着贾存仁一言不发。

贾存仁说道："二位的好意我明白。但是，我不能拿篡改祖宗诗词文章的俸禄来给自己交代，其实那也是交代不了的。前边没有发现篡改、焚毁的诗词文章的事情，我干了分内的活儿，拿一点皇上给的俸禄我心安理得，现在发现了篡改、焚毁之事，我就不能再做下去了，一文俸禄也不能拿了。五柳先生尚且不为五斗米折腰，我贾木斋为何还要贪图朝廷俸禄而安心篡改祖先的诗词文章呀！"

周永年稳稳坐定，微笑着问道："木斋先生，你准备怎样？"

贾存仁不假思索就说道："我已经决定了，既然无力回天，就请辞回家。既然不能兼善天下，只好独善其身了。这是我唯一所能做到的。因为我不能把篡改诗词文章的事情抖搂出来，不能给三位恩人带来祸事，那就只剩下挂职走人这一条路了。我知道林汲先生推荐在下在四库馆担任分校官，是一件很不容易的事情，是担着很大的责任和风险的。本来在下还想再寻思寻思，待有了准主意再跟你们说。既然今天你们来了，话也说到这个份儿上了，我不妨直说了吧。这样对大家都好。"

周夫人听了，即刻扫了常银屏一眼，问道："木斋先生，你真的要请辞回家？"

贾存仁点点头："是的，我再不能干这种对不起祖先的事情了。也不能作对不起恩公的事情了。咱们已经相处多年，各位可能也看出来了，本人城府很浅，心无择拣，口无遮拦，说话办事常常不是很得体，极难适应官场的规矩，要是再在四库馆待下去，说不定哪一天再遇见篡改焚毁祖宗诗词文章之事，心血来潮，管不住自己的嘴，给你们带来祸事。那我就谁都对不起了。"

常银屏忽地站起身子，周夫人一把没拉住，常银屏已经直挺挺地走了出去……

次日晚饭后，贾存仁回到房间坐下，常银屏跟着进来，手里拿着那个小书包，放到书桌上面。前两天，常银屏发现小书包未绣鸿雁的那一面的右下角磨破了一个洞，就拿去补。看来是已经补好了。她还发现书包的一根布带也有些毛了，试试还可以用些时日，就没有动它。

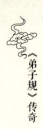

贾存仁拿起小书包一看，只见小书包破洞的地方绣上了一对展翅飞翔的春燕，身后还有刚刚长出嫩芽的柳枝……那春燕双眼如炬，两尾似剪，昂首振翅，直飞蓝天……

贾存仁高兴地看看那边的鸿雁，又看看这边的春燕，似在比较哪一边绣得好，说道："绣得真好，跟真的一样。银屏姑娘好巧的手艺呀！"

常银屏略带笑意说道："别比了，注定没有菊韵姐姐绣得好。"

贾存仁又仔细看看，说道："单从表面上看，你二人绣品的风格不一样。菊韵绣得苍劲有力，银屏绣得秀丽明快，都是精品之作。"

常银屏眉头微锁，紧瞅着贾存仁说道："天下的好人都叫你遇着了，好话都叫你说了。看你多好的运气呀，多好的人品呀……"现在跟贾存仁说话，常银屏已不用"您"了，而是直呼"你"了。

贾存仁脸上带上了歉意："当然还是银屏姑娘的绣工好么，既新鲜，又细致。菊韵绣的鸿雁毕竟过去好多年了，颜色褪了不少，丝线也有一点发毛，不过韵味还在。当然，银屏姑娘绣品的意境更高远一些。"

常银屏展开眉头，问道："银屏姑娘绣品的意境高在哪里？远在何处？请先生赐教。"

贾存仁的眼睛没离开小书包，随口说道："一对春燕没有在屋檐下卿卿我我，呢呢喃喃，而是在浓浓春意之中比翼齐飞，去领略尘世的万千景致，迎接人生的各种挑战！"贾存仁说罢，心血来潮，两眼沁出泪水……

常银屏似受了感染，小声说道："木斋先生高看我了。银屏一介孱弱小女子，哪里来得那么高远的意境呢……"

"我心里明镜一般。谢谢你呀，你叫我见识到了人世间最善良、最美好的东西。银屏姑娘遇到我这么一个粗俗之人实在是太亏了，你真应该有完全属于自己的美好生活……"贾存仁抚摸着那一对春燕，不停地叹息。

"遇上了，就是遇上了。没有什么应该不应该。你总是把事情朝歪里想。真拿你没办法。"常银屏又瞪圆了眼睛。

"行了行了。无论如何，这一对春燕注定要陪着山右贾木斋先生度过余生了。这才是最应该最重要的事情。"贾存仁的话充满了真诚。

"别再说这一些淡而没味的话了。拿过来，我给你把该装的东西装好。"常银屏拿过小书包，翻来覆去看看，脸上露出欣慰的微笑，开始把一些小零碎东西装进去。

房间里灯柱上面的油灯如豆，火苗晃动，不时发出嘶嘶刺刺的声响，一个元宝形状的灯花在火苗中间生成，影响了灯苗光线的散发⋯⋯

贾存仁给常银屏搬凳子，请她落座。

"我不坐，说几句话就走。你看那个灯花多好看。油灯烧出了灯花，可是一个吉兆。"常银屏坐在凳子上看着油灯随口说起来。

贾存仁平静地看着常银屏说道："灯花是好看，可是灯花长大了，灯光就暗了。银屏姑娘有话请讲。"

"你不知道我要说啥话？"常银屏还是直来直去。

贾存仁两手抱着小书包，低头稍作思忖，复抬头瞅着常银屏，微笑着说道："实在对不起了，这些年姑娘对我无微不至地关照，我穿着你亲手做的衣褂鞋袜，吃着你亲手做的饭菜，使我一个出门在外的人有了在家的温暖感觉，能够静下心来做学问做事情。这些大恩大德在下只能牢记心中，没齿不忘，而无法回报。这正是在下惴惴不安之处。"

"你非要回山右老家，我怎么办？"常银屏的话似火上的蒸笼揭了盖儿，蒸汽四射，炽热而又没遮没拦。油灯火苗跳动起来，引得两个人的身影在房间墙上大幅度地晃动。

贾存仁急忙用双手虚虚掬住灯苗，待灯苗稳定了才放手，取过小书包瞅瞅，而后久久看着常银屏，小声说道："银屏姑娘，我知道你对在下的满腔炽热心思。其实，我心里也很喜欢你，喜欢你的相貌，喜欢你的品行，喜欢你的才学，喜欢你的一举一动。你的一切，无时不在拨动我的心弦，时常搅得我夜不能寐，昼不安食。平日里，我无论多么劳累多么烦躁，只要一听到你的声音，看见你的身影，闻见你的气味，我的精神头儿就上来了，一天的疲惫和劳累顿时灰飞烟灭，内心的烦躁和无聊也就不见踪影。接踵而来的是浑身的轻松和灵动，满脑子思绪和文章涌上心头，我能把《弟子规》忆写完成，能把《等韵精要》定稿，能胜任《四库全书》子集的校阅之责，你常银屏功不可没。我穿着你亲手做的衣衫鞋袜，冬天可以御寒，夏天能够消暑。结识你是老天爷对我的眷顾和恩赐，是我今生的幸运，总觉得你是我这一辈子再也离不开的人，我曾多次幻想到与你携手共同走完余生该有多好呀。可是，静下心来一想，我毕竟是有家室的人，既

不能停妻再娶，亦不能纳妾接小，那样的事情，我实在做不出来呀。还请姑娘见谅……你是一个苦命女子，更是一个有才有德之人，正值大好年华，我不能毁了你的前程。你与我妻张菊韵是我今生最敬重、最不敢得罪的两个女人，可是我还是都得罪了。我出来游学，久久不归，把一个家扔给了她一个人，不能替她分担家务，是得罪了我妻。今生既不能给你一个合适的名分，又要离你而去，是得罪了你。我呀，真不是一个好男人呀……"贾存仁说着，两行热泪顺着脸颊流下来，把小书包掩在脸上无声地哭起来……

"木斋先生，既然话已至此，我不妨也直说了吧。你是我常银屏今生遇到的唯一动了心的男人。我曾想是不是老天安排我在山左历城县等着你这一位山右浮山县的贾木斋，你又鬼使神差地来历城县找我的呀！我早就拿定主意，非你不嫁！我不逼你停妻再娶……也不勉强你纳妾接小……我只是想……我……能不能作为你的使唤丫头，跟着你回山右老家？我啥名分也不要，只求能跟你在一起，侍奉你，同时也侍奉菊韵姐姐，我只要守着你，与你一起探讨学问，一起写字绘画，一起吟诗歌赋，一起著书立说。我这一辈子就跟定了你这一个男人！"常银屏边把自己的小手巾递给贾存仁，顺手拿过他手里的小书包，边抚摸，边试着问道，不等贾存仁回话，又取下发簪，挑挑灯苗，剔去灯花，房间里比那会儿亮了许多。一口气把心里话全都倒给了贾存仁，常银屏感觉浑身通泰轻松……

贾存仁接过常银屏递过来的小手巾擦擦眼泪，把脑袋摇得像拨浪鼓，说道："银屏姑娘此言差矣。你想一想，我一个乡村教书先生，如何能用得起使唤丫头？还不叫乡邻笑掉大牙？对我的家人也无法交代。我受过的教育，我的生活环境，我的人格秉性，都不允许我做出这样的事情。"

"难道再没别的办法了？"常银屏还不死心，盯着油灯火苗似是自言自语，似是问贾存仁，明亮的眸子闪烁着探究、渴望的光线。

贾存仁拿过小书包，抚摸着上面绣着的飞雁，抱歉地笑笑："实在对不住。银屏姑娘，容我来生做牛做马报答你吧……"

"行了！贾木斋，你……你的心肠也太硬了……我走了！我不认为自己瞎了眼，亦不承认自己看错了人！只恨自己命里没福……"常银屏打断贾存仁的话，带着哭声说完，随即转身走出房间，再没回头……

油灯火苗随着常银屏的离去晃动起来，只听得灯苗"啪"的一声炸了，忽闪了几下，竟然灭了，房间里顿时一片漆黑……

后来，周家夫妇还不甘心，好几次劝说，希望贾存仁把四库馆的活儿干完，以多拿几个薪酬。无奈贾存仁去意已定，不改初衷。周夫人还问到常银屏的事情。贾存仁答道，实在没办法带着银屏姑娘回老家，自己绝对不能做辱没祖先，愧对妻小的事情，亦不能毁了银屏姑娘的前程。

周永年又寻思出一个主意："能否先以使唤丫头的身份把银屏姑娘带回去，向你家张菊韵说明，如若嫂子宽大为怀欣然接纳银屏姑娘岂不更好？如若嫂子无心接纳银屏姑娘，也可设法把她送回直隶易河县老家？"

贾存仁低头想想，觉得也是一条路，没拒绝，也没表态。

周永年趁风点火，接着说道："谋事在人成事在天，首先得谋事，不谋事怎能晓得老天爷叫你成事与否？"

周夫人趁热打铁："事情的关键是我家银屏姑娘非你不嫁，铁了心了。而你木斋先生，也对我家外甥女儿情有独钟呀！你二人心心相印，咱何不先朝前走一步，走通了当然好，实在走不通，你就把她送回老家，看看老父小弟，我们再想办法把她接回来。你把事情做到仁至义尽，我家银屏也不枉钟爱你一场——"周夫人话没说完即抽泣起来……

常银屏则很是镇静，睁圆两眼盯着贾存仁。

贾存仁看看周氏夫妇，再看看常银屏，最后才红着脸说道："实不相瞒，这几天在下也在寻思，二位说的这个办法倒也不失为一个没有办法的办法——"

"就这样定了！就这样定了！"周永年听得，随即一改往日的文雅沉稳，高兴得叫唤起来。

周夫人拉拉常银屏的衣袖："银屏，还不快去准备！把你的东西尽量都带上。"

周永年跟着说道："别怕多，大不了再买一头毛驴就是。"

常银屏正要动脚，似想起啥事，盯住贾存仁不言语。

贾存仁微微一笑，红脸说道："银屏姑娘，别看我了，快去准备吧。"

常银屏脸红一红，才快步走出房间。周家夫妇看看贾存仁哈哈大笑起来。

次日，周永年向刘统勋说贾木斋身体突染急症，无法坚持四库馆的事情，需要回老家调养，请求辞职。刘统勋佩服贾存仁的为人，稀罕他的才学，有一些舍不得，问道能否在京一边调养，一边做事，反正《四库全书》也快编完了，求一个圆满不更好？周永年说道：怕是不行，他是出来游历的，家眷不在身边，没人照护。每天要买药、熬药、喂药，时时需要人在身边侍奉。刘统勋说道：本来参与编纂《四库全书》的万数人的安置就是一个很大的负担，可是对于这位山右贾木斋先生我等认为确属必留之人，正经成了该走的没走，不该走的走了。周永年敷衍道：感谢大人厚爱，在下替木斋先生谢谢了，无奈天意不可违，就放他走吧。刘统勋很忙，顾不上多说，就放了话，还安排人给贾存仁算了薪酬，支付了银子。

于是贾存仁再没去四库馆做事，在家里作返回老家的准备。一日，吃完中饭，贾存仁独自来到墨宝胡同后面的水塘边上散步。初冬时节，柳枝拂动，柳叶飘零，塘水静滞，一派寒气飘荡在水面，三两水鸟在远处游弋，西北风贴着水面吹过来，贾存仁禁不住揪住短褂衣襟使劲裹一裹。

"回吧。天气冷了，如若着了凉就没法上路了。"身后传来常银屏轻盈的说话声。

贾存仁回过身子，朝常银屏点点头，抬脚朝回走，随口说道："我老家门外也有一条小河，河边也是垂柳抚岸，水气扑鼻，家母去世早，我那定亲未嫁的媳妇张菊韵常来家帮做家务，常在河边的柳树下面为我们全家浆洗衣物，洗完一件就叫我拿着，最后洗完，二人才说说道道地相跟着回家……这种情形似在昨日……"

"可不是？你们……才是你们的……"常银屏随口说了一句连自己也不明白是什么意思的话。

贾存仁停住脚步，回头看看池塘岸柳，似不在乎常银屏的话，喃喃说道："此处真是个好地方，地处幽静，环境优美，春天的时候鲜花盛开，柳絮飞扬；夏天的时候水汽升腾，压暑抑炎；秋天的时候水波荡漾，风清气爽；冬天的时候白雪覆盖，冰封水面。多好的景致呀！这几年你我不断在这里散心徘徊，讨论文稿，放松筋骨，调整思绪，现在要离开了，实在有些惆怅，不忍离去。"

常银屏凄惨地笑笑，慢条斯理地说道："我想你老家不是也有小河、远山、垂柳、绿野么，咱们照样可以在那里散心徘徊修身养性讨论学问呀。不仅是你我，还有菊韵嫂子，多好——"说到这里，常银屏似觉得不妥，立马闭嘴，跟着又补充道："我……我还要给你们端茶倒水……"

贾存仁久久看着水中的涟漪没再言语……

周永年帮助贾存仁了结在四库馆的事情，还给他多算了一些银子，又帮他买了一头壮年口的毛驴，既可驮行李，亦可当脚力，还好驾驭。回家对贾存仁说道，瞅一个好日子，木斋先生和银屏就可以上路了，趁着天气尚好，早一点动身为好，路上好走一些，走得快一些，似可以在下雪之前回到山右老家的。我们也可少为你路途惦记。好在乾隆盛世，天下太平，朝野平安，路途不必多虑。

常银屏提前默默为贾存仁拾掇了行李，哪些身背，哪些驴驮，书稿放哪里，衣物放哪里，碎银放哪里，银锭藏哪里，缠在腰间的小包袱放啥东西，斜背的小书包里面放什么，哪些贾存仁背，哪些自己背，哪些叫毛驴驮。贾存仁反倒没了主意，一切听常银屏摆布。常银屏没忘记把自己亲手给贾存仁做的一身棉袍棉褂棉鞋棉袜和一身单袍单褂单鞋单袜裹在包袱里面。做这些事情，说这些话的时候，常银屏虽然心静气和，不苟言笑，还是叫贾存仁备感温馨而无以言表，心怀歉意而无法言谢。

临走那天晌午，周家夫妇送贾存仁与常银屏到京城西边的永定门，还要再送一程，贾存仁和常银屏即跪倒在地，无论如何不叫他们再送。周夫人拿出一个小布袋子，交给常银屏，说这是她这些年攒下的零花钱，叫他们带上路上零花用。常银屏含泪收下。周永年则再三嘱咐道，《弟子规》书稿刘统勋、纪晓岚和戴东原等大人都曾过目，大加赞赏，因此刊印出来，一定派人送来京城，他们还要向朝廷禀报，昭示天下弟子诵读践行。贾存仁连声答应。路长话短，四人洒泪而别。

转身正待走时，贾存仁背在肩上的小书包"嗖"地一下子掉到地上，里面的零碎东西滚出来，一粗一细两支毛笔也掉了出来。贾存仁急忙弯腰捡起来一看一根布带断了！还是常银屏绣小燕子的那一面！贾存仁顿时脸色苍白，身子微颤，冒出一头虚汗。常银屏亦稍显慌乱，不知所措。周永年夫妇见状也跑过来，问是何事。

"先生你看。"贾存仁双手把小书包递到周永年面前小声说道。

"好好的书包带子咋就断了？"周永年一脸的疑惑。

周夫人看着小书包说不出话来。

常银屏拿过小书包仔细看看布带，只见两根布带都毛了，有些地方布面稀疏，过于柔软，随口说："怨我，怨我。昨夜天我看了书包，也发现布带毛了。轻轻拽一拽，试着还能用，就没缝。来，我赶紧缝几针。"常银屏说着从胸前衣裙上取下一根针，穿上丝线，麻利地缝起来。

贾存仁略显着急，擦一把额头上的细汗，揉揉两眼，看看没有尽头的归途，悄悄把周永年拉到一边说话。

常银屏三下两下缝好了书包带，交周夫人看看。周夫人抻抻书包带，说道："好了，缝好了，不会再断了！"

周永年朝周夫人招招手。周夫人把书包交给常银屏，疑惑地走过去。周永年小声对夫人说了几句话……

随后，三人走到常银屏面前。常银屏有一点慌乱，轮流瞅着三人……

周夫人一手拉住常银屏的手，一手指着小书包说道："银屏。你看，这个小书包的带子，断得蹊跷，竟断在你们上路的时候。还偏偏断在你绣着小燕子的那一边——"

"那我就不走了！"常银屏看一眼小书包，咬咬牙果断地说道，"这不是个吉兆——"常银屏把小书包递给贾存仁，又说，"缝书包带的时候，我就有预感。"

周永年夫妇静静看着贾存仁。

贾存仁已经心静如水，说道："我看还是走吧。这种事情不可不信亦不可全信。咱们已经准备好了呀——"

常银屏睁圆两眼，面带微笑："不了。我不能跟你走了。不是你不叫我走，也不是我害怕不敢跟你走，是老天爷不叫我跟你走。天命不可违呀。"常银屏擦一把眼睛里涌出的泪水，转身走人。

"银屏！"周夫人急忙撵过去。

贾存仁苦笑着对周永年说道："林汲先生，您看这……"

周永年看一眼常银屏的后身，随即扭头对贾存仁说道："不走就不走吧！这种事情没有挑明，走就走了。既然挑明了，就别硬撑着了。万一半路上出一点啥事情，多叫人后悔呀！"

贾存仁说道："您看这样行不？我把银屏姑娘带回直隶易河县刘常村，交给她老父亲，她不是正想回老家吗？"

周永年说道："走，咱问问银屏再说。"

两个人走过去，周永年先张口："银屏，今天这事是不吉利。咱这样行不行。你跟木斋先生先回直隶易河县看望老父亲。完了，我再想办法把你接回来。"

常银屏已经彻底冷静下来了："不了。今天我是哪里都不去了，还是跟舅舅舅母回京城吧。去哪里，我心里都纠结得不行。"常银屏说着，走到毛驴跟前，取下自己的行李，又对贾存仁说了一句"木斋先生，你走吧。"

贾存仁尴尬地看看着周永年。周永年和夫人交换了一个眼神，说道："木斋先生，就这吧。你一个人走吧！人不留人天留人，没办法的事情。"

贾存仁看一眼常银屏，面向三人跪下，连磕三个响头。周永年待要扶他时，贾存仁已经磕完头站起身了。

走了一段路，再回头看时，三人还站在原地朝这边张望，贾存仁站在一处高土台上朝他们摆摆手……

第二十七章

　　贾存仁赶着毛驴顺着京直官道朝西逶迤而行。多亏了常银屏细心安排，小包袱缠在腰间，小书包斜挎在肩上，大行李驮在驴背，显得极是稳妥、方便。时值正午，天气很好，路边虽然野草染露，树叶飘零，但是不冷不热，还感到一些暖和之气，脚下走得轻松爽快，半日工夫，在驴蹄"哒哒"之声中已经走出三四十里地，来到京西一个叫万寿村的地方，村头一间小屋外边挂着"京西饭铺"的幌儿。贾存仁坐在饭铺外面的桌子旁边，报了饭，捧起店小二端来的白开水碗喝了一口，掐着手指头盘算一番，似如此走法，也就是半个月多一点的时间就可回到老家山右平阳府浮山县了，路途劳累顿时消退不少……一碗热气腾腾的面条很快端了上来，贾存仁拿起筷子吃起来。许是长时间没有走长路了，真有一点累了，也有一些饿了，贾存仁三口两口就把一碗饭扒拉到肚子里了，而后叫店小二送来一碗热汤面慢慢喝起来。喝着面汤，贾存仁感慨起来。吃完香喷喷的面条，来一碗热腾腾的面汤，这是山右人吃饭的习惯，这些年在外面游学，这个习惯早就丢了，今日重新找回来，一种快回老家的感觉油然而生。

　　贾存仁边喝面汤，边看看附近景色，边思忖今晚赶到涿州住宿歇息的事情。忽然一骑从东边沿着官道疾驰而来，骑马的人在马背上大喊"木斋先生！木斋先生——"

　　贾存仁听见喊自己，急忙站起身答道："哎——"

　　来人跳下马背，贾存仁才认出是周永年在京城雇的家人老贾。老贾是一个近四十岁的男人，贾存仁曾和他认过本家，排过家谱，很熟悉。

老贾急匆匆跑到贾存仁面前，顾不上擦擦额头成串的汗珠子，说道："木斋先生，林汲先生叫您立马返回京城！有要事相告！"

贾存仁放下面汤碗，顿感奇怪："老贾，有啥急事？看你跑得如此着急。"

老贾答道："是，是……你回去就知道了……"

贾存仁问道："是林汲先生改变了主意？还是四库馆四位大人不放我走了？"

老贾支支吾吾："不是……全不是……是……"

贾存仁着急了："老贾，到底是咋回子事呢。我还得赶路呢！今日天黑以前还要赶到涿州呢！"

老贾没办法，只得说实话："银屏姑娘，她死了……"

"啊？"贾存仁一下子惊呆了，手里的面汤碗掉到地上，"啪"的一声摔碎了。

贾存仁跟着老贾风风火火返回琉璃厂南柳巷墨宝胡同，把毛驴缰绳系在胡同口的大柳树下，匆匆朝里面走去。天已经黑下来，对面来人到了跟前才能认出来，墨宝胡同里静悄悄的，看不见一个人影，亦无什么声息，一阵沉重的压抑感使贾存仁感到喘不过气来，脚步不由得放慢了下来，身子也有一些摇晃。

走到周家门口迎面碰上周永年夫妇。只见二人一脸悲戚，嘴唇嚅动而无法张口说话。

"林汲先生，银屏姑娘……银屏姑娘因何而亡？"贾存仁急迫地问道。

"先回家，先回家。"周永年带着夫人前头走了。

贾存仁跟着周家夫妇回到屋子里。周永年交给他一张白纸。就着油灯张开一看，只见纸上写着一首四言绝句，正是常银屏的字笔：

池塘岸柳不是家，
浮萍绿水难为根；
只恨今生似蒹葭，
青烟相随告晚霞。

贾存仁看罢，不禁跪到地上掩面大哭，边哭边说："银屏姑娘，你这是何苦呀……死也要跟着贾某回老家呀……你这是何苦呀！"贾存仁哭得昏死过去了，仰面躺在地上，口吐白沫，不省人事。

周永年赶紧扶起贾存仁的头，一边大声叫唤"木斋先生！木斋先生……"一边用大拇指掐他的人中穴位。周夫人也在一边大声喊"木斋先生！木斋先生！"

"银屏姑娘，我贾木斋对不起你呀！我不该把你一个人丢下……"贾存仁慢慢醒过来，紧闭两眼，浑身颤抖，嘴里还在不停地念叨。

周永年拉起贾存仁，把他扶到炕上躺下，说了事情经过。原来，他们三个人回到京城墨宝胡同家里，简单吃了一口饭，就休息了。等后晌睡觉起来，不见了常银屏，哪里都找不见。老两口儿不免有些着急，后来邻居过来说，后面池塘有一女子投水自尽，已被人捞了出来。过去一看，正是常银屏。周永年赶紧报了官，官府来人验明正身，确定是溺水而亡，遂作了手续，叫家属料理后事。周永年立马叫人买了一口上好的棺木，把常银屏的尸体入了殓。回到家整理常银屏遗物时才发现她写的绝命诗，始才得知，是为贾存仁殉情而投水自尽。于是，周永年才命人快马追回贾存仁。

贾存仁双腿跪下，再三感谢周家夫妇。

周永年说道："银屏姑娘性情中人，秉性刚烈，宁折不弯，实乃女中豪杰。从她留下的绝命诗中可以看出，她是死也要跟木斋先生回山右老家的，她立志用这种方式陪伴木斋先生。故而我们把木斋先生叫回来，一块儿商量把她的后事办好。"

贾存仁朝周永年拱手致礼："知我者，林汲先生也！银屏姑娘之灵柩今何在？"

周永年道："经官府允诺，暂时放在后面池塘柳树下。"

贾存仁随周家夫妇打着火把来到后面池塘边上，只见一口白皮棺木停放在大柳树下，棺木前的香案上置放着常银屏的画像和供献物品，上首点燃一根拇指粗细的长明烛台，正面的香炉上一根线香冒着青烟。还有三个临时雇来的当地人士在守护。夜色中，池水静默无声，柳枝摇曳不定，寒气不断从水面飘过来，画像上的常银屏用凄哀而坚定的目光看着尘世……

贾存仁扑倒在棺木前面大哭："银屏姑娘呀！你对我贾存仁满腔亲情，

一片痴心……叫我……叫我如何消受呀！"

周家夫妇陪着贾存仁哭了一阵，周永年先不哭了，拉贾存仁起来。贾存仁双手给灵前续上线香，三人商量如何料理常银屏后事。

贾存仁再一次面向周家夫妇下跪，感谢他们仁义之至，想得周到。

周夫人正眼说道："木斋先生不必感谢我们。银屏是我家外甥女儿，我们相处近十年，感情至深，你也许不会完全理解我们之间的感情。她不幸而亡，我们理应为她料理后事，责无旁贷。"

贾存仁朝周夫人拱手致礼："银屏姑娘为贾某殉情而亡，为她料理后事实乃贾某不可推卸之责。可是，贾某出门在外，十里风俗不一般，地垄左右分雨晴，实不知道该如何安顿银屏姑娘？还请二位恩人明示。"

周永年问道："银屏为你殉情而死，你有何想法？"

贾存仁随口答道："我绝不能辜负了银屏姑娘对我的一往情深，我要把她带回山右老家安葬在我贾氏祖坟。活着，我没有本事给她一个名分，现在她为我殉情而亡，我一定要给她一个正当的名分。否则我贾木斋枉为人世！"

"好！"周永年击掌叫好，"木斋先生有这一句话，事情就好办了！"

"对对对！"周夫人亦连声叫好。

"请恩人明示。"贾存仁说道。

周永年说道："既然木斋先生有这一番心思，不枉银屏对你的深情厚意了。但是，京城离山右平阳府浮山县数千里之遥，且山路崎岖，你独自一人如何能把银屏的尸首带回去？我看，咱们还是效古人之法，你把银屏的一缕发辫和衣裤一脚剪下来随身带着。咱们为她守灵三日，而后在京西买一块地方，叫她入土为安。你再启程回山右。这样对活着的人和死去的人都是一个交代。"

贾存仁随即拱手说道："林汲先生所言极是。就按照你的安排行事。我为银屏姑娘守灵，麻烦林汲先生在附近蹅摸合适墓地。买棺木与墓地的银子全由我出！"

周夫人哭着说道："木斋先生明白事理。守灵是你，买地也是你。没话说。我们不跟你争。如此，银屏在天之灵亦心安了。"

周永年亦赞叹："木斋先生正人君子，世人楷模。实乃《弟子规》第

一践行者也。"

就这样，贾存仁为常银屏守灵三日以后，周永年也帮助他买好了墓地，请地方官员和左邻右舍相助，埋葬了常银屏。可叹可悲可赞可惜的奇女子常银屏，总算了结尘缘，入土为安了。起灵之前，贾存仁双手捧着亲笔写的祭文，一字一句地念道——

呜呼！常氏银屏，幼年之际，惨遭不测，幸遇永年，始得庇护，舅父舅母，无微不至，三餐有食，四季备衣，伏不受热，冬不承寒，教授启蒙，刺绣女红无所不能，琴棋书画样样精通。

呜呼！银屏聪慧，诸样皆晓，实乃人中之巾帼，更堪女流之英杰。木斋不才，幸得青睐，衣食起居，精心关顾，数年如一日，细微无遗漏，弟子规成，等韵精要，皆系汝功。

呜呼，木斋银屏，有缘无分，难成连理，遗憾终生。予吾感情，山之样高，海之样深，刻骨铭心，永不敢忘；为吾殉情，柔肠寸断，难以言表，此情此景，渐行渐随；木斋无能，回天乏术，唯愿来世，比翼齐飞！

呜呼哀哉，伏惟尚飨！

呜呼哀哉，伏惟尚飨！

祭文念毕，贾存仁禁不住哭昏倒地。幸得众人救护，方才清醒过来。

贾存仁为常银屏烧了七日纸钱，拜别了周家夫妇，怀揣着常银屏的一缕发辫和衣角，怀着满腔的悲愤和期望踏上回山右的路程。

贾存仁赶着毛驴，晓行夜宿，用了半个月的时日，出京城、顺着京直官道拐上秦蜀大道，进入山右，再由五台、忻州、晋阳、汾州府的介休县，终于走进晋南地界，来到平阳府境内的灵石县[1]与霍州交界的韩侯岭。这里曾是西汉大将军韩信统兵打仗之地，山高林密，堑长沟深，怪石嶙峋，道路崎岖，平日极少行人，由于有官道——秦蜀大道通过，自然少不了劫匪盗贼为非作歹。

贾存仁掐掐手指算到，已经过了霜降节气，昼短夜长，早晚寒冷逼

---

[1]历史上，灵石县曾长期归平阳府管辖。

人，夹裤夹袄已无法御寒。贾存仁提前在韩侯岭下的一个较大的村子歇了两天，换上常银屏亲手为自己做的棉袍棉褡棉鞋棉袜和棉帽，吃好喝足，喂饱毛驴，备好干粮，绑好行李。把装书稿的小包袱缠在腰间，百十两银锭全裹在行李里面，几两碎银放在小书包里边，收拾停当。而后趁一个晴天大日头的好天气，早早动身，朝韩侯岭出发，指望在天黑以前翻越韩侯岭，到达霍州地面。

贾存仁站在韩侯岭上瞭瞭四周，只见树叶落尽，野草枯黄，山野一片萧瑟，山岭顶端已经落上了白雪，一派冬日景象。

韩侯岭是太岳山的一条支脉，横亘在晋南平原和晋中平原之间，汾河劈开岩石咆哮而过，使韩侯岭向西延伸的部分在汾河东岸戛然而断，形成险峻的断层，秦蜀大道在山崖顶端飘然而过，虽被称为大道，实则一段左靠高山，右临悬崖，仅容一人一骑通过，最是令人揪心的险路。贾存仁赶着毛驴，在岭上小心而行，抬头看天，红日当空；俯视岭下，阡陌纵横，左一看怪石嶙峋，右一瞅万丈深渊，不禁倒吸一口气，快走几步拉住毛驴缰绳，把驴背上的行李重新捆绑了一番，用手摇摇，感到结实可靠，方才引导毛驴稳稳当当地朝前走去……

一驴一人通过狭窄路段，走到一处三岔路口，一条小径从太岳山主峰蜿蜒而下，在密林之中时隐时现，阵阵斜风夹带着断断续续的响声顺着小路吹过来，贾存仁不禁打了一个寒战，感觉肚子有些饿了，口也有些渴了，腿脚亦似不太听使唤，走起路来高低不定左右摇摆，心想歇息片刻再走吧。可是左右看看地形险恶，道路崎岖，阴风嗖嗖，不敢停留，只得牵着毛驴勉强前行，好在前边路径渐行渐宽，一路向下，隐约看得见霍州城池的影子了，再朝南边眺望就是茫茫苍苍的汾河平原了，估计再有一个多时辰，就可出山进入村多人稠之安全地带了。今晚在霍州歇息，明日即可过赵城和洪洞两县，到达平阳府城，再歇一晚，后天就可以见到妻子张菊韵和两个儿子了！贾存仁想得高兴，脚步也显得更轻快一些……

贾存仁牵着毛驴正走着，忽听得一声大喊"站住，什么人？"

贾存仁大吃一惊，赶忙停住脚步，抬头一看，只见一高一低两个汉子一手叉腰，一手拿刀，突然从草丛中站起身子，横眉瞪眼站在前面道中！

"不好！遇到劫匪了！"贾存仁第一反应就紧紧揪住斜挎在胸前的小

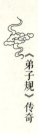

书包前后看看，只见劫匪两前两后一共四人。

"从哪里来！"背后亦传来大声喝道。

"灵石县，本系穷教书先生。年终了，村校放假，回老家看望老小。敢问英雄何事？"贾存仁稍事定神，记起周永年若遇上劫匪，切莫惊慌失措，更勿激怒对方的嘱咐，遂朝劫匪拱手致礼，慢声慢语说道。

"哈哈！归家过年？正好！快把银子拿出来！"大个子劫匪喝道。

"穷教书先生，哪里来的啥银子？只有碎银几两，还指望回家给八旬老娘和五岁小儿过年呢？请各位英雄高抬贵手！"两句话说过来，贾存仁说得更条理了，把假话说得跟真话一般。

一短粗身材满脸横肉的劫匪走过来，猛推贾存仁一把，骂起来："你他娘的教了一年的学，主家能不给你开薪酬银子！几两碎银？哄鬼去吧！老子给你说，若老老实实交出银子，就放你回家过年。若交不出银子，叫你脑袋搬家！你信不信？"

贾存仁手抓毛驴缰绳，没被推到，趔趄几下站稳脚跟，红着脸说道："本人说的全系实话，灵石县贫瘠地方，十来个小村子一个村校，七八个学生，老百姓拿窝头、咸菜疙瘩当学费。各位英雄请看，驴背上驮的是在下的被窝，盖了一年臭烘烘的，回家叫老婆浆洗的，你们肯定不待见。我这书包里除了几块窝窝头，仅剩下几两碎银。给，你们拿去，权当在下孝敬。"贾存仁说着，从小书包里面掏出碎银递到劫匪面前。

大个子劫匪一把抓过碎银，嚷道："老子就不信！你他娘的糊弄鬼去吧！你他娘的教了一年书就这几个工钱？"

贾存仁抬头看看，时辰还早，还想说几句好话："英雄，你们看——"

"别在这里听他废话！把毛驴赶上！人带上！一块儿回山好生调理这小子！"小个子劫匪嚷嚷起来。

"就是，就是！这几天官军过来巡查，别耽误的时间长了，叫咱碰上就麻烦了！走——"大个子劫匪用刀背朝贾存仁腰间捅捅，嚷道。

贾存仁拽住驴缰绳没有动窝儿。

"他娘的，你不想活了！"小个子劫匪过来朝贾存仁的脸猛扇几个嘴巴。贾存仁的嘴巴鼻孔顿时血流如注，头晕目眩，站立不稳。

小个子劫匪把刀刃对准贾存仁脖颈，指着路旁沟崖嚷道："你他娘的再不听话，老子现在就宰了你！扔到深沟里叫野狼啃得一根骨头都剩不下，你信不信？"

贾存仁摇摇脑袋，稍微清醒一些，瞅瞅左边的深沟和右边的高崖，知道要是跟他们到了匪巢，注定性命难保，于是站住没动，抹一把脸上的血，强忍疼痛，说道："各位英雄见多识广，一定听说过世上有三穷，花子、佃户、孩子王。孩子王就是我这一号的教书先生。你们把我杀了，也没有多少收成，还落了一个杀人之罪，何苦呢？这人哪，只要戴上杀人犯的帽子，这一辈子还能活得清闲么？本来，各位英雄在山上天高皇帝远，闲云野鹤，无牵无挂，自由自在多好呀？一旦戴上杀人犯的帽子，叫官府通缉，画上你的图像贴得哪里都是，整天东躲西藏，惶惶不可终日，白昼当作黑夜过，黑夜当作白昼熬，吃不得好吃，喝不得好喝，玩不得好玩，睡不得好睡，人活着还有啥意思？我想，各位上山落草，历经千辛万苦，绝对不是为了这个活法儿吧。"

劫匪互相看看，不言语了。大个子劫匪摇晃着脑袋问道："你他娘的一个穷教书匠，还教训起老子来了！你真不怕老子把你的头砍了？"

贾存仁愈发冷静了，笑着说道："不怕是假的。家里还有八旬老母和五岁小儿眼巴巴地等着我回家过年，几位英雄要是把我杀了，他们还能过得了年呀？还不哭死？各位杀了我一人，等于杀了我全家。"贾存仁说着，两腿跪下，朝东南边磕头，诉说起来："老娘呀，儿子不孝，不能给你养老送终了！儿呀，老子无能，不能把你抚养成人了！妻呀，为夫无德，不能为你遮风挡雨了！啊……啊……"贾存仁索性真的大哭起来。

贾存仁一场大哭，哭得劫匪面面相觑，不知该咋办。小个子劫匪揉一揉眼睛，踢了贾存仁一脚，骂道："你他娘教过《孙子兵法》吧？苦肉计，用得真好……"

大个子劫匪把小个子同伴拉到一边嘀咕几句，从衣兜里掏出那几两碎银，回身说道："行了，别哭穷了。老爷看你是一个仁义忠孝之人，饶你不死。我看你这头毛驴还值几个钱，这样吧，你把毛驴给老子留下。把这几两银子拿回家去跟一家老小过年去吧。"

贾存仁未及起身就连连给劫匪磕头，连声说道："谢各位英雄，谢各位英雄！"

小个子劫匪扬扬手里的钢刀，喊道："别啰唆了，快滚吧。别烦得老子改变了主意，砍了你的脑袋！"

贾存仁赶紧爬起身子，伸手欲解驴背上的行李。

"混蛋——"大个子劫匪一把推倒贾存仁，"他娘的，老子饶了你性命，你还没完了！"

贾存仁慌忙爬起身来，边拱手边苦笑着说道："我是说，一床盖了一整年的烂被窝，又是虱子又是虼蚤又是脏污的，怕咬着各位英雄，臭着各位英雄。你们看黑乎乎，臭烘烘的……"

"行了行了，快解下来，滚蛋！"小个子劫匪嚷道。

"到头来还不知道谁是英雄，谁是孬种呢。末了，全听了他的……"大个子劫匪嘟哝起来。

小个子劫匪倒挺知足："你看这头毛驴膘情还可以。还不比那床臭被窝值钱？"

贾存仁夹着行李转过身子正要走，大个子劫匪又叫唤起来："等等！等等！"

贾存仁只得站住，迷惑地瞅着劫匪。

大个子劫匪一步跨到贾存仁面前，伸手扯下他缠在腰间的小包袱，只听"刺啦"一声，小包袱松开来，裹在里面的文稿顿时掉了出来……

"哎呀——"贾存仁一声惊叫放下铺盖卷，纵身扑到文稿上面，可是好几张写满黑字的白麻纸已经像花瓣一般随着山风飘下了山崖。

"我的《弟子规》呀——"贾存仁眼睁睁地瞅着文稿在深渊里面飘荡，无奈地哭喊着，放下抱着的铺盖卷，爬起来朝山崖边跑。

大个子劫匪一把揪住贾存仁的衣领，喊道："你他娘的不想活啦！要是掉下去就把你小子摔得没了人样儿！"

"可不是！知道的说是你自己掉下去的。不知道的还说是我们把你推下去的！真是酸臭文人，几张白纸至于吗？"小个子劫匪轻佻地说道。

贾存仁哭喊起来："那是我的书稿呀，连写带改多少年呀——"话没说完，瞅见地上的文稿又被山风吹动，贾存仁赶紧弯腰拾起来，放进小包袱裹紧包好。

"他娘的，几张破纸能吃还是能喝！看把你宝贝的——"大个子劫匪说着，一脚踢准小包袱，小包袱从贾存仁手里朝沟边飞了出去。

"我的《弟子规》——"贾存仁惨叫一声，纵身朝小包袱扑过去，小包袱在沟边的石头上颠了一下，飞出沟边，坠落悬崖。贾存仁的身子也随着小包袱掉下悬崖，只听得"啊呀——"一声惨叫，不见了踪影。

小个子劫匪见状埋怨起来："你看你看，你他娘的做的啥事呀？人掉下去了，那么深的沟，非死即伤，摔死了还好说，要是摔不死，把咱们供出来，还能有个好？"

大个子劫匪也急了："那咱们还不快跑？"

"不要跑，大胆劫匪——"劫匪赶着毛驴正要跑，从南边拐弯处跑过来一队兵马，有人在大声喊道。

四个劫匪急忙把手里的刀剑扔下深沟，待要跑时，早被兵马赶上围住。为首的一位官佐，指着劫匪喝道："大胆劫匪！胆敢在光天化日之下打劫过路行人客商！"

一兵丁拿出一张画像看看，朝官佐禀报："把总大人，你看，一高一低，一胖一瘦，可能就是这几个的家伙！"

被称作把总的官佐喝一声："绑了——"

四个劫匪朝把总跪下求饶："这位大人，我们都是本分的老百姓，从不敢干坏事。我们还怕遇上坏人呢！正好碰见了大人。求达人明鉴。"

小个子劫匪顺手把贾存仁的铺盖卷抱在怀里，指指毛驴："大人，我们几个从灵石县打短工回来。您瞅瞅，这是我们的毛驴和行李。我们是从这里路过呀。"

把总大人看看四周，再没发现别的什么人，于是疑惑地问道："没做坏事？没做坏事你们慌张什么？跑什么？"

大个子劫匪装出一副可怜样儿："大人，您看我们都是深山里的老百姓，很少出门，见了官兵就害怕……"

把总大人对兵丁说道："再仔细看看，这几个家伙是不是咱们要抓的人。"

兵丁拿画像朝劫匪对一对，说道："从眉眼上看不出啥名堂，高低胖瘦肯定不会错。"

把总大人摆摆手："叫他们滚蛋！真是麻烦。"

兵丁对劫匪喝道："快滚！不准做坏事！"

劫匪赶紧跪下朝把总大人磕头道谢，爬起身子正要走，忽然深沟里边传来喊声："救命——救命呀——"

把总大人听得，立马瞪圆了两眼，大喝一声"站住！站住！"劫匪只得停住脚步，惊慌地看看沟边，又看看把总大人，一高一低两个打头的劫匪吓得满头大汗。

把总大人对手下说："看看，果然有事！果然有事！把这几个家伙看住了！别的人想办法下去救人！"

"是！"兵丁小头目应一声，对劫匪一声喝道："谁也不准动！谁敢跑，砍了你的脑袋！"劫匪吓得缩成一团。十几个兵丁把明晃晃的刀刃剑锋对准劫匪，把他们紧紧围住。

一个兵丁跑过来："禀报把总大人，山崖下面的树杈上夹着一个人！"

把总大人走到山崖边上伸头朝下边看看，一股冷风从深沟呼呼传上来，一个人隐隐约约爬在一根伸出来的树杈上，树杈在颤颤巍巍地晃动……

"救命呀——"一声惨叫又传上来。

把总大人看看地形，下令："赶紧救人！你们看，那边有一条小路，从那里绕下去！"

兵丁小头目立马带着两个人顺着小路下去。一会儿工夫，一个兵丁背着一个男人，其余二人在后边扶住，气喘吁吁地从小路爬上来，把那人放到路中间，那人软瘫在地上，看得见胸脯子还在虚弱地起伏，两手紧紧抱着怀里的小包袱……

把总大人仔细一看，只见那人衣衫已经被树枝挂成条条，花白的头发杂乱地披散在脑后，额头上一个大大的血印子，脸上划出几条血口子，不断朝外面渗血，手背上也是血糊糊的，一只鞋不见了，露出惨白的脚丫子。

第二十八章

"先给他喂点水，叫他喘口气再说。"把总大人皱着眉头说毕，指着劫匪喝道："看你们干的好事！等着吧！看我如何收拾你们！"

那一高一低两个劫匪瞅瞅瘫在地上的那人，再看看兵丁手里闪着寒光的刀剑，趁兵丁不备，猛爬起来冲开人缝朝斜路密林狂奔而去。

"快追！"兵丁小头目喊一声，即刻带着众兵丁追了出去。

"慢着！让开——看箭！"把总大人说一声，取下弓箭，"嘭嘭"朝劫匪连发两箭。两个劫匪中箭倒地。

小头目跑过去一看，高兴地说道："禀报大人，劫匪全死了！大人箭法真神！"旁边的兵丁也朝把总大人伸出大拇手指头。

把总大人不动声色，把头转向剩下的那两个小喽啰。

那两个小喽啰，磕头作揖不迭，直喊饶命——

"大人饶命，大人饶命！全是两位老大——不不不，全是他们两个干的！我们是他们硬拉来凑数儿的……"

"大人饶命！我们说不来，他们就要杀我们——"

把总大人下令："绑起来！押回平阳府严加审问！"

"谢大人救命之恩！"被救上来的那人已经清醒过来，趴在地上朝把总大人磕头道谢。

把总大人低头看看那人，忽觉得有些面熟，于是围着那人转了一圈，仔细打量起来。

那人又磕了一个头，说道："在下山右贾木斋，感谢大人救命之恩——"

"山右贾木斋？贾木斋？"把总大人惊叫一声，俯身抓住那人两肩把他拉起来，"你是贾木斋先生？莫不真是贾木斋先生？"

贾存仁被叫得迷糊，疑惑地问道："把总大人，敢问您是？"

把总大人跪倒在地："木斋先生，我是陈贯通呀！我是陈贯通呀！"

"陈贯通——"贾存仁听罢，大叫一声，亦跪倒在地，一把抱住陈贯通，大哭起来。

兵丁们赶紧把二人扶起来，给他们拍打拍打身上的尘土。

那两个小喽啰，见此情景，不禁窃窃自喜。

贾存仁擦去眼泪，问道："贯通学友，如何到此？还当上了把总？"

陈贯通看一眼兵丁和劫匪，沉稳地说道："一言难尽。咱们回到平阳府再叙。你咋成了这幅光景？要不是遇上我，你还有命吗？我一回到老家就打听到你外出游学去了。"

那两个小喽啰齐刷刷面向贾存仁跪倒："大人饶命！大人饶命！"

贾存仁看看劫匪，再看看陈贯通："这二位，并无伤害我丝毫，还请把总大人手下留情。"

陈贯通和颜问贾存仁："恩人，依你该如何发落？"

贾存仁朝陈贯通拱手："本来，这是把总大人的职责，木斋不该过问。既然大人询问之面上，本人不妨斗胆直言相告。"

陈贯通说道："恩人但说无妨。"

贾存仁说道："被你射死的那两个劫匪真是该死，他们抢了我的毛驴，还把我的《弟子规》书稿踢下悬崖，我为抢救书稿也跌下去了，要不是叫树枝挂住，这会儿早粉身碎骨了，你连救我的机会都没有呀！这两位倒真是给他们帮了个人场，也没训斥我，也没伤害我。所以，在下之意，要不把总大人暂且饶了他们这一次？如若以后再犯，再严加处罚也不迟。"

陈贯通指着贾存仁怀里的小包袱问道："这里边就是咱的《弟子规》书稿？"

贾存仁点头："正是，正是！两部书，除了《弟子规》还有一部《等韵精要》文稿。若非遇上你，今日两部书稿全完了，我的命也完了呀！咱们也见不了面了。"

陈贯通感慨道："为了《弟子规》，你命也不要了！"

贾存仁正颜道："你知道，我这一辈子就做了这一件事！"

陈贯通伸手轻轻按按贾存仁额头上的血迹，说道："恩人，咱别在这荒山野岭耽误时间了。赶紧回府，给你治伤吧。"

"他们咋办？"贾存仁指着两个小喽啰问。

"依你。"陈贯通说罢朝小喽啰摆摆手。

小喽啰乖乖走到陈贯通面前垂首而立。

"咱今天这样！"陈贯通朝小喽啰说道，"今日，算你们运气好。碰上了大仁大义的贾木斋先生，暂且饶了你们。以后再敢为非作歹，叫我抓住，定斩不饶！"

"是是是——"劫匪应声不迭。

"滚吧！"陈贯通摆摆手。

两个小喽啰朝贾存仁和陈贯通磕头作揖，起身即跑。

贾存仁看着两个小喽啰狼狈的身影，感到好奇："贯通已是把总大人了，如何还亲自带兵巡山？"

陈贯通说道："临近年终，盗匪猖獗，我兵分数路，分赴晋南一带交通要道巡查，像太平县的汾阳岭、临汾县的秦王岭、浮山县的西佐岭、曲沃县的隘口谷、河津县的龙门渡口、乡宁县的断山岭、吉州的金刚岭、蒲州的风陵渡口、平陆县的茅津渡口、垣曲县的横岭关等等地方都派了人马盘查巡视。我在平阳府里闲来无事，因此带一队人马到韩侯岭巡山来了，这里是平阳府的北大门呀。正好碰上恩人被劫，岂不是你我兄弟的缘分使然！"陈贯通禁不住哈哈大笑起来，贾存仁也咧着嘴想笑，牵扯得脸上的伤口又渗出血来……

"我的书稿！我的书稿！"贾存仁兀地不再笑，似想起什么，遂坐在地上打开小包袱查看里面的一叠白纸。"哎呀，我的书稿不够数了，丢了十几页。十几页呀，这可咋办呀……"贾存仁凄厉地哭喊起来。

"书稿怎么啦？"陈贯通问道。

"书稿，我的书稿丢了十几页，被劫匪踢到深沟里去了……"贾存仁

站起来一瘸一跛地朝沟边走去。

"小心一点！"陈贯通一把拉住贾存仁，自己走到沟边，伸头朝深沟里看看，对兵丁头目说道："你看，悬崖中间的草里边有几张白纸，沟底还有几张。快派人下去找。一页也不能少！"

一会儿工夫，兵丁头目带着人回来，手里捏着几张纸，向陈贯通禀报："大人，只找回这几张，还有几张挂在半山腰，我们上不去——"

"不行！"陈贯通大喝起来，"下边上不去，从上边用绳子把人吊下去，也要找齐！一张也不能少！"

贾存仁接过兵丁头目手里的白纸仔细看看，轻轻一拉陈贯通的衣袖说道："我看算了。你看大部分都找回来了，剩下的几张，我回去再忆写补齐吧。你看天也不早了，从上边朝下吊人也不保险，别叫弟兄们冒险了。咱们回吧。"

陈贯通摇摇头："我是说，你把《弟子规》写出来多不容易呀！一定要找齐。"

贾存仁笑笑："这部书稿我看了改了不知多少遍了，记得清清楚楚，忆写出来也不费多大劲。万一伤了你手下的弟兄就不好了。"

陈贯通指着书稿说道："咱这书稿，比什么都值钱，比人命都珍贵！还是叫他们下去找找吧，找回一张是一张。"

"别叫弟兄们冒这个险了。我回去一两天就写出来了。再说，那几张稿子就是找回来也叫树枝挂得少皮没毛了。"贾存仁紧紧拉住陈贯通的衣袖说道。陈贯通只得作罢。

贾存仁赶着毛驴跟着陈贯通回到平阳府把总府邸，见过陈贯通妻子和儿孙、两房儿媳妇，大家少不了欢喜一场。唯不见陈嘉业。贾存仁甚是纳闷，也不好打听，只得问起别的："贯通，你不是在西北募兵吗？如何回到平阳府，还当上了把总？"

陈贯通没接贾存仁话茬，先叫人给他搽洗伤口，敷药，好在都是皮肉伤，并无大碍。于是，屏退左右，面向贾存仁跪下："想当初——"

"贯通先生，赶快起来说！赶快起来说！都是堂堂把总大人了，朝廷命官，哪里还敢说跪就跪呢？成何体统！快说说，你如何从西北回来，是如何当上平阳府把总大人的？"贾存仁赶忙扶起陈贯通。

陈贯通方才稳定情绪，把十多年的从军经历细细道来。

原来陈贯通募兵到了西北地方，很短时间就适应了兵营生活，在平定准噶尔部落的战事之中作战勇敢且善于谋略，屡建战功，很快就被提拔为下级头目，更有了用武之地，统领一彪人马在河西四郡以及祁连山、阿拉善、马鬃山、额济纳、居延海、弱水河、黑城子一带征战叛匪，屡建奇功，深得将士拥戴，在当地百姓中口碑极好，屡屡受到朝廷褒奖，军职也在不断升迁。后因多次战斗负伤，加之年纪也大了几岁，体力大减，难抵西北风沙严寒，经朝廷恩准回到山右老家，任太原镇总兵府衙门平阳府驻军把总，经略晋南一带地方治安。

"回到老家已经好几年了……四处打听恩人消息，总不得知，甚是惦念呀！"陈贯通朝贾存仁拱手笑道，长期的沙场征战，年轻时的毛躁和轻浮已经荡然无存，显得稳重成熟多了。

贾存仁紧紧拉住陈贯通的手，几多感叹油然而生："你看看嘛，人的一生总有定数呀。谁能想当年不思学问的毛头小子能成就了今天的堂堂把总大人呀……"

陈贯通满脸涨得通红："想当初若非恩人点化，何来贯通今日？恩人，不瞒你说，我还牢记着当初我募兵咱们四人分别时你写给我的诗句——

无惧边关残月冷，

只缘家园故土梦；

不思朝中把侯封，

惟盼贯通殊功成。"

陈贯通念完诗，眼珠又红了："恩人，正是你的诗句激励我坚守边关，建功立业的呀！我一定要——"陈贯通说着又要下跪。

贾存仁一把拉住，笑道："再不敢折煞在下了，你现时是声名显赫的平阳府把总大人，总不能老给我一个孩子王屈膝吧！"

陈贯通红着脸说道："西北地方历史久远，学问深厚，我去过的那些地方虽然多为荒漠莽原，人口稀少，环境险恶，生存条件低劣，却留有两周秦汉隋唐各朝众多武将征战的足迹和文人咏唱的墨宝，且有长城横贯腹地，烽燧点缀其间，看了以后内心的震撼似惊雷在耳边响起，如烈火在胸中燃烧，不由人不励精图治，否则感到有愧于先人。恩人知道，贯通自幼

念书不甚入心，学问极差，到得边关，为了带兵打仗，《孙子兵法》倒是反复阅读，研究极深，多有心得。"

"好好好。百事通，不如一门精。你能精通兵法，也是一门大学问，而且是大多数人极难企及的大学问。贯通实为我等同窗好友为之骄傲。"贾存仁连声称道。

陈贯通正色说道："恩人过奖。"

贾存仁又问："我还没问你，李宜思状况如何？"

陈贯通答道："您知道，宜思写得一笔好字，又学会了雕版印刷，把儿子李喜宝也教训成行家里手，一家人在浮山城里开了一间雕版书房，称为神山雕版书房，时不时给药铺、商铺、书院印一些小东西，经过这些年磨炼，他的雕版印刷之术已经炉火纯青，近几年竟成了专职刻印书籍文稿之所，早已名扬平阳府各州县。贯通任平阳府把总以后，凡把总府下发文稿均由宜思的雕版书房刻印。其印刷之精湛，装帧之精美，交货之及时，深得平阳府知府大人首肯与赞许。"

贾存仁听了愈发高兴："好了，好了。我的《弟子规》和《等韵精要》注定是有人刻印了。"

陈贯通笑道："那是自然。宜思几次与我说起，要等你回来刻印《弟子规》呢！"

贾存仁又问："有无张友奋的消息？"

陈贯通答道："友奋先在绛州任知县多年，因脾性随他老子，刚正不阿有余，阿谀奉承不足，后未得寸进，近日据说要告老还乡，与其老子张在庭老先生一个模子，不宜久居官场。倒是在吟诗作词书写文章方面下的工夫不少。"

贾存仁点头不迭："官场险恶，久居不得，还是回来好，还是回来好。五柳先生'采菊东篱下，悠然见南山'，也不失为一种活人的妙法。"

陈贯通说道："恩人您瞅瞅，咱们四人年幼时同窗读书，成年后天各一方，及至上了点岁数，又聚到了一块儿。多好的事情呀！等你将家事安顿顺当，我做东，咱们好好聚一聚。"

贾存仁故作轻松答道："以后的日子就好过了。有把总大人在，我等背靠大树好乘凉，安度晚年应该没问题吧？哈哈……"话没说完贾存仁就忍不住笑了。

"恩人果真能如此想，贯通定当尽力而为。"陈贯通连声说道。

"恩师！恩师在哪里！"陈贯通话音刚落，一声大喊从外传进来。

"是犬子嘉业——"陈贯通话未说完，一个高大年轻汉子推开房门快步走进来，看清贾存仁，随即扑倒在地："恩师！恩师你总算回来了！总算回来了呀——"

贾存仁与陈嘉业抱头大哭。

陈嘉业告别贾存仁几经艰险磨难回到浮山县，年过不惑的张菊韵看到嘉业已至婚配年纪，就做主用贾存仁捎回来的银子，找了一位韩姓姑娘，给他娶了媳妇，成了家。陈家大小人等无不感激涕零，乡里民众亦交口称颂，言张菊韵真不愧为"贾家主妇，贾存仁之得力内助"。陈嘉业更是听从贾存仁临别教导，辛勤劳作，赡养老母，提携兄侄，刻苦求学，经历大考，方才博得举人身份，总算创了功名，有了前程，又值父亲陈贯通功成身退回到故里，还被授予把总之职，实乃东风沐浴，春雨滋润，近日被朝廷放了泽州知县，正准备前去履职。

贾存仁听罢大喜，说道嘉业自幼用功学问，探究社会，研磨人生，方得远大前程！陈嘉业拜谢：全靠老师灌顶醍醐，师母鼎力提携，始得今日。

陈嘉业转身叫过自家媳妇贾韩氏，过来拜见恩人。贾韩氏带一稚童向贾存仁行大礼。

贾存仁急忙摆手道："方才见过了，方才见过了。"

陈贯通夫人走过来说道："不仅如此，那几年我家家境艰难，全靠菊韵嫂子多方接济，方才渡过难关。大儿子宏业的媳妇也是菊韵嫂子帮着娶回家的，他爷爷过世后亦是菊韵嫂子来家主持发落的。此等大恩大德，我一家永志不忘……"夫人未及说完，又要行大礼感谢。

贾存仁急忙拉住说道："当初，贯通替我募兵，我就有话在先，他的儿女就是我的儿女，我要把他们抚养成人；他的令尊就是我的令尊，我要给他们养老送终。内人不过是替我践诺而已，实不必言谢……"

陈贯通朝贾存仁拱手言道："木斋先生对我陈家三代人恩深如海，情似高山，贯通一家老小没齿不忘。"

贾存仁摇头摆手："你我同乡同窗，系五百年前的缘分，君子之交淡如水，恩不言谢，情不求报，彼此之间的相助提携，实乃情理之中，无所谓恩不恩的，往事无须再提。快吃饭喝汤才是，我跑了一整天早就饿了。"

于是，大家推杯换盏吃菜饮酒好不欢喜。

次日，贾存仁换上常银屏做的那一身长袍短褂，要动身回浮山县。

陈贯通道："在下从西北回来以后，曾多次亲往府上看望，两个儿子均已成家，且有了子嗣，嫂夫人及全家老小均很好，无须挂牵。如今恩人头脸手足均带着红伤，如何面见一家老小，不如先在府里调养几日，待伤好一些再回家不迟，好在是皮肉伤好得也快。"

贾存仁对着镜子瞅瞅自己的脸，的确是横一道竖一道地不甚好看，扭扭身子腰腿也有一些酸痛，于是说道："要住也不在把总府里住，只住附近的客栈。"

陈贯通深知贾存仁的脾性，再无赘言，帮他搬到鼓楼东大街一间条件好一些的客栈住下。贾存仁惜时如金，正好借此机会忆写在韩侯岭被山风吹跑的那几张文稿。

陈嘉业急着要回浮山向师母报喜讯，贾存仁不许，说道还是别叫一家老小干着急了。陈嘉业只得作罢。

这样过了几日，身上的伤口落了痂，筋骨也显得轻松了不少，贾存仁对着镜子嚷嚷着要回浮山县。陈贯通要亲自护送贾存仁回老家。贾存仁不允，言："你一把总大人押送我回老家，还不把全家人吓死？还是我一个人先回，等安顿好了，咱们再聚。"

陈贯通无奈，只好派了一队兵丁护送贾存仁回浮山县。

贾存仁归心似箭，刚进浮山县境的韩村关卡就把陈贯通指派护送自己的兵丁打发回去了，自个儿赶着毛驴朝佐村奔去。

贾存仁站在村西面的高坎上，朝东瞭望。昏暗高远的天幕下，田野一片肃杀，玉米秆零零落落站立在地里，玉米穗已经掰掉，枝干上长长的叶子在西风中旗帜一般抖动；谷子地里已经收割完，地面上只剩下几棵光光的谷稗，像痢痢头上稀疏不堪的毛发；菜地里白菜萝卜山药蛋已经挖走，零散的碎叶子粘在酥松凸凹的表土上面；几只家雀百无聊赖地在地面上跳来跳去，似在寻找可以果腹的东西；一蓬蒿草在村道上滚动，忽高忽低时隐时现……贾存仁眨眨眼睛透过萧瑟的初冬景色，朝东张望，终于看得见佐村村头的老槐树了，终于看得见绕村南而过的小河了，终于闻得着家乡的气息了……贾存仁站在村西高地久久看着生养自己的故乡热土，大口地呼吸，禁不住泪流满面……

贾存仁摸摸揣在贴身衣兜里常银屏的那一缕头发和衣角，没有直接进村，而是绕道来到浮山县城里恩师李学邃家中。李学邃老先生已经辞世多年。贾存仁跪在老师的画像和牌位前面大哭，对恩师诉说多年来游学的酸甜苦辣。李学邃的儿子李睿德拿出一张封着口的信封交给贾存仁。信封上写着"木斋亲拆"。贾存仁拆开信封，取出信瓤，只见稍微发黄的信纸上写着"无悔"两个大字。贾存仁恍然大悟，在恩师牌位前面长跪不起。而后，贾存仁把信瓤照原样叠整齐放回信封，装进贴身衣兜，拜谢过李学邃的后人李睿德，留下带来的礼物，方才朝佐村走去。

这时候，天色已过午时，日光从斜刺里照射下来，西北风不紧不慢地刮着，空气中透露出些许寒冷，足下的路径还是当年的模样。贾存仁牵着毛驴在村道上款款而行，边走边左右扭头，瞅瞅这里，看看那里，嘴里还念念有词。他的出现惊扰了村民平静的生活，不断有人与他客气地打招呼，有人还能叫上名字，有人干脆没有一丁点儿印象。早有小孩子听了大人的话跑着到贾家报信去了，更多的人站在自己院门前面静静地注视着这个牵着毛驴慢慢行走在村道上的"外路人"，还有的人窃窃私语指指点点……

四五口男女站在自家门口的老槐树下焦急地等待着，看见贾存仁走过来，两个年轻汉子打头，妇孺在后，赶忙快步相迎，跪下叩头，嘴里连声哭喊道："父亲大人回来了，父亲大人可回来了，可回来了呀！"

贾存仁听出是长子若苇、次子若蔚的声音，急忙紧走两步，扶起他们。父子三人抱头大哭。三个男人哭了一阵，贾若苇叫过媳妇乔氏，贾若蔚叫过媳妇卫氏，拜认了公公，两房儿媳妇头一回见老公公，不禁脸红耳赤，羞涩不堪。

"奶奶来了！奶奶来了！"三个小男女簇拥着一位满头白发的婆婆从院门出来。贾存仁一眼认出正是自己的结发老妻张菊韵，急忙跺脚、整衣、理辫、抹面、揉眼，快步迎了前去。

贾存仁面向满头银丝的张菊韵双手合十深深一拜，念道："老妻可……"话未说完，即浑身颤抖泪如雨下哽咽难言。

张菊韵反倒很是淡定，用手捋捋额上的花白头发，站立得稳稳地，身板挺得直直的，微笑着说道："回来了就好！回来了就好呀……"说话间，看见贾存仁脸上和额头上新好的伤痕，张菊韵方才着急了，含着眼泪惊叫起来："哎呀，我的天呐！你这是哪里来的伤口呀？快叫我瞅瞅！快叫我瞅瞅！"话没说完张菊韵就扳过贾存仁的脑袋细细看起来……

贾存仁摇摇头，微笑着把在韩侯岭上遇到劫匪的事情说了一遍。

"看看，跑了几千里路，在家门口遇上劫匪。看你这一脸的伤口。身上受伤没有？我看看——"张菊韵还是很着急，泪珠儿不停地跌落下来。

"哪里都好好的，哪里都好好的。要不的话，从平阳府到浮山县七十里路，我咋能走回来呀！别着急了，别吓着我的小孙子。快叫我好好看看你吧！"贾存仁双手紧紧攥住张菊韵的手，看着围在身边的孙子孙女，轻松地说道。

张菊韵红着脸颊欲抽手，无奈贾存仁抓得紧，只得由他。

贾存仁泪眼闪烁仔细瞅瞅老妻的脸庞，似在寻找少时的容颜，似在盘点往日的辛劳，似在诉说多年的忏悔，似在报偿长期的思念。嘴里念念有词："我的菊韵……我的菊韵……我的……"

"行了，行了！别再念叨那些车轱辘话了，当着儿孙的面像啥样子呀！把牙都酸掉了。快回家，快回家！"张菊韵红着脸说完，轻轻缩回双手，前头走进家院。贾存仁紧跟其后，两个儿子抱着父亲的行李赶着毛驴走在后面，两房儿媳跟在最后，三个孙子孙女则跑前呼后……

张菊韵先在厨房看看，而后叫过两房儿媳乔氏和韩氏，吩咐她们赶紧给公公做饭："现买东西不赶趟了，还是熬绿豆小米粥，烙葱花大饼，臊子面，炒酸菜山药蛋丝儿、辣子醋熘白菜。这些东西，你们老公公必定喜欢。叫他尝尝你们的手艺。"

贾存仁在一边忙不迭地点着头，吞咽着唾沫……

回到上房卧室，贾存仁双手捧着小书包递给张菊韵。张菊韵看看书包，抚摸着那一只自己亲手绣上去的凌空飞翔的大雁，仔细理一理有些散乱的丝线，嘴里念叨着"飞回来了，飞回来了，你可是飞回来了！总算是飞回老窝，物归原主了……"

张菊韵翻过小书包，发现了右下角绣着的一对小燕子，随口说了一句"还带回来小燕子，绣工不错，跟真的一样！看这丝线多鲜亮！"说罢，老太太抬头瞅着贾存仁，目光中游离着一丝儿疑问。

贾存仁迎着老妻疑惑、审查的目光，突兀想起一件必须当下办好的大事、急事。于是，他把儿孙都叫过来，再把张菊韵扶到上首坐下，从衣兜里掏出常银屏的那一缕头发和衣角，详细述说了常银屏的事情。末了，贾存仁说道："今日对着贾家三代祖宗以及三代子孙，我贾存仁对天发誓，我说的如若有一丝虚假，明年的今日就是我的忌日！"

"啪！"张菊韵先把额头一缕白发捋上去，随即猛一拍桌面，惊得众人浑身一震。张菊韵一字一句地说道："事情既然已经说清楚，如何还用得着起誓，还起毒誓？你山右贾木斋的清白还非得用毒誓来证明吗？清者自清，白者自白，这个道理你不懂？你念了一辈子的书！做了一辈子的学问！你看你多大的人了！还说糊涂话？"

贾存仁顿时一脸尴尬中带着坚定，小声说道："这本是一件清清白白的事情，可是一旦从我的嘴里说出来，就显得说不清道不明了。我的本意是想叫你们相信我说的是真话实话，同时我也想对得起那个可怜的姑娘常银屏。"

张菊韵满脸肃穆中略带温情："夫君，你出门在外十几年，总算安安全全地回来了，本该全家高高兴兴为你接风。你不该拿这种事情给我们添堵。来日方长，能说的时候有得是呀！你着的哪一门子急呀？"

贾存仁站得笔直，摇摇头，两眼睁得明亮，似是对张菊韵，似是对子孙，似是对自己说道："常银屏身世悲惨，和我非亲非故，却照料我好多年，最后竟然为我殉情而死，我一个男子汉大丈夫不把她的后事料理妥当，寝食难安，上难对天，下难对人。这一点还请老妻见谅！"

张菊韵一时无语，先拿过一个瓷盘，揪着衣袖擦干净，发现盘中沾着一小块饭痂，即拿起盘子放到嘴边哈一哈，再用手指抠掉擦净，放到桌子中间，而后从贾存仁手里拿过常银屏的遗物，轻轻摆到盘子里面，双手理理自己的头发，抻抻衣襟，说一声"都跪下——"，随即率先面向遗物跪

倒，贾存仁跪在张菊韵左边，若苕夫妇、若蔚夫妇依次跪在她们身后，再后边是孙子辈。

"银屏妹妹，这些年夫君木斋独自一人出门在外游学，多亏你对他的多方关照，使他衣食无忧，安然无恙，游学有成。今日你随他安回故里，我们全家谢谢你、欢迎你了！以后，你就是我们贾家这一辈的先逝人了！你安心歇着吧！"张菊韵面对常银屏的遗物说完这一席话，磕了头，贾存仁与众子孙亦磕头。

贾存仁双手扶张菊韵站起身子。

张菊韵朝贾存仁摆摆手，正颜正色地说道："夫君，我知道你说的全是真话。我也愿意把银屏姑娘的遗物埋到贾氏祖坟。可是，进祖坟不是一件小事，还得族长准许。"

贾存仁又朝张菊韵合十致谢……

"夫君，你再要这样，我就要生气了。你把你我夫妻情分拉扯远了！"张菊韵满脸正经。

"我是替银屏姑娘感谢老妻能接纳她——"

"跟你说不要再说这事了嘛！"张菊韵打断贾存仁的话。

贾存仁红着眼圈说道："我知道这些年你一个妇道人家，对我贾家不弃不离，含辛茹苦，翻盖家院房舍，养大一对小儿，娶了两房儿媳，接下三个孙子孙女，当初我走的时候，给你留下一处残破的小院，一对混沌小儿，三口之家，如今已是大院巍然，七口之众了。劳苦功高，委实不容易……"

第二十九章

　　"别别，别说感谢，千万别说感谢的话"张菊韵伸手捂住贾存仁的嘴，说道，"我同意把银屏姑娘的遗物安置进贾氏祖坟，除了相信你所说的话，被她的痴情所感动以外，也是无奈之举！你千里迢迢把她带回来，如若把她扔在荒郊野外，岂不辱没了我贾氏书香门第的情理？你说我还能怎样？从另一道理讲来，我贾氏祖坟不嫌人多……"张氏说毕，已是泪流满面，众皆默然，三个小孙子孙女踮着脚尖，争着为奶奶擦眼泪。

　　贾存仁指着自己的心口，说道："无论如何，总是我给你带来的心烦之事嘛……"

　　张菊韵手扶着两个小孙子，说道："你不用感谢我，我们还要感谢你呢！你能完完整整地回来，没有叫我们白等一场，你老人家已经对得起一家老小了。"张菊韵说毕，伸出胳膊朝众人一划拉，"扑哧"一声笑了。

　　张菊韵说得儿孙都大笑起来，家里的气氛顿时变得活跃温馨起来。贾存仁也笑了。随后，张菊韵陪贾存仁见到族长。先交给他带回来的礼物，而后说了常银屏的事情。族长听了，瞅着张菊韵久久无语。张菊韵说道："余田说的事情不会有假。我知道他是一个啥样人儿。他绝对不会做出辱没贾家家族祖宗的事情来。这一点请你老人家放心。"贾存仁拜道："世叔，不把常家姑娘的遗物放进贾家祖坟，侄儿实于心难安。"族长点头说道："此种事情，吾等虽未曾听说。但是余田讲究忠孝仁爱，待人忠厚，乡邻皆知，我也相信他的为人。"张菊韵插说："你老人家说得是。这是路

远，如若路近的话，他把常家姑娘的尸首带回来，都在预料之中。这种事情只有山右贾木斋先生能做得出来！您信不信我不知道，反正我信！"说这话的时候，张菊韵一脸肃穆。"正是，正是。"族长连连点头，"只是这位常银屏姑娘并非余田明媒正娶的妻妾，尽多是余田的侍女，按说是进不得贾氏祖坟的。可是她又是为余田殉情而死，依余田的品行，是一定要给这位痴情女子一个说得过去的名分的。不然的话，他就不是贾余田了。这样吧，此事无须叫外人知晓，你们悄悄把她的遗物暂且存放在祖坟一角，待日后适当时机再入土为安。你们看如何？"

贾存仁夫妇连声称是。

于是，贾存仁携张菊韵、儿孙把常银屏的遗物包裹停当，放进一个祖传的精致木匣，盖上红布，由大儿子若苇捧着来到祖坟。贾存仁先在父亲贾皇宝、母亲贾范氏坟前上香献供，诉说这些年在外游学情形以及常银屏的情缘。而后把常银屏的遗物存放到祖坟守墓小屋，立了牌位，设了香案，并告诫子孙按时节祭祀。

办完常银屏的后事，一家人回到家里，贾存仁取出一件包裹，双手递给张菊韵，言："这是我带给两房儿媳妇和小孙子孙女的礼物，劳驾你给分发一下。还有你和两个儿子的。"

张菊韵欣喜地打开包裹，拿出两件一模一样的金银首饰说道："这注定是给你们的，拿上。"两房儿媳妇接过首饰，自然高兴。

再看时，张菊韵发现四套文房四宝，又言："这是给我孙子孙女儿的。怎么是四套呢？"

贾存仁言："我只能往多里买，多了无碍，少了如何交代？"这些礼物都是在京城做回老家准备的时候，常银屏做主买的，贾存仁心里有数，嘴上不便说明。

张菊韵对三个孙子孙女道："你家爷爷心里有你们呀！"孙子孙女接了礼物，高兴地跑到一边去了。

接下来，张菊韵把给两个儿子的礼物交给两房媳妇。

两房媳妇还不走，眼睛紧盯着最后一件用黄绸紧紧包着的小东西。

张菊韵红了脸，把黄绸包装进袖筒，朝媳妇们摆摆手："快走吧！我的东西不叫你们看……"

两个媳妇方才嘻嘻哈哈走出房门。贾存仁笑得眯上了双眼，朝张菊韵伸出大拇指摇摇……

这些事情做完了，贾存仁方才安下心来与家人共叙离愁别绪，享天伦之乐。贾存仁讲了这些年来的经历和归家途中一路之上的遭遇，把《弟子规》与《等韵精要》文稿拿出来叫妻子看，并说趁在平阳府客栈养伤的机会，他把在韩侯岭被劫匪遭害遗失的几张文稿也忆写出来了。

张菊韵激情难已，抚摸着书稿哭着说道："余田，为妻这么多年的辛苦没有白费呀，也没有白等呀……"

贾存仁又问起老泰山张在庭，张菊韵道父母亲均已谢世多年。贾存仁禁不住泪水潜然。随后带着张菊韵到佑村张氏祖坟看望、祭祀，少不得哭啼、告诉一番。

不几天，张友奋、李宜思、陈贯通都过来看望。陈贯通专程从平阳府搬来食盒置酒设宴。四个白发皓首之同窗好友，回首往事，眼瞻今朝，感慨万千，唏嘘不止。

贾存仁面向众人拱手："我知道，老几位均已功成名就，善行乡里。宜思专攻刻印书籍文章，早有成就，还有一家神山雕版书坊服务社会。友奋在任上多有政绩善行，如今早早告老还乡，颐养天年。贯通边关建功，官至把总，桑梓立业，名播遐迩，手握生杀予夺之权，驱邪除恶，安顿社稷。唯独木斋在外游历多年，仍为孱弱书生一个，无所建树。与各位相比，惭愧至极。"

陈贯通把头摇得像拨浪鼓，连声说道："算了算了，木斋先生无须自谦自毁了，我知道你参与了朝廷《四库全书》的编纂，不仅是我等，更是山右人之荣耀，千秋留名，万古流芳呀！再者，你的《弟子规》和《等韵精要》亦均杀青，单等着刊印成书，以谢天下了。文章千古事，得失寸心知，著书泽后世，立说济苍生，你比我等高明多了！"

张友奋还是那样稳重沉着，微微笑道："贯通所言极是，木斋先生已经羽翼丰满，学富五车，经纶满腹，桃李遍天下了，我等愚纳，难望项背。赶紧把两本大作刊印面世，叫天下弟子诵读受益吧。眼下上供、烧香、磕头、作揖的事情都做完了，就剩下最后这一哆嗦了。这一哆嗦当然非宜思莫属了。"

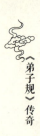

　　李宜思摸摸花白的须发及清瘦的脸颊，慢言慢语："好呀，就让我来哆嗦吧！刻印木斋先生大作的功劳非在下不可了。当初木斋把本人从活人坟中解救出来，授我活下去的勇气与自信，后又帮我成家立业，实乃再生之恩。这些年我惨淡经营，悉心钻研刻印技艺，等的就是有一天刻印《弟子规》呀！我要把木斋先生的大作刻印制做成神山雕版书房之镇店神器！各位，你们信不信？"

　　"信！我们全信！"众人齐声答道。

　　贾存仁说道："《弟子规》与《等韵精要》当然要交给宜思刻印了。宜思系不二人选。我在京城的时候，就对周永年、戴东原二位大人说起过宜思的书法之功。"

　　陈贯通又加一句："木斋先生，刊印大作需要在下出手的事情，定当义不容辞。宜思，你记住了。"

　　李宜思面向贾存仁双膝跪下，大声喊道："恩人，当年你把我从活人坟里救出来！叫我又重新活了一回！今日你又给了我刻印《弟子规》的机会！宜思这厢有礼了！"

　　贾存仁一把拉起李宜思，朝大家拱手："山右贾木斋这厢有礼了！"

　　陈贯通、张友奋、李宜思嘻嘻哈哈拱手回礼："山右贾木斋先生，我等这厢亦有礼了。"

　　"快别礼来礼去的了，饭菜都快凉了。"张菊韵站在房门口笑道。

　　"下雪了，下雪了！"

　　"米颗雪下一月，羊毛团下一年……"

　　小孙子们一边叫喊一边闯进来。

　　众人皆朝院子里看，只见晶莹圣洁的雪花纷纷扬扬地飘落下来，院子里已经落了白白一层，风不再刮，鸟不再飞，静谧之中，一片温馨……

　　李宜思大步跨出院门，面对远山近水大声喊道："山右贾木斋回来了——"

　　张友奋和陈贯通亦跟在李宜思身后齐喊："山右贾木斋回来了——"

　　"山右贾木斋回来了……回来了……"远处的尧王山传来阵阵回声。

　　乾隆四十八年清明节，小草在壤中萌芽，鸟雀在半空飞旋，温暖的气息微醺着大地。年过六旬的贾存仁由布衣便装的张友奋、陈贯通、李宜思并子孙陪同，到绛州周庄村找见《训蒙文》作者李毓秀的后人，说明情缘，遂请其带路来到李氏祖坟，献供、烧香，敬酒之后，再把一本《弟子规》供献于墓碑之前。贾存仁等双腿跪下，贾存仁取出祭文念道——

"老前辈李氏毓秀先生，后生贾木斋、张友奋、陈贯通、李宜思等四人携子孙专程拜谒英灵。盖大作《训蒙文》问世，儒学经典，启蒙孩提，恩泽后世。木斋不才，斗胆修订，变散文体为诗韵体，改《训蒙文》为《弟子规》，以利吟诵。今已刻印成书，以期广泛流传，发扬光大。今特来拜谒告知前辈，唱吟于墓前，敬请吾师在天之灵指教——

弟子规 圣人训 首孝悌 次谨信 泛爱众 而亲仁 有余力 则学文。

父母呼 应勿缓 父母命 行勿懒 父母教 须敬听 父母责 须顺承 冬则温 夏则清 晨则省 昏则定 出必告 返必面 居有常 业无变 事虽小 勿擅为 苟擅为 子道亏 物虽小 勿私藏 苟私藏 亲心伤 亲所好 力为具 亲所恶谨为去 身有伤 贻亲忧 德有伤 贻亲羞 亲爱我 孝何难 亲憎我 孝方贤。

亲有过 谏使更 怡吾色 柔吾声 谏不入 悦复谏 号泣随 挞无怨 亲有疾 药先尝 昼夜侍 不离床 丧三年 常悲咽 居处变 酒肉绝 丧尽礼 祭尽诚 事死者 如事生。

兄道友 弟道恭 兄弟睦 孝在中 财物轻 怨何生 言语忍 忿自泯 或饮食 或坐走 长者先 幼者后 长呼人 即代叫 人不在 己即到 称尊长 勿呼名 对尊长 勿见能 路遇长 疾趋揖 长无言 退恭立 骑下马 乘下车 过犹待 百步余。

长者立 幼勿坐 长者坐 命乃坐 尊长前 声要低 低不闻 却非宜 近必趋 退必迟 问起对 视勿移 事诸父 如事父 事诸兄 如事兄。

朝起早 夜眠迟 老易至 惜此时 晨必盥 兼漱口 便溺回 辄净手 冠必正 纽必结 袜与履 俱紧切 置冠服 有定位 勿乱顿 致污秽 衣贵洁 不贵华 上循分 下称家 对饮食 勿拣择 食适可 勿过则 年方少 勿饮酒 饮酒醉 最为丑。

步从容 立端正 揖深圆 拜恭敬 勿践阈 勿跛倚 勿箕踞 勿摇髀 缓揭帘 勿有声 宽转弯 勿触棱 执虚器 如执盈 入虚室 如有人 事勿忙 忙多错 勿畏难 勿轻略 斗闹场 绝勿近 邪僻事 绝勿问 将入门 问孰存 将上堂 声必扬 人问谁 对以名 吾与我 不分明 用人物 须明求 倘不问 即为偷 借人物 及时还 后有急

借不难。

凡出言 信为先 诈与妄 奚可焉 话说多 不如少 惟其是 勿佞巧 奸巧语 秽污词 市井气 切戒之。

见未真 勿轻言 知未的 勿轻传 事非宜 勿轻诺 苟轻诺 进退错 凡道字 重且舒 勿急疾 勿模糊 彼说长 此说短 不关己 莫闲管 见人善 即思齐 纵去远 以渐跻 见人恶 即内省 有则改 无加警 唯德学 唯才艺 不如人 当自砺 若衣服 若饮食 不如人 勿生戚 闻过怒 闻誉乐 损友来 益友却 闻誉恐 闻过欣 直谅士 渐相亲 无心非 名为错 有心非 名为恶 过能改 归于无 倘掩饰 增一辜。

凡是人 皆须爱 天同覆 地同载 行高者 名自高 人所重 非貌高 才大者 望自大 人所服 非言大 己有能 勿自私 人所能 勿轻訾 勿谄富 勿骄贫 勿厌故 勿喜新 人不闲 勿事搅 人不安 勿话扰。

人有短 切莫揭 人有私 切莫说 道人善 即是善 人知之 愈思勉 扬人恶 既是恶 疾之甚 祸且作 善相劝 德皆建 过不规 道两亏 凡取与 贵分晓 与宜多 取宜少 将加人 先问己 己不欲 即速已 恩欲报 怨欲忘 报怨短 报恩长。

待婢仆 身贵端 虽贵端 慈而宽 势服人 心不然 理服人 方无言 同是人 类不齐 流俗众 仁者希 果仁者 人多畏 言不讳 色不媚 能亲仁 无限好 德日进 过日少 不亲仁 无限害 小人进 百事坏。

不力行 但学文 长浮华 成何人 但力行 不学文 任己见 昧理真 读书法 有三到 心眼口 信皆要 方读此 勿慕彼 此未终 彼勿起 宽为限 紧用功 工夫到 滞塞通 心有疑 随札记 就人问 求确义 房室清 墙壁净 几案洁 笔砚正 墨磨偏 心不端 字不敬 心先病 列典籍 有定处 读看毕 还原处 虽有急 卷束齐 有缺坏 就补之 非圣书 屏勿视 敝聪明 坏心志 勿自暴 勿自弃 圣与贤 可驯致。

今朝黄道吉日，后辈学生将《弟子规》焚烧于坟前，敬请前辈先生校正。”

贾存仁念毕，取火将一本《弟子规》燃烧于李毓秀坟前，顿时火光冲天，青烟缭绕。贾存仁大声道来：“训蒙之文，弟子之规，同源同宗，天地共鉴——”

同来的小孙子问道：“爷爷，为何此说？”

贾存仁道：“诚信仁爱，亲力亲为，言必行，行必果，前人栽树后人乘凉，吃水不忘打井人，方为弟子之规。”

一本传奇性的书和一个传奇性的人

　　进入21世纪以来，一本仅有三百六十句，一千零八十个字的古书——《弟子规》，竟然风靡全球华人世界，掀起了学习、诵读、研究、宣传、践行的热潮。众多学者教授纷纷著书立说阐释《弟子规》，复旦大学教授钱文忠先生在中央电视台"百家讲坛"栏目上讲解《弟子规》，众多企业还把《弟子规》作为员工的必读本进行学习考核，有的公安部门组织干警学习《弟子规》作为行动准则。2014年1月1日，新年元旦，北京百年学府国子监就聚集了大批的学生和家长，响应习主席的号召，童星林妙可携百名学生身着汉服，共同吟诵《弟子规》迎接新年的到来。2015年新年伊始，各地中小学纷纷组织学生们朗诵起了《弟子规》，从北到南到处都能听到"弟子规、圣人训、首孝悌、次谨信……"的琅琅读书声。

　　这是一部什么书？竟有如此魅力？如此能量？

　　《弟子规》原名为《训蒙文》，是清康熙年间山西绛州（今运城市新绛县）著名学者李毓秀写作，数十年后于清乾隆年间经山西浮山县国学大师贾存仁作了内容修订，改名为《弟子规》，并刊印出版。贾存仁版本与李毓秀原作相比，具有三个显著特点：一是在内容方面，把《训蒙文》具体化，实例化，具有了很强的可操作性，便于人们身体力行；二是由散

文体改为三字一句的诗文体，合辙押韵，读起来朗朗上口，通俗易懂，便于记忆和欣赏；三是把教化启蒙的对象由学生扩展到全社会的男女老幼，因为每一个中国人都是中华弟子。正因为有了贾存仁的修订，才使《弟子规》在国内迅速流传开来，成为男女老幼为人做事的范文读本。

李毓秀生于公元1662年，卒于公元1722年。贾存仁，生于公元1724年，卒于公元1785年。二人相差六十三岁。一部书成书六十多年以后，又被人修订重版，进而名扬天下。这种情形在中国文化史上确是少有的，不能不被称为是传奇。

虽然《弟子规》成书以后，遂成为一部著名的启蒙教材而著称于世，但是其真正风靡全球华人世界，充分发挥教化作用，则是其成书二百多年以后。此种现象在中国文化史上也是罕见的，不能不被称为是传奇。

《弟子规》成书以后，被反复印刷多种版本，内容一致，装帧形式各异的版本多达二千三百余种，印数超过一亿册，在古今中外出版史上更为奇观。

而《弟子规》的修订者贾存仁的社会经历更是奇之又奇。

清光绪年间出版的《弟子规》封面标明"绛州李子潜先生原著，浮山贾存仁木斋节订"。子潜系李毓秀老先生的字。

清代光绪版《浮山县志》载："贾存仁，字木斋，乾隆辛卯科副榜，事亲至孝，朝夕承欢，不乐仁进。家虽淡泊，而甘旨未尝少缺。尤工书法，精韵学，著有《等韵精要》及《弟子规正字略》诸书行世。祀孝弟祠。"

复旦大学钱文忠教授在解读《弟子规》前言中明确说明"一位叫贾存仁的先生对《训蒙文》加以修订，并且将它定名为《弟子规》"。

别的《弟子规》版本也与上述说法基本相同。

1939年版的《浮山县志》中《卷二十七·孝义》记载："乾隆五十年由洪洞县进士范鹤年撰写的《清例授职郎乾隆辛卯科副榜余田贾老先生懿行碑记》言：'贾先生天性挚厚，而得学者尤深，读书必切实理，曾不作陈言放过，善疑亦善悟，以圣贤为必可学。恒沉潜于有宋五子及诸儒理学之书。于四子书札记所得。'颜曰：'千一录家语'讹谬多所校正。又订正《弟子规正字略》，以课童蒙。中年讲授韵学、自《华严指南》《皇极经世》而下，数十种胥淹贯，由是成《韵诗考源》《等韵经要》《音汇》三书"。

后来笔者在对贾存仁老先生现存学术著作《等韵精要》的研究中得知，该书是目前可见的唯一一部清代山西籍文士研究汉语等韵学的专著，成书于乾隆四十年(公元1775年)。先后被收入《续修四库全书》第二百五十八册，《中华汉语工具书书库》第六十五册，上海古籍出版社于1995年重印出版了影印本，被山西大学、厦门大学、福建师范大学、吉林大学、大同大学等高等学府纳入汉语言硕士研究生必修课和考研、考博论文选题。诸位学者对《等韵精要》的作者简介，同样只有一句话：山西河东浮山贾存仁（字木斋），生卒年月不详。

除此之外，国内外学者对贾存仁老先生的生卒年月、家庭状况等情况一概不知。人们对贾存仁的研究，也仅限于此。对贾存仁这样一位对中华传统文化做出杰出贡献的国学大师，后人知之如此之少，研究如此之浅薄，宣传如此之苍白，实在愧对老祖先。作为后世子孙，我们在贾存仁老先生高山一般的德行情操和深海一般学术贡献面前，无不感到汗颜和无知！

正当人们对贾存仁和《弟子规》的研究无路可走，无处可寻的时候，在贾老先生的故乡——浮山县城南佐村传来好消息！2008年，浮山县佐村村北一家铁厂扩建时，挖出一块石碑和一箩筐砚台以及其他物品。五尺见方的石碑上密密麻麻地布满了笔迹工整的蝇头小楷。这些蝇头小楷笔迹之工整、刻法之细腻、书写之规范让人颇为惊诧。而让人感到更为惊讶的是，这块在清嘉庆四年九月十五日由贾存仁的儿子贾若芾、贾若蔚等人所立之碑，这块碑正是贾存仁与夫人合葬时的墓志铭。同时出土的还有贾存仁为其父贾皇宝所立墓志铭。而箩筐内的陪葬砚台，实在让我们的心灵受到极大震撼和自豪！这正是中国古代文人的本真性格！

此时此刻，石破天惊，真相大白。据这两块墓志铭，我们终于得知，贾存仁，字木斋，号余田，世居浮山城南佐村，生于雍正二年二月二十二日（公元1724年），卒于乾隆甲辰年三月七日（公元1785年），终年六十一岁。曾参与《四库全书》的编修，一生著述极多，流传下来的有《韵诗考源》《等韵精要》《音汇》《弟子规》等。

　　《弟子规》的修订者贾存仁老先生仅仅是山西偏僻小县一位普通的乡村文人，能有如此丰厚的学术著述，能有机会参加乾隆皇帝御批之《四库全书》的编纂。此两件事情已经叫世人称奇了！

　　拙作《〈弟子规〉传奇》即依据上述资料创作而成。以酬贾存仁老先生在天之灵以及世上无数《弟子规》的研究者、传播者、读者和践行者。

作者

二〇一六年一月一日于临汾